ABEL SE LOT

Ander romans deur dieselfde skrywer:
Frats (2007)
Seisoen van sonde (2009)
Abel se ontwaking (2010)

Oor *Abel se ontwaking*

Uiters leesbaar, grillerig, spanningsvol, gedetailleerd en pragtig geskryf. – Madri Victor, Litnet

Abel Lotz bly die boek se sterkpunt, met daarmee saam natuurlik Karsten se skryfstyl; hy sou selfs 'n telefoongids boeiend kon aanbied. – Francois Bloemhof, *Die Burger*

Abel se lot

CHRIS KARSTEN

Human & Rousseau
Kaapstad Pretoria

Vir Mentz en Hanlie

Eerste uitgawe in 2011 deur
Human & Rousseau,
'n druknaam van NB-Uitgewers,
Heerengracht 40, Kaapstad
Omslagfoto van brug in Sarajewo deur Adnan Karadza
Omslagfoto van katedraal in Sarajewo deur Eso Mulabegovic
Bandontwerp en tipografie deur Michiel Botha
Geset in 11.25 op 13.75 pt Granjon
Gedruk en gebind deur Interpak Books, Pietermaritzburg

ISBN 978-0-7981-8351-2

The direction, though not the nature, of his destiny was clear before him, and there was no need to trace the devious path by which he had come. The ancient mechanisms of the Star Gate had served him well, but he would not need them again.

– Arthur C. Clarke, *2001: A Space Odyssey*

VOORAF

Van die hoek van die park af, uit 'n ruigte van lang gras onder wag-'n-bietjies en frangipani's, dra 'n klam, warm bries die reuke windaf. Die bye kry die geurige aromas van blomme, die brommers die stank van vleis, vaag, maar onmiskenbaar bedorwe.

Die subtropiese lug is bedompig, selfs so vroeg in die oggend al. Gedurende die nag het die cumuluswolke oor die groot meer opgesteek, en stortreën het die eerste vroegopstaners na onderdak laat terugskarrel.

Nou is die bui oor. Die lae, donker stapels het oorgeskuif berge toe, bedek die pieke en kruine. Agter hulle net die hoër, dunner vliese wat die skerpte van die oggendson mistig en broeiend demp. Die reën het die lug skoon gewas, die vloedwater het die stad se straatvullis opgeruim in opdrifsels teen randstene, die slaggate in die teer gevul met bruin poele.

In die smorende hitte hang 'n dynsige stoomnewel oor die nat gras van die park. Die *Sarcophagidae* en *Calliphora vomitoria* kon skaars vir beter toestande gevra het.

Die groot mark is twee strate van die park af. Die kolossale sinkstruktuur beslaan byna 'n hele straatblok, herinner besoekers aan 'n reusevliegtuigloods. In doolhowe van stalletjies pak die handelaars en smouse hulle negosie uit. 'n Kakofonie van stemme, die muwwe reuk van tekstiel en klam liggame, skerper die reuk van vars vis uit die meer, van rou vleis, groente, brood, die soet walms van wierook.

Van vroeg af al 'n samedromming van mense en vlieë. 'n Babelse harlaboerla van boorlinge wat kos en klere kom soek, toeriste soeweniers om huis toe te vat, handgemaakte artikels van leer en seepsteen en hout. Veral die etniese houtmaskers is gewild. Buite warrel rook die lug in van vure wat aangesteek word in konfore en konkas vir die koskraampies.

Dit is hier, van die markplein af, waar die brommers en vlieë die onweerstaanbare snuf van vars aas kry, van vlees wat in 'n hoek van die park in die vogtige hitte ontbind. Die sterkste vlieërs – die grys, vet vleisvlieë en die blou brommers – draai windop, vat koers teen die lugstroom in wat die reuk bring. Langsamer volg die huisvlieë.

Hulle kry die liggaam onder die stoomwasem in die lang gras, sak toe op die natuurlike klam liggaamsholtes van oë, neus en mond. Selfs 'n oksel of lies wat maklik bereikbaar is, bied baie om te vreet en die perfekte beskermde omgewing om te broei en voort te plant.

Vanoggend wag goeie geluk. Aan hierdie liggaam is trauma. Die insekte verkies oop wonde wat proteïenryke vloeistowwe verskaf voor die *Sarcophaga*-wyfies hulle larwes deponeer en die *Calliphora*-wyfies hulle eiers. En dié wonde is vars.

Maar het hulle voor die nag se reën al die reuke gekry, sou hulle nie gekom het nie. Hulle is dagvlieërs. Snags deponeer hulle nie larwes nie, lê nie eiers nie, hoe aanloklik die reuk van bedorwe vleis ook al.

Kort ná die *Sarcophaga* en *Calliphora* kom die *Muscidae*, gewone huisvlieë. Die ander aasvreters, die kaasvlieë (*Piophilidae*), het nie erg aan 'n vars kadawer nie en kom eers wanneer die proteïen begin gis. Die kewers verkies verdroogde dekhuid, nie sagte weefsel nie, dus gaan die eerste koloniseerders ongesteurd voort.

Twee dae later beweeg hul maaiers in só 'n digte, dolle gekrioel oor die liggaam dat dit lyk asof die kadawer tog weer lewe gekry het. Die hitte van die maaiermassa verhaas die proses van ontbinding. Hulle versprei bakterieë en produseer verteringsappe wat hulle help om die sagte weefsel van die liggaam te verorber. Maar voor die maaiers, vet en wit, uiteindelik ophou vreet en 'n droër plek soek om as papies in verharde velle toe te vou, word hulle lewensiklus onderbreek.

Laatmiddag op die vierde dag draai die wind. 'n Portier stel ondersoek in na die erge stank wat nie uit die rigting van die mark kom nie. Hy kry die liggaam onder die wag-'n-bietjies in die hoek van die parkgronde van die Prince Louis Rwagasore-kliniek. 'n Gekoek van wit maaiers waar eens 'n gesig was.

DEEL I

Murder for gain, people can understand that. Or murder in war, something depersonalised, they even invest that with a kind of heroism. You die for your country, you kill for your country. That's very acceptable indeed, you get medals for it and handclapping and cheers. – Tom Parker, *Life after Life*

1. Johannesburg, Suid-Afrika, Hede

Langs 'n hoop kleigrond leun vier munisipale werkers op hulle pikke en skopgrawe, stewels aangepak van rooi modder. In geel plastiekreënjasse, kappies oor die kop, op die rûe geëmbosseer PARKS & RECREATION. Hulle werk is eers klaar, nou rus hulle en rook bakhand, nat en bedremmeld, maar tog nuuskierig.

Die twee pikslaners het die aanvoorwerk vir die gat gedoen. Ondanks die reënbui is die grond dig en hard gekompakteer van jare se onversteurd lê. Die twee met die grawe het die los grond met swierige, gemaklike hale buitentoe geskiet, uitgeklim, opsy gestaan, weer die pikslaners laat inklim. Al hoe dieper terwyl die hoop grond langsaan groei.

Met die eerste druppels uit die loodgrys lug is die grawery gestop, 'n afdak van seil laat kom, op aluminiumpale oor die gat opgeslaan om die reën weg te keer. Die vier manne met hulle pikke en grawe het beurtelings in die gat teruggeklim en hulle werk hervat, dankbaar vir die skuiling.

Hulle toesighouer het onder beskerming van die seil aan sy koffie geslurp en sy gewig kort-kort van een been na die ander verplaas. Op die gestipuleerde twee meter het die groepie onder die seilafdak gehoor hoe 'n graaf 'n harde voorwerp tref. Die opsigter het die termosfles se plastiekbeker effe laat sak, vooroor geleun vir 'n kykie in die gat af, die twee grawers kortaf vermaan: "Pas op."

Nou is die graf oopgegrou, die kis ontbloot.

In 'n groot vierkant om grafte in hierdie ou deel van die begraafplaas het die polisie 'n plastiekbanier gespan met die waarskuwing: NO ENTRY – CRIME SCENE. Die opsigter meen die banier met die herhalende bewoording is erg oordrewe. Dit is sý begraafplaas, en in sý heilige domein is g'n misdaad gepleeg nie. Hierdie is g'n misdaadtoneel nie, net 'n sensitiewe, selfs roerende, operasie om 'n kis te herwin. Sonder die teenwoordigheid van enige naasbestaandes op hierdie triestige laatmiddag.

Sy blik dwaal oor die grafte heining toe. Die kolonel was baie beslis: niemand word binne toegelaat terwyl die grouery aan die gang is nie. Daarom staan hulle buite die begraafplaas, al langs die draadheining en sipresse: die karre en die nuuskieriges. Beduie met die vinger na die doenigheid tussen die grafte, wonder wat presies aangaan, fluister onderlangs, want die oopgrou van 'n ou graf verdien respek.

Onder die afdak word, ook met gedempte stemme, beraadslaag oor die volgende stap. Die opsigter skiet die droesem uit sy beker anderkant toe, vryf met 'n duim oor die stoppels aan sy ken. Hy staan effe eenkant, nie deel van die gesprek nie. Sy werk is om gate te grou en weer toe te gooi. Wel, toe te sien dat sy arbeiders dit doen. Vir sy werk hoef hy hom nie elke oggend te skeer nie, miskien op 'n Maandagoggend, en dalk weer Vrydag, voor die naweek. In sy wendyhuis by die ingang van die begraafplaas ontvang hy selde besoekers; hy meng nie met die treurendes wat hulle afgestorwenes ter ruste kom lê of kom besoek nie.

Hy skroef die termos se beker terug, beloer die skraal figuur wat eenkant staan, half onder die seil uit. Asof sy onbewus is van die motreën, of dalk gee sy net nie om nie. Kort, nat hare, druppels wat blink oor haar wange afgly, langs haar neus, teen haar keel en nek af.

Hy was verras, 'n paar maande terug, toe die jong speurder van moord-en-roof uit die stad by sy kantoor onder die sipresse opgedaag het. Vrou, nogal, en in die etensuur sonder afspraak. Kortaf die grafregisters geëis, en sy stoel. Terwyl sy na name en grafnommers gesoek het, moes hy staan-staan by die deur sy Marmitetoebroodjies en koffie afsluk. Halfvyf het hy opgepak, en sy was steeds tussen die grafte met haar kamera en notaboek.

En hier staan sy nou soos 'n natgereënde hoender. Neem nie aan die gesprek onder die seil deel nie, vingers strelend oor haar maag. Tuur afgetrokke in die oop graf asof sy die inhoud van die houtkis probeer peil.

Sy blik verskuif na die groot polisieman met die growwe stem. Statuur, stem en snor, dink die opsigter, van 'n man wat nie kak vat nie. Duidelik in beheer van die ongewone verrigtinge.

Die opsigter luister met verdeelde aandag na die dilemma wat die polisiemanne met die twee begrafnisondernemers bespreek. Hy haal sy selfoon uit sy broeksak, loer skelm. Dié lui selde, maar dis handig wanneer die alarm hom verwittig dat die etensuur aangebreek het, of huistoegaantyd. En die vogtige lug sit juis in sy litte, bring die pyne in sy voet, in sy hamertoon. Vanaand moet die vrou weer die jigsalf invryf.

"Die kis is erg verweer," sê die ouer begrafnisondernemer. "Dennehout, en onvernis. Al begin verrot van die klam grond en boorwurm."

Die opsigter kén meneer Poppe Senior met sy lang, dun nek. Al 'n goeie veertig jaar in die lykbesigheid, byna so lank as wat hy opsigter is. Ken ook die een neffens hom, sy seun, meneer Poppe Junior. Bietjie van 'n windhol na die opsigter se smaak. Glo 'n ekspert met balseming. Het in Mississippi gaan studeer, State Institute for Embalmers and Morticians, spog meneer Poppe Senior graag wanneer hy 'n graf kom inspekteer voor 'n teraardebestelling. Hy moet seker maak dat die spesifikasies van die gat aan munisipale vereistes voldoen.

Die opsigter weet nie waar Mississippi is nie, vra nie uit nie, stel nie belang nie.

"Ons kan nie die hele dêm middag hier staan en redekawel nie," sê die polisieman met die snor; hy word aangespreek as kolonel Sauls. "Wat stel julle voor? Julle is die kenners."

Meneer Poppe Senior en Junior se maer koppe leun na mekaar oor. Die opsigter loer weer na die tyd op sy selfoon. By die hoop rooi, modderige grond trap die pikslaners stompies dood, die grawers verskuif op hulle graafstele.

"Ons het 'n plan," sê meneer Poppe Senior.

Die vrouespeurder, sien die opsigter nou, het ongesiens beweeg tot waar die kopsteen uitgehaal en plegtig neergelê is voor die eerste pikhou. Ook sy kyk afwagtend op na die twee ondernemers met die plan. Albei is in swart pakke, wit hemde, grys dasse styf om die dun nekke, elk met 'n oopgeslaande swart sambreel in die hand.

"Ja?" Die kolonel klink kortgebaker.

"'M . . . is ek nog hier nodig?" vra die opsigter.

Gesteurde trek in die oë toe die kolonel na hom omkyk.

"Nee. Ons sal laat weet wanneer jou manne die graf weer kan opvul. Miskien oor 'n week of so."

Die opsigter wink met 'n kopknik sy vier grafgrawers, hoor met die wegstap die diep stem sê: "So, wat's julle plan om die kis uit te kry?"

Adjudant Ella Neser kyk hoe die opsigter en sy span wegstap, die fles in sy hand swaaiend langs sy been, kop nekloos ingetrek in die kraag van sy reënjas, 'n effense hink in sy tred asof sy skoen hom druk. Sy vee ingedagte met die agterkant van 'n hand oor haar nat voorkop, voel hoe haar bloes koud aan haar vel kleef. Sy kan daardie middag goed onthou toe sy by die wendyhuis ingestap het. Sy onthou die bonsing in haar bors, die bewing in haar vinger wat onder 'n inskrywing in die grafregister vasgesteek het.

Sy het die graf gekry van die ma van die reeksmoordenaar na wie sy soek. Dit was ook laatmiddag soos nou, maar 'n warm, droë dag, en winderig, en sy het toe geen spesmaas gehad van die verskriklike en noodlottige effek wat haar besoek aan hierdie graf tot gevolg sou hê nie.

Haar hand glip teen haar nat bloes af. Sy het in die afgelope maande 'n hebbelikheid aangeleer. Wanneer sy iets bepeins, streel sy met 'n vinger aan die regterkant van haar middel af, laag oor haar maag, oor die vae wit operasieletsel van toe haar blindederm op twaalf uitgehaal is. Dit het haar voorheen nooit gepla nie, maar nou is haar maagvel bederf met nuwe letsels, en dié het nog nie vervaag nie. Dit is nie weens 'n irritasie dat haar vingers die wondvel koester nie, dis asof hulle instinktief die letsel opsoek wanneer sy aan hóm dink. Aan Abel Lotz. Soos nou hier by die graf.

Die graf wat haar gelei het tot die ontmoeting in sy kombuis, die gebeure in haar geheue vasgelê. Toe sy opgekyk en hulle oë mekaar ontmoet het. Daardie blik tussen hulle, toe albei gewéét het: die jagter en die gejaagte het mekaar gevind. En sy vir 'n oomblik verlam was, soos 'n muis deur die oë van 'n slang.

Sy hand kan sy onthou, toe dit uitskiet om haar kop teen die porselein van die ou wasbak te kraak. Die lem van sy skalpel teen haar maag het sy nie gesien of gevoel nie, net die gevolge toe sy bykom. Die nuwe littekenweefsel is steeds diep-pers en opgehewe, die proses van heling nog aan die gang. Soms jeuk dit, maar nie meer so erg as vroeër nie.

Ella hoor die knorrigheid in Silas Sauls se stem.

Meneer Poppe Senior hoes amegtig voor hy sê: "Ons sal die nuwe katrolraam oor die graf opstel. Soos vir 'n begrafnis. Nie om 'n kis te laat sak nie, maar om hierdie een op te hys. Die katrolraam is ontwikkel met ruimtetegnologie, van titaan, in Mississippi ver- . . ."

"Bring dit!" beveel kolonel Sauls.

"Die bodem sal ons stut sodat sy nie uitval nie. Ons wil haar nie in die graf agterlaat nie, nè, kolonel?"

"Nou toe, waarvoor wag julle?"

'n Nuwe hoesbui. Meneer Poppe Senior vee die fleim met 'n groot wit sakdoek van sy dun lippe af.

Hy staar die grafgrawers agterna. "Wie moet inklim?"

"In die graf in?" Meneer Poppe Junior buk, vee met sý wit sakdoek oor die modderspatsels aan sy swart skoene, poets die blinkleer. "Iemand moet inklim om die stut en bande onder die kis in te kry."

"Fred," sê kolonel Sauls vir die ander speurder. Dié het op die opsigter se staanplek 'n sigaret gaan aansteek.

Luitenant Fred Lange druk 'n duim en voorvinger in sy mond, fluit skril. Die opsigter en sy span steek vas, kyk terug graf toe.

"Nog nie klaar nie!" roep Fred. "Nog iets waarmee julle moet help."

Uit die lykswa op 'n inrypad tussen die grafte bring Poppe-pa-en-seun self die katrolraam met sy breë nylonbande nader. Hulle stel dit versigtig oor die graf op.

Ella kyk weer af na die kopstuk. Dit lê eenkant, die reëndruppels soos kwiksilwer op die gepoleerde graniet.

Dorkas Johanna Lotz (née Linde), 11.12.1930 – †11.08.2005. Rein is ek, sonder oortreding; suiwer is ek, en daar is geen skuld by my nie. – Job 33:9.

Nie gesondig nie, dink Ella, maar die lewe geskenk aan Abel, die kind wie se gees sy kon brei en formeer en boetseer soos klei. Nie gesondig nie? Net 'n fokken monster geskep. En dis nie hiperbool nie, dit wéét sy uit eie ervaring. Die bewyse, die letsels, is aan haar liggaam, in haar vel ingekerf.

Sy is net vaagweg bewus van die gewerskaf in die graf, hoor die opdragte van die menere Poppe aan die twee grawers. Natuurlik is die begrafnisondernemers nie ingelig oor die rede waarom Dorkas Lotz se kis opgegrawe word nie. Ella vermoed hulle sal graag wil weet, maar hulle vra nie uit nie. Die lasbrief vir die opgrawing het meneer Poppe Senior sorgvuldig bestudeer, sy kop geknik en dit geliasseer. Dit is net gepas dat sy onderneming die opgrawing doen, aangesien hulle destyds die gestorwene hier ter aarde bestel het. Hulle sal ten beste weet hoe om die kis en sy inhoud te hanteer.

Die menere Poppe hoef ook nie te weet dat dit byna twee maande geduur het voordat die aansoek om 'n lasbrief uiteindelik goedgekeur en deur die hooflanddros self onderteken is nie. Selfs met grondige redes en motiverings wou die landdros homself eers vergewis dat die polisie inderdaad geen naasbestaandes van die oorledene kon opspoor oor die opgrawing van die kis ná byna ses jaar nie.

Ook Interpol se hulp is ingeroep om die enigste bekende naasbestaande – Dorkas se seun, Abel – te probeer opspoor. Nie net vir sy instemming dat sy ma se graf oopgemaak kan word nie, maar omdat hy gesoek word as vermeende reeksmoordenaar. Onverrigtersake het die landdros oplaas die lasbrief onderteken.

Nou word die kis met groot gesukkel uit die graf gelig.

"Dis swaar," sê meneer Poppe Senior, gebukkend oor die katroltakel.

"Sy was 'n swaar vrou, as ek reg onthou," sê meneer Poppe Junior.

Ella kyk na die graf links van Dorkas s'n. Die inskripsie op die kopsteen lui:

Johanna (Hannie) Maria Linde (née Yssel), 24.05.1893 – †16.03.1981. En kyk, daar was 'n vaal perd. En hy wat daarop sit, sy naam is die dood, en die doderyk het hom gevolg. – Openbaring 6:8.

Ma en dogter, weet Ella nou; die raaisel is opgeklaar. Abel se ma en ouma, wat húlle delusies in die seun se ontvanklike gemoed oorgeplant en besete versterk het.

"Maar hoeveel jaar is dit al?" steun meneer Poppe Senior. "Hoe kan sy steeds so swaar wees? Net skelet en beendere, en wat weeg dít, 'n hopie bene?"

"Ek moes haar balsem, onthou," sê meneer Poppe Junior, balsemdeskundige van Poppe & Son Undertakers & Embalmers van Fordsburg, Johannesburg.

"O ja, dis wat haar seun wou hê. Sy ma moes gebalsem word sodat sy vir ewig behoue kon bly."

"Hier kom sy nou op," waarsku meneer Poppe Junior.

Ella draai om graf toe. Die kis verskyn, rustende op die sterk bande van die hystoestel, purper valle om die kante gedrapeer.

"Vat dit staatslykhuis toe," sê kolonel Sauls.

"Maar ons kan dit daar by ons gaan oopmaak." Meneer Poppe Junior is onthuts.

Ella merk die teleurstelling. Besef Junior, self al in sy sestigs, sal 'n lit van sy linkerpinkie gee om sy handewerk te aanskou, as't ware sy balsemtegnieke-in-aksie te bestudeer.

"Dokter Koster wag al," sê kolonel Sauls.

"Wat moet dokter Koster met die liggaam maak?" vra meneer Poppe Junior.

"Hy moet 'n regsgeneeskundige verslag opstel; dis wat forensiese patoloë doen. Vat die kis, ongeopen, staatslykhuis toe. En dankie vir julle hulp."

Meneer Poppe Senior kug en skud sy kop. "Steeds so swaar. Sy moes al ligter gewees het, verdroog, net vel en been."

"Ons sal die rekening stuur," sê Junior.

"Laat weet wanneer ons haar weer ter ruste moet lê," sê Senior. "Dis 'n sonde om 'n liggaam so te versteur."

Rein is ek, sonder oortreding, geëts in Ella se gemoed.

"Ek soek 'n wag hier, Fred," sê Silas. "Deurnag. 'n Patrollievoertuig van die plaaslike polisiesektor. Geen getjommel van agies en joernaliste om die grafte nie. Ek wil respek hê vir die mense wat hier lê. Dis 'n begraafplaas, nie 'n dêm sirkus nie. En 'n misdaadtoneel, so hou hulle weg. Kom, adjudant."

"Dis nie eintlik 'n misdaadtoneel nie," sê Fred Lange.

Langs haar steek Silas vas, draai na Fred toe.

O moer, dink Ella. Hier kom dit! Fred met sy groot bek.

"Wil jy nou hare kloof, luitenant?"

"Sê net, kolonel . . . Tegnies is hier nie 'n misdaad gepleeg nie."

When you're in a hole, Fred, don't dig, dink Ella met 'n tikkie behae oor die hou wat die ou hand op die krop moet vat. Met 'n beneukte kolonel Sauls is jy nie 'n wysneus nie.

"Sê jy dis nie 'n misdaadtoneel nie, eintlik net 'n toneel wat miskien verband kan hou met 'n misdaad? Is dit wat jy wil sê? Is jy 'n dêm wysneus, Fred?"

"Nee, kolonel."

"Nee wát?"

"Ek sal twee konstabels van Doradopark opkommandeer, kolonel."

"Dan's dit reg, Fred."

"Hoe lank sal dit vat, kolonel? Tot wanneer moet hulle die graf oppas, kan ek sê?"

"Dit vat so lank as wat dit vat. Tot ons klaar is. Dra dit so aan hulle oor."

Ella buk agter Silas onder die polisiebanier deur, kry koers na die wendyhuis. Die opsigter, termosfles onder 'n arm vasgeknyp, leë Tupperware-houer in die hand, is hinkend op pad na sy kar onder 'n sipres.

"Niemand kom by daardie grafte wat afgebaken is nie," beveel Silas. "Nie eens naasbestaandes nie, gehoor. As iemand wil kom blomme neersit, bel jy my eers. Of vra die polisiewagte om my te bel."

Die opsigter frons. "Maar ek kan mense tog nie van hulle grafte weghou nie."

Hemel tog, dink Ella. Kan mense nie sien die leeuhok is oop nie? Hier kom dit wéér!

"So, jy's van plan om 'n polisie-ondersoek te bedonner?"

"Nee, maar . . ."

"Dis wat jy sê. Jy sê jy gaan jou nie aan my opdragte steur nie."

"Dis nie . . ."

"Nie? Wat sê jy dan?"

"Niemand sal by daai grafte kom nie, kolonel."

"Goed. As iemand soontoe wil gaan, dan bel jy my. Of jy bel vir adjudant Neser. Dis adjudant Neser hier by my. Jy't ons nommers en jy't 'n sel. Jy bel dadelik, summier, pronto, veral as 'n man hier aankom met 'n bos blomme wat hy op mevrou Lotz se graf wil gaan sit."

In die kar sê Ella: "Jy dink tog nie hy's terug nie, kolonel? Dink jy hy sal so vermetel wees om te kom kyk wat hier aangaan?"

"Van Abel Lotz verwag ek enigiets. Hy's nie rasioneel nie. En kry die video wat die polisiefotograaf van die nuuskieriges by die begraafplaas geneem het."

"Ek's op siekverlof, kolonel."

"Kyk daarna. Bestudeer elke gesig, kyk of jy Abel Lotz herken, of iemand wat soos hy lyk."

Is hy doof, of ignoreer hy haar bloot? wonder sy.

"Ek's op siekverlof, kolonel. Mag nie werk nie."

"En doen dit sommer vanaand al."

"Hy's landuit. By Komatipoort oor die grens Mosambiek in. Sit iewers in Afrika."

"Byna twee maande al? Hy's nie daai soort nie."

Nee, dink Ella, Abel is onlogies, nie van daai soort nie. Hy sal sy ma kom opsoek, al is dit net haar graf. Sonder sy ma is hy verlore.

Hulle ry deur die verlate landelike strate van Doradopark, neem die oprit na die R82 noordwaarts Johannesburg toe. Vyftien kilometer verder steek hulle die lykswa van Poppe & Son verby, teen gewyde spoed met die modderige ou kis sigbaar agter die groot glaspanele. Junior agter die stuurwiel, pa en seun albei kiertsorent, yl vaal hare plat teen hulle skedels.

Ongetwyfeld in diepe diskoers, dink Ella in die verbygaan, oor die wondere van meneer Poppe Junior se balsemtegnieke. En oor die voordele van langtermyn- bo korttermynbalseming, veral as mens in ag neem dat daar uit arme Dorkas Lotz se dennekis agter hulle g'n snuffie van 'n reuk is nie. Miskien redeneer hulle selfs oor die moontlikheid van 'n balsempatent wat in die Dorkasgeval opgesluit lê. As hulle net die geleentheid gegun sou word om die kis oop te maak en haar van naderby te bekyk, te betas, te prik, selfs 'n klein snit te maak om die gepreserveerde weefsel te ondersoek!

"Waar sou hy wegkruip?" wonder Ella hardop.

'n Retoriese vraag; sy verwag geen antwoord nie. Die vraag in die gemoed van elkeen wat Abel se handewerk in die ou huis in Doradopark aanskou het. Dit blý spook.

"Hy kan nie vir altyd vlug nie," sê kolonel Sauls.

Die werk van die reeksmoordenaar wat die Nagsluiper gedoop is, is nie die grootste stel reeksmoorde in die land se misdaadgeskiedenis nie. Verreweg nié, net vier slagoffers. Ook nie die ergste nie. Geen ledemate of geslagsdele is vir moetie afgesny nie, of die slagoffers gemartel in 'n uiting van woede en frustrasie of in perverse seksuele dade wat sulke moorde kenmerk nie. Wel vreemde rituele. Abel Lotz se gekwelde gees is 'n raaisel.

"Ek sal hom kry," sê Ella. "Waar hy ook al is."

Dit was haar eerste saak as ondersoekbeampte. Aanvanklik net een moord, en kolonel Sauls, takbevelvoerder van moord-en-roof, het gemeen dis tyd dat sy bevel neem van 'n ondersoek, dat sy gereed is om haar eerste saak te vat en op te los. Niemand kon voorsien dat daardie een moord net die begin was nie, dat sy byna self 'n slagoffer sou word nie, 'n stukkie statistiek.

"Obsessie kan jou gemoed oorvat," sê Silas. "Laat ons eers die ding met die kis uitsorteer. Laat ons dit stap vir stap vat, elke stap logies deurdink en deurpraat. Laat die kop regeer, nie die hart nie."

"Hy't my lewe gespaar. Hoekom? Dit sou maklik gewees het, vinnig . . ."

"Jy bepraat dit tog met jou traumaberader, Ella."

Wanneer hulle alleen is, is sy "Ella", nie "adjudant" nie. Wanneer hy haar in hulle private ruimte "Ella" noem, stribbel sy nie teë nie, rig sy geen skanse op nie, is hy soos 'n pa wat met sy dogter praat. Sy lê diep in die sitplek, half skuins sodat sy sy gesig in profiel kan sien, nou in die skemerte van die aand met skaduwees oor die groewe en kontoere van sy wange en ken en nek.

"Om dood te maak, is nie wat hom dryf nie, kolonel. Dis bysaak. Hy oes die velle. Hy's agter die velle aan."

"En toe hy joune nie kon kry nie, was daar geen rede om jou lewe te neem nie. Is dit wat jy sê?"

"Hy sou niks bereik deur my dood te maak nie. Hy wou 'n stuk van my maagvel hê. Om wat mee te maak? Wat's die betekenis van die velle?"

"Hy't jou lewe nie gespaar uit 'n gevoel van skielike deernis nie. Hy't jou nie skielik jammer gekry nie. Hy's onderbreek. As hy nie onderbreek is nie . . ."

Sy weet wat hy wil sê, waarom hy sy sin kortknip, dit in die lug laat hang. Sy wéét wat met Abel se vierde slagoffer gebeur het, die een wat haar lewe in daardie huis kom red het, wat die Nagsluiper onderbreek het terwyl hy besig was om haar maagvel te oes. Bam.

Silas ry by die terrein van die provinsiale hospitaal in, agterom na die laboratoriumgebou van forensiese patologie, half eenkant, kroongrond van dokter Koster.

"Ek wil haar sien," sê Ella.

"Is jy seker?" vra Silas toe hulle uitklim.

"Sy's deel van Abel. Hulle is onlosmaaklik, Abel en sy ma. Sy't my die eerste keer na hom toe gelei."

"Uit haar graf uit."

"Sy kan my 'n tweede keer help."

"Eers wanneer jou siekverlof verby is, wanneer die traumaberader jou afgeteken het."

Hulle stap in. In die lang, stil gang na dokter Koster se kantoor hang 'n onmiskenbare reuk. Nie die medisynereuk van hospitaalgange nie, maar van ontbinding, van sterk reukweerders en reinigers, ondertone van chloor en formaldehied en Dettol.

Nie 'n opheffende werksomgewing nie, maar hier het Ella Abel se eerste twee slagoffers leer ken. Hier, nakend en weerloos op die vlekvryestaal-outopsietafel, praat die liggame met dokter Koster. Hier vertel hulle wat met hulle gebeur het, vorm 'n beeld van hul noodlottige ontmoeting met die dood.

Hier het Ella kom kyk na Mia Vermooten, die ambisieuse hoogvlieër, die Nagsluiper se eerste slagoffer. En daarna die hupse Emma Adams.

"Waar's die kis?" vra dokter Koster.

Aan sy oorjas is bruin smeersels en vlekke, droë bloed, of dalk koffie, vermoed Ella. Sy ouderdom is onpeilbaar, grys stoppels aan gesigvore, bruin pigmentvlekke op sy voorkop en rugkante van sy hande. Aan die stompkant van die sestigs, miskien al sewentig, sou sy skat.

"Tee sal lekker wees," sê Silas, "terwyl ons op die menere Poppe wag."

Dokter Koster sit die ketel aan. Ella kyk hoe hy 'n skeppie koffie in 'n beker gooi. Hy onthou, dink sy met genoegdoening, dat sy nie tee drink nie.

Die derde slagoffer, die joernalis, het sy ook hier by dokter

Koster kom besoek. Dit was vir haar erger om af te kyk op iemand op die outopsietafel wat sy in lewe geken het. Sy kon sy stem nog hoor, die knipper van sy oë sien, al het hy daar gelê sonder gesig, van sy kopvel gestroop.

"Wat gaan julle met haar doen?" vra dokter Koster. "As ons klaar is met haar kis."

Silas haal sy skouers op. "Terug in haar graf in. Wat anders?"

"Sy sal 'n nuwe kis nodig hê. Julle kan haar g'n in die ou vrot kis gaan terugplant nie."

"Ek sal 'n rekwisisie aanvra vir 'n kis. Dennehout met touhandvatsels. Poppe & Son kan haar weer gaan begrawe."

Die Nagsluiper se vierde slagoffer het Ella nie op dokter Koster se tafel gesien nie. Hom het sy beter geken as die joernalis. Báie beter geken, intiem geken. Sy was nog in ICU toe dokter Koster die regsgeneeskundige ondersoek op Bam afgehandel het. Sy was kritiek; daar is gevrees vir sepsis waar Abel met sy ongesteriliseerde lem aan haar buik gesny het.

Sy het wel Bam se begrafnis in Wespark bygewoon, in 'n rolstoel, vol antibiotika en sterk verdowing teen die pyn. Agterna summier terug hospitaalbed toe.

Dokter Koster kyk op, hoor ook die lawaai by die diensingang. "Hulle's hier."

Poppe & Son se kistrollie kom teen die effense vloerhelling in. Die rubberwieletjies met die aardige vrag girts oor die skoon teëlvloer na die outopsievertrek, stamp die swaaideure oop. Die hidrouliese springvere laat hulle geluidloos vanself toeswaai.

"Dankie. Los die kis net so op die trollie," sê dokter Koster. "Ek sal bel as julle haar kan kom haal."

"Hoe lank gaan dit vat?" vra meneer Poppe Senior.

"Nie lank nie."

"Ons is besig, ons het môre 'n begrafnis."

"Sy's nie haastig nie. Oormôre, die dag daarna . . ."

Ná die menere Poppe vertrek het, verskyn die lykhuisdiener met 'n klouhamer en groot skroewedraaier. Ella wonder momenteel waar dié gereedskap so vinnig opgediep is.

Die skroewe is vasgeroes, maar die hout verrot, klam en vol rooi modder, en die kis gaan nie hergebruik word nie. Dit neem die assistent net enkele minute om die deksel los te breek. Hy lig dit weg om die inhoud te ontbloot.

2. Sarajewo, Bosnië-Herzegowina, 1991 – 1993

Berge, woude, riviere. Golwende heuwels bestippel met gehuggies. Kothuise van klip en sink en hout rondom plekke van aanbidding: kerke met torings waarin klokke beier, moskeë met minarette waarin muezzins uitroep. Oewers met bome en boorde vol vrugte, granate wat rooi oopbars. Lappe landerye vol groente, hawer, koring. Weilande met gras en plate wilde affodille, geel en wit.

Eeue al lê hierdie landskap só, gaan eenvoudige mense langsamer hulle godvresende gang. Nie altyd onversteurd nie, want hulle ken bloed en trane. Hulle is deel van die Balkanse slagvelde, van uitdelging en verowering deur Barbare en Vandale van die Donker Eeue, deur Middeleeuse Ottomane, deur Oostenryks-Hongaarse magshebbers, deur twee wêreldoorloë.

Nou, in die naam van vergelding, kom die nuwe woestelinge. Ook húlle praat die vergieting van bloed goed, noem dit selfs wenslik. Herlei dit tot die Groot Skeiding in die elfde eeu, waar alles begin het. Só oud al is die onderdrukking en uitwissing van die Serwiërs.

Die nuwe hordes kom uit Serwië, maai in Kroasië, steek dan die grens na Bosnië oor. Ook in Bosnië-Herzegowina is niks voor hulle sense heilig nie. Prijedor, Sanski Most, die Sana-vallei, verder wes en suid en oos na Banja Luka, Srebrenica, Mostar en Sarajewo. Hulle sê vir mekaar die probleem was toe al 'n etniese ding, en is dit steeds. En hulle sê hulle, die Serwiërs, het láng geheues, vergeet nooit die ou onregte nie, en moet dit nou regstel. Hulle kom sonder genade met hulle tatoes en gewere en kanonne, en niks sal ooit weer dieselfde wees nie.

Wanneer die son in hierdie bloeddronk tyd oor die heuwels opkom en die kleure van die veld veredel, verskyn in die jasinte oggendlig 'n nuwe skakering oor die eens pastorale landskap: die glim van 'n vreemde rosigheid, van al die bloed van mans en vroue en kinders wat hier verspil lê.

* * *

In die berge om Sarajewo wurg agt bataljons van die Serwiese Romanija-korps die lewe uit die stad en sy inwoners met sluipskutters en bombardemente. Geboue word in puin gelê, baie van hulle histories – Ottomaanse argitektuur uit die veertiende eeu, Oostenryks-Hongaarse fasades van twee eeue oud.

Min dele van die stad is onaangeraak, en wanneer die bombardemente bedaar, hang donker roetwolke oor die bomkraters en puin. Die lug is gevul met die bitter reuk van kruit, van vuur en versengende verskroeiing. Daarmee saam die krete van gewondes en verminktes. In strate en op sypaadjies bly die dooies lê, want net die dapperstes, dié met 'n doodswens, sal die koeëls trotseer om die liggaam van 'n geliefde te probeer terugwin.

In 'n bergbasis by Glasinako Polje word Vlatko Galić en Zoran Dragnić as sluipskutters opgelei. Vlatko, met sy Zastava M76, en Zoran, met sy AK47, word losgelaat om te gaan doen wat hulle die beste kan doen: om terreur te saai en die bloed te vergiet van ongewapende mans, vroue en kinders. Hulle doen dit uit 'n verlate woonstelgebou in die Serwiese buurt Kovačići, net suid van die Miljacka-rivier wat Sarajewo soos 'n mes in sy lengte deursny. Hulle vestig die vier en sewentigste sluipskietnes in die beleërde stad.

In 'n leë woonstel op die sewende verdieping het Vlatko dieselfde dag van hulle intrek met 'n hamer en 'n sementbeitel 'n gat deur die buitemuur van die woonvertrek gekap, nie groot nie, net 'n gleuf vir die loop en die teleskoopvisier van sy geweer. Die Zastava M76 is 'n Joego-Slawiese skerpskuttergeweer, gekloon op die Russiese Dragunov. Maar pleks van die Dragunov se ammunisie gebruik dit die effektiewer 7.92 x 57 mm-mauserkoeëls. Soos die Dragunov het dit 'n flitsdemper voor aan die loop om die warm gasse van 'n skoot, en dus die ligging van die skut, te verdoesel. Die M76 vuur sy koeëls teen 'n trompsnelheid van 730 meter per sekonde. In normale omstandighede op 'n mansgrootte teiken is die effektiewe trefafstand 800 meter – net 'n sekonde vandat Vlatko die skoot aftrek totdat die koeël sy teiken tref.

Hy lê op sy maag op die vloer, die loop deur die gleuf gedruk. Met die teleskoopvisier het hy 'n voëlvlug-uitsig op die middestad, die Marijin Dvor, die Nasionale Museum, die Parlementsgebou, dele van Tito-straat tussen die dakke deur. Draai hy die loop na regs, sien hy die Skenderija-gebou langs die rivier, 'n kulturele jeugsentrum met winkels, koffieplekke en die Bosnaklub se basketbalbane, en die lemmetjiesdraad om die groot kompleks van UNPROFOR se Franse kontingent. Laat sak hy die loop, duik die Vrbanja-brug oor die Miljacka in sy visier op, so naby, voel dit vir hom, dat hy dit kan aanraak as hy ook sy hand deur die gleuf kan kry.

Vlatko lig die loop op, sien deur sy visier die geskarrel van 'n voetganger wat Tito-straat na die Holiday Inn toe oorsteek. In Sarajewo stap niemand rustig oor 'n straat nie. As jy wil leef, skarrel jy soos 'n rot van een deuropening na die volgende. Vlatko se vinger rus op die sneller, in sy voorarm span 'n spier.

"Doef."

Die woord plof sag oor sy lippe. En hy gryns toe hy sy vinger verslap en die kolf van sy skouer af op die vloer laat sak. Ek is 'n god, dink hy. Ék besluit wie leef en wie sterf. Daardie vrou kan vandag bly leef.

Hy vryf met die snellervinger teen sy nek waar 'n sweetdruppel onder sy vuil, gebleikte hare verskyn het. Die druppel is waar die oop bek van 'n wolf hap, die tatoe nie delikaat nie. Die tatoeëerder in Vukovar het gebrou, met stomp naalde net ruwe arsering gedoen sonder definisie en belyning. Vlatko wou eintlik 'n tier se kop hê.

Op pad na die nuwe bloedige slagvelde suid van die Kroatiese grens het hy nóg 'n tatoe gekry: in die sagte vel aan die binnekant van sy linkerarm wat die geweer se loop stut wanneer hy na 'n teiken korrel, is die woorde ARKANOVI TIGROVI.

Met sy tatoes as kenteken het Vlatko, en Zoran Dragnić, saam met Arkan se Tiere die Una-rivier na Dubica oorgesteek.

Etniese suiwering – Vlatko hou van dié frase. Hy meen hulle doen hulle bes, oral waar hulle gaan. Eers Kroasië, nou Bosnië. In Bosnië-Herzegowina, is aan hulle gesê, is hulle prooi nie net die verraderlike Kroate nie. Hier soek hulle ook die onsuiwer bloed van die Bosniaks.

Die politieke nuanses (as daar nuanses is) van etniese suiwering snap Vlatko nie, maar hy reken dis 'n goeie verskoning, want hy weet wel wie die vyand is, en dit is die belangrikste. Die vyand is die Kroate en die Bosniaks. Wie die opdragte gee, en die verskonings uitdink, traak hom nie. Die pret lê in die avontuur, in die vergieting van bloed.

Hy trek die loop uit die gleuf, versamel die doppies. Staan op en gaan sit by die tafel, die geweer dwars oor die blad. Met lap en geweerolie begin hy sy wapen skoonmaak en poets. Sy skof is verby.

Nog nie dertig nie, en veglus is al wat Vlatko dryf, al wat hy wil doen. Dis in hulle bloed, in sy en Zoran s'n. Geweld en selfgelding. Eers as kinders in die ellendige agterstrate van Belgrado, toe in sokkerbendes. Beskonke bloed laat vloei met vuiste en klippe en messe en kettings by wedstryde van hulle geliefde Red Star Belgrade FC.

Sokkergespuis, is hulle uitgekryt. Maar die uitkryters het geswyg toe hulle, die gespuis, die uitverkorenes word. Ja, daardie bekke was stil toe hulle gewerf is vir Arkan se Tiere, toe hulle die uniform van die Srpska Dobrovoljačka Garda aantrek. Hulle held, toonbeeld van 'n suiwer Serwiese bloedlyn. Al is hy vir ander steeds net Željko Ražnatović, gewone straatboef, kort-kort in die tronk. Maar niemand sê dit openlik nie, nie in Arkan se gesig of in die gesig van sy volgelinge nie. Want die kenteken van die tier en die motto ARKANOVI TIGROVI boesem vrees in.

Net ná drie hoor Vlatko die gekap van stewelhakke buite op die betonvloer. Zoran stoot die deur oop, kom sit oorkant hom by die tafel. Plak die halfleë bottel brandewyn op die blad neer.

Vlatko ruik die Slivovitz aan Zoran se asem, die amandelgeur van die damaspruime se pitte. "Jy's laat."

"Hoeveel?"

Vlatko wys na die doppies. "Dertien."

Van die dertien skote het net twee getref, en hy dink nie dit was noodlottig nie. Hy kon een sien wegskuifel agter 'n geparkeerde kar in, die ander hinkende by die deur van 'n kantoorgebou in. Nie 'n goeie dag nie.

"Hoe laat kom die bibliotekaris?" vra Zoran.

"Vyfuur, het hulle gesê."

Zoran kom orent, moet op die blad druk vir balans. Hy vat die bottel om die nek en stap met sy AK na die muur toe, hurk, druk die loop deur die gleuf.

"Vyfuur op die brug?"

Vlatko staan ook op, swaai sy geweer oor sy skouer. "Met 'n wit lap in sy regterhand."

Hy hou Zoran dop wat sukkel om sy lê op die vloer te kry. Aan sý binnearm is die woorde BELI ORLOVI; hy het in Vukovar gemeen dit sal geen skade doen om sy lojaliteite te deel met 'n ander paramilitêre bende nie. Trouens, in oorloë, was sy redenasie, is 'n agterdeur áltyd gewens. Is die tweekoppige arend onder 'n kroon dan nie juis die Serwiese nasionale embleem nie? En gaan dit alles, al die etniese bloedvergieting, dan nie juis om 'n suiwer Serwiese toekoms nie?

Daarom het dieselfde tatoeëerder met die onvaste hand op Zoran se bors die kop van 'n voël met uitgespreide vlerke aangebring, simbool van Mirko Jović se Wit Arende. Ook hulle motto op sy binnearm. En op die kneukels van elkeen se regterhand, die hand met die snellervinger, is die letters SDG, vir Srpska Dobrovoljačka Garda.

Zoran druk die kolf teen sy skouer om sy visier in te stel. Die

AK is nie so akkuraat as die M76 nie, en die trefafstand korter, maar die Vrbanja-brug is skaars drie honderd meter weg.

Zoran het nie 'n teleskoop nodig nie, kan 'n teiken op die brug met toe oë tref, dink Vlatko.

"Wat kom hy doen?" vra Zoran. "Die bibliotekaris."

Vlatko haal sy skouers op. "Wil glo met die bevelvoerders by Lukavica gaan praat."

Die pad na die Romanija-bevelvoerders is deur die Serwiese linie suid van die rivier, deur die Serwiese woonbuurte. Om die rivier ongedeerd na Serwiese kant oor te steek met enige van die brûe, moet 'n boodskap na die sluipskietneste versprei word dat toestemming verleen is aan 'n burgerlike, in hierdie geval 'n bibliotekaris, om die spitsroede by Vrbanja te loop. Oorkant die brug, aan Serwiese kant, sal hy ingewag en na Lukavica gevat word om sy saak te stel.

Vlatko sal graag wil hoor wat die bibliotekaris se saak is, wat so belangrik is dat hy bereid is om sy lewe te waag.

"Fokken spioen vir die Bosniaks, as jy my vra," sê Zoran.

"Of 'n verraaier. Dalk bring hy nuus in ruil vir sy gesin se veilige uitvlug uit die stad." Vlatko kyk hoe Zoran weer uit die bottel sluk.

Agter in die lorries het hulle ook Slivovitz gedrink, in die konvooi FAP-troepelorries met die Nora-houwitsers agteraan gehaak, van Dubica af om die Sana-vallei te gaan skoonmaak. Hulle, Arkan se Tiere, het besope die Hotel Prijedor beset, en eers die volgende dag kon hulle bevelvoerders die strategie vir die militêre aanslag aan hulle verduidelik. Die plan was eenvoudig en effektief. Die vyand – die heidense Bosniak-Moslems en die Katolieke Kroatiese Ustaše – word eers saggemaak met die grofgeskut, hulle huise en kerke in puin gelê deur die houwitsers, 125 mm-kanonne van die paar rammelende T54-tenks, en die Oganj-vuurpyllanseerders, elk met 32 lanseerbuise van 128 mm-kaliber. Daarna, ná die sagmaak, word pelotons uit die Hotel Prijedor ingestuur om te gaan opruim, weerstand te smoor, versetvegters uit te ruik en aan te keer. Bedags orgies van moord en verkragting, saans sang en drank, bottels vol Slivovitz, borde vol ćevapčići met uie en 'n dik sous van soetrissie, brandrissie, eiervrug en knoffel ingemeng in Kajmak-room.

"Ek kan hom in die bobeen piets," sê Zoran oor die visier van sy AK. "As verwelkoming op die brug."

"Of in die sy," sê Vlatko, "as jy goed kan korrel."

"Of sy arm."

" 'n Bibliotekaris het sy arm nodig."

"Dan die been of sy."

"Nie met die AK nie. Vat myne."

"Wat's fout met my AK?"

"Skiet bont, jy weet mos. Veral met die skut vol brandewyn. Vat die M76 as jy mik vir net 'n vleiswond, nie om dood te skiet nie."

"Jy dink met die AK kan ek nie mik vir 'n vleiswond nie?"

"Ek dink jy kán mik," sê Vlatko. "Maar ek dink as jy die skoot aftrek, gaan dit nie 'n vleiswond wees nie. Óf mis óf 'n doodskoot. Vat die M76 met die teleskoop."

"Fok jou M76," sê Zoran. "Ek piets hom met die AK. Die kat daar. Sien jy hom? Laat ek my oog inkry."

Vlatko hou die kat op die brug dop, snuiwende, asende na kos. Tref Zoran die kat met sy AK, brandewyn en al, sal hy tevrede wees. Dan is daar hoop dat die bibliotekaris net sal bloei van 'n vleiswond wat hom sal verwelkom en herinner aan die dun draad tussen lewe en dood.

Die skoot klap, die kat spring. Vlatko sien waar die koeël teen die brug kets en 'n skerf beton uitruk. Met vier, vyf hale verdwyn die kat onder die brug in.

"Fok!" Zoran laat sak die AK.

"Jy't nog tyd vir oefen, om jou oog en visier in te skiet," sê Vlatko toe hy laggend uitstap, geweer oor die skouer.

Toe hulle klaar was in Prijedor se Stari Grad en in die nedersettings van die Sana, het hulle opgepak vir die volgende plek. Dieselfde vyand, nuwe slagveld. En agter hulle was die lyke. In die weilande tussen die veldblomme, in die boorde en groentetuine, in die koeikampe en varkhokke, in die afgebrande murasies van Hambarine, Carakovo en Rizvanovići, in Biscani en Zecovi het die liggame van honderde mans, vroue en kinders dae lank gelê. Sommige in vlak massagrafte waar Vlatko en Zoran en hulle makkers probeer opruim het.

Dit was Mei, warm vroegsomer, en die stank van ontbinding het oor die Sana-vallei gehang toe Arkan se Tiere terugklim op die FAP-lorries en met die houwitsers en T54's en vuurpyllanseerders vertrek. Agter in die lorries het hulle gelag oor die inwoners wat nou uit hulle skuilplekke kon kruip, uit die murasies van hulle huise, wat verskrik die lug sal beruik en die omgewing bespied voor hulle begin om die verrottende liggame van hulle familielede en vriende te begrawe. In agtertuine en groentetuine, in vrugteboorde en weidings, want die begraafplase was reeds vol.

In Banja Luka het Vlatko en Zoran gedros en hulle by die 1ste Krajina-korps aangesluit. Maar tien dae later het die munisipale polisie begin navraag doen oor die moord op 'n man, sy vrou en hulle tweelingdogters. Vlatko en Zoran het inderhaas in die nag plek gekry in 'n TAM-paneelwa van die Serwiese Romanija-korps op pad na Sarajewo. Hulle wou eintlik Mostar toe gaan. Maar hulle het in Sarajewo vasgehaak, en Vlatko is nie spyt daaroor nie. Hy hou van Sarajewo en van die werk wat hy en Zoran hier doen.

Die bottel was al kwart. Hy weet teen vyfuur, wanneer die bibliotekaris op die brug verskyn, sal die bottel leeg wees, en die kanse vir net 'n vleiswond skraal.

3. Johannesburg, Suid-Afrika, Hede

Luitenant Fred Lange is 'n veteraan van ses en twintig jaar van die ou skool. Toe dit nog moord-en-roof was, nie die eenheid vir ernstige en geweldsmisdade nie. En die gedemilitariseerde range het hom nie aangestaan nie. Luitenant, dis wat hy is. Nie inspekteur nie, nie vleisinspekteur of geboueinspekteur of veeinspekteur nie; nie 'n sprinkaanbeampte van Sluis nie.

Luitenant. Dit klink mos na iemand wat gesag afdwing. En as die meetsnoere vir hom reg val: kaptein Fred Lange. Hy hou van die geluide uit die kantoor van die kommissaris: oorlog is teen misdadigers verklaar. Skiet eers, vra daarna vrae. Dis die taal wat Fred verstaan; hy gee nie om dat die kommissaris Die Generaal genoem wil word nie.

Fred hou voor die hoekkafee in Brixton stil. *Frank's Deli* sê die naam op die Coca-Cola-bord. Hy hou van die hoekkafee, van enige kafee wat nog nie uitgedruk is deur supermarkte waar jy nie meer op jou naam gegroet word nie. Hy is laat weg van die opgrawing in Doradopark, moet brood en melk koop op pad huis toe.

Al die donnerse gepiep om Ella Neser. Wat maak háár so spesiaal? As sy 'n moordspeurder wil wees, moet sy hare op die bors hê. Ook nie juis veel van 'n bors nie. Onder kolonel Sauls se groot kieliebak ingedruk, mosbolletjies de lot.

Sal nie verbaas wees as sy ná die Nagsluiper-saak 'n aanbeveling kry vir promosie nie, asof sy die saak klaar opgelos het. En sy hét nie. Die man loop los, die moer weet waar, maar sy is skielik die nuwe pin-up. Asof Abel Lotz reeds in C-Max sit, sleutels weggegooi, die dossier gesluit, argiewe toe gepos. En daar is 'n vakature vir kapteinskap.

Die gekraak van die polisieradio toe hy terugklim. Konstbel Stallie Stalmeester se stem uit die radiokamer. Dis nou 'n goeie seun, dié Stallie; ken sy plek, het nog respekte vir ou hande. 'n Liggaam in Hillbrow, sê Stallie, sy stem besadig neutraal. 'n Patrollievoertuig is reeds daar, lyk nie na natuurlike oorsake nie.

Natuurlike oorsake in Hillbrow? In daardie hellegat, Stallie?

Fred sê hy is in Brixton, sal soontoe ry. Maar hy vat eers die melk en brood huis toe. Sy Ans is gewoond daaraan om saans alleen met 'n skinkbord op die skoot voor die TV te sit en eet, sal sy kos in die louoond los. Sy verstaan. Ook 'n goeie vrou, leef al te lank saam met hom en sy ongereelde werkure en buie, maar hou uit. Nou net hulle twee vandat die kinders uit die huis uit is. As hy kaptein word, sal hy haar meer gereeld uitvat vir ete in 'n fênsie restaurant, nie net op haar verjaardag of hulle troudag nie.

Kom met Smitstraat deur Braamfontein, links op in Klein, regs in Pretoria, tref Hillbrow in sy vodderige glorie. Draai die ruit toe, sluit die deure. Nie eens 'n polisieman, 'n luitenant, is hier veilig nie. Regs af in Catherine, en hy sien twee patrollievoertuie, blou ligte flitsend op die dak, samedromming op die hoek met Soper.

Die liggaam kan aangesien word as deel van die rommel op die sypaadjie. Ou matras, flenterstoel sonder sitplek en met twee pote, kartonbokse, stuk van 'n tweeplaatstoof, rooi KFC-houers met hoenderbene vol miere, plastieksakke, bierbottels; uitskot van Hillbrow se rioolstrate.

Fred sien die wond aan die voorkop, druk hurkend sy hande in die rubberhandskoene in, probeer die kop weglig, soek vir bloed. Daar is áltyd 'n plas. Groot bloedverlies met so 'n koeël uit 'n Smith & Wesson, of 'n Colt.

Fred, van die ou skool, dra nog 'n knipmes saam. Hy vroetel in sy sak, haal dit uit. 'n Rodgers, die lem net vier sentimeter lank maar vlymskerp, en al dun weggeslyp op die fyn oliesteen van karborundum in sy motorhuis. Hy gebruik die mes om sy biltong te kerf, en om met die dun lem onder sy naels te krap. Nou druk Fred die lem onder die kadawer se hempsmou in, lig dit weg om die goue armketting te beskou. Die oorledene het ook twee vingerringe en 'n goue ketting om sy nek. In die lel van 'n oor 'n fyn goue ring. Die versierings aan die liggaam sê hy was nie die slagoffer van 'n roof nie.

Fred is honger; in die oond tuis wag tjops en gebraaide aartappels en soetpampoen. En Ans voor die TV. Sy weier om bed toe te gaan as hy laat werk. Sê sy klim nie alleen in die kooi nie, dis slegte karma vir 'n huwelik.

Karma, bid jou aan!

Kyk te veel TV, sy Ans. En waarna kýk sy as sy saans so alleen daar sit? Wat meen sy, karma? Miskien sal Jimmy Julies weet. Forensiese manne weet álles. Ella Neser sal ook weet. Nog jonk en fiks. Hy kan háár met karma voorstel, sy en haar Bam . . . voor die haker 'n slegding oorgekom het. Gat-oor-kop-karma met daardie dun latlyf. O ja, Miss Prim 'n Proper, stille water, diepe grond. Drink nie saam bier vir spanbou ná die oplossing van 'n moeilike saak nie. Wat reg is. Ella Neser het nog nie rede vir bier nie. Haar saak is onopgelos, die verdagte uitgeken, maar op vrye voet.

Ella Neser, het Fred nou die aand voor die TV vir Ans gesê, het nog 'n paar lesse om te leer. Ella Neser kan nog nie met net 'n blik na 'n liggaam op 'n Hillbrowse sypaadjie die oorsaak en motief sien soos 'n ou hand nie.

Maar sy word in doeke toegevou, op verpligte siekteverlof, traumaberading. Die ou hande loop die harde pad, kan 'n pak vat, smeer Mercurochrome aan hulle wonde, gaan vang die volgende boef. Alles met voetwerk, goeie ou speurvernuf, g'n intuïsie of sesde sintuig of sulke hokus-pokus van die kopkwakke nie. Ou hande het nie traumaberading nodig nie.

* * *

Sy het dit verwag, álmal het dit verwag. Dit is nogtans 'n skok. Wanneer jy 'n doodskis opgrawe en die deksel oopmaak, verwag jy die oorskot van 'n mens. Dit is natuurlik. Dis die doel van 'n doodskis wat in 'n graf neergelê is: om die afgestorwene ter ruste te bring, van stof tot stof.

"Hier het julle dit nou, voor julle eie oë," sê dokter Koster.

Ella gee 'n tree nader om die inhoud van die verweerde dennekis beter te beskou. Betrag die stukke van sementblokke met mos oortrek, die geroeste skrootyster, herken twee bladvere van 'n ou kar, 'n suierstang, lengtes metaalpyp, 'n tuinkraan van geelkoper. Alles ingebed in 'n laag grond, sodat dit nie kletter wanneer die kis vervoer of rukkerig in die gat laat sak word nie.

Dokter Koster neem foto's, die kis nou 'n addendum tot sy regsgeneeskundige verslag oor Dorkas Lotz, byvoeging tot Ella se moorddossier. Nuwe klagtes: dis 'n misdaad om sonder verlof of permit 'n lyk te verwyder, bedrog te pleeg met die inhoud van 'n doodskis.

"Wil julle die kis en inhoud as bewysstukke bewaar?" vra dokter Koster.

Silas kyk na Ella. "Is dit regtig nodig, adjudant?"

Hy hoef haar nie te vra nie, en sy waardeer dit. Dis soos sy die kolonel ken. Nie oor wat hy sê nie, maar oor wat hy soms nié sê nie. Hy impliseer sy bly die ondersoekbeampte, al is sy met siekteverlof.

"Die foto's is voldoende, saam met die verslag oor die kis," sê Ella.

"Wat van Dorkas?" vra dokter Koster. "Wil julle háár as bewysstuk in die argief gaan bewaar?"

Ella skud haar kop. "Ek sal 'n lasbrief kry, of iets . . . 'n permit, 'n wettige dokument om haar in haar graf te laat herbegrawe."

"Begrawe," sê dokter Koster. "Nie hérbegrawe nie. Sy's nooit in die eerste plek daar begrawe nie. Net haar kis is ingespit."

"Is jou outopsie op haar afgehandel, dokter?"

"'n Outopsie was onnodig; haar mediese verslae en dokumente was in die hospitaal se argiewe. Die doodsertifikaat is in 2005 uitgereik. Sy't aan natuurlike oorsake gesterf. Sy het 'n ernstige beroerteaanval gehad en is 'n paar maande later oorlede.

Apopleksie weens bloeding op die brein. Kort voor haar vyf en sewentigste verjaardag."

"En toe laat haar seun haar balsem," sê Silas.

"Om haar vir ewig te bewaar," sê Ella.

"Die balsemer het uitstekende werk gedoen, moet ek byvoeg," sê dokter Koster.

"Meneer Poppe Junior," knik Ella. "Hulle dink sy's steeds in die kis. Hulle weet nie Abel het haar uitgehaal tydens die nagwaak nie."

Dokter Koster beduie vir sy assistent om die kis uit die outopsiekamer te verwyder. "Gaan stort dit daar by die rommel sodat die munisipaliteit se lorrie dit kan wegry." En aan Silas en Ella: "Wil julle haar sien? Ella?"

Sy knik net. Nog jonk op die jop, begin nou eers, stadig, gewoond raak aan dooie liggame. Wonder of dit óóit makliker word. En nou een wat al jare gebalsem lê. 'n Mummie. Sy teug 'n slag na lug, tree nader toe dokter Koster 'n yskasdeur oopmaak, 'n staallaai uittrek.

"Ek't haar gesien daar op haar bed in Abel Lotz se huis," sê Silas. "Hy't baie moeite met haar gedoen, spesiale lugversorging en bevogtiger vir haar kamer, selfs op 'n marmerblad uitgelê."

"Ja, hy't goed vir sy ma gesorg. Sy sou lank bewaar gebly het." Dokter Koster lig die laken van Dorkas Lotz se gesig weg.

Ella staar na die ou vrou, na die twee plooie diep tussen haar oë ingekerf teen haar voorkop op, die spiere gefossileer van dekades se fronsgewoonte, en later weens rigor mortis en balsemmiddels. Stugge, streng gesig, die ma wat 'n monster verwek het. Onder die laken steek die borsdeel van 'n outydse nagjurk uit, eens wit, nou sepia, die gestyselde bef van geborduurde kant styf om haar verrimpelde perkamentkeel.

"Sal ek Poppe & Son laat weet om haar te kom haal vir die begrafnis? Ella?"

Sy kyk op na dokter Koster, haar vingers strelend oor haar maag. Ook hý aanvaar dat dit haar saak bly.

Sy knik. "Ek sal die dokumentasie reël. Bel die ondernemers."

"Sy's eintlik nog op siekverlof," sê Silas. "Nie amptelik terug as ondersoekbeampte nie."

"Dan kan sy die dokumentasie nie-amptelik reël." Dokter Koster se bril het afgeskuif terwyl hy kop omlaag Dorkas se gelaat bestudeer het. Nou flits sy oë oor die raam van die bril. "Of gaan jy Ella se saak halfpad aan iemand anders oorgee, Silas? Gaan jy nou ons hele ondersoek bedonner?"

Óns ondersoek. Ella kyk nie na die kolonel nie, wag vir sy reaksie. Lang pad wat hy en die forensiese patoloog al saamloop, en soms stamperig – wat verwag kan word van twee ou korrelkoppe. En sy is deel van daardie pad. By verstek eintlik, in haar pa se skoene.

"Solank sy nie op kantoor kom voor die berader haar afgeteken het nie. Streekkommissaris Pitso . . ."

"Dêm boontjieteller," brom dokter Koster. Hy bedek Dorkas weer met die laken, stamp haar in die yskas terug.

"Dis mý saak," sê Ella. "En ek sal nie ophou tot ek hom het nie. Ek sal met Poppe & Son reël, ek sal by die graf wees as getuie vir haar begrafnis – nie-amptelik. Ek sal self gaan kyk dat sy laat sak en die graf toegegooi word."

"Dan's ons eers klaar hier," sê Silas. "Kan ons 'n slag huis toe gaan. Dis al stikdonker."

"En ek's honger," sê dokter Koster.

Hy kry koers na sy kantoor, steek vas, roep: "Ella!"

Sy draai om. Silas sug.

Dokter Koster wink met 'n krom vinger. "Kom."

"Gaan hoor tog," sê Silas. "Ek wag in die kar."

Sy stap terug, kry die patoloog by die groot kluis in sy kantoor. Hy hou 'n masker na haar toe uit.

"Dit was oor Dorkas se gesig toe Silas-hulle haar in daardie huis gekry het. Moet die een of ander simboliek hê. Ek dog jy sal dit vir jou ondersoek wil hê, as bewysstuk, miskien 'n leidraad."

"Ek't die polisiefoto's van haar en die masker gesien."

"Outentiek, as ek moet skat. Dalk moet jy dit laat ondersoek, die oorsprong vasstel. Kan jou 'n nuwe insig gee in die psige van Abel Lotz."

"Hy is lief vir maskers, het 'n maskergalery gehad. Het selfs een van sy maskers op 'n slagoffer se gesig agtergelaat nadat hy die gesigvel afgestroop het."

"Gepla met gesigte, klink dit my."

Sy het nie 'n keuse gehad nie. Nadat sy uit die hospitaal ontslaan is, is sy op verpligte siekteverlof geplaas.

Die wond aan haar maag het herstel, maar nog nie die letsel nie, ook nie die wond aan haar gees nie. Dié is Fred Lange se diagnose: die wond aan haar gees. Ella vermoed hy het dit iewers gehoor, of raakgelees. Doktor Landsberg noem dit geestelike trauma.

Staande orders, en daarvan is geen verslapping nie. Elke lid wat in 'n gewelddadige situasie was, móét berading vir trauma ondergaan, dit weet sy. Uit en gedaan. Basta. In die polisie is stresvlakke hoog, en daar is groot kommer. Op elke begrafnis van 'n lid sien sy hoe Die Generaal treurende naasbestaandes omhels en vertroos; op elke begrafnis weergalm sy oorlogskrete teen misdadigheid. Die Generaal word afgeneem en sy foto's en uitsprake verskyn in koerante en op TV. Die Generaal kry goeie mediablootstelling. Sy – en sy vermoed elke polisielid in die ganse land – het die foto's van Die Generaal se uitspattige troue verslind. Die gewaad van die jong bruid, die uitrustings van die bataljon strooimeisies, die vername bruilofsgaste met hulle elegante hooftooisels en spoggerige wiele (skaars een daarvan minder as 'n miljoen rand werd).

Die Generaal sê hy sal nie toelaat dat misdadigers sy lede, sy *familie*, doodskiet in die uitvoering van hulle pligte om hulle landgenote te beskerm nie. Hy het 'n groot ruiker van rooi swaardlelies by haar hospitaalbed laat aflewer. Daarmee saam 'n beterskapkaartjie, in sy eie handskrif gerig aan: *Adjudant Anna Nasser.*

Sy wou teruggaan kantoor toe, weer die spoor van die Nagsluiper vat, maar sy is gestuit.

"Nie 'n goeie plan nie, Ella," het Silas in haar huis kom sê. "Rus eers, jou emosies en gedagtes is in 'n warboel. Jy't by die dood omgedraai, laat doktor Landsberg jou help."

"Tog nie doktor Mimi Landsberg nie," het sy gesug.

Mara Alkaster het saam met Silas gekom, haar hand op Ella s'n gesit en gesê: "Jy's vir ons soos 'n eie dogter, Ella. Luister na Silas."

Silas en sy vrolike weduwee wat nie tot trou kan kom nie.

Hy het self haar eerste afspraak by doktor Landsberg gemaak, kliniese sielkundige en konsulterende traumaberader vir die polisie. En die span van moord-en-roof het haar drumpel kom snuif trap. Fred Lange bring bier saam, sê dís hoe ou hande trauma verwerk. Jimmy Julies van forensies bring melktert, sê sy vrou bak die beste melktert in die hele sonnestelsel. Tabs Makgaleng van vingerafdrukke bring Midnight Velvet, sê sjokolade paai die emosionele sentrum van die brein. Jong Stallie Stalmeester van die radiokamer bring 'n gerf wit tjienkerientjees en blou vergeet-my-nietjies, soen haar op die wang en sê hy mis haar. Selfs streekkommissaris Pitso daag op, bring 'n bottel badolie uit Pick n Pay en vorms in triplikaat (verpligte siekteverlof) wat sy moet teken vir sy IN-mandjie, die een langs sy UIT-mandjie daar op die hoek van sy staatsdienslessenaar, neffens die staande orders oor kostebesparing.

Die konsultasiekamer van die traumaberader is huislik ingerig, g'n strak kantoor vir lede wat aan bomskok ly nie, vermoed Ella. Warmte word gesuggereer deur die houtmeubels, die vars snyblomme in groot vase, geraamde foto's van 'n vrolike gesin, gesinstydskrifte, boeke met boodskappe, sagte kussings oorgetrek met fleurige materiaal, teen die mure landskappe met vloeiende vorms en selfversekerde kwashale, die subtiele aroma van potpourri. Die dekor sorgvuldig versamel en gerangskik om 'n lid met 'n wond aan die gees te sus.

"Tee?" vra doktor Landsberg.

"Koffie, swart, sonder suiker," sê Ella. Soos die patoloog sal die traumaberader nog moet leer van haar koffie.

"Jy is kwaad. Ek kry 'n gevoel van onderliggende woede . . ."

"Natuurlik is ek kwaad, ná alles wat gebeur het. Sou jý nie ook kwaad gewees het nie, doktor?"

"My gevoelens is nie ter sake nie, Ella."

"Maar jou handtekening is. Op 'n amptelike verslag kan jy my afteken. Ek's gesond, reg om te gaan werk."

"Ek's seker dit sal nie te lank vat nie, net 'n paar sessies. Dis belangrik dat ons by jou gevoelens en emosies uitkom. Hoe voel die wond aan jou maag?"

Sessies. Gevoelens. Emosies.

"Wil jy sien?"

"Dis nie nodig nie."

Sy trek haar T-hemp op, rem haar jeans 'n entjie af, ontbloot die pers riwwe, die geskende, verskrompelde vel van haar maag.

"Ek's sewe en twintig en sal nooit weer in 'n bikini kan loop nie."

"Kosmetiese chirurgie sal help. Dit doen deesdae wondere."

"Een skalpel was genoeg."

"Jy moet positief wees, Ella. Sien die glas as halfvol. Dis die eerste tree op die pad na herstel: die regte ingesteldheid."

"Ek kon dood gewees het. Nog tien minute en ek's geplant, die laaste taptoe. Is dit positief?"

"Dis positief dat jy leef."

"Ek leef, maar vier ander is dood, en ek kon dit gekeer het."

"Selfverwyt is nie goed nie. Ons moet aan jou selfverwyt ook werk. Jy kon dit nie gekeer het nie, dis nie jou skuld nie."

"Ek kon die laaste moord verhoed het as ek nie so koppig was nie."

"Wil jy daaroor praat, oor die laaste een?"

"Nee."

"Vertel my van die ander?"

"Nee."

Waarom al die draaie? wonder Ella. Waarom nie by die punt uitkom nie, die kern van die probleem?

"Wil jy oor hóm praat?"

Abel. Waar ís jy, Abel?

"Hoekom het hy my nie ook doodgemaak nie? Ek was in sy hande, hulpeloos. Hy kon dit gedoen het, al is hy gesteur. Hy't tyd gehad voor hy gevlug het."

"Hoekom dínk jy het hy jou lewe gespaar?"

Albei hande om die koppie wat sy na haar mond toe bring. Proe die sigorei van die kitskoffie. Nie ordentlike koffie nie. Sy soek die smaak van koffiebessie, die aroma van sterk Java.

"Ek wil nie oor hom praat nie."

"Ek verstaan, Ella. Jou kop is soos 'n tuimeldroër. Ons sal dit stap vir stap vat. Maar dit moet uit, alles móét uiteindelik uitkom voor die herstelproses kan begin."

Herstelproses. Ons moet wérk aan jou selfverwyt. Voor sy afgeteken kan word, voor sy kan teruggaan kantoor toe.

"Miskien op die volgende sessie."

"Trauma," sê doktor Landsberg, "is ernstige emosionele skok en pyn wat deur 'n uiters ontstellende gebeurtenis veroorsaak word. Egskeiding, werkverlies, dood, misdaad, karongeluk, siekte – enigiets wat 'n mens as negatief beskou en wat jou siening van jouself en jou wêreld verander. Elke mens ervaar so 'n skok ten minste een keer in sy of haar lewe. Jy is nie 'n uitsondering nie. Ek het jou agtergrond gekry, ook oor jou pa."

"In die uitvoering van sy pligte geskiet. 'n Polisieman."

"En hy lê al jare in 'n koma, sonder hoop. Is dit hoekom jy polisie toe is, oor jou pa?"

"Ek hanteer my pa se ding."

"Ja, maar nou hierdie voorval. Jy't nooit vroeër berading gehad nie, ná jou pa?"

"Nee."

"Sterk emosies hoop in jou op. Jy voel skuldig, jy voel kwaad, jy's angstig om die moordenaar aan te keer. Sulke emosies put nie net jou gees uit nie, maar is ook nadelig vir jou liggaamlike gesondheid."

"My liggaam? Ek's nou weer gereeld in die gim, het weer begin oefen, ek draf, ek's fiks."

"Trauma werk só, en laat my toe om dit sommer reg aan die

begin te verduidelik: met so 'n erge skok skei jou byniere 'n klomp adrenalien in jou bloedstroom af. Jou liggaam, soos jy hier sit, is vol energie gepomp sonder dat dit iewers uiting kry."

"Dit krý uiting: ek oefen."

"Die oefeninge help, maar ons moet die oorsake behandel, nie die simptome nie. Dit kan lei tot hoofpyne, pyn in jou skouers, arms, rug, maag, naarheid, vergeetagtigheid, tranerigheid. Jou slaappatroon word versteur, jy word humeurig en aggressief."

Ja, sy betrap haarself dat swetswoorde in haar gedagtes inglip, miskien selfs oor haar lippe úitglip sonder dat sy dit agterkom.

"Is dít hoe jy wil voel terwyl jy besig is met 'n ondersoek na 'n reeksmoordenaar? Om op te som: ons moet hierdie emosies lug gee, van alle hoeke af benader. Is jy reg daarvoor?"

Sy knik. Die hoofpyne kry sy, en die spierpyne, die slaaploosheid, die tranerigheid. Sy het geen keuse nie.

"Jou familie, jou kollegas, almal gee vir jou om. Omarm hulle, moenie hulle wegdruk nie. Jy kan hierdie ding nie alleen die hoof bied nie."

"Ding?"

"Die ding in jou kop, die emosies wat mekaar beveg."

Sy was op Bela-Bela by haar ouers. Haar ma het haar omarm, sy kon teen haar ma se vertroostende bors huil. Alles laat uitkom sonder enige skaamte of terughouding. Haar ma het die trane afgevee, en deur haar warm palms het Ella 'n transfusie van krag gevoel. Haar ma is sterk én teer. Sy moet so wees om self te kan oorleef, al die jare saam met haar pa en die koeël in sy kop.

Haar pa, die vegetable, kon haar nie omarm nie, Ella het hóm omarm. Sy oë geslote, sy bors wat sag en ritmies ruk elke keer as die masjien langs sy bed sy longe met lug vul. Maar sy vel was warm en die stoppels van sy baard gerusstellend teen haar wang.

"Dis soos 'n virus," sê doktor Landsberg.

"Ek kom reg," sê Ella.

"Jy't 'n virus op jou hardeskyf," sê doktor Landsberg. "Jy kan probeer om dit te isoleer, in kwarantyn te plaas. Maar jy gaan dit nie uitkry nie. Dit gaan kloon en wegvreet aan . . ."

"Ek hét 'n vangnet van familie en kollegas wat omgee."
"Dis goed, dit sal help. Maar ons moet die hardeskyf skoonmaak, weer formateer, reboot as't ware."
Silas en Mara gee om, en Jimmy Julies en Tabs en Stallie. Nie Fred Lange nie. Fred is soos 'n virus. Sy het hom nog nooit skade aangedoen nie, hom geen rede gegee om haar hardeskyf te besmet nie. Fred is net Fred, kom uit 'n ou skool en 'n ou era, gemaklik in ou gewoontes, soos in ou klere. Verandering is 'n bedreiging vir Fred. Sommige mense beweeg met vertroue van een historiese era na die volgende, Fred gly en struikel soos 'n dronk man. Soek die rede vir sy onvaste voete op ander plekke.
Fred hou nie van haar nie, en sy vermoed dit het nie alles te doen met die feit dat sy 'n vrou is of van 'n jonger geslag met nuwe insigte en werkwyses nie. Sy vermoed die aanloop is persoonliker, en wanneer die tyd reg is, sal sy Silas daaroor uitvra.
Kan Fred se wrewel teruggevoer word na haar pa? Haar pa het in lewe bevorderings gekry, en komateus 'n sertifikaat vir dapperheid. Fred het agterweë gebly, en nou kom 'n pipsqueak en wil opnuut sy glorie steel. 'n Japsnoet van sy eie kinders se ouderdom kry suigplek aan die voorste spene.
"Hou jy van musiek, Ella?"
Natuurlik hou sy van musiek. Wie hou nié van musiek nie? Selfs Abel Lotz is versot op musiek, vioolmusiek van Paganini.
"Maak jy musiek? Speel jy kitaar, miskien klavier?"
"Nee."
Sy hét. Nie kitaar of klavier nie. Vir 'n klavier was daar nooit geld nie. Watter polisieman kan 'n klavier bekostig? Behalwe Die Generaal. Op tien het haar pa 'n tweedehandse lier vir haar present gegee. Sy het dit nog. Soms haal sy dit bo uit haar kas uit. Sy het dit uitgehaal nadat haar pa geskiet is. Soms vir Bam, en weer toe sy uit die hospitaal ontslaan is.
"Musiek is terapie, Ella. Veral as jy self kan speel. So nie, luister na Bach. Bach se musiek kalmeer die breingolwe."
Ja, ja, ja, dit weet sy.
Dit was op die klein kinderharp, 'n sewesnaar-Hermes, dat sy

kleintyd met sagte hale begin eksperimenteer het met melodie, harmonie en ritme. Die melodieë van haar klein Hermes steeds in haar kop. O, hoe het sy hulle nie geoefen nie: "Yankee Doodle", "My Darling Clementine".

Later het sy geglo die kalmerende uitwerking van harpmusiek sal haar pa help herstel. Sy het hom in sy bed laat luister na 'n CD van Sofia Gubaidulina se "Garden of Joy and Sorrow" op die harp, fluit en viola. Na Marjan Mozetich se "The Passion of Angels" met twee harpe en orkes. Na Carlos Salzedo se harpconcerto's.

Dit het nie gehelp nie.

Haar pa kom uit die hippie-sestigs, tyd van die Beatles. Miskien, het sy gedink, sal hy beter aanklank vind by die harpgedeelte in "She's Leaving Home" op *Sgt. Pepper's Lonely Hearts Club Band*.

Ook nie gehelp nie.

Die lier, het haar pa kleintyd met haar bedtyd vertel, word deur engele en nimfe en feetjies bespeel. Maar die bekendste lierspeler was Orpheus. Wanneer Orpheus sy lier bespeel het, het alle diere, mak en wild, om hom saamgedrom, het die voëls verwonderd op die boomtakke sit en luister. Die lier is die instrument van vrede, het haar pa vertel terwyl die ryk, sierlike note nog in die lug bly dans het lank nadat sy hulle uit die snare gestreel het.

"Speel weer 'Danny Boy'," het hy haar aangepor.

En sy het vir hom gespeel.

"En 'When Johnny Comes Marching Home'."

Sy het nie 'n klavier gehad het nie, maar dis hoe sy onder haar pa se aanmoediging harmonie en solfeggio geleer het.

Miskien, dink sy, is dit tog tyd om weer te begin. Nie die lier nie, maar die harp. Miskien is doktor Landsberg nie heeltemal so 'n ou koei as wat sy vermoed het nie.

"Ek sal graag harplesse wil neem."

"Harplesse?" Doktor Landsberg lyk uit die veld geslaan.

"Ja. Ek wil die harp leer speel."

Moontlik dink doktor Landsberg dat dié getraumatiseerde

pasiënt bomskok van 'n erge graad het, besef Ella, maar haar neutrale uitdrukking is terug.

"Ja, probeer die harp. Ek sal vir Suki bel. Die harp sal jou aandag aflei. Enigiets om jou aandag weg te kry van al die nare gedagtes."

4. Sarajewo, Bosnië-Herzegowina, 1991 – 1993

Sy pa lig die boek van die tafel op.

"Ek't dit geleen," sê hy. "Om vir hulle te gaan wys."

"Hoe gaan 'n geleende boek jou beskerm?" Sy ma klink radeloos.

"Dis 'n digbundel," sê sy pa, asof gedigte 'n skans is teen die koeëls van 'n sluipskutter.

"Moenie gaan nie," pleit sy ma, haar vingers vroetelend aan die krale van haar rosekrans. Sy noem die krale haar Gospa-snoer.

"Dis 'n bundel van Aleksa Šantić," sê sy pa.

"Weet hulle van hom?" vra sy ma. "Weet daardie barbare wie Aleksa Šantić is?"

"Hy's een van hulle. Serwiërs sing steeds sy ballades."

"Sing hulle ballades oor die liefde in 'n stad van dood?"

"Miskien sal hulle die biblioteek spaar as hulle sien dit bevat ook digbundels van Aleksa Šantić."

Sy pa blaai deur die boek. Milo sien hy gebruik 'n kwitansie as boekmerk, die kwitansie vir twee fietswiele.

Sy pa kyk op na sy ma toe sy sê: "Jy wil 'n gebou probeer red met 'n boek in jou hand? Waag jy jou lewe vir boeke?"

"By die Oosterse Instituut is net as en roet oor van meer as twee honderd duisend dokumente en manuskripte in vier alfabette, van hulle uit die elfde eeu."

"Dis nie jou werk nie, Tomislav. Jy's nie 'n redder van boeke en geboue nie. Jy's my man, jy's die pa van ons kinders. Óns het jou nodig."

"Ek kan nie 'n man wees as ek my oë sluit nie, of 'n pa as ek my arms vou nie."

"Ek't jou lief, Tomislav, maar jy's 'n bibliotekaris, g'n held nie."

Sy pa sit met die boek in sy hand, die digbundel van Aleksa Šantić uit die biblioteek waar hy werk. Sy pa lýk soos iemand wat sy lewe tussen boeke slyt. Sy lang vingers is bedoel vir die omblaai van die bladsye van ou, delikate geskrifte. Sy vel is dun en geel soos perkament. Agter die lense van sy bril is sy pa se oë bleek soos water, asof die proses van lees alle kleur uit sy oë geabsorbeer het.

"Ek's nie 'n held nie, en daar's min risiko. Hulle het die boodskap gekry en gesê ek kan in Lukavica my saak vir die biblioteek kom stel. Met Aleksa Šantić se bundel wil ek wys dat die Nasionale Biblioteek 'n repositorium is van álle Balkanse geskrifte, ook van Serwiese skrywers."

"En jy vertrou hulle?"

Die Gospa-snoer, so lank Milo kan onthou, is altyd binne bereik van sy ma se hande, al is sy hoe doenig.

"Nie álmal is barbare nie, Milka."

"Nie? Hulle bomme en mortiere verwoes kerke en katedrale en moskeë, hulle skiet mense wat toustaan vir water en brood, hulle sluipskutters vermoor moeders met babas wat oor 'n straat stap, of familielede om 'n kind se graf. Wat gee sulke mense om vir boeke, Tomislav?"

"Ek moet probeer," sê Milo se pa. "As ek nie slaag nie, as hulle my uitlag en wegjaag, het ek niks gewen en ook niks verloor nie. 'n Mortier het deur die glaskoepel van die biblioteek se sentrale atrium geval. Nie veel skade nie, maar dis 'n voorspel."

"Ek sal saamgaan," sê Milo meteens.

Sy pa kyk na sy ma. Op haar gesig sien Milo oorgawe. Sy het dieselfde uitdrukking gehad op die begrafnis van oupa Juro, wat dood is toe 'n bom die tou mense by die waterpomp in Bistrik getref het. Op die begrafnis van ouma Brana was sy verslaan. Dié is vermink toe twee 120 mm-mortiere die tou mense getref het wat in Vase Miskina-straat vir brood gewag het. Sy ma was dae lank in die bed ná Jasmina se dood. Dit was die heel ergste.

"Jy gaan nie saam nie, Milo," sê sy ma.

"Net tot voor die brug, Ma."

"Ek wil saamgaan! Kan ek ook saamgaan?" vra Kaja, nege jaar oud.

Ná Jasmina is net Milo en Kaja oor. En Kaja is soos 'n stertjie agter hom aan, kom lê selfs snags by hom in sy bed en slaap.

"Julle bly al twee hier," sê sy pa. "Julle pas julle ma op."

"Net tot voor die brug," sê Milo. "Ek sal onder die brug vir Pa wag. Ek sal veilig wees."

"As Milo gaan, wil ek ook," karring Kaja.

"Kaja, jy bly net hier," sê sy ma beslis.

Sy ma is fyn van gelaat, en skraal. In Sarajewo is almal skraal, behalwe die VN-soldate van UNPROFOR met hulle blou helms. En die uitgevrete Serwiese bevelvoerders met šajkača op die kop.

"Ma . . ." teem Kaja.

"Hoe laat, Tomislav?" vra sy ma.

Sy het vertel Milo, net twee jaar oud, was saam toe hulle die bidsnoer gaan haal het. Hy kan dit nie onthou nie, maar hy ken die storie van sy ouers se pelgrimsreis na die dorpie Medjugorje in Čitluk in die weste van die land, naby die grens met Kroasië.

"Vyfuur," sê sy pa.

"En julle kom dadelik terug," sê sy ma.

"Dadelik," sê sy pa.

"Dadelik," sê Milo.

Sy pa het hom gehelp met sy sleepwa; sy waterkar, noem Milo dit. Eendag ná werk het sy pa met twee fietswiele by die woonstel in Strossmayer-straat aangekom. Die volgende dag het hy die as gebring, die dag daarna die plank. In die woonstel was nie plek vir die onderdele van 'n waterkar nie; toe was dit nog sy pa en sy ma, sy twee susters, hy, sy oupa en sy ouma.

Maar in die ketelkamer, in die kelder van die gebou, het hy en sy pa die waterkar aanmekaargesit. Dis 'n gawe kar, al het dit net 'n plankbak en twee wiele, en die stang waaraan Milo dit deur die strate trek. Sy oupa Juro het graag agterop gery. Hulle het die leë houers en plastiekbottels op die bak gelaai en sy oupa het agterop gaan sit, met sy bene wat swaaiend afhang, sy hande wat wuif en groet, almal wat hy ken op pad na die waterpomp.

Daardie dag het sy oupa in die oggend al in die watertou in Bistrik gaan staan, voor Milo van die skool af gekom het. Hulle het hom in die Lav-begraafplaas begrawe, daar tussen die Olimpiese stadion en die Koševo-hospitaal.

Hy het sy ouma ook agterop sy waterkar gehelp sodat hy haar basaar toe kon trek om te gaan soek vir stukkies groente: beet, aartappels, rape. Dit was voordat die kos opgeraak het en die inwoners van Sarajewo gras begin eet het soos diere. Hy was in die skool toe sy naby die Planika-skoenwinkel in Vase Miskina in die broodtou gestaan het. Hulle het ouma Brana langs sy oupa in Lav begrawe.

Hy was op pad om Jasmina te gaan haal waar sy en skoolmaats met hulle sleë in die sneeu gespeel het toe die bom die sneeuhang tref. Hy het Jasmina op sy waterkar teruggebring. Haar graf is in Turbe.

Milo gaan nêrens sonder sy waterkar nie. Op die swartmark, as jy kontakte het en weet waar om te gaan soek, is daar altyd koffie en sigarette, meel en rys en drank. Selfs petrol, gesteel uit die store en depots van UNPROFOR.

Sy pa ry nie agterop Milo se waterkar nie. Hulle het ook nie meer die Yugo Sana nie; sy pa het dit verkoop. Al was dit 'n klein kar, net 'n 1300-enjin, was dit darem wiele. Nou stap hulle brug toe en het hulle nie meer petrol nodig nie.

As die trems nog gewerk het, kon hulle die Nr. 4-trem na Skenderija gevat het. Maar die trems werk nie meer nie, niks werk meer nie. Hulle stap al langs die rivier af, geselsende, in Milo se hand die stang van sy waterkar, verby die brûe oor die Miljacka.

"Die brûe van Sarajewo is brûe van verraad," gesels sy pa. "By die Latinska-brug het Gavrilo Princip aartshertog Franz Ferdinand en sy vrou op 28 Junie 1914 doodgeskiet. Dit was die begin van die Eerste Wêreldoorlog."

Dis somer en die rivier se water is vlak en bruin en stink.

"By die Vrbanja-brug is Suada Dilberović en Olga Sučić doodgeskiet, die eerste slagoffers van die beleg van Sarajewo."

Milo is ongerus. Hy dink aan sy ma se rosekrans. Dis gerusstellend, haar vingers wat so deur die kraletjies van die snoer vleg. Sy sê die Gospa-snoer bring 'n boodskap van vrede. Hulle gaan gereeld na die Katedraal van die Heilige Hart van Jesus, net 'n paar minute se stap uit die woonstel, aan die bopunt van Strossmayer. Ook daar preek en bid Vader Trtić vir vrede terwyl sy ma met die snoer tussen haar vingers sit. Milo sien nie vrede om hom nie. Hy sien geweld en bloedvergieting.

"Pa," sê hy, "vertel my weer van die gedaante wat julle gaan soek het."

Hy het die storie al dikwels gehoor, kry nie genoeg daarvan nie.

"Jy bedoel die storie van jou ma se rosekrans?"

Milo knik. Dit sal goed wees om weer die storie van vrede te hoor, veral noudat hulle na 'n brug van verraad stap.

"Het julle haar gesien?" vra hy.

"Nee," sê sy pa. "Sy verskyn net aan ses spesifieke kinders. Die eerste twee wat haar gesien het, is Mirjana Dragićević en Ivanka Ivanković. Dit was ongeveer sesuur die aand op 24 Junie 1981. Die twee meisies was net buite Medjugorje, by 'n klein heuwel met die naam Podbrdo. Ineens was daar 'n gedaante van 'n pragtige jong vrou met 'n baba in haar arms voor hulle. Op daardie eerste ontmoeting het sy niks gesê nie, hulle net nadergewink, asof sy wou seker maak dat die twee meisies haar sien. Daarna het sy aan nog vier kinders verskyn. Die ses kinders sê hulle sien haar sedertdien gereeld; sy dra boodskappe van vrede aan hulle oor wat hulle aan die wêreld moet versprei. Mense glo dis die gedaante van die Heilige Maagd Maria, daarom noem hulle haar Gospa."

"Ek wens ék kan haar sien."

"Miskien as hierdie oorlog verby is, sal ons weer na Medjugorje gaan . . ."

Hulle stap al langs die noordelike oewer van die rivier af tot die brug in sig kom. Sy pa steek vas, sy hand op Milo se skouer.

"Net tot hier, Milo. Wag agter die sandsakke by daardie muur, die een met die koeëlmerke."

"Pa . . ."

"Ja, Milo?"

Sy pa haal sy bril af, poets dit met 'n wit sakdoek. Milo merk die sweetdruppels op sy pa se voorkop, op sy bolip, sien die trilling van 'n spiertjie in sy wang.

"Ek sal vir Pa wag." Hy wou sê bid. Hy wens hy het sy ma se Gospa-snoer geleen.

"Dankie, Milo. Jy's 'n dapper seun."

"Pa . . ."

"Ja?"

"Pa sál terugkom?"

"Natuurlik kom ek terug. Moenie bekommerd wees nie, teen donker is ek terug."

Milo kan sien sy pa doen sy bes om te glimlag. Hy druk sy skouers 'n oomblik styf vas.

"Miskien is Ma reg," sê Milo. "Dat Pa nie op die brug moet gaan nie. Dat dit nie Pa se werk is nie."

"Jou ma is reg dat ek geen held is nie, Milo," troos sy pa. "Ek gaan nie heldedade probeer uithaal nie. Ek gaan net vra dat hulle mooi moet dink voordat hulle die Nasionale Biblioteek bombardeer. Dis al. Ek gaan die digbundel vir hulle wys en sê ons moenie mekaar se kulturele erfenis vernietig nie. As hulle nie wil luister nie, kom ek terug."

Milo kyk op, sien oor sy pa se skouer die bord met koeëlgate en die waarskuwing teen sluipskutters: PAZITE, SNAJPER! Die borde is oral in die stad opgerig by plekke wat as gevaarsones beskou word.

"Hoe laat is dit?" vra Milo, sy oë op die fasades en vensters van die geboue oorkant die rivier.

"Dis tyd," sê sy pa. "Dis vyfuur."

In sy hand die wit sakdoek waarmee hy die sweet van sy voorkop afvee. Hy loer om die sandsakke in die brug se rigting.

Milo kyk weer na die geboue oorkant die rivier toe sy pa sy arms om hom sit en hom vasdruk. "Hier's die boek," sê hy.

"A, amper vergeet ek die belangrikste ding."

"Die sakdoek is die belangrikste ding," sê Milo.

"Bly agter die sandsakke, Milo. En voor sononder is ek terug."

Sy oë volg sy pa agter die muur en sakke uit, die eerste, huiwerige treë brug toe. Geen ander lewende siel op straat nie, maar Milo weet: uit baie vensters word sy pa se bewegings deur vele oë gevolg.

Sy pa bereik die sypaadjie van die brug. Geen verkeer nie. Sy regterhand met die wit sakdoek is omhoog, die bundel in die ander hand langs sy sy. Hy loop stadig, kyk nie rond nie, sy blik gerig op die straatvlak voor sy voete.

Dan, ineens, die skerp gesuis van 'n koeël, die plof van die loodpunt wat die beton van die brug tref, 'n skerf uitruk. Milo ken daardie geluid van 'n sluipskietkoeël, al hoor hy nie die klap van die skoot nie. Hy sien hoe sy pa op die brug vassteek, die wit sakdoek wapperend in sy hand.

'n Tweede koeël.

Milo soek vir die flits van ontbrandingsgasse uit die loop van die sluipskietgeweer, al weet hy van die flitsdempers. Maar dan: is dit tog 'n rokie, daar hoog teen die muur van die Visoki Predstavnikgebou?

Hy loer weer na sy pa op die brug. Dié staan asof versteen, nou met albei arms omhoog uitgestrek, in die een die digbundel, in die ander die sakdoek.

Hulle probeer hom net ontsenu, dink Milo. Hy kyk van sy pa af terug na die gebou waar hy meen hy 'n rookdamp gesien het. Weer 'n pof van rook. Nou is hy seker. Weer die suising, die dowwe slag van die koeëlpunt teen die brug.

Milo tel die vensters. Sewende verdieping, maar die rook is nie by 'n venster nie. Hy weet ook van die gleuwe vir die sluipskutters se lope. Dié sluipskutter skiet met 'n geweer sonder 'n flitsdemper.

Bly staan, Pa, bid Milo sag. Drie skote al. Iets is verkeerd; dis nie net waarskuwingskote nie. Dan sien hy in die laatmiddagson die skaduwee van die loop teen die muur van die gebou.

"Pa!" roep hy. "Kom terug!"

Sy pa kyk om na hom, begin retireer.

"Hardloop, Pa!"

Sy pa swaai om, struikel.

Zing!

Milo begin tel. Sy pa op 'n skuifeldraffie terug, boek en sakdoek in uitgestrekte hande.

Zing!

Agtien tellings tussen die skote.

Sy pa in 'n halwe tol, laat sak sy arms, gaan sit, kom orent, waggel 'n paar tree, gaan sit weer.

"Pa!" roep Milo. Noudat sy pa gaan sit het, kan hy hom nie meer op die brug sien van waar hy agter die sandsakke skuil nie.

"Kom, Pa! Nog net 'n entjie!"

Zing!

Milo begin weer tel; vyftien tellings om veilig te wees. Sy bene is dood, sy spiere verlam, in sy longe is geen suurstof nie, in sy skedel rammel sy brein.

Drie . . . vier . . .

Hy kom op.

Ses . . . sewe . . .

Agter die sandsakke uit, in die oopte vir die sluipskutter se geweer.

Nege . . . tien . . .

Hardloop teen die steilte uit na waar die brug begin. Sy pa sit nie, hy lê.

Twaalf . . . dertien . . .

Sy pa draai sy gesig na Milo toe, sy wang vol stof. "Terug, Milo . . . gaan terug." Sy stem is anders, skor.

Vyftien . . . sestien . . .

Milo skarrel terug soos 'n kat, duik agter die sandsakke in.

Zing!

Dié een was vir hom bedoel. Die sluipskutter het nou ook sy posisie gekry.

Milo hoop sy pa bly net so lê. Hy weet sy pa is 'n duidelike teiken vir die sluipskutter op die sewende verdieping, maar die aandag is nou afgelei. As sy pa nie beweeg nie, sal die sluipskutter sy aandag aan Milo gee. Hy sal wag vir 'n kans, 'n beweging, 'n glimp van 'n liggaamsdeel.

Dit word 'n spel van geduld. En dis nog ure voor sononder, voor Milo en sy pa die beskutting van die nag kan probeer gebruik om weg te kom.

"Pa! Kan Pa my hoor?" roep hy brug toe.

Hy luister. Niks nie.

Harder: "Pa!"

Geen antwoord nie.

Milo voel die paniek in hom, dit smoor sy keel, laat jaag sy hart. Miskien is sy pa gewond. Miskien is hy besig om dood te bloei op die brug. Maar hy durf nie agter die sandsakke en muur uitkom nie. As hy uitkom, is hy dood, dit weet hy. Dan is daar géén hoop vir sy pa nie.

Milo is maer, dog taai soos 'n sening. Ál Sarajewo se kinders is maer. Maer en taai, en hulle weet hoe om te oorleef. Om sy pa te red, kan Milo nie ure wag tot dit donker is nie. Hy beur aan 'n sak vol sand, rol dit af op die bak van sy waterkar. Die plank kraak. Hy weet nie hoe sterk die as is nie, hoeveel sandsakke die plankbak kan dra voor dit meegee nie. Hy rol 'n tweede sak op die eerste een, hoor weer die gekraak, nou onheilspellender. Besluit om nie 'n kans te waag met 'n derde sak nie.

Hy stoot die waterkar agter die muur uit, sy blik op die sewende verdieping van die gebou. Sien die rookdamp, hoor die dowwe slag van die koeël in een van die sakke op sy waterkar.

Skuilend agter die twee sakke kruip en hyg en stoot Milo sy waterkar agteruit in die rigting van die brug. Tydsaam, want die wa met die sakke is swaar. Tussen die skote tel hy. Die tempo is nou vinniger, die koeëls minder akkuraat gegroepeer, asof die skut se ongeduld die oorhand kry.

By sy pa sien hy die bloed.

"Pa . . ."

Sy pa tuur met halfgeslote oë die lug in. Tussen sy lippe, effe van mekaar weggetrek, glim die nat wit van 'n tand. Sonder sy bril is sy pa se oë vreemd en bleek. Die bril lê onder sy kop, een van die lense in fyn glassplinters. 'n Hoek van die wit sakdoek is steeds tussen sy vingers; die boek het uit sy ander hand geglip. Die omslag het rooi smeersels op van sy lang vingers waarvan bloed drup en begin stol.

"Nee . . ." snik Milo, lig sy pa se kop tussen sy hande op.

Hy loer van onder die waterkar na die fasade van die gebou waar die onsigbare sluipskutter skuil. Gaan lê langs sy pa, die liggaam nog warm, asof hy net dut.

Milo lê lank so langs sy pa. Die koeëls wat steeds in die sandsakke doef, doef, doef is net vae geluide in 'n ander tyd, 'n ander wêreld.

Dan is dit stil, en dis die stilte wat hom uit sy beneweling wek. Hy stoot sy bolyf met 'n arm op, loer oor die sandsakke op na die gebou. Gaan sit dan kruisbeen langs sy pa, vou die bril se oorstukke toe, druk dit in sy pa se baadjiesak. Hy reik na die wit sakdoek en vee die bloed van sy pa se voorkop en hare af.

Hy draai sy gesig na die weste toe. In die laaste lig van die son is die voue van die berghange van Bjelašnica en Igman bedek met lang, diep skaduwees. Die miswolke verkleur soos bloed wat in water vloei.

Hy strek sy bene uit en gaan lê weer langs sy pa, 'n hand teen sy pa se wang sodat hy die baardstoppels teen sy palm kan voel. Hy lê en wag vir die son om weg te sak. Hy sluit nie sy oë nie, lê en kyk hoe die lig vervaag en die grysheid oor die brug en stad al donkerder raak. Tussen die newels van die wolke sien hy die eerste sterre flikker, en kyk hoe een in 'n lang vonkende boog in die hemel sterf.

Terwyl Milo vir die beskerming van die nag wag, begin 'n saadjie in die warboel van sy kop wortelskiet sonder dat hy daarvan bewus is. Sy ma was reg, dink hy, niemand kan vertrou word nie. En in die vuil straat op die brug waar sy pa se bloed in die sand en stof stol, weet hy dat alles verander het. Hulle lewe as gesin is nou onherroeplik anders: syne, en dié van sy ma en sy suster Kaja, net nege jaar oud.

Hulle was eens sewe in daardie beknopte woonstel in Strossmayer, maar soos elke ander familie in Sarajewo is hulle uitgedun. Sy oupa in die watertou, sy ouma in die broodtou. Maar die ergste, tot vandag, was Jasmina in die laaste sneeu voor die somer, daar teen die hang van die Jahorina-berg waar die items vir vroueski in 1984 se Olimpiese Winterspele plaasgevind het.

Sy ma het stiller geword ná Jasmina se dood. Ook sy pa. Álmal het stiller geword. In hulle woonstel word nie meer gelag nie.

Hoe lank hy daar lê, weet hy nie. Toe hy sy oë oopmaak, lê die nag oor Sarajewo. Teen sy hand is sy pa se wang nou koud.

Milo kom stadig orent. Net hier en daar is nog 'n gloeilamp in 'n straatlig, ver uitmekaar. Hy steun sag terwyl hy die eerste sandsak van die waterkar kantel, en kreun harder met die tweede een. Sy pa se liggaam is, soos almal s'n, uitgeteer, maar Milo sukkel om hom op die wa te kry, op sy rug sodat sy voete en onderbene agter kan afhang. Met sy hand op die stang loer hy vir oulaas op na die gebou waaruit die skote gevuur is. Dan sleep hy die wa met sy pa van die brug af, om die skerp draai met die skermmuur en sandsakke en waarskuwingsbord, tot onder in die oewerstraat, terug na die ou dorp toe.

In Baščaršija, in 'n steeg agter die Sebilj-fontein, nou opgedroog, is dokter Buzuk. Dokter Buzuk sal weet wat om te doen. Hy sal help om sy pa van die wa af te lig en in te dra. Dokter Buzuk sal sy pa versorg en dan, wanneer sy pa versorg is, sal Milo Strossmayer toe loop waar sy ma nou al angstig moet wag, sy en Kaja.

Hy dink aan die angs op sy ma se skraal gesig terwyl hy sy waterkar met sy pa se liggaam oor die keistene trek, verby die plein van die katedraal, met Ferhadija langs die ou buurt binne. Kop onderstebo is hy onbewus van die stom gesigte agter die kantgordyne van vensters. Hulle ken Milo en sy waterkar, en hulle het Tomislav Borić geken.

"Jy kan hier sit en wag, Milo. Wil jy tee hê?"

Milo skud sy kop. Dokter Buzuk het sy pa ondersoek en oor die burgerbandradio die lykswa van die Koševo-hospitaal ontbied.

“Ek sal die boodskap vir jou ma vat.”

Milo skud weer sy kop. “Ék sal. Ek sal vir haar vertel.”

“Ek sal saamgaan.”

“Nee.”

“Wag tot ek klaar is.”

“Nee.”

“Vat twee slaappille vir haar. Die skok sal groot wees.”

“Sy’t dit verwag.”

“Gee vir haar die pille, een vir vanaand. Wil jy ook ’n pil hê?”

“Nee.”

“Jy moet huil, Milo. Dis al wat help. Jy moet huil, nie opkrop nie.”

“Ek moet sterk wees vir my ma. En vir my suster.”

“Ek kom woonstel toe wanneer hulle jou pa kom haal het. Wag daar vir my, sê vir jou ma ek’s op pad.”

Milo stap in die nag uit. Hy trek sy leë wa deur die ou buurt se smal steë, wonder hoe hy die nuus aan sy ma gaan oordra.

Maar sy sal sien, dink hy. Sy sal op sy gesig sien dat sy pa nie terugkom nie, aan die trane op sy wange, die bewerasie wat sy hele lyf laat ruk. Sy ma het dit vermoed, en wanneer hy die deur oopmaak, sal sy weet dat sy reg was.

5. Bujumbura, Burundi, Hede

Die pasiënt sit roerloos, asof sonder lewensfunksies. Hy háát dit as vreemde mense aan hom vat, veral hierdie betasting van vingers aan sy gesig. 'n Gesig is vir hom byna heilig, meer intiem as enige ander deel van sy liggaam.

Hy kom dit nie agter nie, maar dit is met ingehoue asem dat hy die kussings van die dokter se vingers oor die vel van sy gesig verduur. Die dokter is die eerste mens wat aan sy gesig vat. Nie eens sy moeder het dit gedoen nie, nie so lank hy kan onthou nie.

Eers toe die dokter op die stoel voor hom terugleun, so naby dat hulle knieë aan mekaar raak, ontsnap die asem sag oor sy lippe. En knip die lid van die pasiënt se lui oog, soos die trae sluiter van 'n ou kamera. Dié ooglid het 'n wil van sy eie, uit pas met die ander een. Daaraan kan niks gedoen word nie.

"Die verswakking van die oog se hefspier en orbikulêre spier is 'n aangebore defek," sê die dokter. "Dis nie ptosis wat met chirurgiese prosedure reggestel kan word nie."

Dit weet die pasiënt reeds. Dié diagnose is al gedoen toe hy tien jaar oud was. Hy het geleer om daarmee saam te leef, eerder as die risiko om die sig van sy oog te verloor. Dit sou erger gewees het. Eerder 'n lui oog as 'n blinde oog.

"Koop 'n bril met donker lense," raai die dokter hom aan. "As jy skaam is oor die lui oog, kry 'n bril met gekleurde lense. Amber of pers of blou, selfs geel. Enige kleur wat jou geval. Dis foenkie."

Die pasiënt moet mooi luister na die chirurg se uitspraak. Dokter Lippens praat Engels, dog met 'n aksent. Harde Germaanse *g*'s en *r*'e, nie onverwant aan die taal waaraan die pasiënt se eie oor gewoond is nie. Maar die *oe* is vreemd.

"Jy bedoel funky?"

"Dis wat ek sê: foenkie."

Funky en geel, dié onthou die pasiënt goed. Só 'n bril het hy nog self teer van 'n vrou se kop afgehaal, opgeskuif oor haar swart hare, voordat hy haar op sy werkbank neergelê en met sy koki die pers lyne aan die sagte vel van haar maag en lies getrek het vir sy skalpel.

"En die res?" vra hy vir die chirurg.

"Die res is maklik."

Dokter Lippens klink selfvoldaan en onbeskeie, versmadend byna omdat sy eie gesig geen regstellings nodig het nie. Sý gelaatstrekke in volmaakte proporsie.

"Hoe lank sal dit vat?"

"Weekend facelift – dis wat ons dit noem. Die prosedure duur net 'n paar uur. Jy soek nie die hele proses van ontrimpeling en verjonging en 'n onnodige gesny aan jou vel nie."

"Nee," sê die pasiënt. Geen onnodige snyery aan sy vel nie. Ook wanneer hy self die snywerk doen, is dit nooit onnodig nie.

"En laat ek dit maar self sê: as ék met jou klaar is, sal jy jouself nie herken nie. Gewaarborg, of jou geld terug."

"Hoe lank voor dit genees is?"

"Twee nagte in die hospitaal om seker te maak alles is reg, g'n infeksies en sulke nare goed nie. Dan twee weke tuis, op die langste, my vriend. Twee weke en die swelling sal weg wees, en niemand sal eens vermoed dat jy aan jou gesig laat werk het nie. Wil jy voortgaan?"

My vriend?

"Ja, doen dit."

"Goeie besluit. Jy sal nooit spyt wees nie."

Dokter Lippens staan op, kom met 'n kamera terug.

"Foto's?"

Die pasiënt is besorg. Hy hou nie van foto's van homself nie. Niemand het hom ooit as kind afgeneem nie. Sy moeder het nie foto's van hom in baba-albums versamel nie. Sy grootwordjare is nie met foto's geboekstaaf nie. Hy onthou net een foto waarop hy voorkom, dertien jaar oud tussen sy moeder en sy ouma, streng gesigte, geen glimlag vir die kamera nie.

"Die foto's is vir die prosedure – hulpmiddels op die operasietafel," sê die chirurg. "Dis soos kunstenaars ook werk. Portretskilders en beeldhouers het almal 'n model, dis die werkwyse oor eeue, nee, millennia heen. Michelangelo het modelle gehad vir sy groot werke uit marmer."

"Dis nie wat ék soek nie, nie 'n portret van my eie gesig nie. Ek wil juis 'n ánder gesig hê."

"Maar die foto's help met die proporsies en die proporsies is belangrik, al verander ons aan die gelaatstrekke."

"Neem foto's van jou eie gesig, jy't goeie proporsies. Ek wil 'n skerper neus hê, soos joune. 'n Prominenter ken, soos joune."

"Jy vlei my, meneer Lomas."

"En ek't bakore."

"Die foto's is steeds nodig, al soek jy verfyning van jou gelaatstrekke. Wanneer ek die foto's op my rekenaar gelaai het, kan ek 'n duideliker beeld kry van die verfyning wat ons moet doen, die snitte presies uitmeet voor ons begin."

Hy sit strak voor die flits van die kamera.

"Dis nie net vir sny en hoop vir die beste nie, meneer Lomas. Só kru is ek nie."

Het jy al mý werk gesien? dink die pasiënt. Het jy al gesien hoe fyn ék met 'n skalpel kan werk?

"Ja," sê dokter Lippens, die foto's nou voor hom op sy rekenaarskerm, "aan jou gesig is baie werk nodig, dis duidelik. En as dit is wat jy graag wil hê, sal ek tog van my eie proporsies in ag neem. Miskien my gesig oor 'n foto van joune superponeer en kyk hoe ons jou kan help. Hoe klink dit?"

Die pasiënt swyg net. Dis sy droom, nee, obsessie, om 'n gesig oor syne te superponeer. Maar nie hierdie dokter s'n nie. Nee, die teder, saggebreide vel van 'n jong vrou. En nie op 'n foto nie; hy wil haar gesig oor syne aantrek, haar vel oor syne voel.

Hy wou vir homself so 'n nuwe gesig present gee op sy vyftigste verjaardag. Maar hy was op vlug en kon sy verjaardag nie vier nie.

Dokter Lippens neem weer sy plek op die stoel in, skuif effe nader, begin weer met sy vingers tas. Die pasiënt verstyf opnuut, maar laat die chirurg begaan. Dis hoe hy met sy eie vingers graag die vel van die donateurs op sý operasiebed ondersoek het.

"Die neus is die belangrikste element. 'n Neus is reg in die middel van die gesig, die estetiese fokuspunt. Gee die gesig sterkte, gee karakter. Fisionomie is eeue oud. Selfs die ou Grieke het 'n man beoordeel deur bloot na sy gelaatstrekke te kyk."

"Wanneer kan jy begin?"

"'n Tiende van 'n sekonde. Dis hoe lank dit ons vat om met die eerste aanblik van iemand se gesig 'n besluit oor sy persoonlikheid te neem: hy gee om, hy kan vertrou word, hy's aggressief, hy's 'n introvert, hy's deeglik, hy's skelm . . . Het jy dit geweet, meneer Lomas?"

"Ek wil die foto's hê wanneer jy klaar is."

"As aandenking van jou ou gesig? Ja, ek sal dit vir jou op 'n geheueskyf aflaai. Maar ek hou altyd foto's van my pasiënte. Vir die rekord. Het jy al gehoor van die halo van aantreklikheid?"

Die pasiënt skud sy kop, dink aan die foto's wat op die chirurg se rekenaar gaan agterbly.

"Die halo van aantreklikheid . . . mense wat beskou word as aantreklik, kry die meeste Valentynskaartjies, word gesien as sosiaal aanvaarbaar, seksueel aanloklik, intelligent, gelukkig, gesond. Hulle is gewild en word simpatiek behandel – selfs deur die howe."

"Hoe lyk 'n gesig wat nié vertrou kan word nie?" wil die pasiënt weet. Hy wantrou die gesig van hierdie dokter.

"Die hoeke van die mond trek af, die wenkbroue vorm 'n V."

"Wat van 'n babagesig?"

"Iemand met 'n babagesig – en ek sê nie jý het so 'n gesig nie – word beskou as naïef, 'n bietjie van 'n sissie."

Die pasiënt het al oor fisionomie nagelees, selfs oor etologie en frenologie, en baie oor lui oë. En veral oor mans wat as ou babyface bespot en gehoon word. Die chirurg weet nie – of het vergeet, vermoed hy – van oogvlekke aan die vlerke en liggame van sekere skoenlappers, motte en visse wat oë naboots om predatore te verwar en te ontwyk. Dis ook van toepassing op 'n man met 'n babagesig: die eerste indruk, in 'n tiende van 'n sekonde, is dat so iemand naïef en onderdanig is. Maar nes die mot se vals ogie nie 'n regte oog is nie, is die babagesig se eienaar nie 'n baba nie. Dit weet hy uit eie ervaring.

"Die ken is amper net so belangrik as die neus," sê die chirurg terwyl hy met 'n skuifpasser die mates van die pasiënt se gesig neem. "Die ken bring balans en harmonie aan die gesig. Aan die ken sal ons beslis iets moet doen. Of in jou geval, gebrek aan 'n ken."

"En die ore." Die pasiënt kyk na die lang, swart hare op die dokter se vingers, ruik die reuk van sy vel.

"Ja," sê dokter Lippens, sy opgewonde asem teen die pasiënt se wange. "Die ore moet proporsioneel wees tot die grootte en vorm van die gesig en kop. Ons sal aan die ore werk, hulle terugdruk teen die skedel, miskien 'n bietjie snoei aan die kraakbeen en vel vir 'n gewenste vorm."

"Soos joune."

"Presies," sê dokter Lippens. "As ek mag sê, en ek hou daarvan om eerlik te wees met my pasiënte: ás iemand gedink het jy't 'n babagesig, sal hulle hul woorde moet sluk wanneer ek met jou klaar is."

In die spens van die pasiënt se geheue – en hy vergeet nooit gesigte nie – onthou hy nou vir Konrad Lorenz, etoloog en wenner van 'n Nobelprys: iemand met 'n babagesig wek 'n gevoel by mense dat hulle hom wil koester en beskerm. En Leslie Zebrowitz, sielkundige van die Brandeis-universiteit in Waltham, Massachusetts: mans met 'n babagesig stimuleer die amigdala, die emosionele sentrum van die brein, by ander mense. Ook het sy in haar navorsing bevind: mans met babagesigte is, oor die algemeen, beter gekwalifiseerd, beslis oor wat hulle wil hê, en die wenners van meer militêre medaljes as mans wat meer volwasse lyk.

Maar daar is 'n kinkel, daar is áltyd 'n kinkel: sulke babagesigmans, het sy bevind, oorkompenseer vir hulle tekortkominge.

Hulle is gewoonlik ook meer twissoekerig en vyandig, en meer geneig, soos Al Capone, tot kriminaliteit.

"Lippens?" vra die pasiënt. "Is dit . . .?"

"Belgies. Oorspronklik van Gent. Maar ná Burundi se onafhanklikwording was dit nie die utopie waarop almal hier gehoop het nie. Gesondheidsdienste was maar net een van die dinge wat ineengestort het. Hulle is terug na die ou koloniale meester om kundiges te werf: ingenieurs en onderwysers, verpleegsters en dokters."

Ja, ek weet jy's 'n Belg, dink die pasiënt. Dis waarom ek hier is. Ek het jou uitgesoek vir hierdie prosedure aan my gesig.

"Is jy steeds 'n Belgiese burger?"

"Natuurlik. Permanente verblyfreg hier, maar hoekom sal ek my burgerskap en paspoort opsê vir Burundi?"

Die pasiënt knik net. Stem in tot 'n endoskopiese mini-ritidektomie, met rinoplastie, mentoplastie en otoplastie. Die blefaroplastie los hy, besluit op 'n bril met amber lense.

Hy lê twee nagte aan 'n drup met glukose in die Prince Louis Rwagasore-kliniek in die Rue Pierre Ngendandumwe. Daar is gaasverband om sy hele kop gedraai, behalwe sy oë en mond. Hy kan sien wanneer die chirurg inkom om sy handewerk te inspekteer, wanneer die verpleegsters die operasiewonde kom ontsmet en nuwe verbande om sy kop draai.

En hy kan voel. Dit voel asof sy hele gesig in 'n bak met gloeiende kole gedruk is, asof iemand die vel van sy hele gesig met 'n stomp mes gevil het. Pype by sy mond ingedruk, spuitnaalde in sy boud, pille met water by sy lippe, die pyn en koors deur sy hele liggaam.

Hy sien 'n verpleegster en dokter Lippens in 'n vurige fluistergesprek. Hy sien nie die einde van die gesprek nie, verval in 'n koorsige koma.

Toe hy bykom, is die verpleegster alleen langs sy bed, wasig soos 'n skim.

"Hoe voel jy, meneer Lomas?"

Ook sy praat Engels met 'n aksent, maar hiermee is die pasiënt vertroud. Dieselfde Kreoolse tongval as dié van Jules Daagari, sy Burundiese vriend en maskersmous.

"Kan jy my hoor, meneer Lomas?"

Hy kan hoor, vaag deur die verbande om sy gewonde ore van die otoplastie. Maar kan nie praat nie, sy kakebeen styf van die mentoplastie aan sy ken. In die middel van sy gesig 'n pyn asof 'n bokser sy neus gebreek het, van die rinoplastie.

"Hier, vat 'n slukkie water. En laat ek vaseline aan die droë lippe sit. Beter? Kan jy my nou hoor?"

Asof die water en vaseline sy gehoor sal help. Hy knik.

"Jy't ons laat skrik, meneer Lomas. Ons dog dis verby met jou. Infeksie – sepsis. Weet nie waar dit vandaan kom nie. Maar dis die risiko. Altyd kieme, al skrop jy hoe goed. Dè, drink nog water."

"Wrs d fkn kwk?" Moeisaam oor sy droë lippe, keel rou van die pype.

"Hoe sê jy, meneer Lomas?" Sy leun nader, haar oor naby sy vaselinelippe.

"Wrs d fkn kwk?"

"Ek dink jy yl nog, maar die koors is gebreek. Drink hierdie pil, net 'n susmiddel, sodat jy weer kan slaap. Ek sal die verbande vanaand kom omruil."

Sy hand onder die kombers uit, kry haar pols beet. Groot inspanning om die woorde oor sy stembande te kry. "Waar's die fokken kwak?"

Sy steier tru. "Meneer Lomas!"

In sy nek die spiere gespan. "Haal die verbande af. Bring 'n spieël."

"Kalmeer nou eers," sê die verpleegster. "Ek kan dit nie afhaal nie, dis te gevaarlik. Antibiotiese salf vir die wonde . . ."

"Roep dokter Lippens."

"Hy's nie hier nie, hy's by sy spreekkamer. Hy sal vanaand kom wanneer ek die verbande omruil. Drink die pil en rus."

Hy sluk die pil, lê terug teen die kussings, raak lomerig, sluimer in.

Toe hy wakker word, voel hy beter, lê haar en inwag. Buite, deur die venster, daal die aand oor Bujumbura. Sy bed is die naaste aan die venster, sodat hy net sy kop hoef te draai om uit te kyk. Hy is bly oor die venster, wil nie ingedruk wees tussen ander beddens en pasiënte wat neul en kerm nie.

Hy wag, sluit sy oë, luister na die gedreun en getoet van karre buite in die straat.

Dan voel hy haar teenwoordigheid, hoor haar stem bokant hom: "Is dit nog seer? Het jy nog pyn?"

Haar vingers by sy ore waar sy die verband lostorring.

"Waar's die dokter?"

"Kom later, doen nog sy saalrondtes. Die ore lyk goed, meneer Lomas. Jy't nou mooi ore, kabouterore. Ek dink hulle kan nou oop bly, lug kry, nie meer nodig vir verbande en pleisters nie. Amper genees."

"Hoe lank is ek al hier?"

"Vyf dae. Dis waarom die wonde al byna genees het. Kom ons kyk na die gesig."

"Net twee nagte, het hy gesê. Dan kon ek huis toe gaan."

"Daar was komplikasies . . . A, die neus." Klik met haar tong. "Nee, aan die neus sal weer 'n bietjie getimmer en geskaaf moet word. Gesond, maar nog nie reg nie. Oor so 'n maand moet jy weer kom vir die neus."

"Bring die spieël."

Sy draai die laaste verband los, verwyder die gaas van sy ken. "O nee, die ken ook. Dis waar die ergste infeksie was: die nuwe ken."

Hy probeer uit die bed opstaan, sy druk hom terug.

"Ek wil sien!"

"Netnou, netnou. Laat ek dit eers reinig. Ons wil nie met 'n nuwe infeksie sit nie, wil ons, meneer Lomas?"

Hy lê terug, laat haar toe om sy gesig met watte en 'n koel vloeistof te baai, die ontsmetmiddel skerp in sy neus.

"Kan jy dit ruik? Ek sien jou neus trek op 'n plooi, jy kan ruik. Dis 'n goeie teken. Jou sinusholtes is nie aangetas deur die infeksie nie. Dis goeie nuus, nè?"

"Wat's fout met my neus en ken?"

"Niks is fout nie, meneer Lomas, net onafgehandelde werk as't ware . . . nog onvoltooid."

"Weekend facelift, dis wat hy gesê het, niks van onafgehandelde werk nie!"

"Hy kon die komplikasies nie voorsien het nie."

"Ek moet badkamer toe gaan."

"Ek bring die pan."

"Ek wil nie die pan hê nie."

Sy help hom uit die bed uit.

"Haal die drup uit my arm."

"Mag nie." Sy hou die kamerjas vir hom. "Dokter moet sy toestemming gee. Kom, stadig nou eers. Bietjie lighoofdig? Leun op my skouer tot jou bene sterk genoeg voel. Kan jy alleen staan?"

Hy begin hoes, vee die speeksel met die agterkant van sy hand van sy lippe af.

"Kry jy verkoue, meneer Lomas? Kan ook die nagevolge van die koors wees."

Sy hang die kamerjas om sy skouers, oor die hospitaaljurk sodat sy rug en boude bedek is. Hy is kort van statuur, neig tot plompheid, veral om die heupe en boude, en vet ronde dye.

"Hoesstroop. Kan ek iets kry vir die hoes?"

"Ek weet nie, sal eers die dokter moet vra."

"Chamberlain's, dis onskadelik. Net 'n paar slukkies Chamberlain's vir die hoes en die rou keel."

"Ek sal kry."

Hy slof deur toe, die staander van die drup in sy een hand. Die vel van sy gesig nog styf, maar nou verlos van die verbande. In die badkamer kry hy die spieël.

Hy herken nie die gesig nie. Hy was kenloos. Nou is daar 'n ken in die spieël, 'n grote, die vel ingevalle soos kraters op die maan se oppervlak. Die eens plat neus is nou skerp en skeef, die punt opgebuig, die neusvleuels gesper.

'n Karikatuur – dís die gesig wat hy in die badkamerspieël aanskou. Net sy oë herken hy. Die trae knip van die lui oog.

Jy is nie mooi nie, het sy moeder vir hom gesê, moet dit nie vererger deur leuens te vertel nie. Hy was toe tien, twaalf jaar oud. Later, op dertig, het sy gesê: Elke mens verdien die gesig wat hy het. Hy het nie geweet wat sy daarmee bedoel nie.

Onafgehandelde werk. Om die neus reguit te maak, die punt af te buig, die neusvleuels te vernou. En aan die ken te timmer. Die kratervel van die infeksie, weet hy, is gedane sake. Daaraan kan niks gedoen word nie. Hy ken huide en velle, en sien nie kans vir 'n veloorplanting nie. Daarvoor is die risiko té groot, in hierdie plek met sy gevaar van infeksie.

Hy skuifel met die drup terug na die groot saal, verby beddens vol kreunende, kermende mans, kruip terug onder die komberse van sy bed by die venster. Neem 'n sluk van die hoesstroop uit die bruin bottel. Hy hou van die dropsmaak, die streling van die dik stroop in sy keel.

Hy vat nog 'n sluk, lê hoog op teen die kussings en bestudeer die etiket op die bottel, die bestanddele van die mengsel: liquorice, ipecac-ekstrak, die preserveermiddel natriumbensoaat. Hy plaas die bottel op die bedkas terug. Ipecac. Sy moeder het ipecacstroop vir sy pa en broer gegee toe hulle die nag skielik saam siek geword het. Ipecac-stroop was 'n huismedisyne om vomering te stimuleer as iemand per ongeluk iets giftigs inkry. Nie vir sy pa en broer gehelp nie.

Hy dwing hulle uit sy gedagtes, wag op die besoek van dokter Lippens. Hy wens hy het sy MP3 gehad om na Paganini te luister.

Sy gedagtes draai na Jules van Bujumbura wat hy in Johannesburg ontmoet het, Jules wat die Afrikamaskers vir hom gebring het vir sy galery met etniese artefakte in die mall. Al sy pragtige, outentieke maskers wat van die mure af met hom gepraat het, hulle stories en legendes en mites met hom gedeel het. Nou weg, in bokse gepak, besig om stof te vergaar in 'n donker, muwwe kamer waar die polisie se bewysmateriaal toegesluit word.

Kon nie verhelp word nie, kon hulle nie saambring nie, die vlug voor die polisie uit te skielik, te haastig, so onverwags. Maar hy sal ander kry, saam met Jules, op hulle reise deur Afrika. Na die

Bwa en Nuna in Burkina Faso, die Bamana in Mali, die seldsame oorlogmaskers van die Grebo in die Ivoorkus.

Ja, hy sal graag 'n Grebo wil gaan soek. Die klein, ronde ogies, simbolies van waaksaamheid en aggressie, die tande skerp gepunt en ontbloot, die reguit neus as uitbeelding van onversetlikheid – soos sy eie, nuwe neus, al is dit krom. 'n Grebo as aanduiding van die nuwe fase van sy lewe en sy lot, nou bevry van die keurslyf wat hom vyftig jaar aan sy moeder vasgebind het. 'n Grebo in die plek van sy geliefde Punu wat hy aan 'n gesiglose skedel agtergelaat het.

"Meneer Lomas, bly om te sien dat jy weer met ons is."

Hy maak sy oë oop, sien die perfekte proporsies van die chirurg se gelaatstrekke, die harmonie en balans wat die neus en ken aan die gesig verleen. Ruik die sagte aroma van naskeermiddel aan die vleklose vel. Hoor die oe en a en 'm-'m terwyl die vingers die vel van sy wange, neus, ken, ore betas en inspekteer, voel die koue metaal van die stetoskoop teen sy bors.

"Hoeveel prosedures vir kosmetiese chirurgie het jy al uitgevoer, dokter Lippens?"

"Die neus is nie reg nie. Die stut het verskuif toe ons die infeksie probeer behandel het. Kraakbeen het skeef aangegroei."

"Hoeveel?"

"Honderde. Rekonstruktiewe chirurgie, dis eintlik my veld. Slagoffers van brande, ongelukke, skietvoorvalle, deformiteite met geboorte."

"Jy't gesê twee nagte."

"Aan die ken sal ons ook moet skaaf, miskien 'n kleiner inplanting, nie so prominent nie. Maar beter as geen ken nie, nè, meneer Lomas? Ten minste hét jy nou 'n ken." Sy glimlag meewarig.

Die pasiënt lieg nie graag nie, daaroor het sy moeder hom kleintyd ernstig betig, vuur en swael oor sy kop. Maar soms, so glo hy, is 'n wit leuen onvermydelik, sal selfs sy moeder dit verstaan en hom verskoon.

"Kan ek oor 'n maand kom vir die laaste werk aan my gesig?

Die verpleegster het gesê 'n maand. Tyd vir herstel van die sagte weefsel, dan sal ek gereed wees vir die regstellings."

"Natuurlik, meneer Lomas. Ek's bly dat jy dit in so 'n goeie lig beskou, dat jy begrip het vir die risiko's en gevare van infeksie. Jy sal nie glo nie, maar ek het al pasiënte gehad wat buite weste van woede raak wanneer die verbande verwyder word."

"Dan word ek nou ontslaan?"

"Miskien môreoggend. Bring nog vannag in die hospitaal deur, vir veiligheid. Ek's trots op jou ore, dié het mooi uitgekom. Plat teen jou kop, Michelangelo kon dit nie beter gedoen het nie."

Kabouterore.

"Hoekom Burundi?" vis hy uit. "Is Europa nie vir jou beter nie, waar die gevaar van infeksie nie so groot is vir jou pasiënte nie? Verkies jou vrou nie om eerder dáár te bly as hier in Afrika nie?"

"Dan gaan ek nou eers. Nog pasiënte om te besoek voor ek huis toe kan gaan, en dis al byna tienuur. En dit op 'n Saterdagaand! G'n tyd vir myself nie. Môreoggend vroeg sal ek kom kyk. As alles reg is, teken ek die vorm vir jou ontslag. Reg so, meneer Lomas?"

"Hy's nie getroud nie," skinder die verpleegster toe die dokter by die saal uit is.

"O," sê die pasiënt. "Ek wil nie gepla word nie, wil nou slaap. Maak die gordyne om die bed toe."

Hy wag tot sy uit is, trek die drup se naald uit sy arm, trek die kamerjas aan, bind die gordel om sy bultende buik. Soek sy skoene in die bedkas van blik waarvan die wit emaljeverf plek-plek afdop en roeskolle uitslaan. In die bedkas, by sy klere en skoene, is sy beursie, horlosie, sleutels vir sy viertrekbakkie en die deur van die agterkamer wat hy by die weduwee Demarcéne huur. En 'n mes met 'n lem van vlekvrye staal, bedoel vir taai senings en kraakbeen wanneer diere geslag word, vervaardig deur J. Russell & Co. van Turner's Falls in Massachusetts.

Hy druk die mes in die kamerjas se sak en stap na die venster. Die saal is nou feitlik stil, die skerp ligte verdof, net hier en daar uit

’n bed nog ’n sug of ’n steun, voordat die slaappille en susmiddels vir die nag hulle werk begin doen.

Hy maak die knip los, skuif die raam op, voel die vars lug van die soel, subtropiese nag op sy gewonde gesig. Hy klouter uit, druk die raam af. Die kliniek met sy groot gronde is op die hoek van twee strate, sy venster aan die sykant waar die personeel hulle karre parkeer. Voor by die hoofingang is plek vir besoekers, en vir ambulanse na die trauma-ingang langsaan.

Hy staan onder die akasia langs die muur, ’n roerlose beeld in sy kamerjas. Bespied die skadu’s en donker omgewing, kyk ’n slag deur die takke op na die hemel, sien geen sterre nie, bedek deur donker wolke wat van die Tanganjika-meer af begin opsteek.

Maar dan kom iemand by die sydeur uit, klim in ’n kar en ry weg. Sy fokus dadelik terug by die karre van die nagskofpersoneel, op die deur en die groot groen metaalhouers vir hospitaalafval wat soggens weggery word.

’n Halfuur verstryk voordat die deur met die flou buitelig en bordjie NO UNAUTHORISED ENTRY: HOSPITAL STAFF ONLY weer oopgaan. Dokter Lippens kom uit, wit jas oor sy arm gevou.

Hy stap onder die akasia uit na die kar waarheen die chirurg mik. Die dokter moet sy voetstappe gehoor het, want hy kyk om, steek vas, sê verras: “Meneer Lomas!”

“Ek wou nog iets vir jou gesê het, dokter . . .”

“Wat soek jy hier? Jy hoort in die bed.”

“Ek wou gesê het: ek het gelieg.”

“Wat?”

“Dat ek oor ’n maand gaan terugkom vir die regstellings aan my neus en ken. Ek’t weer gedink: ek hou van die skerp, krom neus. En ek hou van die ken. Dis ’n sterk ken, dit sê iets van my geaardheid.”

“Dis ’n verrassing. Is jy seker?”

“Al waarvan ek nié hou nie, is die pokmerke aan die vel van my ken.”

“Ja, dis jammer, dis van die sepsis.”

"My vel was altyd mooi en sag, soos 'n baba s'n. Ek hou van 'n sagte vel sonder letsels. Ou baby-face, het hulle my genoem."

"Veloorplantings . . . ons kan dit probeer. Maar kan ons môre daaroor praat, môreoggend met my laaste konsultasie voor ek jou ontslag teken?" Dokter Lippens sluit sy deur oop, sit sy dokterstas in die kar.

Hy tree nader aan die oop deur, trek sy kamerjas uit, lê dit op die sitplek neer, vat die jas uit dokter Lippens se hand.

"Wat doen jy nou?"

As antwoord die lem van die Russell-mes teen die sagte vel van die kuiltjie in dokter Lippens se keel.

"Meneer Lomas . . . ek . . ."

"Bly stil. Druk die kar se deur toe."

"Ek . . ."

Hy prik die vel, 'n bloederigheid verskyn.

"Kom ons stap na die tuine daar agter. Miskien is daar 'n plek waar ons kan sit en gesels. En tjoepstil, dokter. Stap voor."

In die stap wikkel hy hom met 'n gesukkel in die dokter se jas in. Por Lippens met 'n stamp in die rug tot in die donkerte van die parkgronde, na 'n hoek uit sig van die sydeur en parkeerterrein. In 'n sak van die jas, langs die stetoskoop, kry hy die latekshandskoene, standaardtoerusting vir medici en paramedici in hierdie tyd van vigs.

Hy sien die wag-'n-bietjies en frangipani's in die glimmering van enkele straatligte, en nader, die ruie boskasie. Hy ruik die reën in die lug.

"Oukei, ons kan hier gesels."

Dokter Lippens draai om. Die hef van die Russell-mes tref hom teen sy slaap, met soveel krag dat hy struikel, sy ewewig verloor, in die ruigte inval.

Hy gaan sit bo-op die chirurg se buik, pen hom teen die grond vas, trek die handskoene aan, en sluit sy sterk vingers om Lippens se nek, kragtige duime op sy slagare, al die krag en gewig van sy bolyf en arms op die keel en nek gekonsentreer.

"Dankie vir die nuwe gesig, dokter. Nie presies wat ek wou hê nie, maar onherkenbaar, dis die belangrikste. En ek's jammer dat ek vir jou gelieg het. Twee keer. Ek kom nie oor 'n maand terug nie, en my regte naam is nie meneer Lomas nie."

Hy voel hoe die hartklop onder sy vingers vervaag soos die fladdering van 'n voël. Dan verdwyn. Om seker te maak, haal hy die stetoskoop uit en druk dit teen die dokter se bors. Niks nie.

Hy staan op, vou die stetoskoop in die sak terug, knoop die jas toe en begin werk met die Russell-mes. Die eerste sny is aan die vel van die haarlyn op die dokter se voorkop, daar waar 'n kundige kosmetiese chirurg met sy skalpel sal begin met die prosedure vir 'n tradisionele gesigsontrimpeling. Nie die drie fyn snye vir die endoskoop se toegang vir 'n weekend facelift nie.

6. Sarajewo, Bosnië-Herzegowina, 1991 – 1993

Vlatko Galić het kaartgespeel en gedrink en gespog oor die blonde vrou van 'n posmeester in Vukovar. Hy het geld op die kaarte verloor en gedrink en gespog oor die rooikopvrou van 'n hotelportier in Prijedor. Besope het hy gelag oor tweelingsusters in Banja Luka. En wat met hulle pa en ma gebeur het. Hy het die hele middag gedrink en vergeefs gewag op die hoer wat beloof is.

Nou klim hy op die sewende verdieping uit die hysbak. Dis lankal donker. Hy stamp die deur van die woonstel oop, word begroet deur die reuk van kruitdampe en brandewyn. Die deur word nie gesluit nie. Niemand waag dit op die sewende verdieping nie.

In die lig van die kaal gloeilamp teen die plafon sit-lê Zoran kop op die arms by die tafel. Die alkohol het sy sinusse laat opswel. Hy snork onrustig, haal moeilik en rukkerig asem. Grys skaduwees sonder duidelike vorm in die flou lig, van die paraffienlantern langs sy kop op die tafel, van die leë Slivo-bottel, van die AK se kolf op die vloer, die loop nog in die skietgleuf, van die leë doppies op die vloer.

'n Fokken oorlog, dink Vlatko. Dan onthou hy van die bibliotekaris.

Hy skud Zoran aan die skouer en gaan staan by die venster, tuur uit in die maanlose nag. Hy kan die brug uitmaak, maar nie detail nie, in die vae gloeiing van die laaste straatlig in Vrbanjastraat voor die brug. Draai terug tafel toe.

"Zoran!"

Zoran lig sy kop op, vryf sy oë, vryf sy ongeskeerde wange, druk vingers deur slierte van olierige hare.

"Die bibliotekaris. Het hy gekom? Was hy op die brug?"

Zoran gaap. Bruin tande. Sy vingers soek die pakkie met swart seroete. Die gekrap van 'n vuurhoutjie, bytende reuk van swael toe die geel liggie flikker. Hy blaas 'n dun straal rookasem na Vlatko toe hy opkyk.

"Ek't hom gekry."

"Gekry?"

"Ek dink ek't die bibliotekaris doodgeskiet. En 'n kind ook. Jong seun."

"Jy't twee magasyne nodig gehad vir 'n pa en seun?" vra Vlatko.

"Fok jou," sê Zoran. "Kom ons gaan kyk op die brug."

Hulle stap uit met 'n sterk flits, af met die hysbak, die paar blokke brug toe.

"Daar's hulle." Zoran beduie met die flits na twee donker hope op die brug. Loop nader, steek vas, skop met die staalpunt van sy stewel.

"Dis twee sakke," sê Vlatko.

"Hier's bloed." Die skynsel van Zoran se flitslig op 'n bloedplas.

Vlatko buk, tel die boek op. "Jy skiet twee magasyne leeg op 'n bibliotekaris en sy seun, en al wat jy daarvoor kan wys, is 'n bloedkol en 'n boek?"

Vlatko vou die digbundel oop, merk in die flitslig die kwitansie van 'n fietswinkel, uitgemaak aan "Tomislav Borić", adres in Strossmayer-straat.

"Kom!" sê Zoran.

"Waarheen?" vra Vlatko.

"Ons gaan soek hulle. By daai adres."

Hulle weet waar Strossmayer is, álmal ken Strossmayer. Nie 'n buurt waar Serwiese vegters of sluipskutters van die Romanija-korps tuis of veilig voel nie. Maar Vlatko en Zoran het nie uniforms of wapens saam nie, net 'n mes en 'n kwitansie in 'n digbundel. En dis donker.

Hulle kry die gebou, klop aan die deur op die tweede verdieping.

"Tomislav?" sê die vrou wat die deur oopmaak, afwagting op haar gesig.

"Is Pa-hulle terug?" Die opgewonde stem van 'n dogtertjie agter haar.

Die vrou probeer die deur toestamp, maar voor sy kan gil of uitroep, sluit Vlatko se hand om haar mond. "Sjuut . . ." sê hy met sy drankasem in haar nek.

En om die dogtertjie se mond sluit Zoran se hand.

Vlatko skop die deur van binne toe, fluister vir die vrou in sy arms: "Wie's nog hier?"

Skud haar kop, oë gesper.

"Niemand nie?"

Skud weer haar kop.

"Tomislav Borić? Waar's hy?"

Mompeling agter Vlatko se hand. Hy gee effe skiet, luister met sy oor by haar mond, voel haar sagte rondinge deur die materiaal van haar rok. Dink aan die hoer wat nooit opgedaag het nie.

"Hy's nie hier nie," sê Vlatko.

"Het jy 'n seun?" vra Zoran.

Sy knik.

"En hy's saam met sy pa?"

Sy knik.

"En hulle's nog nie tuis nie?"

Knik.

Zoran haal die mes uit sy sak, die lem spring oop. Hy druk dit teen die rosige wang van die verskrikte kind.

"Ek gaan jou mond los," sê Vlatko. "As jy skree of enigiets probeer, sny hy jou kind."

Hy vat sy hand weg, sy steier agteruit. Hy lag, sy oë op die deining van haar bors. Hy loer na Zoran, 'n grynslag ook om sý mond terwyl hy die dogtertjie met die blonde hare in sy arms vashou.

* * *

Milo bêre sy waterkar in die ketelkamer van die woonstelgebou. By die buitedeur van die portaal wag hy vir twee mans in generfde leerbaadjies en vuil jeans op pad uit. Vee die nattigheid met 'n handpalm van sy wange af. Wonder of hy nie tog maar vir dokter Buzuk moet wag nie.

Een van die twee mans lag. Milo staan vir hulle opsy. Hulle wange is ongeskeer, hare ongewas, tatoe teen die nek van die een met die gebleikte hare. Die bek van 'n hond, of 'n wolf, lyk dit vir Milo.

In die woonstel wag sy ma en suster. Hulle wag op die veilige tuiskoms van hom en sy pa. Milo lag nie, hy bring 'n tyding van dood, in hierdie stad van trane.

Hy ruik die sweet en vuil van die mans se klere en liggame. Een steek vas, draai terug na hom, betrag hom agterdogtig. Die een wat nie lag nie, die een met die gemene gesig, lippe weggetrek van slegte tande.

Hy leun na Milo oor, die reuk van alkohol op sy asem. "Waar loop jy dié tyd van die aand rond? Dis amper tienuur."

Tienuur begin die aandklok, tot sesuur soggens.

"Waar bly jy? In watter woonstel?" vra die een met die gebleikte hare en hondekop aan sy nek.

Milo ken die strate, het 'n neus vir die godskreiende drek wat sy stad oorgeneem het. "Bly nie hier nie," mompel hy.

"Wat kom soek jy dan?" vra die een met die slegte tande.

Vermy die oë, het Milo geleer. Oogkontak is nie goed nie, dit word gelees as parmantig, uitdagend.

"Kom haal my huiswerkboek," sê hy, oë neergeslaan.

"Is dit bloed daar aan jou klere?" vra hondekop-tatoe.

Milo knik.

"Wie se bloed?"

Milo haal sy skouers op. "Bom."

"Waar?"

"Omladinska."

Hondekop-tatoe lyk tevrede. Hy sal weet: Omladinska is vyf honderd tree van die BiH-presidensie, die teiken van 122 mmhouwitsers uit die heuwels van Mojmilo en Vrace. As mense nog in woonstelgeboue in daardie omgewing wil bly, is dit hulle saak; die houwitsers is onakkuraat en die Serwiese skutters gee nie om vir kollaterale skade nie.

Milo sien die spatsels en vlekke en stof op hulle verweerde stewels, aan hulle broekspype. Bloed ook aan húlle klere, dink hy. Hulle kan BiH-renegate wees, Kroate of Bosniaks. Sy pa het probeer verduidelik van die vae skeidslyn tussen vriend en vyand, van die ingewikkelde rassepolitiek, van etniese suiwering. Die twee mans kan ook Bosniese Serwiërs wees wat op nuwe teikens kom spioeneer het en nou op pad terug is na hulle kanonne in die berge. Die ander aand, voor sy besluit om met die digbundel oor die Vrbanja-brug te stap om vir die behoud van die Nasionale Biblioteek te gaan pleit, het sy pa gesê om na 'n antwoord te soek vir die gebeure in Sarajewo, is soos om te soek na 'n gesig in 'n spieël vol rook.

"Waar's jou pa?" vra die een met die slegte tande.

"Omladinska."

"Waar die bom was?"

Milo knik, kyk nie op nie.

"Waar werk jou pa?" vra hondekop-tatoe.

"Oslobodjenje," lieg Milo.

"Die koerant se gebou?"

Milo knik net. Die Oslobodjenje-gebou is aan die westekant van die stad, ver weg.

"Lieg jy?" vra slegte tande.

"Los hom, Zoran," sê hondekop-tatoe. "Lyk bietjie simpel, harsings pap van die bomme."

Hulle stap uit, en Milo gaan skoorvoetend met die trappe op. Voor die deur huiwer hy, teug diep na asem, delf na krag om vir sy ma die nuus te bring van die gebeure op die brug. Hopelik slaap Kaja al.

Sy hand reik na die deur, bly in die lug hang toe hy in die gang se lig die vlekke aan die deurknop sien. Sy brein traag om dit te registreer as smeersels van gestolde bloed.

Hy stoot die deur oop, word nie deur sy ma begroet nie, word nie deur Kaja verwelkom nie. Die woonstel is stil. In die donkerte lê 'n vreemde reuk soos 'n onsigbare mislaag oor die bekende, gerusstellende aromas van sy blyplek. En agter die laag voel hy die teenwoordigheid van iets aan, 'n ding wat nie in sy kop wil vorm kry nie, 'n amorfe onheilsding.

"Ma!" roep hy in die stilte in.

Die donker woonstel . . . Sy ma sou 'n lamp aangesteek het as die krag af was, sou nie in die donker saam met Kaja op hulle sit en wag het nie. Is die krag dan af? Nee, in die portaal het 'n gloeilamp gebrand waar die twee mans hom uitgevra het.

Hy soek na die skakelaar. "Ma! Kaja! Waar's julle?"

Die woonstel het net twee slaapkamers, een vir sy ouers en een waarin sy oupa en ouma vroeër geslaap het. Hulle drie kinders het op die ou mat in die sitkamer geslaap. Elke aand hulle beddegoed gaan uitrol, elke oggend hulle beddegoed opgerol. Nadat eers oupa Juro en daarna ouma Brana gesterf het, het hy, Jasmina en Kaja in die tweede slaapkamer ingetrek. Nadat 'n mortierskerf Jasmina getref het, het hy en Kaja alleen die tweede slaapkamer gedeel, dikwels dieselfde bed.

Hy kry hulle op sy ouers se bed. Hy bly in die deur staan. Vir 'n oomblik wil sy brein nie begryp en verklaar wat sy oë sien nie. Die nakende vrou op die bed ken hy nie. So tenger, die skraal bene en arms, die ribbes onder die melkwit vel geëts. Oë oop, starend na die plafon, 'n bloederigheid uit haar neus en uit 'n hoek van die mond teen haar ken af.

Nee, dink Milo verlig, dit is nie sy ma nie. Sy ma is nie só dun en maer nie, sy ma kan gesels en vertroos, en wanneer sy hom teen haar aandruk, voel hy haar warm, knusse vlesigheid.

Sy blik verskuif na die dogtertjie langs die vrou. Ook dié lê wit en broos. So onuitstaanbaar treurig, dié vergete poppie sonder klere. Haar blonde hare deurmekaar, oor haar wang 'n bruinrooi smeersel.

Met sy rug teen die muur sak Milo op sy hurke af, dan plat op sy boude. Hy sit op die vloer en al wat hy kan sien, is die profiel van die vrou se gesig, en haar hare op die kussing onder haar kop. Langs die bed hang haar arm af vloer toe. Hy staar na haar profiel, kyk 'n slag op na die plafon om te soek na dit wat haar so mesmeriseer.

Toe hy terugkyk na die vrou op die bed, volg sy blik haar arm af vloer toe. Hy sien die Gospa-snoer in haar hand, die snoer van vrede. Die kraletjies verstrik tussen haar vingers, die krusifiks van die silwer-Jesus wat net-net aan die vloer raak.

Met sy rug teen die muur begin Milo se liggaam ruk, sonder 'n geluid uit sy mond. Hy staan nie op nie, maar kom vooroor op sy knieë aangekruip bed toe. Hy strek sy hand na hare uit, haar vel nog warm onder sy vingers.

"Ma . . ." fluister hy.

Haar oë is oop, maar sy antwoord nie.

"Ma," sê Milo.

Dan begryp hy. Dit tref hom nie soos 'n hou teen die bors nie. Eerder soos lae wat weggeskil word soos sy ma die lowwe van die uie aftrek. Totdat elke laag weggeskil is, en die volle verskrikking van die dag se gebeure ontbloot lê.

Hy gaan langs die bed sit en voel 'n nuwe sensasie. Nie van smart nie; dié het hy opgebruik op die lang pad van die brug af met sy pa agterop sy waterkar. Die nuwe gewaarwording is van 'n digte, swart skaduwee wat oor sy wese kom lê, die haat en die magtelose woede wat hy op die brug gevoel het, maar nie kon herken nie.

Hy haal die bidsnoer tussen sy ma se vingers uit, klem dit vas.

Skielik 'n geluid. Hy lig sy kop op. Hoor dit weer: 'n kreun. Sy ma lê stil, steeds in dieselfde posisie, sonder 'n oog wat knip.

Nou 'n sagte hyging.

Milo spring op, sien die beweging langs sy ma op die bed, die lippe wat smak, die smal bors wat lig en sak.

"Kaja!"

Hy storm om die bed, pluk die laken oor die naakte liggame, vat sy suster se hand, roep deur die woonstel, sy gille by die voordeur uit, deur dun mure: "Help! Help!"

Hulle kom help; almal ken die bibliotekaris en sy gesin. Iemand word gestuur om dokter Buzuk te ontbied, terwyl gewillige vrouehande die liggame op die bed begin ondersoek.

"Arme Milka," sê 'n buurvrou.

"Hou vir Kaja in 'n kombers warm," sê 'n ander een.

"Waar's Tomislav dan?" vra 'n derde.

"En Milo? Het iemand vir Milo gesien? Hy was dan nou net nog hier."

Milo hoor die stemme, maar reageer nie daarop nie. In die samedromming sluip hy by die woonstel uit, die nag in.

7. Bujumbura, Burundi, Hede

Abel stap terug, stroop die handskoene af. Hy is nou sonder die doktersjas, net in die hospitaal se nagjurk. Toegevou in die jas, besmeer van vars bloed, dra hy die gesig van dokter August Lippens.

Hy druk die jas en handskoene in een van die groot groen metaalhouers vir hospitaalafval. Kyk vlugtig rond, gebruik die soom van sy nagjurk om die deur van die dokter se kar oop te maak. Hy trek sy kamerjas aan. Vroetel in die swart dokterstas, kry 'n paar artikels waarna hy soek, ook 'n spuitnaald.

Sonder om die ligte aan te skakel, luier hy in eerste rat uit die parkeerterrein, parkeer die kar in die systraat, laat die sleutel in die aansitter. Hy maak seker dat hy geen vingerafdrukke aan die kar laat nie, stap terug hospitaal toe, klim deur die venster na sy saal. Maak die vensterknip vas en vee ook hier alle tekens van afdrukke af. Hy poets sy skoene met snesies uit 'n boks op sy bedkas, en skoon van enige spatsel bloed bêre hy hulle by sy klere.

Hy gaan sit op die bed, met sy plomp dye, en sy kaal voete swaaiend onder die soom van die kamerjas reik hy na die bruin bottel hoesstroop. Sy adamsappel wip terwyl hy sluk, totdat die hele bottel leeg is.

Hy stap badkamer toe, trek die kamerjas uit, was sy gesig en hande en urineer in die leë hoesstroopbottel. Hy suig 'n paar milligram in die spuitnaald op, klop die naald met sy vinger om lugborrels te laat ontsnap en spuit homself onderhuids met die urine in die oksel van sy linkerarm in. Hy spoel die naald in die toilet af.

Op pad terug na sy bed deponeer hy die hoesstroopbottel en

spuit in 'n snippermandjie by die deur van die saal, tussen ou watte, pleisters en verbande, gereed vir 'n nagverpleegster om dit vroegoggend, voor die einde van haar skof, buite in 'n afvalhouer te gaan gooi.

Hy pof sy kussings op, klim terug in sy bed, skuifel totdat hy gemaklik lê, vroetel sy tone knus onder die komberse in, en sluit sy oë.

Binne 'n halfuur voel hy die effek van die oordosis ipecac wat hy saam met die hoesstroop ingekry het. Sametrekkings in sy maag en slukderm. Hy begin op sy bed opgooi. Net ná middernag druk hy die noodknop om die nagverpleegster te ontbied.

In sy oksel ontwikkel infeksie weens die inspuiting. Die infeksie begin versprei en sy voorkop gloei. Teen vieruur die oggend, terwyl die reën teen die ruite kletter, skiet die telling van sy witbloedselle die hoogte in.

In 'n deliriese toestand, met nou ook die matrone en ander nagverpleegsters om sy bed, wagtend op die diensdoenende dokter by trauma, trek 'n sweem van 'n glimlag om die lippe van die koorsige pasiënt. Wanneer die liggaam van die kwak in die ruigte onder die frangipani ontdek word, wanneer die tyd van sy dood bepaal is, sal geen suspisie op meneer Lomas val nie. Dié pasiënt het 'n soliede alibi: hy was in sy hospitaalbed, siek soos 'n hond, die infeksie opnuut opgevlam maar nou versprei, daarvan sal die hele nagkorps van Saal B kan getuig.

En die arme man het juis so goed herstel, sal die traumadokter byvoeg. Het selfs, as jy mooi kyk, fisionomiese trekke van dokter Lippens.

Op die tweede dag breek die koors, is die infeksie onder beheer.

"Waar's my dokter?" vra Abel. "Ek soek my dokter."

"Ons kry nie jou dokter nie," sê die verpleegster en vee met 'n koel waslap oor sy gesig. Die swelsels en verkleurings en littekens het nou feitlik genees, net nog enkele vae wit merke is oor, agter die ore waar die vel en kraakbeen met steke aan die skedel geheg is, en onder die ken waar die prominente inplanting gedoen is.

"Kan ek huis toe gaan? Dokter Lippens sou my ontslaan het."

"Hy het al twee dae nie by sy spreekkamer opgedaag nie. Niemand weet wat van hom geword het nie."

"Hoe kan 'n dokter net verdwyn?" vra Abel.

"Dis 'n raaisel," sê die verpleegster.

"Dan ontslaan ek myself. En as hy eendag opdaag, sê ek sal by sy spreekkamer 'n afspraak kom maak vir die regstellings waarvan hy gepraat het, vir my neus en ken."

"Jou ontslag is op eie risiko, meneer Lomas. As iets gebeur, miskien nuwe infeksie, kan die kliniek nie aanspreeklik gehou word nie."

"Ek sal teken, julle vrywaar. Bring die vorm. Wat van my medisyne?"

"Dokter Lippens het geen voorskrif gelaat nie."

"Kan ek iets kry vir pyn? En miskien antibiotika, as die infeksie weer begin?"

"Ek sal 'n voorskrif vra by die traumadokter wat jou behandel het."

"Trek die gordyne om my bed toe."

Abel verklee in sy eie klere, druk die hospitaaljurk saam met sy paar persoonlike besittings in 'n plastieksak. Hy ry in sy viertrekbakkie met die bullbars en dik verchroomde uitlaatpyp na sy losieshuis toe. Die bakkie het 'n Burundiese lisensieskyf en nommerplate. Sy vriend Jules Daagari het daardie dokumentasie hanteer.

Jules het goeie kontakte. Hy het die losieshuis aanbeveel, en help Abel ook met ander sake. Jules spog dat sy vervalser – hy noem hom sy "fabricateur" – énige soort dokument kan namaak.

In sy buitekamer gaan lê Abel op sy bed, die gordyne toegetrek. Hy drink van sy medisyne, raak aan die slaap. Dis nag toe hy wakker word.

Eers nou pak hy die inhoud van die plastieksak uit. Die Russellmes vou hy in die gesighanddoek oop en was dit deeglik in warm water en bleikmiddel met 'n sterk ammoniumreuk. Hy skrop die lem en hef met sy naelborsel. Hy weet nie hoe gesofistikeerd forensiese ondersoekers in Bujumbura is nie, maar as hulle oor tegnieke en middels soos Luminol beskik om latente bloed onder 'n ultravioletlig op te spoor, sal die bleikmiddel alle bloedspore van die mes verwyder.

Hy besluit om vir veiligheid ontslae te raak van die skoene wat hy aangehad het, én van die slaapjurk. Die bos sleutels uit dokter Lippens se tas beskou hy aandagtig. Hy wonder of die polisie al begin het met hulle ondersoek na die vermiste chirurg. Hy twyfel. Dit duur gewoonlik 'n paar dae. Die meeste mense wat as vermis aangemeld word, is nooit werklik vermis nie. Saam met 'n minnaar weg, skuil vir skuldeisers. Hy wonder of dokter Lippens, op sy ouderdom, 'n minnares gehad het. Die verpleegster het geskinder dat hy ongetroud was.

Halftwaalf stap Abel uit die erf van sy losieshuis die nag in. 'n Warm nag, vogtig aan sy vel, van die misbank wat van die Tanganjika-meer oor die stad opgestoot het en nou laag soos lappe in die boomtakke en oor die strate hang. Hy het 'n flits, maar gebruik dit nie. In die mis is elke straatlig 'n dowwe wit stralekrans. Dit duur minder as twintig minute na dokter Lippens se ou huis waar Abel die chirurg as meneer Lomas besoek het, die voorste vertrekke as konsultasiekamers ingerig.

Uit die vensters van die huis is, soos Abel verwag het, geen skynsel van lig nie. Hy stap om na die agterdeur, toets die sleutels in die slot. Stoot die deur oop, sien ook geen knippende rooi sensorogies nie. Hoor geen alarm wat afgaan nie. Reeds tydens sy konsultasiebesoek het hy die gebrek aan 'n alarmstelsel opgemerk.

Die stil, donker huis ruik bedompig en muwwerig. Hy ondersoek elke vertrek in die lig van die flits. Kry die spreekkamer waar hy op die stoel gesit het terwyl die vreemde vingers die vel van sy gesig betas het. Hy kyk rond, sien die boks met latekshandskoene op 'n kabinet. Hy trek twee handskoene aan voordat hy die rekenaar aanskakel. Die boks druk hy in sy plastieksak.

In die kabinet is pasiënteleêrs geliasseer. Hy soek na L, haal die een uit met die naam LOMAS, plaas dit ook in sy plastieksak, saam met 'n notablok met die dokter se gedrukte briefhoof waarop hy sy medisynevoorskrifte aan pasiënte uitskryf.

Op die rekenaar kry Abel die foto's van sy ou gesig. Hy staar 'n oomblik na die bekende gelaatstrekke, sug 'n slag sag, en wis dit uit. Daarna ook die elektroniese lêer oor pasiënt Lomas se rekonstruktiewe gesigchirurgie. Hy kom maklik reg met die rekenaar, want hy gebruik self 'n gevorderde sagtewareprogram vir sy aantekeninge oor sy kosmiese waarnemings.

Laastens die dokter se duur digitale kamera. Abel kontroleer dat sy foto's van die geheueskyf verwyder is nadat dit op die rekenaar afgelaai is, knik tevrede.

Nou begin hy na 'n kluis soek. Hy weet die dokter sal 'n kluis hê vir sy persoonlike dokumente en geld. In Bujumbura is 'n kluis noodsaaklik, al is daar dik diefwering voor die vensters. Weens gereelde en onvoorsiene kragonderbrekings maak inwoners van ou huise nie staat op 'n alarmstelsel nie, maar sien ook nie die nodigheid in vir 'n kragopwekker vir 'n alarmstelsel as hulle 'n goedkoop en veilige opsie soos 'n kluis het nie.

Dié vind Abel in die hangkas van die slaapkamer, vasgebout in die betonvloer. 'n Ou Chubb met 'n slot, nie 'n digitale kode wat ingepons word en van elektriese krag afhanklik is nie. Uit die bos soek hy die kluis se sleutel.

Hy stel nie belang in die pakke geldnote in Burundiese frank nie; hy is nie 'n gelddief nie. Hy stel belang in die persoonlike dokumente: die ID-kaart en veral die paspoort. Die maroenkleurige Belgiese paspoort, op die omslag in silwer geëmbosseer: KONINKRIJK BELGIE ROYAUME DE BELGIQUE KONIGREICH BELGIEN.

Hy open die identifikasiebladsy met die naam en foto van die paspoorthouer. AUGUST GODELIEVE LIPPENS. In die lig van die flits bestudeer hy die gesigfoto, spesifiek die neus en ken. Dis 'n ouerige foto, al is die paspoort nog vir vier jaar geldig. Dit sal doen, meen Abel.

Voordat hy vertrek, tik hy 'n kort nota in 'n Microsoft Worddokument op die rekenaar en bêre dit op Desktop, die ikon prominent in die middel van die skerm wanneer iemand die rekenaar sou aanskakel. Hy noem die ikon bloot MESSAGE.

Terug in sy buitekamer oordink hy elke tree, elke stap in dokter Lippens se huis. Hy was sorgvuldig en hy is seker daar sal geen teken van 'n inbraak gevind word nie. En dink: nou hoef hy nie meer Lomas te wees nie, nou is hy Lippens.

Wanneer hy later die oggend wakker word, sal hy aandag gee aan die voorskrifte. Hy vertrou Diprivan; dit is een van die middels waarmee sy moeder behandel is toe sy so siek geword het. 'n Wit emulsiemengsel, soos melk, van soja-olie en Propofol. Dokters noem dit skertsend "milk of amnesia"; dokters hou van binnegrappe.

Propofol is 'n sterk sedasie wat gewoonlik as narkose toegedien word, maar in Diprivan is Propofol 'n vinnigwerkende susmiddel teen angstigheid. Binne veertig sekondes ná toediening, hetsy binneaars of deur 'n inspuiting in 'n groot aar aan die voorarm, verval die pasiënt in 'n koma. Hy sal op dokter Lippens se voorskrifblok 'n preskripsie uitskryf vir Diprivan Injectable Emulsion met 10 mg/mL Propofol per ampul.

Sy moeder het nie haar aanval van beroerte oorleef nie, ook nie die popsanger Michael Jackson sy oortoediening van Propofol nie. Maar Diprivan het Abel nog nooit in die steek gelaat nie. Hy het dit al op sy donateurs van velle beproef en die resultate was hoogs bevredigend. Hy is van plan om meer voorskrifte uit te skryf, wat hy by verskillende apteke sal indien om sy voorraad aan te vul. Dokter Lippens, kosmetiese chirurg, sal vertroud wees met Diprivan; sy voorskrifte sal nie bevraagteken word nie.

In sy besit nou drie paspoorte: 'n Suid-Afrikaanse een uitgereik aan Abel Lotz, die nuwe een van dokter Lippens, en meneer Lomas se Portugese een. Die Lomas-paspoort was ook nie te moeilik om te bekom nie. Op sy vlugtog deur Mosambiek na Bujumbura het Abel dit in Beira van die régte meneer Lomas gekry.

Hy het deur die hawestad se strate gedwaal, ontuis, onseker en angstig; Abel is nie 'n sosiale wese nie, ongewoond aan vreemde plekke. Hy het in 'n beskermende huis grootgeword onder die immer wakende oog van sy moeder, sy het hom gelei op die pad wat sy vir hom uitgelê het. Elke besluit het hy eers met haar uitgeklaar, haar goedkeuring en toestemming gevra. Kort voor sy vyftigste verjaardag is sy hele lewe omgekeer; deur die loop van één nag het alles verander, moes hy sy huis, sy galery, sy moeder agterlaat en vlug.

In Beira het hy in die bakkie gesit, verskrik deur die onbekende wat voor hom wag. Agter hom die jagters. Hy kon nie vertoef nie, moes aangaan. In Bujumbura, by sy vriend Jules Daagari, sou hy veilig wees. Nie so veilig as by sy moeder nie, maar Jules sou help, Jules was sy vertroude brug na die onbekende.

In die agterstrate van Beira se hawe het Abel gesoek. Hy het in sy bakkie gesit en die deure van die eet- en drinkplekke dopgehou, die vroue gesien wat die besope mans met hulle sondige liggame verlei, die wellus van die vlees waarteen sy moeder hom so vermaan het, die skending van hulle liggame met tatoes en versiersels. Hy het veral gekyk na die vel van hulle gesigte, die aftakeling en verwaarlosing gesien, en geril. Die vel van só 'n vrou is vir hom 'n gruwel.

Hy het sy blik van hulle af weggedwing; hy het nie 'n vrou gesoek nie, maar 'n man. Iemand in sy middeljare, iemand met 'n babagesig. Die gesigte van die mans wat hy by kroeë en tavernes sien uitstrompel het, het die spore van 'n harde lewe gedra op die groewe en kreukels van hulle vel, en Abel se angstigheid het toegeneem. Hy moes weg, hy moes uit Mosambiek kom, oor die grens na Tanzanië op pad na Burundi. Maar by padblokkades en grensposte sou hulle die bakkie se model en registrasienommer op hulle rekenaars hê, en Abel Lotz se naam wanneer hy sy Suid-Afrikaanse paspoort aanbied.

Toe, die dag van sy vyftigste verjaardag, ontmoet hy meneer Lomas. Abel het in sy bakkie gesit toe meneer Lomas homself met 'n klop teen die ruit as verjaardaggeskenk kom aanbied. Abel het die ruit afgedraai en die reuk herken. Hy het dit baie jare tevore laas ingeadem, maar hy sal dit nóóit vergeet nie. Die reuk van 'n asem vol brandewyn. Die reuk van sy pa en sy broer. Maar hulle is lankal in hul grafte en Abel het na die gesig by sy venster gestaar, die ronde babawange, die vol lippe.

"Você pode me ajudar?"

Die man was dronk en het in tale gepraat.

"Sorrie," het Abel op Engels geantwoord, "verstaan jou nie."

Die man het sy kop skeef gedraai, sy blik probeer fokus iewers op 'n middelafstand agter Abel in die donkerte van die bakkie. Hy het die kwyl met die agterkant van 'n hand van sy ongeskeerde ken afgevee en hom met sy ander hand teen die bakkie se deur probeer stut.

"Você Inglês?"

"Wat?"

"Meu carro . . ." Met die kwylhand beduie na 'n kar, oud en verroes, skeef teen die sypaadjie naby die kroeg se deur. "Minha bateria . . ."

"Jou kar se battery?"

"Sim, sim," het hy opgewonde geknik. "Bateria, bateria."

Abel het na die pleitende gesig gekyk, die ronde oë, effens peulende.

"Klim in. Waar bly jy?"

Die man het om die bakkie gestrompel, op die passasiersitplek ingeskuif. Hy het Abel op die skouer geklop, oorgeleun en vertroulik teen sy wang gesê: "Você é meu amigo. Muito obrigado, obrigado, amigo."

En die pad beduie. Abel moes hom kort-kort uit sy insluimering wek om pad te vra tot voor 'n losieshuis.

"Is dit jou blyplek?"

"Sim, sim."

Hy het vergeefs na die handvatsel getas en Abel moes oorleun om dit oop te knip.

"Muito obrigado," het hy weer gesê en sy gesig na Abel gedraai. "Por favor venha e visite."

Abel het uitgeklim, omgestap om hom uit te help.

"Bly jy alleen?"

"Sim, sim. Venha visitar-me."

Abel het hom aan die arm gevat en na die losieshuis gelei terwyl die man strompelend na sleutels in sy broeksak gesoek het. Abel het die sleutels by hom gevat en die buitedeur oopgesluit.

"Muito obrigado, meu amigo. Tenho vinho para beber."

Die man het in 'n stoel neergeval, ken op die bors, meer speeksel uit sy oop mond oor die baardstoppels teen sy ken af, deur sy neus 'n onreëlmatige ruising.

Abel het die kamer beskou. Eenkant die matras op die vloer, 'n paar stukke klere aan hangers aan die prentelys teen die muur, 'n houtkassie met laaie, nog 'n stoel, 'n draradio op 'n tafeltjie met 'n Formicablad, 'n tweeplaatstofie, vuil borde en eetgerei.

In die kas se laaie onderklere, sokkies, 'n plastieklêer met dokumente: huurkontrak vir die kamer, registrasiesertifikaat vir die ou Toyota, 'n werkspermit, aanstellingsbrief as kok op die tjokkatreiler *Douro*, en 'n paspoort. Diego Bartholomeu Lomas, vyf en veertig jaar oud.

Abel het meneer Lomas uit sy stoel opgelig, die kamer se deur agter hulle gesluit en hom in die bakkie teruggehelp. By die Toyota het Abel die nommerplate afgeskroef, hulle agter onder die kap by sy koffer en vioolsak gegooi, ingeklim en weggery. Teen daglig was hy by die brug oor die Zambezi, honderd en dertig kilometer van Quelimane af. Hy het tussen bosse afgedraai, uit sig van die hoofpad langs die oewer stilgehou en die slapende tjokkakok uitgedra.

Met sy sterk duime het hy op die twee slagare aan die kok se nek gedruk, die opkomende son warm op sy gesig. Daar was geen sparteling nie, net 'n effense konvulsie voor die liggaam verslap het. Hy het die kok in die water gerol, gekyk hoe die stroom hom vat, af see toe – as die krokodille hom nie eerste kry nie. Daarna het hy die Toyota se nommerplate aan die bakkie gesit en gery. En Abel het meneer Lomas geword, met 'n paspoort wat in Lissabon uitgereik is.

Hy het Jules uit Tanzanië gebel; moes seker maak sy vriend is in Bujumbura wanneer hy daar arriveer en nie op een van sy ekspedisies nie. Moes Jules natuurlik inlig oor die rede vir sy onverwagte besoek, hom voorberei as hy dalk in 'n koerant sou lees van 'n Abel Lotz wat die polisie moontlik kan help met inligting oor verskeie moorde in Johannesburg.

"Was daar berigte oor die moorde waarvan ek beskuldig word?" het hy gevra.

"Ja, Mister Lotz," het Jules oor die foon gesê. "Nie lang berigte nie, en weggesteek. In Burundi gebeur baie grusaamhede, vier moorde ver in Johannesburg is nie groot nuus nie."

Viér moorde? het Abel gedink.

"Wat sê die berigte?"

"As ek reg onthou, want dis al 'n tyd terug, dat twee vroue vermoor is. Stukke van hulle vel is uitgesny. En twee mans, dié se gesigte is afgestroop. Hulle noem dit rituele moorde."

"Rituele moorde . . ." het Abel gemymer.

"Afrika is vol rituele moorde, Mister Lotz. Sangomas vermoor kinders, maak moeti van hulle organe. Vroue word in die Kongo as hekse verbrand, en in . . ."

"Net twéé vroue?"

"Dis wat die koerante sê."

In die koffiewinkel wag Jules al, die eerste groot toets vir sy nuwe gesig. Abel haal die bril af vir Jules se inspeksie.

"Is dit regtig jý, Mister Lotz? Ek ken jou nie, net die stem . . . en die oog."

"Die einste ek, Jules. In my gemoed is ek steeds Abel Lotz. Net 'n bietjie aan die gesig laat werk."

"Mister Lotz . . ."

Abel merk sy huiwering, laat hom begaan.

"Mister Lotz, ons reise om na maskers te gaan soek . . ."

Abel sit sy koppie neer, wuif met sy hand voor hulle in die lug.

"Dis oukei, Jules."

"In Jos in Nigerië was stamgevegte, vyf honderd mense dood. In Mali . . ."

"Jy't my baie gehelp. Sonder jou sou ek niks kon regkry nie.

Ek's nie gewoond aan vreemde plekke en vreemde mense nie. En jy't my gehelp, Jules."

"Dis 'n gevaarlike tyd in Afrika."

In Afrika, vermoed Abel, is dit áltyd 'n gevaarlike tyd.

"Ons kan op 'n ander keer gaan, Jules, later, wanneer dit rustiger is. Ek's nie haastig om nou maskers te kry nie."

"Nie? Het jy ander planne, Mister Lotz?"

"Jules, jou gasvryheid oorstelp my. Maar ek vertrek eers na 'n ander bestemming. Ek's nie veilig hier nie."

Verbeel Abel hom, of is daar 'n sweem van verligting op Jules se gesig? Nee, dis sekerlik sy verbeelding.

"Kom jy terug, Mister Lotz?"

"Later, Jules, en dan kan ons ry en die maskers gaan soek. Wanneer Afrika weer rustig is."

"Dis jammer, Mister Lotz. Ek't so uitgesien na ons ekspedisie."

"Dis net uitgestel, nie afgestel nie. Miskien kan jy intussen, soos gewoonlik, alleen gaan soek. Ek sal graag weer met 'n galery wil begin, iewers in Europa, miskien in Hamburg. Die Duitsers vrek oor sulke artefakte uit Afrika, veral outentieke relikte, nie die brouspul van straatsmouse nie."

Jules vra nie uit oor sy Europa-planne nie, en Abel verswyg die naam van sy e-pos-vriend in België. Van Ignaz Bouts in Brugge hoef niemand te weet nie, selfs nie Jules nie.

Abel kan sien sy vriend het nog baie op sy gemoed.

"Mister Lotz, ek's seker daai ding in Johannesburg . . . alles net 'n misverstand, 'n gróót dwaling, nie waar nie?"

"Ja, 'n dwaling, Jules. Maar dis ernstige sake. Daarom dat ek so vinnig moes padgee. Daarom dat ek ook hier onveilig voel. Hulle weet ek's oor die grens Mosambiek toe. Hulle weet ek's iewers in Afrika."

"Maar Mister Lotz, hoekom vlug? Is dit nie beter om jou saak te gaan stel nie?"

"Jules, jy ken die polisie. Ken jy die polisie in Suid-Afrika? Hulle wil nie werk nie. Hulle soek kortpaaie, die weg van die minste weerstand. Hulle kry eers 'n naam, 'n verdagte, vind hom klaar skuldig, en daarná begin soek hulle na bewyse teen hom. Hulle fabriseer en bekonkel dit selfs, dis wat hulle doen. Hulle soek nie éérs die bewyse nie. Is dit nie die bewyse wat na 'n verdagte moet lei nie? Is dit nie hoe dit werk nie, Jules? Ek wil nie in 'n sel gaan sit en krepeer terwyl die regte moordenaar los loop nie. Weet jy wat is die waarde van siviele eise wat elke jaar teen die polisie in Suid-Afrika ingestel word vir wederregtelike arrestasie? Miljoene, Jules. Daarom dat ek so vinnig moes padgee. Sien jý kans om vir iemand anders se dade in die tronk te gaan boet?"

"Nee, Mister Lotz." Jules skud sy kop. "Gaan liewer vort. Laat hulle eers die werklike moordenaar vastrek, dan kan jy terugkom. Dan gaan soek ons saam na die maskers, op jou pad terug Johannesburg toe. Jy gaan mos terug Johannesburg toe, nè, Mister Lotz?"

"My moeder is daar, ek kan haar tog nie alleen los nie."

"En die masker van Idia ook."

"A, die koninginmoeder van Afrika," sug Abel. "Dit was 'n wonderlike ding wat jy vir my gekry het, Jules, daardie masker van Idia." Hy vee oor sy wange, sy vingers onder die nuwe bril met amber lense in.

"Mister Lotz . . . jy hoef nie daaroor te praat nie. Ek't maar net gewonder oor die Idia."

"Dis oukei, Jules." Weer 'n sagte sug. "Dit was 'n pragtige geskenk vir my moeder, so gepas. Jy moes haar gesien het met daardie masker oor haar gesig, so rein en vorstelik. Nou kry ek die kans om Idia se doodsmaskers in die museums te gaan besigtig, in Stuttgart en Londen, miskien selfs die een van ivoor in die Metropolitan in New York."

Jules sit sy koppie neer en skuif sy stoel tru. "Mister Lotz, ek . . ."

"Jules, ek't 'n bespreking op die veerboot. Sal jy my kan vat, as jy nie te besig is nie? Miskien kan ek 'n taxi . . ."

"Ek sal jou vat, Mister Lotz. 'n Vriend ry nie met 'n taxi hawe toe nie. En die bakkie?"

"Sal jy na die bakkie kyk terwyl ek weg is? Jy kan dit gebruik, rondry as jy wil."

"Ek sal hom mooi oppas, Mister Lotz. Dis 'n duur bakkie, kan sien dit het jou baie geld gekos."

Toe Jules Daagari uitstap, bestel Abel nog koffie.

Hy is regtig bly dat daar onder sy slagoffers net twéé vroue is, nie drie nie. Hy is bly dat die adjudant dit tog oorleef het. Adjudant Ella Neser. Die skraal een met die kort, swart hare en funky bril. Hy sou so graag haar vel ook wou oes, was amper klaar toe hy versteur is.

Abel is nie 'n moordenaar nie, net 'n kosmiese reisiger. En die velle is donateurs se bydraes vir die omslae van sy joernale. Hy het al 'n pou, van die konstellasie Pavo, vir die omslag van sy *Kosmiese Reise, Vol. I*, en hy het 'n haas, van die konstellasie Lepus, vir *Kosmiese Reise, Vol. II.* Ella Neser, as sy werk nie so wreed en onverwags onderbreek is nie, was besig om 'n verskietende ster te skenk vir *Kosmiese Reise, Vol. III*, oor sy waarnemings van asteroïede, komete en meteore.

Hy beplan tien volumes, en is vasbeslote om sy ensiklopediese sterre-atlas te voltooi en te laat bind. Op elke omslag die gebreide, getatoeëerde vel van 'n jong vrou, sag soos maagdeperkament. Maar elke tatoe – en dit is 'n streng vereiste – moet van kosmiese betekenis wees. Hy het nog net twee, maar hy het geen twyfel dat hy omslae vir ál tien sy joernale sal kry nie. Daar is baie donateurs, hulle moet net oortuig word om 'n stukkie van hulle vel te skenk.

8. Johannesburg, Suid-Afrika, Hede

Die geheim van 'n goeie sauerkraut-toebroodjie, weet kolonel Silas Sauls, is tweeledig: brood met 'n digte tekstuur en suurkool goed gedreineer; jy wil nie met 'n pappery sit nie. 'n Pap toebroodjie, selfs in die kategorie van "nat toebroodjies", deug nie. Silas háát 'n sawwe koutjie wat hy met sy tong moet afwerk. Hy wil die brood en vulsel onder sy tande voel.

Vir sy sauerkraut-en-soutvleis-toebroodjie gebruik hy donker rogbrood. Dié spesifieke toebroodjie is sonder fiemies, maar soos vir alle ordentlike toebroodjies is die volgorde van die vulsel belangrik vir die smake op die tong. Natuurlik weet Silas, met sy geoefende tong, van die eeu oue mite dat die tong se smaaktepeltjies gekarteer is: die punt vir soet, weerskante voor vir sout, weerskante agter vir suur, heel agter vir bitter. Nie net is dit foutief nie, maar daar is inderdaad ook 'n vyfde smaak: umami, vir die glutamaat wat hoofsaaklik in Japannese kosse voorkom. Umami is egter nie vir Silas van belang nie; hy eet nie soesji nie.

Silas spoel die wyn in sy mond en neem sy eerste hap. Hy kou stadig, geniet die smake en aromas wat sy mondholte vul, sy tong, sagte verhemelte, tot agter by die epiglottis en hoër op in die agterste neusopening waar dit die senuwees van die reukorgaan bereik. Dis die kombinasie van smaak én reuk, meen Silas, wat die eet van 'n goeie toebroodjie so 'n hemelse ervaring maak. Hy geniet sy toebroodjie en slaai, drink sy wyn, en voel besonder behaaglik. En die weduwee Alkaster is 'n nuwe mens, noudat sy einde ten laaste finaal van haar Herkie afskeid geneem het. Herkie, het sy gesê, is nou elders, op 'n beter plek. En sy moet aangaan.

Silas is bly dat die besigheid met ou Herkie oplaas afgeloop het, en so fatsoenlik. Self nie meer in sy fleur nie, en die tyd wat hy nog het, wil hy graag saam met die nou vrolike weduwee verspil. Al beteken dit sekere opofferings, al beteken dit aanpassings aan sy geliefde toebroodjies, minder spek en vet bief, want Mara is besorg oor sy cholesterol. Sê Herkie was genoeg, sy wil nie vir Silas óók voortydig by Wespark gaan inspit nie.

Ja, meen Silas, so 'n inspittery sal nie deug nie, veral nie neffens ou Herkie nie.

Daarom eet hy soutvleis en sauerkraut, en drink Merlot om die are oop te hou. Maar hy is besorg, nie oor Mara en sy toebroodjies nie, oor Ella Neser. Mara het 'n núwe mens geword, Ella 'n ánder mens.

Die persoonlike lewe van sy speurders kwel hom selde. Hulle is meestal ou hande, en hy ken hulle persoonlike gewoontes en eienaardighede. Hy weet, meestal, wat in hulle huise aangaan. Moord-en-roof is sy familie, al is hy nie van die mengsoort nie, al is hy met niemand hand om die blaas nie. As Fred Lange en Jimmy Julies saans saam met hulle vroue tjops op die kole gooi en te veel bier drink, is dit hulle saak. Wat sý saak is, die besigheid van die takbevelvoerder van die eenheid vir ernstige en geweldsmisdaad, is dat hulle die volgende dag by die werk is, moorde oplos. En dit doen hulle. As Tabs Makgaleng en Papi Asmal elke aand hulle vuvuzelas by die sokker wil gaan blaas, skeel dit hom min. As Stallie Stalmeester met jel in sy hare, 'n ketting om sy nek en sy jong boudjies in 'n stywe broek wil gaan uithang, of wat hulle ook al in die Pink Flower-klub doen, is dit sy goeie reg.

Maar Ella kwel hom.

Terwyl hy kou, 'n sluk wyn neem en met 'n voorvinger oor sy gegroomde moestassie vryf, is Silas diep besorg oor sy hanslam. Nie omdat sy die kind is van 'n vriend en eertydse kollega nie, maar omdat sy, op 'n manier wat hy nie beplan of voorsien het nie, die leë plek van sy eie dogter inneem. Dié sien hy selde, en dit pla ook. Dis al tien jaar terug dat sy saam met haar ma uitgewyk het Kaap toe, toe net skerwe van hulle huwelik oorgebly het.

Sy selfoon lui. Fred Lange op nagskof, toegegooi onder dossiere, en nóg een het bygekom: 'n kadawer op 'n straathoek in Hillbrow.

"Sy sit al wéér hier, kolonel."

"Hoe lank?"

"Ure al. Ek weet dis nie my saak nie, maar jy't gesê ons moet bel."

"Wat doen sy? Het jy haar gevra?"

"Sê sy's verveeld by die huis, wil kom werk."

"In die nag?"

"Sê sy sukkel om te slaap."

"Waaraan werk sy? Op siekverlof?"

"Ek't gevra. Skram weg, sê sommer net ou sake, iets om haar besig te hou, niks spesifieks nie."

"Ou sake," sê Silas.

"Dis wat sy sê, maar jy weet mos, kolonel . . ."

Silas weet.

Bel haar op haar sel. "Kan ek oorkom?"

"Ek's nie by die huis nie."

"Hoe laat's jy by die huis? Hoe laat kan ek oorkom?"

Hy bly in Sophiatown, sy 'n klipgooi weg in Westdene.

"Is dit dringend, kolonel?"

"As jy iewers by vriende kuier, kan dit wag."

Kort aarseling voor sy sê: " 'n Halfuur. Gee my 'n halfuur, dan's ek tuis."

"Wil nie 'n lekker kuiertjie onderbreek nie."

"Dis oukei."

Hy was die pan en pot en ander skottelgoed, bedek dit met 'n vadoek in die droograk langs die opwas, trek sy tekkies aan. Mara verpés vuil skottelgoed wat rondstaan ná 'n ete.

Hy wag die ou wit Golfie in die straat voor die Westdene-huis in. Sy is laat, maar hy het dit verwag.

"Wag jy al, kolonel?" vra sy met die uitklim, in slenterbroek en T-hemp, albei effe verkreukel, ook ou tekkies aan die voete.

"Nie juis opgedollie vir kuier nie," sê hy.

"Was gou by die kantoor aan." Sy sluit die kombuisdeur oop. "Nog nie kans gehad vir opruim nie."

Maar vir Fred sê sy sy's verveeld by die huis.

Die kombuistafel lê vol papiere en lêers, blokraaisels uit tydskrifte en koerante, hy skat tien, vyftien, almal voltooi. Bladmusiek.

"Wat het jy gou by die kantoor gaan soek, adjudant?" Hy gaan sit by die deurmekaar tafel.

"Koffie?" vra sy.

"Jy's op siekverlof. As streekkommissaris Pitso hoor jy's op kantoor . . ."

"Ek't bier. Wil jy eerder 'n bier hê?"

"Tee."

"Mos 'n wyndrinker," sê sy. "Fênsie wyndrinker."

"Hoe gaan dit by doktor Landsberg?"

Tee vir hom, koffie vir haar, gaan sit oorkant hom, vroetel aan die papiere op die tafel. Hy merk die eerste keer die pleisters alom die kussings en naels van 'n paar vingers. Twee aan die linkerhand, drie aan die regterhand.

"Uitgeslape Israel toets Griekse magnaat," sê sy.

"Wat?" vra Silas.

"Sewe af: elf letters."

"Kriptiese blokraaisels. Is dít waarmee jy jou besig hou?"

Op na die ou koskas van oregon.

"Ek't karringmelkbeskuit. Kan nie koffie drink sonder beskuit nie."

"Dis van al die sterk koffie dat jy snags nie kan slaap nie."

Sy doop 'n beskuit in die swart koffie, haar oë op die blokraaisel langs haar beker.

Op haar koffiebeker merk hy 'n prent van 'n kat, geel oë, groot en rond: *Some days are just one furball after another*.

"Ella," sê Silas, "luister na doktor Landsberg. Word gesond, en kom dan terug werk toe. Jy verstaan tog die reëls – staande orders – dat jy nie op kantoor mag kom voor die terapeut tevrede is en jou afgeteken het nie."

Nou vang sy oog ook ander leesstof op haar kombuistafel. *Crime Classification Manual: A standard system for investigating and classifying violent crimes.*

"Doktor Landsberg meen musiek kan help."

"Jy't mos 'n lier? Kry sy gekerm nog nie uit my nagmerries nie. 'Ten Little Indians' spook ná sewentien jaar steeds in my kop."

"Ek kry harplesse. By Suki Wolski."

"Jy oefen harp by Suki Wolski met pleisters aan jou vingers?"

Sy bekyk haar vingers, begin die pleisters aftrek.

"Moet hulle lug gee. Eers waterblase, toe bloedblare van die snare. Suki sê as die blase gesond word, verskyn die eelte. Wanneer ek eelte op al my vingers het, sê Suki, begin ek 'n harpspeler word. Behalwe die pinkies. Die pinkies raak nie aan die snare nie, die kussings van die pinkies bly sag."

'n Harpspelende moordspeurder. Wat de moer gaan Fred Lange dáárvan sê?

"En doktor Landsberg meen dié harp-besigheid is 'n vorm van terapie?"

"Doktor Landsberg praat van adult attention deficit hyperactivity disorder, ook bekend as hiperfokus. Ek kan nie op klein dinge konsentreer nie, vergeet waar my kar se sleutels is, vergeet van afsprake, kan nie stilsit nie, maar versink in ander dinge. Dis doktor Landsberg se diagnose."

Hy merk die *Diagnostic and Statistical Manual of Mental Disorders* op die tafel.

"Ja, jy hét rooimiere as kind gehad. Miskien is dit hoekom jou pa die lier gekoop het. Jou pa het dalk van meer geweet as net polisiewerk."

"My pa was straatslim. Nou's hy 'n vegetable."

Silas knik. Dit weet hy alles. Trek 'n dik dokument nader: *Serial Murder – Multi-disciplinary perspectives for investigators.*

"Wat van medisyne? 'n Dêm harp is nie medisyne nie."

"Twintig tot dertig gene," sê sy. "Genetiese navorsers is nog nie seker nie, maar dis hoeveel gene hulle vermoed te doen het met die regulering van dopamien, die natuurlike breinchemikalie wat 'n rol speel in jou aandagspan."

Hy merk die frons. En hoër op, op die haarlyn van die kort swart hare wat sy van haar voorkop wegstoot terwyl sy met haar elmboog op haar papiere leun, is 'n wit letsel. Die elmboog rus op *Fatal Addiction: Ted Bundy's final interview*.

"Hoe word jy behandel? Behalwe met 'n harp."

Sy is 'n ingehoue perd, en Silas weet nie hoe lank hy haar nog in toom sal kan hou nie.

"Doktor Landsberg het my na 'n neuroloog gestuur vir 'n elektro-enkefalogram, om die swakstroomgolwe van my brein te toets. Om te kyk of ek skielik atipiese patrone van breinaktiwiteite het."

"Atipiese patrone?"

Sy kyk op na hom. "Of ek miskien mal geword het van die stamp en die harsingskudding, van hierdie fraktuur aan my skedel." Tik-tik met 'n voorvinger teen die letsel aan haar haarlyn.

Hy lees die titel van nog 'n boek wat uitsteek: *Deviant, The shocking true story of Ed Gein, the original "Psycho"*.

"Abel het dalk 'n elektriese kortsluiting in my prefrontale korteks veroorsaak, sê doktor Landsberg. Daardie deel van my brein wat verantwoordelik is vir al die beplanning en organisering. Toe hy my skedel gekraak het."

Silas staar na haar, vryf oor sy snor. "Klink nie goed nie, Ella."

Sy lag, staan op, sit weer die ketel aan.

"Nee wat, klaar beter. Oor 'n maand is ek terug. Gaan ek hom kry, gaan ek sý skedel induik. Ek bespeel die harp en sluk Dexedrien. Die neuroloog sê dit versterk die vlakke van dopamien en norepienfrien, 'n ander breinhormoon. Om my turbo-aanjaer te beheer."

"Dit, jou turbo-aanjaer, saam met te veel koffie, beneuk jou nagrus. Dis mý diagnose, en ek's nie 'n traumaberader of neuroloog nie. Kyk die swart oogkasse."

"Bespaar op maskara en oogskaduwee, dis darem 'n voordeel."

Hy weet nou van haar kop, wil ook weet van haar maag, waar

Abel se mes die vel begin afslag het nadat hy haar skedel gekraak het. Maar hy swyg, doop 'n beskuit in sy tee.

"Ek sien hy's op Interpol se Groen lys," sê sy.

"Jy't nie nodig om kantoor toe te gaan om dit te sien nie. Jy kan hier, in jou huis, op jou skootrekenaar daarop aanmeld."

"Dis nie dieselfde nie, kolonel."

"Het doktor Landsberg nie gesê jy moet rus en afskakel nie?"

"Ek rus al twee maande lank."

"Met al hierdie goed?" Silas waai met sy hand oor die papiere en boeke en blokraaisels op die kombuistafel.

"Jy moet my sitkamer sien, kolonel, en my slaapkamer."

Hy wil nie sien nie, het genoeg gesien. En hy weet, hy kén haar: hier kom 'n ding.

Hy voel beter toe hy uitstap. Ella Neser se hiperfokus het koers gekry, op 'n harp en op Abel Lotz. Net 'n week of twee, skat hy, en die chaos op haar kombuistafel en in haar kop is opgeruim.

9. Sarajewo, Bosnië-Herzegowina, 1991 – 1993

Archie wonder, vir die soveelste keer, wat hom besiel het om ja te sê vir hierdie versoek.

Sy vriend die Ambassadeur se skuld. Sy vriend die donnerse Ambassadeur wat Archie 'n "backroom boy" noem, wat meen as jy ordentlike papierwerk wil hê, is Archie Boonstra jou man. Natuurlik is "backroom boy" en "ordentlike papierwerk" eufemismes. Die posomskrywing is eerder: senior koverte operateur vir die insameling, analisering en interpretering van gesaghebbende en sensitiewe inligting.

Die Ambassadeur by die VN het 'n woordjie in Manhattan gaan doen en Archie toe kom inpraat in hierdie gemors in. Die Ambassadeur het in sy woordjie uitgebrei oor Archie Boonstra se ervaring toe hy gesekondeer was na die VN-vredesendings in Angola (UNAVEM I en II), in Namibië (UNTAG) en in Mosambiek (UNOMOZ). Hy het Archie Boonstra se ervaring en kennis van ideologiese en gewapende konflik beklemtoon. Kom Archie dan nie self uit 'n land van apartheid en struggle nie? Ken hy dan nie die onverdraagsaamheid van etniese en rassetwiste nie? Archie Boonstra, was die Ambassadeur se oorwoë mening in die kantore van die sekretariaat van die VN in New York, is die ideale moniteerder vir UNPROFOR in Bosnië-Herzegowina waar die Bosniërs – Serwiërs, Bosniaks en Kroate – mekaar skiet pleks van praat.

Wat van die taal? is aan die Ambassadeur gevra. Ken Archie Boonstra, vredemaker, miskien die Cyrilliese alfabet?

Nie waarvan die Ambassadeur bewus is nie. Maar watter taal word in Bosnië-Herzegowina gepraat? Is dit die Štokavskidialek van die Serwiërs en Kroate, of dalk die Bošnjački van die Bosniaks? Sal dit nie beter wees, ter wille van neutraliteit, om 'n tolk beskikbaar te stel totdat Archie die tongvalle begin snap nie?

Archie het Nella gegroet vir die vlug New York toe. Hy het sy huiswerk gedoen oor die geskiedenis van die Balkan, spesifiek oor die Ottomaanse veroweraars, daarna oor die Oostenryks-Hongaarse ryk. Hy het geweet, uit die meer resente geskiedenis, van die noodlottige besoek in 1914 van aartshertog Franz Ferdinand van Oostenryk aan Sarajewo.

Ná die ondertekening en seëling van sy sekondering is Archie Europa toe. Op die Amerikaanse Ramstein-lugmagbasis buite Kaiserslautern in Duitsland het hulle tot donker gewag voordat die Hercules toestemming gekry het om op te styg. Die C-130 het nie eersteklas-sitplekke nie, dis bedoel vir vrag, nie passasiers nie. Archie is in die nag saam met mediese noodvoorraad ingevlieg, die donker 'n beskerming teen die ZU-lugafweer van die Serwiese vestings in die berg Trebević naby Sarajewo se lughawe. Ná die stamperige vliegrit is hy van die lughawe af in 'n wit Panhard-pantserkar van UNPROFOR na sy nuwe woon- en werkplek in die Maarskalk Tito-barakke in die middestad.

Hy bel Nella in hulle huis in Honeydew, Johannesburg. Hy het beloof hy sal bel sodra hy in Sarajewo aankom. Sy is gewoond aan sy lang afwesighede, maar is altyd bekommerd. Sy weet hy sit nie in 'n lugversorgde kantoor met diep matte en 'n mooi uitsig oor Sandton nie.

"Ek het veilig aangekom, Nella. Hoe voel die heup?"

"Die heup is oukei, Archie. Het jy iets gekry om te eet? Hoe's die weer? Jy moet warm aantrek. Die serp wat ek ingepak het . . ."

Hy noem nie die bordjie wat hom begroet het nie. WELCOME TO HELL is nie die woorde wat 'n besorgde vrou in 'n ver land wil hoor nie.

"Die menasiekoffie proe na pis, maar verder gaan dit goed."

"Jou taal, Archie! Jy moet versigtig wees. In die koerante en op TV is verskriklike goed oor wat in Sarajewo gebeur."

"Ek's net 'n papiertier, my vrou, met 'n fênsie titel: SitCenmoniteerder. Ek's veilig. 'n Backroom boy samel net feite in en skei die kaf van die kak. Maar dit ís 'n etniese gemors hier, Nella. Erger as wat ek gedink het, erger as by die huis."

Kofi Annan het self, as ondersekretaris-generaal vir VN-vredesoperasies, die Situation Centre gestig. Dit vorm die spil vir die insameling van inligting aan besluitnemers van die VN-departemente vir vredesoperasies en ondersteuning. In SitCen se operasiekamer moniteer en analiseer Archie daagliks die verslegtende situasie in Sarajewo. Hy stel verslae en ontledings op, ingevolge Resolusie 780 (1992) van die Veiligheidsraad, oor die chronologiese verloop van die Beleg van Sarajewo, beginnende op 6 April 1992.

Archie word gou ingelig dat die eerste beskerming van die stad teen die Serwiese beleg in die hande van die Bosniaks van die 1ste Korps lê. Maar hoor ook dat die 1ste Korps besmet is met kriminele soos Mušan Topalović (alias Caco), eertydse musikant en nou op nege en twintig bevelvoerder van die 10de Bergbrigade, en Ramiz Delalić (alias Ćelo), voormalige tronkvoël en nou bevelvoerder van die 9de Brigade. Dié twee is kop in een mus met die Bosniese Serwiërs in die woonbuurte Kovačići, Grbavica en Hrasno. Caco en Ćelo se boewebendes bring vragte smokkelware oor die Miljacka se brûe na die stad, waar dit teen hoë pryse – en in mededinging met die winsgewende smokkelhandel van Oekraïnse UNPROFOR-soldate – aan die inwoners verkwansel word.

Die tweede linie teen die Serwiese beleëraars is die soldate van die Kroatiese Verdedigingsraad (HVO). Maar Archie se vermoede is dat Kroatiese en Serwiese soldate ook sigarette en kos en inligting oor die Miljacka uitruil. Want in Mostar en ander dele van die BiH beveg ook die Kroate en die Bosniaks mekaar.

Archie se feite kom in sy daaglikse verslae, die agtergrond in sy bylae. Hy noem die bylae, AANHANGSEL VI, die plek waarin die derms uitgeryg word – soms letterlik. Dis vir gebruik wanneer besluite geneem moet word oor individue wat verdink word van menseregtevergrype, en wat ingevolge VN-Resolusie 827 voor die Internasionale Kriminele Tribunaal vir die voormalige Joego-Slawië in Den Haag gedaag gaan word.

Archie stap uit die benoudheid van sy klein kantoor, oor die teer na waar die wit voertuie geparkeer staan. Die aandlug is donker, bewolk en drukkend hier tussen die berge. Dis 'n stad sonder die naggeluide van 'n stad, 'n spookdorp. Dáároan moes hy ook gewoond raak. Hier agter die barakke is wel enkele ligte van die kragopwekkers wanneer die stad se kragtoevoer afgesny word, en dis gereeld, een, twee keer 'n week, soms weke aaneen.

Hy gaan staan by die voertuie en pis teen die Panhard se wiel soos 'n hond. 'n Paar tree weg, sodat hy sy oumansklier met die sterkte van die straal kan diagnoseer. Nie sleg nie, vir sy ouderdom. Hy het lankal vrede gemaak met die feit dat sy onderdele hom sleg in die steek gelaat het. Hy en Nella het nie kinders nie, die skuld op die rekening van sý droë knaters, nie Nella of die Ambassadeur se skuld nie.

Nella sit alleen, sonder kind of kraai, in hulle huis in Honeydew. Darem langs die gholfbaan, panoramiese uitsig op die lang vyfde putjie. Maar dit vergoed nie vir sy afwesigheid nie; daarom word hy toegelaat om oor UNPROFOR se satellietfoon met haar te gesels wanneer daar kragonderbrekings is, of wanneer die telefoonverbindings afgesny is.

Archie keer terug na sy kantoor, gaan sit agter sy lessenaar, skuif die oorfone oor sy ore. Skakel die bandopnemer aan vir die gesprek wat nog getranskribeer moet word vir sy AANHANGSEL VI. Drie stemme: Archie s'n, die tolk s'n en dié van Seval Ganić. Archie sit vooroor geboë, diep frons tussen sy oë terwyl hy luister. En lank nadat hy klaar is, nadat die stemme stil geraak het, sit hy nog so.

Dan lig hy die oorfone af, en bel vir Nella. Wanneer iets hom ontstel, soek hy die sagte stem van sy vrou in sy oor. Dit was so in Angola en Namibië en Mosambiek. En nou in Sarajewo.

"Dis laat, Archie, het iets gebeur? Is jy siek?"

"Ek's nie siek nie, wil net hoor hoe dit met jou gaan."

"Iets het gebeur."

"Nella . . ."

"Kom, Archie, uit daarmee."

"Dit sal jou verveel. Vertel my liewer . . ."

"Archie!"

"Ek't met 'n man gaan gesels. Seval Ganić . . . sy naam is nie belangrik nie. Hy't by 'n waterpomp in Bisrik in 'n tou gestaan en wag vir sy beurt om water te tap. Dis by die brouery se boorgat, die sterkste ondergrondse water in Sarajewo."

"Archie, jy dwaal."

"Dis wat van my verslae verwag word: detail. Hy't 'n geluid gehoor, sjwoess. Dog dis 'n dwarrel deur die takke. Toe val die bom. Die grond skud, hy val. Kan nie hoor of sien nie. Hy praat van 'n groot leegheid voor hy die gille en krete hoor, voor hy die bloed aan sy hande sien."

"Sy eie bloed?"

"Ja. Maar net snye."

"O. En toe?"

"Voor hom lê 'n jong vrou, 'n meisie. Hy kon haar . . . ingewande sien. Sy't haar ingewande in haar hande vasgehou en gehuil en na haar ma geroep. Op 'n sleepwa het nog 'n liggaam gelê, 'n ou man bo-op die bottels en kanne wat hy vir water gebring het, die helfte van sy kop weg."

Hy hoor hoe Nella oor die foon haar asem intrek.

"Dis verskriklik, Archie."

"Ek moet jou nie oor sulke goed bel nie, Nella. Ek's jammer, ek . . ."

"Hoe anders, my man? As jy dit nie met my kan deel nie, hoe anders gaan jy dit uit jou gestel kry? Dis hoekom ek hier is, Archie."

"Dis erge goed wat Seval Ganić beskryf. Dooies, die krete van gewondes en verminktes. En al die bloed. Hy wou help, maar hy kon nie, sê hy. Toe sien hy die seun. Die seun het nie beserings nie, moet ná die bom gekom het. Hy het die ou man op die sleepwa reggeskuif en toe met die sleepwa en dooie man in die rigting van die Latinska-brug geloop. Nella?"

"Ek's nog hier, Archie. Dis oor die seun wat jy gebel het, of hoe?"

"Ek't nie oor 'n spesifieke rede gebel nie, behalwe om jou stem te hoor. As ek jou stem hoor, slaap ek beter."

"Slaap jy sleg?"

"Ek slaap oukei."

"Is jy veilig daar? As jy iets oorkom . . . Ek weet nie wat ek sal doen nie."

"Ek's veilig, my vrou. Jy weet mos, ek's nie 'n held nie. Ek sit in 'n klein kantoortjie in die militêre barakke. Die hele VN-mag beskerm my as't ware."

"Moenie gaan staan en ronddwaal waar hulle die bomme skiet nie."

"Ek sal nie. Nag, my vrou."

"Nag, Archie. Ek mis jou."

10. Johannesburg, Suid-Afrika, Hede

Nadat Silas weg is, gaan sit Ella weer in die kombuis. Oorweeg nog koffie, besluit daarteen.

Sy sit op die regop kombuisstoel, bene effe uitmekaar asof om plek te maak vir 'n harp. Suki Wolski se Wurlitzer is gróót. As sy langs die harp staan, moet sy opkyk. Sewe en veertig snare verteenwoordig die wit klawers van 'n klavier. Sewe pedale vir elke noot op die toonskaal, op elke pedaal posisies vir drie toonhoogtes. Op die Wurlitzer kan sy byna net soveel note speel as op 'n klavier met agt en tagtig klawers. 'n Harp is net 'n kaal klavier, spot Suki.

In die kombuis is die denkbeeldige harp tussen haar knieë, rus dit sag teen haar regterskouer wanneer haar hande en vingers weerskante oor die snare begin streel, haar voete die toonhoogtes van die pedale toets. Sag begin haar vingers aan die snare pluk. In die lug speel sy Herman Hupfeld se "As Time Goes By". Sy dink aan die harmonie en melodie, ritmiese akkoorde, die gee en neem van rubato. Het nie bladmusiek nodig nie, die arrangement is in haar kop. Haar stemming lei haar vingers, sy hoor die note sweef, en sy neurie sag: "You must remember this, a kiss is still a kiss, a sigh is just a sigh, the fundamental things apply, as time goes by . . ."

Nadat sy klaar is, haar vingers nog voor haar oor die denkbeeldige snare, die laaste note nog swewend in die kombuis, open sy haar oë. Sy laat sak haar arms, skuif die stoel nader aan die tafel, vroetel tussen haar papiere.

Dit vreet aan haar. Ted Bundy – aantreklike, intelligente student in sielkunde en die regte – het agt en twintig jong vroue en meisies vermoor. Is uiteindelik ter dood veroordeel vir die moord op die twaalfjarige Kimberly Leach, wie se lyk hy in 'n varkhok agtergelaat het.

"Ek was 'n normale mens, het goeie vriende gehad," sê Bundy die nag van 24 Januarie 1989 in sy laaste onderhoud met die sielkundige James Dobson, die nag voor sy teregstelling. "Ek het 'n normale lewe gelei, behalwe vir hierdie enkele klein, dog baie kragtige en afbrekende geheim wat ek dig in my boesem bewaar het."

Met sy teregstelling om kwart oor sewe die volgende oggend vertoon mense plakkate buite die tronk en dreunsing: "Burn, Bundy, burn!"

Dís wat aan Ella vreet: Wat is die geheim wat Abel Lotz in sý boesem koester? Wat is die geheim van die velle wat hy oes, die vel van háár maag wat hy so amper ook afgeskil het?

En sy weet, want sy bestudeer dit: Abel is nog nie klaar nie. Nes Ted Bundy en Edmund Kemper en al die ander intelligente, én minder slim, reeksmoordenaars nie kon ophou nie. Hulle kán nie ophou nie, hoop selfs hulle word gevang.

Brand, Abel, brand! Dít, neem sy haarself voor, is hoe sy ook sy sondige siel na die regverdige regter sal stuur.

Sy gaan nie terug kantoor toe nie, selfs nie saans nie, weet kolonel Sauls is reg. Streekkommissaris Pitso het vir haar badolie gebring, haar hand geskud en haar beterskap toegewens, voor hy die vorms in triplikaat agtergelaat het. Maar die streekkommissaris se besoek aan haar huisie was net pro forma, dié besef sy alte goed. Dis nie asof die vitterige ou boontjieteller nou skielik 'n prikkelfoto van haar agter sy kakhuis se deur opgeplak het nie. Nee, van die kantoor af sal sy nou maar eers wegbly, tot die konneksies in haar brein gediagnoseer en behandel is, en doktor Landsberg haar afteken.

Natuurlik verhoed niks haar om gim toe te gaan nie. Dit doen sy soggens met oorgawe, dryf haarself op die trapmeul en roeitoestel, ligte gewigte vir haar bene en arms en maagspiere. En laat smiddae, voor skemer, gaan draf sy. Eers net 'n paar kilometer, elke week

’n bietjie verder, nou vyftien kilometer. Sy draf met lang, gemaklike hale van haar bene, minimum beweging van haar arms, nie te hoog opgetrek nie, los langs haar heupe. Sy draf van Westdene op deur Sophiatown, af na die munisipale stortingsterrein, regs om en weer af na Albertskroon, agter Greymont by Agste Straat in by die Alberts Farm-bewaringsgebied, negentig hektaar van natuurlike grasveld.

Sy hou daarvan om op Alberts Farm te gaan draf. Die veld maak haar kop oop, die voëls, die bome, die groot dam. Sy draf in ’n sirkelroete om die dam, die plek waar Abel Lotz se eerste slagoffer gekry is.

’n Tatoe van ’n pou is van haar skouerblad geskalpeer.

Dan regs om na die afloop uit die groot dam na die kleiner leliedam. Daar draai sy links, al met die grens aan Northcliff se kant en kom by die artesiese fontein verby, net onder die kliprantjie en geknoeste stamme waar die fontein uitborrel. Daar waar Abel se tweede slagoffer gelê het.

Haar tatoe van ’n hasie is van haar mooi, ronde boesem gevil.

Verby die historiese grafte in die klein omheinde kerkhof na die koelte van die bloekombome by die parkeerterrein. Hier is die joernalis gekry, die Punu-masker oor sy gestroopte gesig.

By Agste Straat uit, op dieselfde straatroete terug Westdene toe.

Niks of niemand verhoed haar ook om kursusse by te woon oor die jongste forensiese tegnieke of misdaadtoneelbestuur nie. En sy bestudeer FBI-handleidings oor reeksmoordenaars, gaan doen skietoefeninge. Het juis ’n nuwe baba, nie meer die ou lomp Vektor Z88 nie. ’n Italiaanse baba, ’n nuwe 9 mm-Beretta Px4F Storm, sy ligte polimeerraam en greep knus in haar vrouehand. Wanneer sy ’n skoot aftrek, byt die Beretta se terugskop nie haar hand soos die swaar Z88 nie, laat ook nie die loop in die lug opspring nie. Verder weier die meeste outomatiese pistole om te vuur wanneer dit teen ’n aanvaller se liggaam gedruk word, byvoorbeeld maag tot maag, omdat die skuifstuk te ver teruggedruk word. Nie haar klein Beretta nie. Kortom, dink Ella, haar Beretta het al die voordele vir ’n skielike en persoonlike vlakby-konfrontasie.

Dit alles kan sy doen, solank sy nie op aktiewe diens is nie. Of solank die koste van haar buitenshuise bedrywighede geskied sonder die las van selfs net 'n enkele sent op die operasionele of kapitaalbegroting van streekkommissaris Pitso.

Sy bottel badolie staan in 'n kas, want sy bad nie, sy stort. Wanneer sy saans klaar gestort en iets geëet het – laag in kilojoules, hoog in vesel – is dit papiere toe.

"Papiere toe" bestaan uit verskillende kategorieë. Kriptiese blokraaisels. Algemene handleidings oor reeksmoordenaars, psigopate en gevalle van ernstige geestelike afwykings. Spesifieke gevallestudies van die wêreld se berugste reeksmoordenaars. Haar eie omvattende aantekeninge en persoonlike waarnemings en gedagtes oor Abel Lotz (dié beslaan twee dik foliolêers). Haar onthounotas, haar lysie wat sy elke oggend nagaan en items skrap of byvoeg – 'n instelling sedert sy so vergeetagtig geword het van al haar hiperaktiewe energie weens die fraktuur aan haar skedel.

Sy sien dat sy 'n item onderstreep het: hare-afspraak by Mara Alkaster se salon.

Hoewel semanties nie korrek nie, verwys "papiere toe" ook na die groot aansteekbord wat sy gaan koop het saam met die eselstaander vir haar sitkamer. Op hierdie bord het sy kopieë aangebring van al die foto's en kaarte en drukstukke op die bord teen die speurkantoor se muur tydens die ondersoek na die Nagsluiper van Alberts Farm.

Wanneer sy soms voor haar bord op die kunstenaarsesel staan, kan sy verstaan wat doktor Landsberg bedoel met hiperfokus. Dis vir Ella nie ongewoon om tot twee, drie ure hier te staan en elke foto, elke leidraad, elke element te herleef nie.

Regs bo aan die bord het sy 'n haak ingeskroef. Aan die haak hang 'n masker, die Idia-masker wat op die gesig van Abel Lotz se gebalsemde ma gekry is.

Ella sou graag nog 'n masker aan 'n haak links bo aan haar bord wou hê: die Punu wat op die joernalis gekry is. Maar die Punu word as bewysstuk bewaar, saam met kartondose vol ander bewysstukke en leidrade. Sy is egter oortuig die dag sal kom wanneer sy daardie verseëlde bokse sal oopmaak sodat 'n saak van moord in 'n hof teen Abel Lotz bewys kan word.

Die Idia is nie 'n bewysstuk nie, nie deel van 'n misdaadondersoek nie – tensy miskien later gevind word dat dit gesteel is. Daarom bewaar sy dit persoonlik om haar te laat fokus, haar hiperfokus op Abel te versterk.

11. Sarajewo, Bosnië-Herzegowina, 1991 – 1993

"Serwiese bomme uit die berge het die Oosterse Instituut se hele versameling Middeleeuse literatuur verwoes. Werke in Persies, Arabies en Turks, saam met onskatbaar kosbare werke in Latyn, Arabies, Cyrillies en Ou Bosniese Cyrillies."

"Hoe tragies, Archie."

"Hulle skat meer as twee honderd duisend dokumente is vernietig. Ek raak te oud vir hierdie goed, Nella. Ek moes nooit gekom het nie."

"Dink jy aan aftree? Ná Sarajewo?"

Hoor hy 'n versugting in haar stem?

"Altyd die kinders. Die kinders is die grootste slagoffers van elke konflik. Nóg 'n gewonde geslag, Nella, soos in Suid-Afrika. In Tito-straat het 'n sluipskutter 'n baba van vier maande in die nek gewond terwyl die ma met die kind in 'n stootwaentjie op pad was. Die baba moes 'n noodoperasie in die Kuševo-hospitaal ondergaan. Watse soort mense skiet op 'n ma met 'n baba? In Kulovica-straat is 'n sestigjarige man op sy fiets met 'n Kalashnikov geskiet."

"Ek kan steeds skoolhou as jy huis toe kom, as jy besluit om af te tree. Ons hoef nie knaend onder mekaar se voete te wees nie."

As hulle kinders gehad het, kleinkinders . . . Anderman se kinders is nou Nella se kinders.

"Ons sal nooit onder mekaar se voete wees nie," sê Archie.

"Ons kan tuinmaak."

"En gaan rolbal speel."

"Oorsee reis, dit sal lekker wees. Praag en Boedapest, net ek en jy. In 'n bus saam met ander ou mense."

"Ons is g'n oud nie," verdedig hy. "Ons kan nog aanneem."

Sy antwoord nie dadelik nie.

"Aanneem?"

"'M-'m."

"Archie, Archie . . ."

"Wat?"

"Ek's vyftig jaar oud."

"'n Jong vyftig. Baie tyd oor om kinders groot te maak. Ons is nie oud nie, ons is ryp, sal nie die foute maak van jong ouers nie."

"Ai, Archie. Ons het mos daaroor gepraat, baie al."

"Dit was tien jaar terug, Nella. Dis die laaste keer wat ons daaroor gepraat het."

"Dink jy . . ."

"Nella? Jy raak weg."

"Hier's ek. Die lyn is sleg. Ek sê: kom eers veilig terug uit Sarajewo, dis nou die belangrikste. Dan kan ons weer daaroor praat."

"Oukei. Is jy besig, kan ek nog gesels?"

"Ek sien boeke na, maar nou gesels ek en jy eers."

"Gister is veertig bomme afgevuur. Vier mortiere het halfvier teen die hange van Trebević in die oostelike buitewyke van die stad ontplof, op die plek waar sestien jong kinders met hulle sleë in die sneeu gespeel het. Drie dogtertjies en twee seuns is op slag dood, almal tussen ses en twaalf jaar oud. Een van die dogtertjies is onthoof. Sy is uitgeken as Jasmina Borić. Elf is hospitaal toe gebring, waar nog een dood is en drie ander in 'n kritieke toestand lê. Daar is groot ontsteltenis oor nog 'n kind. Joernaliste uit verskeie lande het navraag gedoen oor hoekom die vyfjarige Irma Hadžimuratović nie uit Sarajewo gevlieg kan word vir mediese behandeling nie. Sy is tien dae gelede deur 'n mortier gewond in die straat voor haar ouerhuis. Irma se ma en nog 'n vrou is in die ontploffing dood, en twaalf ander kinders is gewond. Die VN word gekritiseer omdat hy nie gewonde kinders uitvlieg nie, maar tog toelaat dat plaaslike VN-werknemers Sarajewo op kort kennisgewing kan verlaat."

"Archie, ek dink jy moet 'n slag huis toe kom, weg van al daardie ellendes af, jou kop kom skoonkry. Het jy nie gepraat van 'n reses elke vier maande nie? Dis nou al ses maande vandat jy laas tuisverlof gekry het."

"Niemand hier kry 'n verposing nie. Dit gaan net aan en aan. Dit voel nie reg om te gaan rus as niemand anders hier kan rus nie, Nella. Mansur Tatarević kry nie rus nie, en hy sien meer, elke dag, elke nag, van wat hier aangaan."

"Maar dis nie jou land en jou oorlog nie, Archie. Wie's Mansur Tatarević?"

"'n Ambulansman van die Kuševo-universiteitshospitaal. Ek't vanoggend met hom gaan gesels vir my aanhangsel. Hy en sy kollegas moet gaan opruim waar die sluipskutters en bomgooiers klaar is. Hulle is oor die Kuševo se burgerband ontbied na waar die kinders met die sleë in die mortieraanval dood is. Ouers het hulle vertel hoe uitgelate die kinders was, van die eggo's van hulle geskater teen die berghange – waar die soldate gesit en die spelende kinders dopgehou het. Die soldate sou deur verkykers kon sien hoe jonk die kinders is. Mansur sê die Serwiese soldate sou die kinders se ouderdomme kon skat, maar nie hulle ras of geloof nie, selfs nie deur verkykers nie. Hulle sou nie kon onderskei of die kinders Serwies, Bosniak of Kroaties is nie, Oosters-Ortodokse Christene, Moslems of dalk Rooms-Katolieke nie. Al wat die Serwiese soldate sou kon aflei, is dat die kinders kom uit die woonbuurte van die ou dorp met sy moskeë en minarette, sy Turkse baddens en huise bewoon deur die Bosniaks, wie se Slawiese voorsate eeue terug tot die geloof van die Ottomaanse Moslemveroweraars bekeer is. Luister jy nog, Nella?"

"Praat, my man, kry dit uit. Ek luister. Moenie daar sit en opkrop nie."

"Mansur sê die kinders het soos speelpoppe in die sneeu gelê, poppe wat bloei, poppe met verskriklike wonde. Van dié poppe het nie armpies gehad nie, van hulle was sonder bene. Een, 'n dogtertjie, selfs sonder kop. Hulle het in die sneeu gesoek, eers na dié wat nog leef, en hulle in die eerste ambulans gelaai. Hy sê sy taak is die lewendes, nie die dooies nie. Vyf kinders is daar in die sneeu dood; nog vier is sterwend hospitaal toe. Nadat die laaste ambulans daar weg is, het hy agtergebly en op die lykswa gewag. Hy kon dié kinders nie alleen daar los nie, al was hulle dood. Hy het in die sneeu gaan soek en die dogtertjie se kop gekry. Toe kom 'n seun daar aan. Die seun het langs Mansur in die sneeu kom sit. Niks gesê nie, net gesit, met sy ou keps en ou jas, uitgerafel, te groot vir sy maer skouers, die moue oor sy hande. Mansur sê hy kon sien die seun speel lankal nie meer nie, probeer net oorleef. Toe't die seun opgestaan en die liggaam van die dogtertjie opgetel en vir Mansur gevra om haar kop te bring. Hy't gekeer, gesê die lykswa is op pad. Die seun het gesê hy sal haar self versorg, en met die liggaam in sy arms het hy afgestrompel ondertoe waar die naasbestaandes gewag en gehuil het. Hy het die dogtertjie op die plankbak van sy sleepkar gelaai. Mansur het vir hom gevra: 'Ken jy haar?' Die seun het geknik. 'Haar naam is Jasmina Borić, sy's ses jaar oud.' Met die sleepkar aan 'n stang en die lykie agterop het hy weggeloop in die rigting van Baščaršija."

"Dieselfde seun met die wa?" vra Nella. "Jy't anderdag vertel van 'n seun by 'n waterpomp."

"Dieselfde een? Dit weet ek nog nie, Nella."

Twee maande later stel Archie sy verslag van 21 Augustus op.

(a) Militêre aktiwiteite: Sluipskiet: 'n 41-jarige man is omstreeks 17:00 doodgeskiet op die Vrbanja-brug wat die middestad van die Grbavica- en ander Serwiese buurte verdeel. "Hy is in die kop en bors getref," sê Alija Mutić, direkteur van die stadslykhuis. Dokter Ismet Buzuk het die oorledene uitgeken as Tomislav Borić, 'n bibliotekaris van die Nasionale Biblioteek in die Stadhuis, nadat sy seun sy pa se lyk na die spreekkamer gebring het.
(b) Ander plaaslike gebeure: Alija Mutić sê daar was die dag 59 begrafnisse, byna almal ná sonsondergang, ook Moslembegrafnisse, om te verhoed dat die roubeklaers deur sluip-

skutters geskiet word. Die begrafnisse is ook van korte duur, want priesters en roubeklaers word om die grafte uit Serwiese stellings geteiken.
(c) Internasionale gebeure: Die 5-jarige Irma Hadžimuratović is uit BiH gevlieg nadat die Britse regering 'n vliegtuig vir haar evakuasie beskikbaar gestel het. Douglas Hurd, Britse minister van buitelandse sake, sê aan die BBC 'n Hercules van die Royal Air Force wat gereeld noodvoorrade na Sarajewo vervoer, het Irma na die Falconara-lugmagbasis naby Ancona aan die Italiaanse Adriatiese kus geneem. Daarvandaan is sy per lugambulans na Londen vir 'n noodoperasie. Dokter Faruk Kulenović, hoof van chirurgie aan die Kuševo-hospitaal, sê die Weste gebruik "Operasie Irma" as selfpromosie en dit is "te min, te laat om hulle gewete te sus". Dokter Patrick Peillot, hoof van die VN-komitee vir mediese evakuasies, kritiseer Brittanje se "supermarkhouding" oor evakuasies uit Sarajewo, omdat die land voorkeur gee aan die ontruiming van kinders bo volwassenes om sodoende maksimum media-aandag te verseker.

Vier dae later, in die nag van 25 en 26 Augustus, val Serwiese bomme op die Viječnica-Stadhuis in Mustaj Pašin-straat langs die rivier in die ou dorp. Die historiese Stadhuis was ook die land se Nasionale Biblioteek.

"Net 'n bouval het oorgebly," vertel Archie vir Nella.

"Eet jy gesond, my man? Kry jy darem groente in?"

"Meer as vyftig bomme is uit Serwiese vestings in die Trebevićberg en omliggende heuwels op die gebou afgevuur. Dit het kort voor middernag begin brand. Die onbeheerste vuur het die gebou en feitlik al sy geskrifte verwoes. Die naglug bokant die stad was vol as van die verbrande boeke."

"Wanneer kom jy huis toe?"

"'n Bibliotekaris is op 'n brug doodgeskiet."

"Archie . . ."

"Dis my werk, Nella."

"Ek wil jou by die huis hê. Kom rus. Ek vra nie jy moet jou werk los nie, ek vra net 'n paar dae van jou. 'n Week. Dis amper lente, kom kyk na my nuwe blombeddings vir die somer. Die tuin gaan so mooi wees. Ek het floksies geplant, waarvan jy so hou. 'n Spesiale bedding net vir jou. Kom sit op die patio en kyk na die gholfbaan se groen gras en koeltebome. Ek wil weer 'n slag aan jou vat, Archie. Ek wil my man voel."

"Die Stadhuis was die mooiste en belangrikste nalatenskap van die Oostenryks-Hongaarse bewind. Die Oostenrykse argitek Alexander Wittek het die visie gehad om ook Ottomaanse elemente in te sluit en het 'n pseudo-Moorse styl ontwerp in 'n poging om 'n nuwe Bosniese identiteit te skep."

"'n Bosniese identiteit terwyl Bosniërs op mekaar skiet en mekaar se kulturele erfenis verwoes?"

Nella is natuurlik reg. Dit is in die Stadhuis waar aartshertog Franz Ferdinand van Oostenryk en sy vrou, Sophie, op 'n Sondagoggend 'n onthaal tot sy eer bygewoon het. Enkele ure later is hulle 'n paar blokke verder langs die Appelkaai by die Latinskabrug in hulle oop kar doodgeskiet. Ná die Tweede Wêreldoorlog het die Stadhuis die Nasionale Biblioteek geword en ook die Universiteit van Sarajewo bedien. 'n Nasionale repositorium van Bosniaka van etlike eeue oud, baie daarvan onvervangbare handgeskrewe manuskripte.

"Dit was hel, Nella. Die vlamme het byna twintig duisend meter se boekrakspasie verteer. Die totale argiewe van Serwiese, Kroatiese en Bosniakse skrywers, die volledige katalogusstelsel, mikrofilms, rekenaars en foto-argiewe is vernietig."

In die biblioteek was ook die persoonlike argiewe van 'n belangrike Serwiese digter, Aleksa Šantić (1868-1924).

"Hoe klink dit, Archie? Net vir 'n week. Ek kan dink hoe maer jy is. Skaapboud en rys en aartappels en soetpampoen. Dis wat jy nodig het. Kom werk by die huis aan jou verslae."

"Tomislav Borić – dit was die bibliotekaris wat op die brug gesterf het. Die dogtertjie in die sneeu was Jasmina Borić."

"Baie lede van dieselfde gesinne sterf, my man."

"Ek weet, ek sê maar net."

Dis aanloklik, Nella se voorstel. Miskien moet hy tog 'n sitplek op 'n Hercules soek. 'n Verposing uit hierdie waansin. 'n Week by sy sagte, troetelende Nella. Aljimmers die vatterige soort. Nie dat hy ooit daaroor kla nie. Watter man kla oor 'n vatterige vrou? Demonstratief. Dis wat sy dit noem. Deur aanraking wýs sy haar gevoelens, en sy is nie skaam om daarmee te koop te loop nie. Gee nie om dat mense sien sy is lief vir haar man nie. Dis soos sy praat ook, met 'n fladdering van hande en vingers.

"Ek's 'n oop boek, Archie. Wat jy sien, is wat jy kry."

En vyf en twintig jaar al is dit so. Nee, langer. Van vóór hulle troue af al.

Natuurlik was daar ook trane. Twee mense leef nie so lank saam sonder trane nie. Maar nie kwaad-trane nie, sagte trane. Van verydeling en teleurstelling dat sy nooit 'n moeder sal word nie. Maar nooit, ooit 'n verwyt nie. Hulle het hard probeer. Hulle het álles probeer. Gebede, dokters, kwakke.

"Dis nie jóú skuld nie, Archie. Dis die Voorsienigheid. Dis soos dit is. En jy's nie minder van 'n man nie. Jy maak my gelukkig. Solank ek aan jou kan vat, het ek niks of niemand anders nodig nie."

Hulle laaste gesprek oor daardie onderwerp, tien jaar gelede. Die lêer gemerk KINDERS het nie snippermasjien toe gegaan nie, dis bloot geliasseer. En sy het 'n oop boek gebly, nooit in 'n hoekie gaan wegkruip met haar eie gedagtes en verlangens nie. En dit, glo Archie, is wat hulle sterker gemaak het. Nella is 'n goeie en wyse vrou in 'n wêreld vol waansin en wanhoop.

Sy sit tuis, alleen en sonder kinders, maar nie benepe en met selfbejammering nie. Gee nooit bes nie, bly voed aan hulle verhouding en huwelik, want hulle het net mekaar. En hy weet nie hoe hy sonder haar en haar warmte sal oorleef nie.

SitCen-verslag:

(c) Internasionale gebeure: Drie amptenare van die Amerikaanse departement van buitelandse sake verduidelik aan die *New York Times* waarom hulle bedank het weens die Amerikaanse beleid oor BiH. Jon Western sê 'n tipiese storie wat op sy lessenaar beland, is dat 'n negejarige Bosniak-meisie deur Serwiese vegters verkrag en in 'n plas bloed agtergelaat is. "Jy kan nie voortgaan om op 'n daaglikse basis hierdie verhale van gruweldade te lees sonder om oorweldig te word nie. Dit bring jou moraliteit in gedrang." Stephen Walker sê die Clinton-administrasie se traagheid ondermyn die VN se vredespoging en skep 'n gevaarlike presedent vir die onderdrukking van etniese minderhede elders in die wêreld.

Verwys die Amerikaanse amptenare na 'n spesifieke negejarige meisie, of is dit bloot bedoel as 'n algemene stelling? wonder Archie.

"Hoekom bly my oog die kinders vang?" vra hy oor die satellietfoon vir Nella.

"Moenie emosioneel betrokke raak nie, Archie," vermaan sy. "Dis wat jy altyd gesê het, in Angola en Namibië en Mosambiek."

"Die kinders is in my drome en nagmerries, Nella, en ons hét nie eens kinders nie."

"Jy's te besig vir kinders, Archie. Kinders het aandag nodig."

"Ek sou aandag kon gee."

"Natuurlik sou jy."

"Ek sou minder rondgevlieg het agter mense aan wat mekaar gedurig wil uitmoor."

"Dis jou lewe, Archie."

"Jý's my lewe, Nella."

"Ek weet, my man, en daarom is ek so lief vir jou. Hoe gaan dit met jou verslag?"

"In die Franciskaanse kerk van Sint Antonius van Padua is 'n waardevolle versameling religieuse kunswerke. Die kerk is in Franjevačka-straat, oorkant die brouery waar 'n mortier die mense by die waterpomp uitmekaargeskiet het. Onthou jy, ek het jou vertel van die ou man? Die kerk is nog nie getref nie. Maar die

Vratnik- en Hrasno-kultuursentrums is verwoes, met 'n verlies van dertig duisend publikasies. En ses stadsbiblioteke met hulle inhoud, én die biblioteke van ses en vyftig hoërskole en drie en veertig laerskole, teen 'n gemiddeld van tien duisend boeke per skoolbiblioteek. In totaal, het ek bereken, het Sarajewo en sy inwoners al in die afgelope twee jaar meer as vier miljoen boeke verloor."

Relaas van gebeure: Bosniak-magte loods 'n mortieraanval op die Serwiese Ilidža-distrik. In reaksie daarop skiet Serwiese magte op die stad. 'n Bom ontplof op die plein voor die Sarajewo-katedraal (die Katedrala Srca Isusova is gebou tydens die Oostenryks-Hongaarse bewind). Vier sterf, tien is gewond, onder wie 'n tienerseun wat deur 'n granaatkartets in die gesig getref is.

Archie en sy tolk – al kan hy homself nou grootliks in die omgangstaal help – kry 'n oorlewende van die katedraal-bom vir sy AANHANGSEL VI. Rado Kulenović het sélf gesien hoe die seun val.

"Die seun het op die trappe van die katedraal gesit, agter hom die twee kloktorings, voor hom die katedraalplein. Dit is hier op die plein waar Strossmayer in 'n T aansluit teen die groot voetgangerstraat, Ferhadija, waar die bom ontplof het. Die seun het geval, sy gesig vol bloed. Hy het langs sy sleepwa op die plaveisel geval."

Archie: "'n Sleepwa?"

Kulenović: " 'n Sleepwa, ja. Twee fietswiele, 'n plank vir 'n drabak, en 'n stang waaraan die seun die sleepwa getrek het. Die bak is langwerpig, nie breed nie. Twee mense kan langs mekaar op hulle rug op die plankbak tussen die fietswiele lê. Nie uitgestrek nie. As hulle op hulle rug lê, met die kop aan die stang se kant, sal hulle bene by die knieë afbuig sodat hulle skoensole in die straat sleep. Maar ek dink nie die sleepwa is vir mense bedoel nie. Dis vir vrag, veral water. Die seun verdien miskien 'n stukkie kos, of 'n rookding, deur met sy sleepwa houers met water vir mense te vervoer. Ek dink die seun wat deur die kartets aan die wang gewond is, is 'n karweier."

Op sy rekenaar soek Archie na sy gesprek met ambulansman Mansur Tatarević oor die seun wat Jasmina Borić se liggaam in die sneeu kom haal het. En hy soek na lykhuisdirekteur Alija Mutić wat vertel het van 'n dokter Ismet Buzuk wat 'n bibliotekaris uitgeken het as Tomislav Borić, nadat 'n seun sy pa se liggaam ingebring het.

Hoe bring 'n seun sy pa se lyk na 'n dokter toe? Die seun se ouderdom word nie gemeld nie. As die seun groot is, is dit moontlik dat hy sy pa kon dra. As die seun jonk is, is dit moontlik dat hy sy pa op 'n kruiwa of sleepwa kon bring.

Archie lyk ouer as sy vlak vyftigs, miskien oor hy soggens nie meer alte akkuraat is met die skeerlem oor sy wange nie. Miskien oor sy yl hare nie meer sonder 'n pet in die winter sy kopvel kan warm hou en in die somer die strale van die son kan wegkeer nie. Miskien oor hy met 'n effense kromte van sy skouers en rug loop.

Maar in die Maarskalk Tito-barakke ken almal die SitCen-moniteerder, en wanneer Archie Boonstra aan die deur van die UNPROFOR-bevelvoerder gaan klop, word hy met respek ontvang. Daar word na hom geluister, en 'n Panhard-pantserkar met drywer en bemanning word aan hom beskikbaar gestel, al sal dit waarskynlik op die roete van net vier kilometer na die ou stad se Baščaršija-buurt onnodig wees om die Panhard se wapens te ontplooi. Archie weet dat UNPROFOR se soldate hulle selfs in gevalle van uiterste provokasie van geweld weerhou. Die VN se vredesmag moet as neutraal in die konflik gesien word om hulle integriteit te behou.

Die steë van Baščaršija, wat dateer uit die sestiende eeu, is bedoel vir voetgangers, nie vir 'n Panhard of enige ander voertuig nie. In die middel van die buurt is die plein met die nou droë Sebiljfontein waar nie eens die duiwe meer gevoer word nie; die duiwe is nou self kos. Die Sebilj-fontein, sedert die negentiende eeu al 'n openbare waterdrinkplek, is nou 'n uitgediende simbool van 'n stad wat al honderde jare met lopende water en drinkfonteine op elke hoek kon spog. Om die plein is 'n doolhof van veertig caršija, klein steë, elkeen genoem na die handwerk wat daar beoefen word. In Saraci is die leerwerkers, en die huis van dokter Buzuk.

Archie vind die huis maklik; almal daar ken dokter Buzuk.

Die dokter lyk verbaas oor die besoek van die VN-ekspert, effe verkreukel, sy pet in sy hand.

"Vertel my van die bibliotekaris van die Stadhuis."

"Sy seun het sy liggaam gebring."

"Hoe?"

"Soort sleepwa met fietswiele. Dieselfde aand is sy ma ook vermoor. Haar naam was Milka Borić. Sy laaste oorlewende suster is erg aangerand. Kaja Borić."

"Nou is net hy en sy suster oor?"

"Net Milo en Kaja. Sy't ernstige beserings opgedoen, uiterlik sowel as inwendig. Blywende skade. Sal nooit kan kinders hê nie. Wat die letsels aan haar gees is, weet niemand nie."

"Waar's sy?" vra Archie.

"Sy's in die Jezero behandel. Dis al wat ek weet."

Uit die Jezero-kinderhospitaal en die Kuševo-kliniek by die universiteit word gewonde kinders uitgevlieg vir noodbehandeling na hospitale in Europa, Engeland, Amerika.

"Kon hulle haar evakueer?" vra Archie.

"Die naam Kaja Borić kom nie op die evakuasielyste van pasiënte voor nie. Sy's ook nie een van die veertig wese wat twee dae gelede na die Zerbst-lughawe by Magdeburg in Duitsland uitgevlieg is nie."

"Miskien is sy nietemin steeds in 'n weeshuis?"

"Waarskynlik steeds in Sarajewo. Miskien in die Bjelave of een van die ander," sê dokter Buzuk. "As hulle nog plek het."

"Wat van ander stede en dorpe?"

"Jy kan probeer, maar dinge lyk nie goed as jy 'n kind in Sarajewo is nie. Die weeshuis in Tuzla help waar hy kan. Hy't al sewe honderd wesies ingeneem. Sy kapasiteit is vir honderd en tien. Sien jy ons probleem, meneer Boonstra?"

"Waar anders kan 'n erg beseerde dogtertjie van haar wonde gaan herstel, liggaamlike én geestelike wonde?"

"In Sarajewo is twintig duisend kinders al die afgelope twee jaar wees gelaat. Hoekom die belangstelling in één kind, meneer Boonstra?"

"En haar broer, Milo? Wat het van hom geword sedert daardie dag?"

"Hy is nog hier; die mense sien hom in die strate. Ek los boodskappe vir hom, maar hy reageer nie."

"Waar sou hy bly?"

"Niemand weet nie. In hulle woonstel is nuwe intrekkers."

"Sou hy ook na sy suster soek?"

"Jy vra vrae waarop ek nie antwoorde het nie, meneer Boonstra. Die enigste antwoord wat ek het, is dat daar van 'n gesin van sewe net twee kinders oorgebly het. Die een is verkrag en ernstig beseer deur twee mans wat na haar pa kom soek het, die ander is die strate in, soos 'n huiskat wat wild geword het. Ooggetuie, op een dag, van die dood van sy pa en daarna die lyk van sy ma."

"Hy's ook gewond," sê Archie.

"Gewond? Deur die twee mans in hulle woonstel?"

"Deur 'n mortier op die trappe van die katedraal."

"Milo ken my. As dit Milo was, sou hy na my gekom het vir behandeling."

"As dit Milo was, het hy soos sy suster ook letsels aan sy liggaam én aan sy gees."

"Al die kinders van Sarajewo het sulke letsels, meneer Boonstra. Waarom hierdie twee uitsonder, vir Milo en Kaja Borić?" vra dokter Buzuk weer.

Archie sit 'n oomblik swygend, frommel die pet tussen sy groot hande, haal dan sy skouers op. "Ek weet nie, dokter. Ek het ook nie antwoorde nie, selfs nie op my eie vrae nie."

Hy, Archie Boonstra, wat onsydig die feite moet waarneem en afsydig sy verslae moet opstel, weet nie hoe om dit vir dokter

Buzuk óf vir sy vrou te verklaar nie. 'n Seun met 'n waterkar duik al byna twee jaar soos 'n gees in sy verslae en aanhangsels op. Nou het hy 'n naam, nou het Milo Borić vlees en bloed geword. Hoe stel jy dit aan iemand anders as jy voel of jy 'n stukkie van Milo se smarte wil oorneem en dit ter wille van hom in jou eie hart wil bewaar?

Archie staan op, groet dokter Buzuk, stap uit na die drywer van die Panhard wat wag om hom deur die sluipskietsteeg van Titostraat terug te vat. Vanaand, besluit hy, sal hy op die satellietfoon vir Nella vertel van sy onvermoë om sy gevoelens te verklaar oor Milo Borić en sy suster Kaja. Miskien sal Nella kan help. Nella is beter met sulke goed as hy. Sy sal weet hoe om 'n meisiekind te vertroos wat ook nie eendag kinders sal kan baar nie.

12. Johannesburg, Suid-Afrika, Hede

Sy was al 'n paar keer in professor Renatus Papendorf se kantoor, haar aandag altyd eerste op die borsbeeld op sy lessenaar: die groen marmer van die gesig, veral die prominente haakneus, blink gepoets deur die palm van die professor se hand. 'n Replika van Napoleon Bonaparte se doodsmasker, met sy kop agteroor op 'n kussing met tossels, delikaat uit die marmer gebeitel en gegrif en gepoleer.

"Ek het die afloop van jou ondersoek noukeurig gevolg. Al vroeër weer 'n besoek van jou verwag," sê die professor.

"Nie afgeloop nie, professor. Dis hoekom ek hier is," sê Ella.

"Julle het hom onderskat. Is jy ámptelik hier?"

"Op verpligte siekverlof."

"So gedink. Baie tyd vir broei," sê professor Papendorf, hoogleraar in forensiese psgiatrie, en die polisie se konsulterende ekspert in psigopatologie.

"Noudat ek hom ontmoet het, hom onderskat het, het ek 'n goeie prentjie van Abel Lotz. Ek wil dit graag met jou deel, professor. Jou advies en insigte vra om my te help om Abel te stop."

"Jy dink ook, soos ek, dat hy nog nie klaar is nie." Die professor se vingers troetelend oor die kontoere van die Napoleontiese neus. "Jy vra my hulp om sin te probeer maak van die waansin van Abel se gees."

Ella knik. "So baie vrae, so min antwoorde."

"Laat ek hoor."

"In Abel se huis het die ondersoekers nie net die gemaskerde, gebalsemde liggaam van sy ma gekry nie. Op die boonste verdieping wat Abel bewoon het, is nog maskers gekry, en 'n omvattende versameling CD's, almal vertolkings van die viool-komposisies van Paganini. Dis vreemd, hierdie liefde van 'n reeksmoordenaar, oënskynlik sonder gevoel vir 'n ander mens se lewe, vir vioolmusiek."

"Vreemd? Álles aan Abel Lotz is vreemd. Niks is soos dit lyk nie, adjudant. Moenie 'n man takseer op gebeure van die hede nie."

"Wat van die tuisgemaakte observatorium in sy solder?"

Die hulp van 'n sterrekundige is ingeroep om die teleskoop se geheime te probeer ontrafel, in die hoop dat dit nog leidrade sal oplewer oor die raaiselagtige persona van die verdagte. Doktor Verhoef van die Hartebeeshoek-observatorium vir radio-astronomie het bevind die teleskoop is 'n Dobsonian, gemonteer op 'n driepoot met ekwatoriale montuur: twee loodregte rotasie-aslyne, gekantel teen dieselfde helling as die aarde se as sodat 'n ster se boogpad deur die ruimte gevolg kan word. Aan die montuur is twee gekalibreerde draaiknoppe vir die fyn instelling van die korrekte koördinate van die twee aslyne op 'n hemelliggaam. Die koördinate op die Dobsonian was ingestel op regte klimming 05^h 55^m 34.7^s, afwyking +07°24'29".

Dit is, het doktor Verhoef bevind, die koördinate vir die ster α Orion, Epog J2007.5, sigbare magnitude +0.5, kleurindeks +1.85.

"Is dit vreemd," wil professor Papendorf weet, "dat Abel vir oulaas, voor sy vlugtog, deur sy teleskoop na die rooi ster Betelgeuse gekyk het? Om na Paganini te luister, sterre te bestudeer en etniese maskers te versamel, is tog nie noodwendig simptome van skisofrenie of waansin nie."

"Die velle is vreemd."

"Die afgeslagte velle met die tatoeërings, ja, dis 'n ander saak. Jy onthou wat ek jou van Ed Gein vertel het? Sy skisofrenie, sy liefde én wrewel vir sy ma. Ed Gein wat die velle van vroue vir ornamente in sy plaashuis gebruik het, selfs as sitplekke vir sy stoele. En vir 'n hemp van vel wat hy kon aantrek, kompleet met borste."

"Ek onthou," sê sy.

"Nie 'n skisofreen met veelvuldige persoonlikhede nie, maar met 'n enkele gesplete persoonlikheid: 'n kondisie met twee kante."

"Sy dun grens tussen haat en liefde," onthou Ella.

"Maar die geval van Ilse Koch is amper vir my belangriker as Ed Gein s'n, veral noudat ons weet dat Abel Lotz getatoeëerde velle versamel. Sy was die vrou van die kampkommandant van die Nazi's se Buchenwald-konsentrasiekamp."

Die professor trek 'n lêer op sy lessenaar nader, maak dit oop. "Kurt Glass het as krygsgevangene in Buchenwald as tuinier by die Koch-villa gewerk. Luister hier wat sê hy vyftig jaar later in 'n onderhoud met *The New York Times International* oor Ilse Koch: 'Sy was 'n baie mooi vrou met lang, rooi hare, maar enige prisonier wat betrap is dat hy na haar kyk, kon geskiet word. Sy het die ingewing gekry om 'n lampskerm van menslike vel te laat maak, en eendag is ons almal op die Appelplatz beveel om ons klere uit te trek en ons bolywe te ontbloot. Elke gevangene met 'n interessante tatoe is na haar gebring, en sy het die tatoes uitgesoek waarvan sy gehou het. Daardie gevangenes is doodgemaak en hulle velle vir lampskerms gebruik. Sy het ook gemummifiseerde duime as ligskakelaars in haar huis gebruik.' "

"Is dit waar?" vra Ella.

"Ilse Koch is nie, soos Ed Gein, deur 'n paneel psigiaters aan sielkundige toetse en onderhoude onderwerp nie, en min is bekend oor haar geestestoestand. Daar was selfs destyds mense wat getwyfel het of sulke grusaamhede wel gebeur het."

Waarop professor Papendorf 'n dokument na haar oorskuif uit die lêer waaruit hy Kurt Glass se aanhaling voorgelees het.

Identification of Tattooed Skin Hides
COPY OF DOCUMENT 3423-PS
SEVENTH MEDICAL LABORATORY
APO 403, c/o PM, NEW YORK, N.Y.

Section of Pathology
25 May 1945

SUBJECT: Identification of Tattooed Skin Hides
TO: COMMANDING GENERAL, Third U.S. Army.
(ATTN: JUDGE ADVOCATE GENERAL)
1. There were submitted to this laboratory section for examination three tanned pieces of skin by Lt. Col. Givin from Buchenwald Camp . . .

Drie stukke vel. Een met tatoes van 'n vrou se kop en 'n matroos met 'n anker. Die tweede met ankers en 'n man se kop. Op die derde een – 'n groot stuk borsvel kompleet met tepels – is tatoes van 'n voël en 'n ridder in 'n maliehemp wat 'n vuurspuwende draak met sy swaard deurboor.

Die looiwerk is nie goed gedoen nie, meld die verslag. In die vel is stukkies kollageenweefsel en epiteliale oorblyfsels van die huidlaag en van sweetkliere, met korrelrige swart verhardings.

Ella wonder hoe goed Abel sý velle brei en looi.

"Ons weet wat Ilse Koch met haar getatoeëerde velle gedoen het, maar waarvoor gebruik Abel syne?" vra sy. "In sy huis is geen velle gekry nie, of items wat van vel vervaardig is. Net aanduidings dat hy huide en pelse en velle afgeslag en gelooi het. Veral van klein diere."

"Die joernalis se geskalpeerde kopvel en gesig? En die gesig van die vierde slagoffer?"

"Geen teken daarvan nie. In sy galery was wel tsantsas – gekrimpte koppe uit die Amasone. Maar dis artefakte wat hy uitgestal en verhandel het, saam met sy maskers. Daarvoor het hy permitte gehad."

"Ons moet die verband soek tussen die tatoes wat Abel uitsoek. Ilse Koch het ook haar tatoes uitgesoek, dié waarvan sy gehou het, soos Kurt Glass vertel. Abel hou van 'n pou, 'n haas, visse. Diere. Sal jy omgee, adjudant, as ek na jóú tatoe kyk?"

Sy staan op, trek haar bloes uit die langbroek se band en stap om die lessenaar na sy stoel. Hy leun oor na haar maag.

"Ek's bevrees dis minder delikaat nadat Abel daarmee klaar is," sê sy.

"Waar pas jou verskietende ster in?" peins hy, sy gesig so naby aan haar maag dat sy die sagte bries van sy asem kan voel, op daardie deel van haar maagvel, eens glad en sag en soepel, nou verskrompel soos die skil van 'n gedroogde pruim.

"As jy sê ons moenie 'n man takseer op gebeure van die hede nie, wat bedoel jy, professor? Dis tog al wat ons het: sy verlede en sy hede. Jy't self gepraat van die vervloë spoke in Abel se kop wat nou begin uitkom."

"Weet jy van Gamaliël?"

"'n Wyse Fariseër, dink ek, as ek reg onthou van Sondagskool."

"Gamaliël was 'n kenner van die wet. Ken jy die Gamaliël-beginsel, adjudant? Het jy daarvan geleer in jou studies, dalk in die filosofiese grondslag en beginsels van fundamentele polisiekunde?"

"Nee, nie oor Gamaliël nie."

"Die premis van die Gamaliël-beginsel is die volgende: Die verloop van toekomstige gebeure wat spruit uit 'n spesifieke gebeurtenis in die hede, is onlosmaaklik deel van die waarheid en feite van die huidige gebeurtenis. Maar die antwoord of dit mensewerk of die wil van God is, lê alles in wat in die toekoms gebeur, nie in 'n soektog na oorsake in die verlede wat tot die huidige gebeurtenis gelei het nie. Gamaliël sê die waarheid oor Jesus lê nie in 'n gekrap in Maria en Josef van Nasaret se verlede nie, maar in wat vorentoe in Jesus se lewe gaan gebeur."

"Ons weet wat in Abel se verlede gebeur het," sê Ella. "Ons weet wat in die hede gebeur het. Nou moet ons kyk na wat in die toekoms gaan gebeur. Ons moet kyk waarheen Abel op pad is, waarheen sy lot hom dryf. Is dit wat jy sê, professor?"

"Dis wat ek sê. Gaan gesels met doktor Verhoef. Miskien lê die antwoord in die sterre."

En toe sy uitstap: "En onthou, adjudant, littekens het 'n vreemde krag. Dit herinner ons altyd aan 'n werklike verlede. Want die gebeure wat daardie letsels veroorsaak het, word nooit vergeet nie."

13. Sarajewo, Bosnië-Herzegowina, 1991 – 1993

Die letsel, 'n pers rif, begin by die hoek van Milo se linkeroog en strek oor sy wang tot onder by die kakebeen. Byna vyf sentimeter lank. Wanneer hy ouer word, sy gesig groter, sal die litteken sy gelaat minder oorheers, maar dit sal altyd opsigtelik wees. Die bomskerf het sy wang oopgekloof, byna sy oog geëis.

Milo was gelukkig. Die geweldige hitte van die vlymskerp skerf het sy wang oopgesny, maar ook onmiddellik die bloedvate toegeskroei. Hy het min bloedverlies gehad, en die verskroeiing het ook gehelp teen infeksie. Die wond is skoon gebrand.

As hy by dokter Buzuk steke gaan kry het, sou die letsel minder opvallend wees, sou sy gesig nie so geskend gelyk het nie. Van die omstanders wou hom dokter toe vat, maar Milo het geweier. Salf en pleister was voldoende, en daarvoor het Vader Trtić gesorg, van die tweetoring-katedraal waar Milo op die trappe gerus het terwyl die mortier deur die lug gesuis het.

"Waar bly jy, seun?" het Vader Trtić gevra terwyl hy die wond uit die noodhulpkassie in die kerkkantoor verpleeg het.

"Hier af in Strossmayer," het Milo gesê, sonder 'n sweem van skuld oor sy leuen.

"Vra jou ma om jou dokter toe te vat vir steke."

Hy het geknik. Hy het nie 'n ma nie. Hy het ook nie 'n pa nie. En sy klein sussie, Jasmina, se kop is in die sneeu deur 'n mortier afgeruk. En sy ander suster is in die hospitaal nadat twee mans 'n besoek aan hulle woonstel gebring het. Sy ma het die besoek nie oorleef nie, en dit is genade dat Kaja leef. Hy bly nie meer in Strossmayer nie. Hy is 'n onwettige plakker in Vader Trtić se Katedraal van die Heilige Hart van Jesus.

In die dae ná sy ouers se dood het Milo teruggesluip na die woonstel in Strossmayer en 'n duffelsak gepak, ook van Kaja se klere en besittings, oortuig dat sy sou herstel.

Soggens vroeg is hy uit die katedraal, en saans ná donker kom hy terug. As toegang gebruik hy die klein venster van 'n toiletvertrek aan die agterkant tussen die sakristie en die kerkkantoor. Wanneer hy die katedraal verlaat en sy waterkar in die ketelkamer van die woonstelgebou gaan haal, is sy eerste bestemming die Jezero-hospitaal. Hy is bang dat hulle Kaja gaan wegstuur, dat hy haar óók gaan verloor. En waar sal hy haar dan gaan soek?

Hy het gesien hoe haar liggaam veg, hoe sy begin herstel. Die dag toe sy van die bed gehelp is om haar eerste treë in die hospitaalgang te gee, het hy geweet dat haar bed nodig is vir ander kinderpasiënte wat in die gange en op die vloere lê.

"Hulle gaan jou wegvat, Kaja," het hy in haar oor gefluister.

Sy het na sy hand gegryp. "Ek wil by jou bly."

"Dan moet ons jou hier uitkry."

"Gou, Milo," het sy dringend gesê.

"Kyk wat het ek vir jou gebring." Hy het sy hand na haar uitgehou.

Sy het na die Gospa-bidsnoer gestaar. "Dis Ma s'n," het sy gefluister.

"Nou's dit joune, vir altyd."

"Dankie, Milo." Sy het die snoer in 'n vuis geklem en teen haar hart vasgedruk, toe na hom gekyk. "Wat gaan ons doen?"

"Ons sal regkom, ek sal vir jou sorg."

"Net ons twee?"

"Net ons twee. Ek't geld, en ek weet waar ons kan bly."

"Waar kry jy die geld?"

"Pa s'n, in die woonstel. Hy't geld daar gehad, nie baie nie, maar genoeg vir ons."

"Gaan ons weer in die woonstel bly? Ek gaan nie daar bly nie!"

"Nie die woonstel nie, 'n ander plek. As jy heeltemal gesond is, sal ons padgee, uit Sarajewo uit, weg van die bomme af."

"Kan ons die Gospa gaan soek? Ons kan dáár gaan bly. Die Gospa sal vir ons sorg."

"Ja," het Milo gesê. "Ek sal jou Medjugorje toe vat, na die plek van vrede."

"Maar voor ons weggaan . . ."

"Wat, Kaja?"

"Kan ons hulle gaan soek voor ons weggaan?"

Hy het geknik, geweet wie sy bedoel. "Ons sal hulle gaan soek," het hy haar verseker.

Onder beskerming van die nag het hy haar uit die hospitaal gelei, en buite het hy haar op sy waterkar gehelp en haar deur die strate getrek, terug na die bekende omgewing van Baščaršija, en die katedraal.

Snags lê hulle in sy skuilplek in die sykapel van die katedraal, en in die flikkerende lig van die altaarkerse lyk Kaja vir Milo soveel ouer. Hy pols haar om te beskryf wat sy kan onthou. Sy wil nie, sy blokkeer dit uit haar gemoed. Maar hy moedig haar aan, sag en teer, want hy weet hoe broos sy nog is. Hy het die toneel gesien, weet van die verskriklike geweld wat haar aangedoen is.

Sy ontdooi geleidelik terwyl hulle lê en gesels en hulle sagte stemme deur die groot stilte dra. Sy beskryf die gesigte van die twee mans wat by die woonstel ingekom het, en Milo beskryf die gesigte van die twee mans wat hom in die portaal voorgekeer het. Hy onthou die naam Zoran.

Kaja onthou gebleikte blonde hare en 'n tatoe, en dit herinner Milo aan die hondekop teen die man se nek. Dis die een wat hulle ma gegryp het, sê Kaja.

Sy onthou die ander een se drankasem in haar gesig; Milo onthou sy slegte tande, en 'n tatoe oor die kneukels van albei sy hande: SDG. Die een wat Zoran genoem is.

"Ek is seker daardie mans het Pa geskiet," sê Milo vir haar. Hy vertel van die kwitansie in die digbundel wat op die brug bly lê het. "Hulle het die kwitansie met ons adres gekry, en hulle het Pa kom soek om hulle werk af te handel."

Vroegoggend sny Milo Kaja se hare met 'n skêr af, en sy trek van sy klere aan. Moet die broekspype en moue oprol, die middellyf met 'n tou bokant haar heupe ingord. Hy gee vir haar 'n keps en 'n jas en wanneer hulle in die straat loop, met die stang van die waterkar in Milo se hand, lyk hulle soos twee broers, die een 'n bietjie ouer en groter, die ander een skraal, die wange blosend, sonder die pers letsel van 'n bomskerf.

In die verbygaan in die steë en strate word hulle op die kop geklop, en hulle gesigte verklap nie hulle planne nie. Die mense wat die twee kinders sien, is onbewus van die haat wat in hulle broei en prut, dat hulle uit is op vergelding. Hulle word omring deur boosheid en geweld, en wanneer kinders blootgestel is aan 'n daaglikse dieet van dood, bloedvergieting, mishandeling, marteling en verkragting, verdwyn die grense tussen goed en kwaad.

Milo en Kaja probeer hierdie boosheid oorleef deur na 'n geheime wêreld te ontsnap. In die tonnels van hulle geheime wêreld word hulle soos wilde diere, en al wat hulle dryf en aan die lewe hou, is die wete dat die dag van afrekening naderkom, 'n vereffening vir die hel van hulle familie.

Broksgewys onthou Milo woorde en frases uit wat sy pa vertel het oor hulle land en sy mense. Van Slobodan Milošević wat in 1987 die leier van die Serwiërs geword het en belowe het: "Niemand het die reg om my mense te slaan nie."

Dit is wat Milo onthou: "Niemand het die reg om my mense te slaan nie."

En niemand het die reg om Milo en Kaja se mense dood te maak nie.

"Ek weet uit watter gebou hulle geskiet het," sê Milo.

"Sal jy dit weer kry?" vra Kaja.

"Ek sal. Ek het die rook gesien van elke skoot. Die skieter het 'n AK gebruik, nie 'n sluipskietgeweer met 'n flitsdemper nie. Ek't die rye vensters getel. Die skieter was op die sewende verdieping."

"Ek gaan saam," sê Kaja.

In hulle geheime tonnels bring hulle hul graffiti aan:

VANNAG IS DIT ONS NAG.

ONS BRING DIE VLAM VANNAG.
ONS BRING JULLE HEL VANNAG.
BRAND, FOKKERS, BRAND, BRAND!

By die Oekraïnse soldate van UNPROFOR in die Maarskalk Tito-barakke en by die Nigeriese UNPROFOR-kontingent in die Halilovići-barakke koop Milo en Kaja smokkelartikels. Hulle betaal met die dinars wat Milo uit die woonstel saamgebring het. Hulle kry dit nie oor die hart om hulle ma se paar stukkies juwele te verkwansel nie, maar hou dit vir die vlugtog, om hulle vryheid en transport uit Sarajewo te koop.

Die Oekraïnse soldaat lag net en skop Milo op die sitvlak toe hy vir 'n granaat vra. Dog twee Nigeriese UNPROFOR-manne stem in. Net 'n rookgranaat of skokgranaat, beslis nie van die dodelike fragmentasie- of konkussiegranate waarvoor hy kom vra nie. Die skokgranaat kos tagtig dollar, die prys van 'n bottel Slivo-pruimbrandewyn, en het nie noodlottige gevolge nie.

Milo moet sy strategie herdink.

Die Nigeriërs van UNPROFOR se Halilovići-barakke wys hom hoe die skokgranaat werk. Sê dit weeg skaars drie en sewentig gram, groot gif in 'n klein botteltjie. As dit ontplof, wil jy nie in die nabyheid wees nie. 'n Verskriklike geraas, 'n knal van honderd en sewentig desibels, en 'n ligflits van ses miljoen kandela. In 'n beperkte ruimte, sê hulle, is dié knal en ligflits genoeg vir tydelike doofheid, blindheid, tinnitus en binneoorse ontwrigting. Dit veroorsaak verwarring, disoriëntasie en 'n verlies aan koördinasie en balans. 'n Kragsaag meet honderd en tien desibels, 'n Boeing se enjin honderd en veertig, spog die Nigeriërs. Die skokgranaat se knal van honderd en sewentig desibels is net tien laer as die honderd en tagtig wat veroorsaak dat oorweefsel begin sterf.

Milo weet nie waarvan hulle alles praat nie, stel net belang in die tydelike doofheid en blindheid. Dis voldoende, as hulle dan weier om 'n regte granaat aan hom te verkoop.

En wat wil jy, 'n straatrot, met 'n skokgranaat aanvang? vra die twee Nigeriërs.

Vir beskerming, sê Milo vaag en betaal.

Die Oekraïners is darem bereid om twee bottels petrol aan hom te verkoop toe hy sê dis vir sy pa se Yugo Sana. Dit kos twintig dollar, die prys van 'n pond beesvleis, meer as die salaris wat sy pa in 'n maand verdien het.

Nou is Milo en Kaja gereed. Hulle planne is bedink.

Net ná middernag is hulle op pad. Die strate is stil toe hulle uit Ferhadija in Strossmayer suidwaarts afdraai. Agter op die bak van die waterkar sit Kaja met 'n sak op haar skoot, 'n rugsak soos dié waarin laerskoolkinders hulle skoolboeke saamdra. Haar rugsak is pienk, met die gesig van Goofy daarop.

Hulle roete is nie dié wat Milo en sy pa na die Vrbanja-brug gevolg het nie. Aan die onderpunt van Strossmayer steek hulle die Miljacka-rivier met die Cumurija-brug oor na Bistrik, volg dan die rivier al langs die suidelike oewer in die rigting van die Serwiese buurte. Uiteindelik die Vrbanja-brug en die woonstelgebou waar Milo die gasdamp van elke skoot op sy pa en op hom gesien het.

Hulle het hulle tyd spesifiek vir middernag beplan om BiH-patrollies te vermy wat die aandklokreël toepas. Dis ook die tyd van die nag dat die sluipskutters slaap, sodat hulle vars kan wees vir die eerste doodskote van die nuwe dag.

Milo en Kaja praat nie, die fietswiele geluidloos oor die padoppervlak. Die woonstelgebou is byna vier kilometer van Strossmayer af. As 'n patrollie hulle voorkeer, só het hulle afgespreek, is die Goofy-sak op Kaja se skoot die eerste ding wat moet waai. Met die sak se inhoud mag hulle nie betrap word nie.

Maar niemand keer hulle voor nie, en Milo trek die waterkar agterom na die brandtrap. Niemand gebruik die brandtrap nie. Die woonstelgebou lyk verlate. Dis 'n risiko om in 'n gebou te bly waaruit sluipskutters op voetgangers skiet, en geweervuur van die opposisie ontlok. Die mure van die gebou, het Milo in die daglig gesien, is vol pokmerke van koeëls uit stellings van die BiH-magte.

Onder die brandtrap, waar die onkruid heuphoogte groei, versteek Milo die waterkar. Hy vroetel in die rugsak, haal 'n penflits uit, swaai die Goofy-sak op sy rug. Die brandtrap is van metaal en geroes. Hulle klim stadig, oë gewoond aan die skynsel van die maan en die vae gloeiing van enkele stadsligte.

Op die tweede verdieping stoot hy die branddeur oop. Binne is dit gitswart, maar hulle voel veiliger, minder blootgestel. Hy skakel die penflits aan, hou sy vinger voor sy lippe. Hulle vind die binnetrappe, vermy die hysbak. Op elke vloer rus hulle 'n rukkie. Hulle wil nie snakkend en hygend na asem op die sewende verdieping aankom nie.

In die gang is drie deure na woonstelle met 'n moontlike uitsig op die Vrbanja-brug. Die eerste deur staan oop. Hulle sluip in, ondersoek die leë woonstel, net twee woonvertrekke met 'n kombuisarea en badkamer. Die tweede deur is toegetrek, maar nie gesluit nie, ook leeg, dieselfde uitleg. Agter die derde deur, weet Milo nou, is die sluipskietnes. Maar is dit ook as die sluipskutters se woonkwartier ingerig? Of slaap hulle elders, is die woonstel met sy goeie uitsig net bedags hulle werkplek?

In die leë woonstel, die voordeur na die gang weer toegetrek, staan hulle oor teen die binnemuur gedruk en luister. Die laekostemure van Kommunistiese massabehuising in die eertydse Joego-Slawië is papierdun; hulle hoor geen geluide langsaan nie.

"Ek sal gaan kyk," fluister Milo.

"Ek kom saam," fluister Kaja.

Hulle sluip gang toe, toets die deurknop, voel hoe dit meegee. Toe hulle die voordeur oopstoot, ruik hulle dit, versteen in hulle spore, wag, luister. Die smetterige reuk van ou kos, van verslane sigaretrook en alkohol, die suur reuk van slapende asems en swetende liggame.

Milo staan met die penflits in sy hand, durf dit nie aanskakel nie. Hoor geen asemhaling van 'n slapende uit die voorvertrek nie, skuifel stadig na die binnedeur van die slaapkamer. Dáár hoor hy dit.

Hy voel Kaja se hand om sy arm klem. Hulle luister na die gesnork. Hy tas na haar hand, lei haar deur die voorvertrek tot in die gang, en terug na die leë woonstel langsaan.

"Is dit hulle?" vra sy.

"Weet nie."

"Hoe sal ons weet?"

"Ons wag."

"Hoe lank wag ons?"

"Tot ons seker is."

"Is jy bang, Milo?"

"Nee, ek's nie bang nie. Jy hoef ook nie bang te wees nie."

"Ek's nie bang nie," fluister sy voor sy dig teen hom opgekrul op die vloer aan die slaap raak.

Toe 'n oranje skynsel teen die skerwe van flenterruite reflekteer, sluimer ook Milo in. Maar hy slaap nie lank nie. Hy word gewek deur 'n harde geklap en toe hy wakker is, weet hy dit was die geklap van 'n geweerskoot.

Hy kyk na Kaja se gesig in die sagte gloed van die oggendson. Hulle wag vir die tweede skoot, tel die sekondes af: . . . vyftien . . . sestien . . . sewentien . . . doef!

Op sy knieë skuifel Milo oor die vloer, kom by die venster orent, loer ondertoe. Hy sien die brug waar sy pa gestaan het. Toe die eerste skoot klap, het sy pa opgekyk, sy arms omhoog uitgestrek, die digbundel van Aleksa Šantić in die een hand, die wit sakdoek in die ander.

Vanoggend is die brug verlate. Deur die venster kan Milo die strate en geboue van sy stad sien. Hy sien die Parlementsgebou, die Holiday Inn, die geskarrel van figure wat strate oorsteek. Hy hoor die derde skoot. Wens hy kan die skut se gesig sien. Wil soek na 'n hondekop-tatoe teen die nek en gebleikte hare, na 'n mond met slegte tande en die getatoeëerde letters SDG op die kneukels.

Vir middagete kou hulle aan harde, ou brood, en Milo krap met die mes uit sy ma se kombuis groen skimmel van die kaas af. Hy sny vir sy suster van die kaas saam met haar brood, hou vir haar die plastiekbottel met lou water.

Hulle sit in 'n hoek van die leë slaapkamer, bid dat niemand daar inkom nie. Luister na die harde voetstappe in die woonstel langsaan, probeer agterkom waaroor die growwe stemme praat. Milo identifiseer twee sprekers. Die hele dag deur die sporadiese geklap van skote. Die middag ook skielik die geklap van 'n deur, en 'n nuwe stem.

Milo delf diep in sy geheue om die stemme agter die muur te probeer pas by die stemme van die twee mans wat hy die aand in die portaal gesien het. Hy kry nie 'n antwoord nie. Al raad is om te kyk. Maar nou is daar drié mans.

Hy wag en luister.

Laatmiddag, in die skemering van die ondergaande son, is daar weer die geklap van 'n deur, voetstappe en stemme buite in die gang. Harde stemme wat lag, flardes van 'n gesprek. Hy hoor die naam Mirsad, en die naam Vlatko.

Waar is die een wat Zoran genoem word, die een met die slegte tande?

Miskien, dink Milo, is dit hulle roetine. As die dag se werk afgehandel is, as die teikens nie meer in die skemering van die strate onderskei kan word nie, word die geweer se loop uit die skietgleuf getrek, verlaat hulle die woonstel, gaan soek hulle geselskap, gaan soek hulle kos en drank en vroue, voordat hulle laataand terugkom om hulle roes te kom afslaap vir die nuwe dag se skote.

Milo wag nog 'n halfuur, tot dit sterk skemer is, en tot hy seker is dat die woonstel langsaan leeg is. Hy en Kaja druk hulle ore teen die dun muur, hoor niks nie. Sluip uit gang toe, luister teen die voordeur. Milo draai die knop.

Hulle verken die woonstel. In die kombuis is reste van kos. In die woonvertrek 'n ou rusbank, drie stoele om 'n tafel, op die blad speelkaarte en 'n asbak vol stompies, vuil glase, leë drankbottels.

In die muur langs die verslete rusbank kry Milo die skietgleuf, op die vloer die doppies. Hy gaan sit by die gleuf, loer deur. Sien die brug, die sandsakke en muur waar hy geskuil en op sy pa gewag het.

"Milo!" roep Kaja.

Hy skrik vir haar stem in die stilte van die vreemde woonstel. "Waar's jy?"

"Hier," sê sy uit die slaapkamer.

Hy loer na die voordeur, luister of daar voetstappe buite is.

Sy staan by twee opvoubeddens van seil, op elkeen 'n slaapsak, wys na 'n boek op die vloer tussen die twee beddens. Hy tel dit op, sien die outeur se naam: Aleksa Šantić. Laat die boek oopval by die kwitansie wat as boekmerk dien, uitgemaak aan Tomislav Borić.

"Dis hulle," sê Milo.

"Vannag is ons nag," sê Kaja.

Hulle sluip terug na die leë woonstel langsaan.

Hulle kou aan die laaste broodkorse, eet die laaste kaas, sluk die laaste water uit die bottel. Milo tel Kaja se Goofy-sak van die vloer af op, druk die boek daarin.

"Is jy reg?" vra hy vir haar.

"Ja," sê sy, "ek's reg."

In die slaapkamer van die sluipskietnes rits Milo die Goofy-sak oop. Hy haal watte uit, rol digte oorpluise, druk dit in Kaja se ore. Sy eie pluise moet wag, sy gehoor het hy eers nodig.

Hulle sit langs mekaar op een van die opslaanbeddens terwyl die nag se duisternis oor die woonstel toesak. Milo kan voel hoe Kaja se kop begin knik, lê haar op die bed neer en bedek haar met die slaapsak. Hy gaan haal die paraffienlantern in die kombuis en sit dit tussen die beddens op die vloer neer, die Zippo wat een vergeet het langsaan.

Toe dit heeltemal donker is, steek hy die lantern aan. Hy kyk 'n oomblik na Kaja se slapende gesig, sy ore gespits vir elke geluid in die gebou. Die stad se kragtoevoer is weer afgesny, hulle sal nie met die hysbak kom nie. Dié sou hy hoor.

Laatnag, toe hy voel hoe die slaap hom ook wil oorval, hoor hy skielik die luide gekap van stewelhakke op die betonvloer buite. Die bonsing van sy hart in sy bors en keel en in sy ore. Hy skud Kaja wakker, vinger teen die lippe, druk wattepluise ook in sy ore. Hou die Goofy-sak vir haar sodat sy die twee bottels kan uithaal en hy die skokgranaat, steek sy arms deur die bande sodat die sak op sy rug rus en sy hande vry is. Vir die granaat is albei hande nodig, het die Nigeriërs beduie, en jy wil nie naby wees wanneer dit ontplof nie.

Sy gaan lê weer, soos hulle afgespreek het, een van die slaapsakke dig gevou oor haar kop om haar oë en ore te beskerm. Die ander bed en slaapsak gereed vir hom. Hy wag by die deur van die slaapkamer, die lantern se lig agter hom net 'n dowwe skynsel deur die skreef van die deur oor die vuil linoleumvloer in die woonvertrek in.

Toe die buitedeur oopgaan, trek Milo die veiligheidspen met die trekring uit, sy vingers om die hefboom gesluit. Wanneer hy die hefboom los en die ontsteker sy werk doen, het die Nigeriërs gesê, het die lont 'n vertraging van twee sekondes. Jy het twee sekondes om weg te kom voor die granaat ontplof, het hulle hom gewaarsku, en gelag.

'n Man kom in, die lig van 'n sterk flits voor hom, stamp die deur agter hom toe. Waar's die ander een? Daar moet twéé wees.

Milo wag, voel die kramp in sy vingers om die hefboom van die granaat.

Die man draai sy gesig na die deur van die slaapkamer toe, lippe weggetrek van slegte tande. Zoran.

Hy moet die ligskynsel gesien het, dink Milo, en sy vingers om die hefboom gee skiet. Hy rol die granaat oor die vloer na die man se stewels.

"Hei!" roep Zoran.

Milo sien die verbasing in sy oë, klap die slaapkamerdeur toe, duik op die bed met die slaapsak oor sy kop.

Boem!

Milo voel die trillings van die skok uit die vloer deur die bed, ervaar 'n suising in sy ore.

Hy spring op, gryp die lantern. Trek Kaja aan die hand. "Kom!"

Sy gryp die twee bottels.

Hy pluk die deur oop, sien Zoran op die vloer, hande oor sy ore, oë verblind.

Milo vat een van die bottels by haar, hou die lantern oor Zoran, sien die tatoe van letters op sy kneukels.

Langs hom Kaja se hygende asem. "Dis hy!" sê sy. "Dis hy!"

Milo skroef die prop los.

"Ek wil dit doen," pleit Kaja. "Laat ek dit doen."

"Ons moet uitkom," sê Milo. "Die ander een is op pad. Ons't net die een granaat."

"Dis my beurt." Sy gryp die bottel uit sy hand, draai die prop af, leun oor Zoran, kreunend, steunend, wriemelend op die vloer. "Dis hy, Milo. Dis hý wat my seergemaak het."

"Kom, Kaja!" sê Milo dringend, loer voordeur toe, luister vir voetstappe. Dié sal haastig wees, aan die hardloop om te kom kyk wat aangaan.

Sy kantel die bottel petrol oor Zoran se broek uit. Die hele bottel tot dit leeg is, die materiaal van sy broek oor sy onderlyf deurweek.

"Gee die ander bottel," sê sy.

Milo kyk hoe sy die tweede bottel oor sy kop uitkeer, oor sy hare en gesig. Die reuk van petrol hang swaar in die lug. Sy vat die lantern uit sy hand, laat val dit tussen Zoran se bene.

Hy gaan nie brand nie, dink Milo, die lantern se vlam wil nie vat nie.

Hy rem Kaja deur toe, sy beur teen sy greep terug.

"Kom nou!"

Sjwoesss . . .

"Hy brand! Hy brand!" roep sy opgewonde uit.

Milo pluk die voordeur oop. Hulle storm uit.

Agter hulle 'n geluid soos 'n windvlaag. Hy voel die hitte van die vlamme teen sy rug, sien die gloed van die vuur in die donker gang terwyl hulle hardloop. Hulle swenk in die rigting van die trappe. En hoor die gille uit die woonstel.

14. Johannesburg, Suid-Afrika, Hede

Jonny Esau het nie self die breë weg vir die verloop van sy lewe gekies nie. Hy is as't ware op die breë weg gebore. Die genietinge van die vlees en wêreldse goed is in die gene, in die blóéd van sy familie. Die sondes van die vaders – in Jonny se geval eintlik die sondes van die moeder.

Hy kwel hom nie daaroor nie, maar vermoed ouma Heila het die kiem begin versprei. Haar twee kinders moet dit by háár gekry het, waar anders? Sy oompie Bart en sy ma, Tossie. En hy, Jonny, kon dit nie vryspring nie.

Maar hy is nie spyt nie; hy geniet die lewe. Nou saam met Pansy in 'n woonstel in Rockeystraat in Yeoville, op sy eie voete. Krotterig en klein, kan nie 'n dooie kat rondswaai in die kamer waar hulle sit, slaap en eet nie, maar gelukkig.

Met sy ma se voortydige dood het sy ouer broers en susters uitmekaargespat, die pad gevat. Een broer het kontak gehou, visser op 'n snoekskuit in Houtbaai. Laat weet hy is bekommerd oor Jonny. Sy boetie kan net sê, die woord spreek, en hy sal vir hom werk kry as deck hand op die *Rosy*.

Jonny het vir sy broer gesê dankie, maar sy heil lê nie by snoek nie. Hy eet graag gerookte snoek saam met soetpatats, maar hy vang dit nie self nie. Sy voete is bedoel vir die skemerstrate van die stad, nie vir die skommelende dek van 'n skuit nie. Buitendien, hy en oompie Bart het groot planne, wil 'n entrepreneurskap begin. Jonny het nie aan sy ontfermende broer die aard van die entrepreneurskap genoem nie.

In Doradopark, aan die suidelike buitewyke van Johannesburg, was Jonny heel gelukkig in die buitekamer van sy ouma se huis.

Net twee slaapkamers in die huis, nie binneplek vir Jonny nie. Oompie Bart in die een kamer, ouma Heila in die ander. Jonny het darem saans by hulle aan die kombuistafel gaan sit wanneer hy met die 250 cc-Suzuki tuisgekom het. Die ryding was net tydelik. As hy en oompie Bart se planne vleuels kry, sou hy viér wiele kon bekostig, 'n swart BMW, sy eie, uit sy gatsak betaal, nie Noor's Chicken Tikka se afleweringsfiets nie.

Jonny het ook nie vir sy broer in Houtbaai gesê die brein agter die planne is eintlik ouma Heila nie. Aan die kombuistafel, met die sigaret tussen haar geel vingers, het ouma Heila met haar klam, slap lippe gesê sy is die rustende vennoot, met dié dat sy al oud is, die longe nie meer lekker nie.

'n Oupa ken Jonny nie, ook nie sy Esau-pa nie. Hy het een keer vir oompie Bart gevra.

"Hulle is weg," het oompie Bart net gesê.

Natuurlik is hulle weg, het Jonny geweet. Hulle is weg, want hulle was nooit daar nie.

"Is hulle sáám weg?"

"Nee," het oompie Bart gesê. "En moenie my oompie noem nie. Noem my Bart."

Bart was nooit erg oor vroue of hulle oor hom nie. Miskien oor sy molligheid. Bart is 'n oujongkêrel.

"Wonder jy nie oor jou pa nie, Bart? Soms wonder ek oor myne."

"Los hulle uit. Ons kom goed reg."

Bart het gewerk, altyd kos in die huis, en sigarette vir ouma Heila. Sy het ook van wyn gehou, in 'n papsak. Bart het nagskof gewerk vir Armed Response, die ryk huise in Johannesburg gaan patrolleer in 'n kar met antennes op die dak.

"Kom, Jonny," het ouma Heila een aand gesê. "Kom, laat ek vir julle iets vertel. Dis tyd vir die kaarte op die tafel."

Ouma Heila het mooi met hulle gepraat, haar oor hulle welsyn ontferm.

"Ek kan julle ambisies sien," het sy gesê. "Maar dis 'n helse plek hierdie. Joburg se strate is nie vir sissies nie."

"Ek's nie 'n sissie nie," het Jonny gesê.

"Dis nie wat ek sê nie, Jonny. Ek sê: moenie probeer hardloop terwyl julle nog leer om te kruip nie. Jy's te vraatsig, wil te groot hap. Luister vir my, ek ken die slagysters. En ek ken die gevolge van vraatsigheid: vyf jaar in Zonderwater vir 'n eerste oortreding, nog vyf jaar opgeskort. Is dit wat julle wil hê?"

"Nee," het Jonny gesê.

"Nee," het Bart gesê.

"Maar tronk is die minste. Erger: julle vingers word gevat, julle's nooit weer veilig nie, die polieste het julle spoor, vir altyd. Wys my jou hande, Jonny," het ouma Heila gesê.

Jonny het sy hande na haar toe uitgehou. Sy het sy palms gevat.

"Jy't mooi vingers, Jonny. Lank en mooi, jy kan die fokken piano gespeel het. En jy lewer kos af."

"Ja," het Jonny gesê.

"En jy, Bart, jy's in security."

"Wat bedoel Ma?" het Bart gevra.

Jonny wou ook weet wat ouma Heila bedoel.

"Wat bedoel Ouma?"

"Ek bedoel 'n goeie toekoms wag vir julle, as julle geduldig is, laer mik met julle ambisies. Julle's nog jonk. Julle kan dit ver bring. Maar leer eers julle job, leer die strate ken."

"Job? Wat's ons job?" het Bart gevra.

"Die job van Robin Hood," het ouma Heila gesê. "Vat van die rykes, gee vir die armes."

Jonny het nuwe respek vir ouma Heila gekry.

"Wie's die armes?" het Bart gevra.

"Óns is die armes," het ouma Heila gesê. "Maar eers moet julle leer loop."

"Leer kruip, het Ouma gesê."

"Whatever, Jonny! Begin ónder, dis wat ek sê. Jy lewer kos af, kry vir jou nog 'n werk. Leer 'n régte job. Bart werk by security, hy ken die stad. Nie net Yeoville en Bez Valley en Hillbrow nie. Die noorde, Sandton en Randburg, Northcliff en Honeydew, daar waar die rykes bly, die fênsie huise met die alarms en hekke en honde. En kluise met geld."

"Watse job moet ek leer?" het Jonny gevra.

"Hier onder, langs Kentucky, is Lock & Key," het ouma Heila gesê. "Ek hoor hulle't 'n pos oop vir 'n appie. Jy't lang vingers, gaan leer om hulle te gebruik, gaan leer van sleutels en slotte, Jonny. Van elektroniese kodes van hekke en deure en alarms. Dan vul jy en Bart mekaar aan, word julle 'n goeie span."

"Maar terwyl hy sy job leer, wat dan?" het Bart gevra. "Ek verdien peanuts."

"Hoef nie peanuts te wees nie."

Ouma Heila het opnuut advies gegee, gesê "middelman" is die pad wat sy vir hulle sien, op die kort termyn, as tussenspel, terwyl Jonny sy job leer. Min risiko, genoeg profyt as hulle nie vraatsig is nie.

Dit was die begin van sy vakleerlingskap. 'n Lang vakleerlingskap van drie, vier jaar, maar Jonny was geduldig, was bereid om eers te kruip, soos ouma Heila hom geleer het. Hy het die somme vir 'n swart Beemer gedoen, eers besluit op 'n meer beskeie doelwit. Terwyl hy van sleutels en slotte geleer het, het hy 'n middelman geword, 'n koerier, karweier van kos en goedere. Enige goedere, vra nie uit nie. En glibberig soos 'n slang namate hy die lesse van die strate leer ken het.

Ouma Heila het die afsetpunte geken: pandjieswinkels in Bez Valley en Berea, in Yeoville en Hillbrow vir die goed wat hulle steel. Jonny en Bart het die profyt gedeel; ouma Heila, sakebrein en rustende vennoot met slegte longe, het kommissie gekry.

En nóg advies gehad: "Vertrou niemand nie. Enigeen kan 'n fokken polisie-informer wees."

Twee jaar lank maak Jonny gereeld somme vir die Beemer. Kry eers 'n leerbaadjie en tatoe van 'n slang op sy voorarm, en 'n straatnaam, Snakes.

Hy weet: die groot geld lê nie in gesteelde rekenaars, TV's, CD's en selfone nie, of in die karwei van T-hemde met vals ontwerpersetikette uit Shanghai en Karatsji nie, of in horlosies, nek-kettings en ringe met oorgeblaaste goud uit Delhi nie. Die groot bucks lê in dwelms. Nie vir sy gebruik nie, dit sal hy nie doen nie. Die gevolge sien hy in die ellendige strate van Yeoville en Hillbrow.

Jonny het 'n leerbaadjie en Adida Superstars, 'n ketting om sy nek, 'n ring aan sy vinger, maar die Beemer, 'n swarte, bly hom ontwyk. En die rook van dagga en crack, die snuif van wit poeiers sal sy ambisies verwoes. Aan die ketting om sy nek is 'n pendant in die vorm van 'n klein silwer perdehoef. Hy glo hy is 'n gelukkige man.

Die pakkies wat hy karwei, gaan laai hy op by Noor's Chicken Tikka in Mayfair. En elke keer, saam met 'n pakkie, kry hy 'n polistireenhouer met 'n gratis skep kerriehoender, in speserye en jogurt gemarineer, gerooster en ingeryg op sosatiestokkies, saam met basmatirys. Onder die hoender in die polistireenhouer is sy karweiloon, in 'n ziploc-sakkie om sy note teen die kerrie te beskerm.

Die pakkies se bestemmings is in die boomryke noordelike voorstede van Johannesburg en Sandton, maar altyd 'n front man. Oor name vra Jonny nie uit nie, nóg van die afsender nóg van die ontvanger. Dis nie sy saak nie, hy verdien goeie geld van sy onbekende werkgewer.

Noor's Chicken Tikka is 'n beskeie plek; saans ná donker word die roldeur en staalhek op die sypaadjie laat sak en gesluit. Vier, vyf keer per week kry Jonny die SMS op sy selfoon, ry met Noor's se Suzuki Mayfair toe. Op die modderskerm oor die agterwiel is 'n draboks, beskilder met 'n motto: *Noor's Chicken Tikka. We'll feed you, wherever you are.* Maar sý kardoeshouers – met dieselfde motto en belofte – bevat nie wegneemetes soos die ander afleweraars s'n nie.

Hy vra: "Ek weet wat ek karwei. Dis dwelms, nè?"

"Jy's net die middelman, Jonny, dis die beste vir jou dat jy nie weet nie," sê die kok wat die kardoeshouers en sy polistireenhouer oor die toonbank na hom toe skuif.

"Dis 'n groot risiko. As ek voorgekeer word . . ."

"As jy voorgekeer word, is jy verbaas dat die houers nie kerriesosaties bevat nie. Want jy's net die karweier. Dis nie jou werk, as afleweraar van kos, om die inhoud van 'n kospak te inspekteer nie."

Jonny vat sy polistireenhouer, eet sy hoender en rys eenkant op die toonbank tot by die ziploc met note. Hy vee die kerrie van sy lippe af, druk die valhelm oor sy kop en vertrek met die Suzuki. Sy bestemming is 'n restaurant in Melville, die ontvanger 'n kelner, net 'n front man, 'n klein ratjie. Maar hy ken die kodewoorde en neem die pakkie in ontvangs.

Op pad terug na die Suzuki sien Jonny die groot man met die tweedbaadjie wat hande in die broeksakke die karweifiets staan en beskou asof dit 'n veteraan-Harley is.

"Snakes?"

Die man ken sy straatnaam, en nie meer jonk nie. Jonny skat hom oor die sestig, netjiese snor. Maar 'n gesig wat sê jy: moenie met my rondfok nie.

"Wie wil weet?"

"Ék wil weet. Kolonel Silas Sauls van moord-en-roof wil weet of jy Snakes is."

Moord-en-roof. Drie lettergrepe, genoeg vir jellie in die knieë. Stry sal nie help nie, weghol nog minder.

"Ek't niemand vermoor nie."

"Nie met jou eie hande nie, nee." Sy groot hande betas Jonny se klere." 'n Bietjie dagga miskien, vir 'n joint of twee?"

Wat is die straf, wonder Jonny, vir 'n eerste oortreder in Zonderwater vir die karwei van dwelms?

"Ek rook nie dagga nie, gebruik nie dwelms nie, is skoon."

"Dan's dit goed, Snakes. Dan het jy niks te vrees nie."

"Hoekom soek jy dagga as jy van moord-en-roof is?"

"Vroue, drank, geld, dwelms . . . Jy weet mos, Snakes: die een of ander tyd, áltyd, sonder uitsondering, lei dit tot moord. En my werk is nie om net te sit en wag vir die volgende slagoffer nie, maar om dit te keer. Verstaan jy, Snakes, wat proaktief beteken?"

"Ek's nie van plan om 'n moord te gaan pleeg nie."

"Nee, nie met voorbedagte rade nie. Maar wat jy doen, is so goed as moord. Jy karwei die dwelms wat die dood bring."

"Ek lewer net kos af."

"Dan's jy onskuldig, Snakes. Dan vra ek om verskoning vir die ongerief en dat ek jou tyd kom mors het. Maar maak eers die boks agter oop."

Jonny maak die knip van die karweiboks los, lig die deksel op. Sien die bruin kardoes met Noor's se motto.

"Jy't nog 'n aflewering om te gaan doen, sien ek."

Jonny staar na die kardoes. Die boks was leeg, net die een pakkie vir die kelner.

"Dis . . . dis nie myne nie."

"Noor's Chicken Tikka, we'll feed you, wherever you are," lees kolonel Sauls, staan tru, bekyk die motto teen die Suzuki, lees ook dié hardop: "Noor's Chicken Tikka, we'll feed you, wherever you are." Kyk na Jonny. "En jy werk vir . . .?"

"Vir Noor's."

"En dis Noor's se fiets?"

Hy knik.

"En dis Noor's se kardoes in die draboks?"

Hy knik.

"Hoesê?"

"Ja, maar . . . dis geplant, die boks was leeg!"

"Geplant? Beskuldig jy my, takbevelvoerder van moord-en-roof, dat ek kerriekos in jou boks plant?"

"Dis nie wat ek bedoel nie."

"Nou hoekom dan so ontsteld, Snakes? Oor 'n kardoes met kos wat jy besig is om af te lewer? Haal dit self uit, maak die kardoes self oop, wys my die sosaties wat jy aflewer. Doen dit self, met jou eie hande, sodat jy my nie weer kan beskuldig nie."

Jonny lig die kardoes uit, tussen duim en voorvinger, asof hy bang is vir 'n slang.

"Maak oop," por kolonel Sauls. "Dit sal nie pik nie. Ook die polistireenhouer. Nou raak ek self honger, van die reuk van kerrie hier uit jou boks."

Jonny snuif. Geen reuke nie; hy karwei nie kos nie.

Die wit poeier in die polistireenhouer is in 'n netjiese, stywe blok van kleefplastiek verpak. Jonny voel die kolonel se teenwoordigheid toe hy oorleun om die inhoud beter te beskou.

"Wat's dit, Snakes? Lyk dit na kerriesosaties?"

In die straat in Melville sien Jonny Esau sy drome van 'n swart Beemer vervaag.

"Weet nie wat dit is nie. Ken dit nie."

"Miskien moet ons dit bespreek. Ons sal in my kantoor gaan sit, rustig sonder steurings."

"Dis nie myne nie. Ek's net 'n koskarweier."

"Met duur tekkies, duur leerbaadjie, ketting om die nek. Metaal in jou oor?"

"'n Present."

"As jy onskuldig is, sal ek jou kans gee om te verduidelik. En as jy klaar is, sal ék verduidelik, van vyftien jaar in Zonderwater of Modderbee vir die handel in dwelms. Maar daar's 'n uitkoms vir jou, Snakes, as jy wil saamspeel, eerlik is met my."

Middelman is 'n werk met min risiko en goeie profyt, het ouma Heila beduie. Maar die dwelms knaag al lank aan Jonny. Sy gewete pla hom oor die dwelms, nie oor die herverdeling van rykdom uit huise in die noordelike voorstede nie.

Die pakkie is geplant, dié weet hy, dié weet die kolonel. Maar hulle het 'n oog op hom gehad, 'n vermoede, en 'n plan beraam om 'n lus om sy nek te sit en vas te trek. En wie gaan hom in die hof glo? Wie gaan sy woord aanvaar teen dié van die takbevelvoerder van moord-en-roof?

Hy besluit om saam te speel.

In die kolonel se kantoor luister hy aandagtig na die uitkoms wat hom aangebied word.

"Niemand sal weet nie, Snakes," sê kolonel Sauls.

"Maar is dit nie onwettig nie?"

"Wat? Die dwelms in jou boks? Natuurlik is dit onwettig."

"Om dit te plant. Dís onwettig."

"Wie het wat geplant? Al wat ek weet, is dat die dwelmeenheid

Noor's Chicken Tikka dophou, en jou naam en gesig duik gereeld daar op. Ook die name en gesigte van ander afleweraars, maar veral joune. Dis al wat ek weet."

"En al wat ek moet doen, is om Vrydagaande by die honderesies inligting te gee?"

"Elke Vrydagaand. Op 'n Vrydagaand is ek daar by die hondjies buite Orlando-Wes. Weet jy waar die baan is?"

"Ja, maar dis onwettig om op die honde te wed. Die resies is net vir pret."

"Leer jy mý, 'n dienaar van die gereg, wat wettig en onwettig is?"

"Sê maar net."

"Goed, dan verstaan ons mekaar. En uit waardering vir jou samewerking gee ek jou 'n wenk: Droopsy, die spikkelhond met die diep bors, sit maar ietsie op hom vir die naellope. Veral as hy op 'n binnebaan geloot is."

"Droopsy?"

"Ek hou ook van Miss Razzledazzle, maar vir die langer afstande."

"Wat van my werk as afleweraar?"

"Jy gaan voort daarmee, Snakes, asof niks gebeur het nie. Ek stel nie in aflewerings belang nie, ek stel in moord en roof belang. En elke Vrydagaand by die hondjies soek ek 'n wenk van jou."

"En as ek nie het nie?"

"Weet jy wat doen mense soos Noor as hulle hoor dat een van hulle kosafleweraars 'n KI vir die polisie is? 'n Konfidensiële informant?"

Jonny weet nie, maar hy kan dink.

"En vir my wenke word ek betaal?"

"Jy kry 'n gereelde inkomste."

Hiermee is Jonny tevrede. Nog 'n bron van inkomste, nog 'n klein tree nader aan die ontwykende swart Beemer. En Bart en ouma Heila en Pansy hoef niks te weet van sy akkoord met die kolonel van moord-en-roof nie.

Nou is Jonny op 'n drafstap, trek die rente op sy geduld, reken sy brood is aan albei kante gebotter. Bly lankal nie meer in die buitekamer by ouma Heila nie, maar saam met Pansy in Yeoville. Bart is nog daar, hý sorg vir ouma Heila.

'n Gedugte span, hy en Bart en Pansy. Gee nie om dat Bart die leiding neem nie, het altyd opgesien na Bart, eens sy oompie. Pansy is 'n nuwe vonds, het twee jaar terug in sy lewe ingestap, met die parmantige straatwysheid van 'n stadskind. Sy het Jonny onderrig in die geheimenisse van haar strate, en ook – vir hom ewe dwingend – in die misteries van haar liggaam. Bart het hulle laat begaan, want hy het ánder kwaliteite in Pansy raakgesien: 'n verbluffende behendigheid met karre, onder die enjinkap én agter die stuur. Geleer in haar pa se chop shop langs die spoor in Doornfontein. Sy hanteer 'n kar, het Bart 'n slag verwonderd opgemerk, asof sy in een beval is.

Pansy het nie net Jonny se bed kom vul nie, maar ook die leemte van 'n vlugkar. Drie en twintig sekondes. Die helfte van die spikkelhond, Droopsy, se tyd oor die 660 meter op die honderesiesbaan buite Orlando-Wes. Dit is Pansy se tyd om 'n kar sonder sleutel te steel. 'n Vlugkar vir Bart en Jonny se buit uit 'n huis in Sandton of Northcliff of Hyde Park.

'n Gesteelde vlugkar, maar geen wapens nie. Dáároor is Bart onwrikbaar.

"Ons is nie barbare nie, ons maak mense nie seer nie. Ons herverdeel net hulle rykdom. Géén wapens nie! Weet julle wat die straf vir gewapende roof is? Wil julle moord-en-roof op julle nekke hê?"

Nee, stem Jonny saam.

Op Jonny se breë weg skyn die son, en hy het groot ambisies. 'n Beemer, swart en met twee blink uitlaatpype en fênsie mags, die twee fluffy dice vir die truspieël reeds gekoop, goue ketting om sy nek, jel in sy hare, ring in sy lel. Jonny Esau hou van bling.

15. Sarajewo, Bosnië-Herzegowina, 1991 – 1993

Aan die bopunt van Strossmayer het Archie 'n pragtige uitsig op die Neo-Gotiese fasade van die katedraal op die klein Fra Grge Martica-plein. Die twee kloktorings van die katedraal is so simbolies van Sarajewo dat dit selfs, saam met die Latinska-brug en Miljacka-rivier, op die stadswapen en stadsvlag voorkom. Om die hoofingang van sandsteen is 'n reliëf van die Heilige Drie-eenheid; daarbo vorm 'n rosetvenster 'n halo agter die klipbeeld van Jesus, sy een hand in 'n seëning omhoog, sy ander hand op sy hart. Die sandsteen en kalkklip van die katedraal wek die indruk dat dit deur die loop van die dag van kleur verander, saam met 'n verandering in die weer.

Archie stap die trappe op waar die seun deur die mortierkartets gewond is. Hy word by die deur ingewag deur dokter Buzuk en Vader Trtić; die geestelike groet in gebroke Engels. Hulle lei hom in, om die apsis, verby die graf van aartsbiskop Josip Stadler onder wie se leiding die katedraal gebou is.

Teen die deur van 'n private sykapel is die datum 1890 in die houtbeskut uitgekerf, onder die datum 'n naam in Cyrillies. Die kapel is klein. Archie skat dit so vier by vier tree, met 'n beskeie altaar van grys graniet. Voor die altaar 'n kommuniebank, teen een muur 'n biegstoel van eikehout. Teen nog 'n muur 'n familieblasoen, langsaan 'n reliëf van Sint Cecilia met 'n harp, beskermheilige van musiek. Teen die vierde muur 'n nis met devosiekerse.

"Dis nie oor die kapel dat ons jou laat kom het nie," sê dokter Buzuk. "Vader Trtić sê dié kapel kry baie jare al selde besoekers."

Hy stap om na agter die altaar. "Kom kyk hier."

Die spasie tussen die altaar en muur is smal. Dokter Buzuk staan opsy, Archie druk by hom verby. Op die granietvloer, afgeslyt deur meer as 'n eeu se geskuifel van vrome voetsole, lê komberse en 'n ou duffelsak.

Archie hurk, lig 'n vou van 'n growwe kombers na sy gesig op, snuif, laat sak dit. Nie stowwerig nie, 'n liggaamsreuk.

"Vader Trtić het die ontdekking vanoggend gemaak," sê dokter Buzuk agter hom. "Baie toevallig, ook hý kom nooit hier nie. Maar hy is bekommerd oor 'n rotplaag, sê hy't al vantevore 'n geskarrel gehoor. En van die deur af is net die altaar sigbaar, nie wat ágter die altaar is nie."

Archie knik sonder om van die vloer af op te kyk. Hy lig die hoek van 'n tweede kombers op, staar na die blou Goofy-gesig wat na hom staar.

Die vrolike Goofy en die pienk van die verweerde rugsak tref Archie soos 'n hou in die maag. So strydig, so onversoenbaar met dood en ellende. So innig en eerlik kinderlik.

"Vader Trtić het die duffelsak oopgemaak en kinderklere gekry," sê dokter Buzuk.

"En julle het my laat kom oor kinders wat in die katedraal slaap?"

"Ons het gedink jy sou belangstel omdat jy by my kom uitvra het oor die seun wat sy pa se lyk gebring het."

"Is dit sy slaapplek?"

"Hier's beddegoed vir twee. Jy't my ook uitgevra oor 'n vermiste meisie, sy suster."

Archie druk 'n hand op 'n knie om orent te kom. "Milo en Kaja Borić?"

Dokter Buzuk knik. "Vader Trtić het 'n boek in die duffelsak gekry."

Hy vat die boek by die priester en hou dit na Archie uit. "Dis 'n digbundel deur Aleksa Šantić, 'n bekende Serwiese digter. Kyk binne."

Archie laat die bundel oopval by die kwitansie wat as boekmerk dien.

"Dis 'n kwitansie vir die koop van twee fietswiele, uitgemaak aan Tomislav Borić," verduidelik die dokter.

Die boekmerk is by 'n gedig met die titel "Останте Овђе".

"En dit?" vra Archie.

"Dit beteken 'Bly hier'," sê dokter Buzuk. "Toe baie Bosniaks Turkye toe wou gaan nadat Joego-Slawië in 1918 tot stand gekom het, het Šantić in hierdie gedig by sy Moslembroers gepleit om nie hulle land te verlaat nie."

"En nou?" vra Archie. "Wat gaan nou met die twee kinders gebeur?"

"Hulle kan tog nie hier in die katedraal plak nie," sê dokter Buzuk. "Hulle het versorging nodig, moet skool toe gaan. Ons . . . Vader Trtić het gewonder of jy kan help, meneer Boonstra. Miskien kan ons hulle op 'n VN-vlug uitkry. Hier in die strate van Sarajewo gaan hulle dit nie maak nie."

"Ek's net 'n SitCen-moniteerder," sê Archie. Wil byvoeg: backroom boy, maar los dit.

"Daarvan is ons bewus, meneer Boonstra. Maar jy werk vir die VN, jy word gerespekteer. Na jou aanbevelings word geluister. Dalk kan op 'n volgende Hercules met pasiënte plek ingeruim word vir 'n broer en suster wat wees gelaat is en in die strate leef soos diere."

"Jy't self gesê Sarajewo is vol kinders wat soos diere leef, dokter Buzuk."

"Dis waar. Maar 'n mens is van nature afsydig oor die lot van ander, totdat jy hulle ken, totdat hulle name en gesigte het. Ek het hulle gesigte gesien toe Milo Borić, dertien jaar oud, sy pa se lyk na my voordeur gebring het, en toe ek Kaja Borić, nege jaar oud, se vernielde liggaam langs die lyk van haar ma op 'n bed gekry het. Milo en Kaja Borić is nie meer vir my gesiglose en naamlose kinders in Sarajewo se strate nie. Ek wens ek het hulle nie geken nie, ek wens ek het nie die geskiedenis van hulle familie geken nie. Dan het ek jou nie vandag na hierdie katedraal laat kom nie, meneer Boonstra."

Archie dink aan die dood van die oupa by die waterpomp, aan

die dood van die ouma wat gaan brood koop het, aan die sesjarige sussie wat spelende en laggende in die sneeu deur 'n bomskerf onthoof is, aan die pa wat op 'n brug doodgeskiet is. Hy dink aan die dood van die ma wat voor haar negejarige dogtertjie verkrag en vermoor is. En hy weet wat met háár gebeur het, die dogtertjie, en hy weet wat met haar broer gebeur het.

Hy kyk weer na die Goofy-gesig, vra: "Kan ek hulle ontmoet?"

"Dankie, meneer Boonstra. Jy sal nie spyt wees nie. Ons sal vir hulle wag sodat jy hulle kan ontmoet. Vader Trtić vra of jy tee wil hê? Hy sal vir ons tee maak in sy kantoor terwyl ons wag. Ons dink hulle sal eers terugkom wanneer dit donker is."

DEEL II

You may learn now what you ought to know:
That every journey begins with a death,
That the suicide travels alone, that the murderer needs company.
– James Fenton, "A Staffordshire Murderer" uit *Selected Poems*

16. Bujumbura, Burundi

Die mure van die kantoor, vermoed 'n besoeker, was dalk eens olyf of grys geverf. Die skakering nou onseker, net vaal en vuil. By die vloer- en kroonlyste is die mure swart geskimmel van vog wat in bakstene en pleister deurslaan. Voor die venster plastiekhortjies vol stof.

In 'n hoek aan 'n kapstok hang 'n pet versier met goudgalon. By sy lessenaar in die Chaussée du Peuple Murundi skryf die ondersoekbeampte tydsaam op die omslag van die bruin papierlêer. Die netjiese handskrif is kwalik te vereenselwig met die groot man met die stomp vingers wat die balpuntpen hanteer soos 'n pointillis sy penseel.

Hoofinspekteur Claude Kadende van die Judisiële Polisie skryf met groot konsentrasie en oorgawe. Hy skryf nie vloeiend aanmekaar nie, maar in blokletters; selfs die onderstele van die y's en g's en j's is op dieselfde lyn as die a's en s'e. Die geheelindruk van sy skryfwerk is, hoewel netjies, grootliks onleesbaar, soos 'n Middeleeuse rune-inskripsie.

Twee verslae lê al 'n week op sy lessenaar, een van 'n entomoloog van die instituut vir agronomiese studie in die Boulevard de Yaranda en die tweede van die forensiese patoloog van die universiteitshospitaal in Boulevard du 28 Novembre. Claude kom uiteindelik in sy stapel lêers en dossiere by die verslae uit, en besluit om die moorddossier aan te vul wat hy geopen het toe die oorskot gevind is. 'n Moorddossier, want 'n man sonder gesig sterf nie weens natuurlike oorsake nie.

Sonder veel hoop op 'n deurbraak berei Claude sy dossier voor. Dis die jongste van drie en dertig dossiere vir ernstige misdade in sy jurisdiksiegebied in Bujumbura, en net in 'n enkele maand. Dit kan 'n halwe jaar duur, waarskynlik langer, voordat hy die uitslae van gespesialiseerde biologiese toetse kry, soos 'n DNS-profiel. 'n Kadawer onder bosse in Burundi is nie vreemd nie. Net nóg 'n lyk in 'n land waarin 'n lang burgeroorlog meer as 'n halfmiljoen dooies agtergelaat het, derduisende vermis word, omtrent twee miljoen vlugtendes ontwortel is. Claude, soos baie van sy landgenote, eer steeds die prins, seun van koning Mwambutsa IV, as nasionale held in Burundi. Hy het die weg gebaan vir sy land se onafhanklikwording van Belgiese koloniale oorheersing. Maar prins Louis Rwagasore is in Oktober 1961 aan sy eettafel in die Hotel Tanganyika vermoor, vermoedelik 'n kontrakmoord deur die pro-Belgiese Christelike Demokratiese Party.

Die moord het die etniese vyandskap tussen Hutu's en Tutsi's opnuut laat opvlam, en nadat die land in 1962 onafhanklik geword het, het die grootste volksmoorde nóg daar plaasgevind. Byna vyftig jaar later val rebelle steeds sporadies vlugtelingkampe aan, selfs tot in Bujumbura, ondanks die Arusha-akkoord van 2003 en die ingryping van VN-vredesmagte.

Claude is gebore vyf jaar ná die prins se dood en terwyl hy sy dossier orden, is dit nie die prins of die gewelddadige politiek van sy land wat sy gedagtes besig hou nie. Wat hom meer interesseer, is die naam, spesifiek die assosiasie met die prins se naam, want hy gaan vanaand saam met 'n paar vriende 'n sokkerwedstryd in die Prince Rwagasore-stadion bywoon. Die naam van 'n gesiglose kadawer, weke oud, naby die Prince Louis Rwagasore-kliniek is nie 'n prioriteit wanneer Atlético Olympic en Inter Star mekaar pak nie.

Die eerste verslag, wat Claude vlugtig lees terwyl hy tydsaam aantekeninge maak, is die opsomming van die entomoloog. Die volledige verslag, besluit hy, sal hy later onder oë neem.

Forensies-entomologiese verslag (verkort)

Saaknommer: *HOM Bujumbura 21/10/JP.* Agentskap: *Judisiële Polisie*.

Oorledene: *Onbekend*. Ouderdom: *40-50*. Geslag en ras: *Manlik, Kaukasiër*.
Laas lewend gesien: *Onbekend*. Datum vermis: *Onbekend*.
Datum gevind: *Woensdag 20-10*. Tyd van toneel verwyder: *20:30*.
Entomoloog: *Dr. Lionel Farro, PhD (Entomologie)*.
1. Beskrywing van doodstoneel:
Plek: *Beboste stedelike parkgrond; geen teenwoordigheid van waterhabitat*.
Blootstelling: *Oop lug; volledig geklee: skoene, langbroek, kortmouhemp*.
Puin aan klere en liggaam: *Gras, grond, maaiers*.
Ontbinding: *Aktief en geswolle; ernstige gesigtrauma; konsentrasies vlieglarwes aanwesig*.
Toneeltemperature: *Omliggend: 24°C*. Liggaamsoppervlak: *24°C*. Maaiermassa: *31°C*.
Monsters versamel: Getal gepreserveerde monsters: *14*. Getal lewendige monsters: *10*.
2. Beskrywing van trauma: *Sigbare wonde aan gesigarea met groot konsentrasies maaiers van die spesies* Sarcophagidae, Calliphoridae *en* Muscidae. *Verwydering van volledige huidlaag aan gesigarea kan nie toegeskryf word aan die eetgedrag van aasvretende insekte nie. Hoewel maaiers oor die hele liggaam voorgekom het, is geen ander waarneembare beserings of wonde gevind behalwe aan die sagte weefsel wat deur die maaiers veroorsaak is nie*.
3. Monsters: *Alle eiers was reeds uitgebroei en net larwemonsters van die insektegroep* Diptera *is aan die liggaam gevind, 'n aanduiding van 'n Post Mortem-Interval (tydsverloop sedert dood) van langer as 24 uur. Lengtes van larwes wissel van 10 mm tot 17 mm; hulle het dus nog geaas in die eerste en tweede larwetoestand. Geen papies of leë kokonne is gevind nie. Ook die afwesigheid van die aasgroep* Coleoptera *bevestig PMI van langer as 3 dae, maar korter as 6*.
4. Gevolgtrekking: *Aan die hand van die ontleding van*

entomologiese monsters en gegewens, asook kennis van insekgedrag en lewensiklus, is vasgestel dat die tydsverloop sedert kolonisasie ongeveer 70 – 80 uur is. Daaruit volg die gevolgtrekking van 'n PMI van 3 – 4 dae.

Claude loer na die horlosie teen die vaal muur waarvan die verf in flarde afskilfer. Hy meen hy het tyd vir nóg 'n kort verslag voordat hy en sy kollegas by die Source Du Nil se watergat byeenkom vir 'n paar Primus-biere voor die sokker. Hy meen ook dis 'n goeie prosedure wat ingestel is dat elke amptelike verslag in 'n aparte kortbegrip saamgevat word, ontluis van al die hoogdrawende hokus-pokus waarvoor geleerde mense so lief is. 'n Verkorte weergawe maak die lewe vir 'n besige ondersoekbeampte soveel makliker.

Regsgeneeskundige post mortem-verslag (verkort)
Saaknommer: *HOM Bujumbura 21/10/JP*. Doodregister: *DR 109/10/BUJ*.
Oorledene: *Onbekend*. Geslag en ras: *Manlik, Kaukasiër.*
Datum en tyd van dood: *Saterdagnag 16-10*.
Plek van dood: *Terrein van Prince Louis Rwagasore-kliniek, Rue Pierre Ngendandumwe*.
Forensiese patoloog: *Dr. G. Bastos, MBChB, DipForMed, M Med Path (For)*.
Hoofbevindinge (aan hand van diagram): *Frakture van die horing van die tiroïedkraakbeen (adamsappel) en hioïd (tongbeen). Verwydering van vel van gesigarea.*
Oorsaak van dood: *Verwurging*.
Skedule van waarnemings:
1. Spesifieke eienskappe: Geslag: *Volwasse man*. Ouderdom: ± *45*. Hare: *Bruin*. Oogkleur: *Onbekend*. Merke: *Geen*. Ander: *Goue ring aan middelvinger van linkerhand*. Lengte: *1.81 m*. Massa: *74 kg*. Liggaamsbou: *Gemiddeld*. Voeding: *Goed*.
2. Sekondêre post mortem-veranderings: Rigor mortis: *Volledig*. Lividiteit: *Nadoodse pers bloedstolling aan boude,*

skouerblaaie en kuite (foto's 1 – 4). Ontbinding: Aktief en geswolle. Ander: *Maaiers gekonsentreerd aan gesigtrauma (foto's 5 – 8).*
3. Uitwendige voorkoms: *Volledig geklee; swart skoene, swart langbroek, donkerblou kortmouhemp.* In situ: *Aansienlike bloeding op toneel weens gesigtrauma (foto's 9 – 12).*
4. Inwendige ondersoek: *Volledige bevindings in Bylae A.*
5. Monsters: *Maaginhoud en bloedmonster vir toksikologiehouer; Bloed en hare vir DNS; Deppers met skraping onder naels aan albei hande; Vingerafdrukke vir identifikasieprosedure; X-strale vir odontologiese analise. (Volledige besonderhede in Bylae B.)*
6. Gevolgtrekkings: *In 'n tydsraam van ses ure (voor en ná middernag van Saterdag 16-10/Sondag 17-10) is die onbekende man gewelddadig verwurg op die toneel waar die liggaam gekry is. Geen teken van weerstand of verset is gevind nie. Weens die teenwoordigheid van 'n groot hoeveelheid droë bloed op die toneel, is die oorledene se gesigvel waarskynlik pre- of peri-mortem op die toneel verwyder. Aanduidings op oorblywende epidermis is dat die vel kompleet tot met die hipodermis met 'n skerp snyvoorwerp (soos 'n mes) losgesny is.*

Hoofinspekteur Claude Kadende is nou haastig vir sy afspraak by die Source Du Nil. Hy is al agter sy lessenaar op die been, reik al na sy keps aan die kapstok, toe die rekenaar hom waarsku van 'n inkomende e-pos. Oorweeg of hy die toets moet druk om die ding af te skakel. Gaan sit weer, keps op sy kop. 'n Boodskap pro forma van die plaaslike kantoor van Interpol oor die liassering van 'n nuwe Groen Nota op Interpol se webtuiste.

Claude is erg gesteurd. Sug, maak die webtuiste oop, bestudeer die gesig op sy rekenaarskerm. Nie 'n foto nie, 'n identikit van 'n ouerige man met 'n babagesig. Die gesig en beskrywing is van die Suid-Afrikaanse kantoor van Interpol in Pretoria na Interpol se hoofkantoor in Lyon, Frankryk gestuur, waar dit op Interpol se webtuiste geplaas en met 'n Groen Nota gemerk is. Die Groen Nota is 'n waarskuwing dat die voortvlugtige 'n misdaad in Suid-Afrika gepleeg het, en waarskynlik dieselfde soort misdaad in ander lande sal herhaal. Die voortvlugtige, lui die Groen Nota, bevind hom vermoedelik in 'n sub-Sahara-Afrikaland.

By die skets verskyn enkele besonderhede:

Van: Lotz. Voorname: Abel. Geslag: Manlik. Geboortedatum: Onbekend. Kategorie van oortreding: Misdade teen lewe en gesondheid. Lasbrief vir arrestasie: Uitgereik in Johannesburg, Suid-Afrika.

Dié identikit is nie prominent met 'n Rooi Nota gemerk om saam met die gesigte van die wêreld se mees gesoekte en berugste terroriste en internasionale dwelm- en wapensmokkelaars te verskyn nie. Maar Burundi is een van Interpol se 188 lidlande, en Claude druk die skets en beskrywing van die verdagte uit vir die kennisgewingbord. Hy lees ook weer die beskrywing van die verdagte op 'n interne memo aan polisie-agentskappe in alle lande in Suider-Afrika:

Ongeveer vyftig jaar oud, kort gebou, effe plomp, yl hare, platterige neus, breë gesig, hangwange, bakore, gebrek aan 'n prominente ken, vermoedelik ptosis van die oë.

Claude lei af die verdagte is skeel. Die misdade waarvoor die man gesoek word, interesseer hom nie danig nie. Vier moorde. Hy het al erger teëgekom, hier in sy eie land. Ook nie die manier waarop hulle vermoor is nie: verwurging.

Maar wat sy oog vang, is die beskrywing van 'n ritueel. Dele van twee vroue se vel is verwyder (ook nie so vreemd nie). Wel baie vreemd is dat die gesigvel van die twee manlike slagoffers geskalpeer is.

Claude strek na die stapel dossiere op sy lessenaar, kry die een van die kadawer wat in die hospitaal se tuin gevind is. Die kadawer sonder gesig het lank in 'n yskas van die staatslykhuis gelê. Sy vingerafdrukke het geen identiteit opgelewer nie, en die lykhuis het begin kla dat hulle plek soek vir al die vars kadawers wat inkom, 'n armebegrafnis voorgestel.

Kommunikasie, dís die groot probleem, meen Claude. Die

Judisiële Polisie, belas met ernstige misdade soos moord, het 'n moorddossier geopen. Dis nie húlle taak om na vermiste persone te soek nie. Mense wat wegloop, kroeggevegte, dronk op straat, grypdiewe wat toeriste se kameras en reisgeld vaslê – dis die werk van die Munisipale Polisie, net af in die Chaussée du Peuple Murundi. Maar wanneer 'n moord ondersoek word, is dit roetine dat hoofinspekteur Claude Kadende se ondersoekbeamptes met die Munisipale Polisie kommunikeer.

Die Munisipale Polisie kommunikeer op hulle beurt met 'n lys uit die voorvalleboek in die aanklagkantoor: name, datums en beskrywings. Hulle het 'n lang lys van vermistes aan Claude gestuur. Net in die drie weke voor die ontdekking van dié kadawer is sewe en veertig mense as vermis aangemeld. Vyftien ander kadawers is gekry, vermoedelik dood aan onnatuurlike oorsake.

"Onbegonne taak," het die konstabel van die Munisipale Polisie gekla toe hy die lys bring.

Claude beskou opnuut die lys name van vermistes. Hy soek "manlik" en hy soek "Kaukasiër". Kry sewe wit mans. Van vyf is intussen rekenskap gegee: twee dood, een terug by die huis, een in 'n polisiesel, een in die hospitaal.

Twee steeds vermis.

James Young, een en sewentig en met 'n geskiedenis van Alzheimers, is drie dae voor die gesiglose kadawer onder die frangipani ontdek is, as vermis aangemeld.

A.G. Lippens, kosmetiese chirurg, twee dae voor die portier se vonds.

Die lyk in die park is nie een en sewentig jaar oud nie.

Claude bel die Munisipale Polisie. Young is steeds weg, sê die konstabel, en Lippens se verdwyning is opgeklaar.

"Opgeklaar?" vra Claude.

"Hy's 'n dokter," sê die konstabel, asof dokters nie vermis kan word nie.

"Is hy opgespoor?"

"Nee, sy ontvangsdame het 'n brief van hom op sy rekenaar

gekry. Hy't verduidelik dat hy dringend, om persoonlike redes, moes vertrek. Hy't sy ontvangsdame gevra om al sy afsprake te kanselleer, die spreekkamer te sluit. Sal laat weet wanneer hy terugkom."

"En julle het die voorval ondersoek?"

"Geen teken van inbraak nie. Niks vermis nie, behalwe sy persoonlike goed, sy skeergoed, sy paspoort."

"Het hy al teruggekom?"

"Dit weet ek nie. 'n Dokter se persoonlike sake en reise is nie ons saak nie. Ons het vier en dertig duisend gevalle van vermiste persone op ons boeke." Die konstabel klink nogal ergerlik dat die hoofinspekteur hom kan verdink van halwe ondersoekwerk, selfs pligsversuim.

Claude lek die punte van sy vingers en blaai deur die dossier waarin hy met sy sorgvuldige handskrif die aantekeninge aangebring het. By die entomoloog se beskrywing van trauma aan die liggaam lees hy opnuut:

Sigbare wonde aan gesigarea met groot konsentrasies maaiers van die spesies Sarcophagidae, Calliphoridae *en* Muscidae. *Verwydering van volledige huidlaag aan gesigarea kan nie toegeskryf word aan die eetgedrag van aasvretende insekte nie.*

En die hoofbevindinge van die forensiese patoloog:

Frakture van die horing van die tiroïedkraakbeen (adamsappel) en hioïd (tongbeen). Verwydering van vel van gesigarea.

Toevallig dieselfde modus operandi van die voortvlugtige Abel Lotz wat so hard deur die Suid-Afrikaanse polisie gesoek word dat Interpol se hulp ingeroep is? Nee, kan nie wees nie.

Abel Lotz bevind hom vermoedelik in 'n staat net noord van Suid-Afrika se Limpopogrens, moontlik Mosambiek, dalk Malawi, Zimbabwe of Zambië. Tog nie so ver noord as Burundi nie. Maar ás dit sy handewerk is . . .

Claude besluit om self by dokter Lippens se spreekkamer te gaan inloer. As die dokter daar is, goed en wel. As hy nié daar is nie, sal hy met die Interpol-identikit terugloop op die dokter se laaste spore. Miskien herken iemand die gesig, die ontvangsdame by die spreekkamer, of die matrone of verpleegsters in die hospitaal. Dalk is so 'n pasiënt in dokter Lippens se geselskap opgemerk.

Daarna sal hy, ter wille van goeie kommunikasie, 'n verslag opstel vir die ondersoekbeampte, adjudant Ella Neser in Johannesburg. En die dossier onder sy groeiende stapel moorddossiere liasseer, tot nuwe leidrade hulle aanbied en opgevolg kan word. Sy plig gedoen.

Hy skakel die rekenaar af, staan op. Hy het nie 'n vuvuzela vir die sokker nie; die goed maak sy kop seer. Maar hy is dors, en kry sy koers watergat toe vir 'n paar Primusse.

17. Parys, Frankryk

Hy leef stil, onopsigtelik. Sy eenmanswoonstel in die Rue Coustou in Pigalle is een van drie in die kelder van die woonstelgebou. Die enigste natuurlike lig dring deur 'n ry klein vensters kophoogte teen die muur. As hy die dun gordyne wegtrek, sien hy die skoene van voetgangers op die sypaadjie buite.

Die binnekant van sy woonstel is altyd skemerig, en in die lang Europese winter wanneer die son weke agter lae sneeuwolke bly skuil, brand sy ligte regdeur die dag. Hy leef as't ware al byna ses jaar ondergronds, en verkies dit so. Nie 'n kluisenaar nie, en allermins uitspattig.

Vandag is so 'n grou winterdag. Hy is vroeg op, sy rugsak vir sy reis gepak. Nie 'n lang reis nie. Hy sluit sy deur en stap met die betontrappe op straatvlak toe. Op die sypaadjie van die Rue Coustou is die lug skerp teen sy gesig, onder sy sole die plaveisel glibberig. Nie sneeu nie, eerder van die nag se ysryp.

In die bome let hy 'n paar bruin blare op, nog klouend aan die kaal takke. Die verskrompelde blare herinner hom aan die hardnekkige oorlewendes van die beleg van sy stad as kind. Hy dink dikwels aan Sarajewo en sy inwoners gedurende daardie helse jare. Veral vandag, veral nou terwyl hy soos gewoonlik soggens in die Bistro Yoni sy koffie drink en sy croissants eet.

"Verlaat jy ons al weer?" vra Joël, eienaar van die bistro.

"Net 'n paar dae," sê Milo.

"My program?"

"Dis amper klaar. Wat's die haas?" Milo skryf 'n rekenaarprogram vir Joël se boekhouding.

"Dis wat jy laas week ook gesê het, voor jy weg is Amsterdam toe."

"Dit was dringend."

"En myne is nie dringend nie?"

"Joune is ingewikkeld. En jy kry 'n goeie prys. Staak die gesanik, bring nog koffie."

Hy was nie in Amsterdam nie, was Den Haag toe, die vierde keer die laaste drie jaar.

Joël hervul die koppie. "Waarheen hierdie keer?"

"Keulen."

"Keulen? Is daar in Amsterdam en Keulen niemand wat programme kan skryf nie?"

Sy bestemming is nie Keulen nie, maar Joël hoef dit nie te weet nie.

"Nie so goed as ek nie, daarom moet jy wag. As jy die beste wil hê, moet jy bereid wees om te wag."

"Soos wat Lilly wag. Sy sê jy bel haar nie."

"Ek't haar laas week gebel, terwyl sy in haar gynae se spreekkamer gesit het."

"Jy kan nie my suster so behandel nie, sy hóú van jou."

"Ek hou van haar ook, maar ek's besig."

"Te besig vir háár? Het jy al 'n meer perfekte spesimen van die vroulike geslag gesien as my suster?"

"Sy's mooi, Joël, maar duur. Lilly is nie 'n goedkoop eter nie."

"Verfynde Franse smaak," knik Joël.

Milo snap die insinuasie. Joël weet hy kom uit Suid-Afrika, al praat hy Frans, al het hy die afgelope ses jaar Franse gewoontes aangeleer. Die insinuasie is dat cordon bleu eksklusief vir die waardering van 'n Franse tong bedoel is.

Maar dis waar, Lilly verg hoë onderhoud. En Willi's Wine Bar in die Rue des Petits-Champs ruk sy sak. Daar sluk sy onbeskaamd 'n dosyn rou oesters uit Alaska as voorgereg. Volg dit op met klein happies van die gebraaide kwartelborsies, sappig in 'n delikate sous van salotte, artisjokke en chanterelles. Tussendeur teug sy met getuite lippe aan koue Chardonnay, die kristalglas swetend in 'n sagte wasem.

"As ek nie werk nie, het ek nie geld om jou suster te onthaal nie."

"Jy't iemand anders, nè?" beskuldig Joël.

Milo het niemand anders nie. Net vir Kaja, en Kaja is sý suster. Dis vir hom en Kaja dat hy al ses jaar in Parys bly, en nou weer op pad is Sarajewo toe.

"Ek sal Lilly bel as ek terug is," sê Milo. "Moet gaan, die trein wag."

"Een van die dae vertrek jy en kom nie weer terug nie. En ek sit met 'n suster in die ander tyd."

Nie 'n kat se kans nie, dink Milo. Lilly is openlik daaroor; sy het min inhibisies, veral ná 'n besoek aan Willi's. Toe hy bel sê sy uit die spreekkamer haar gynae beveel Depo-subQ Provera 104 aan. Klink na 'n militêre kode vir die lansering van 'n hittegeleide missiel.

"Ek sal Lilly g'n swanger maak nie, Joël. En ek verdwyn nie, ek kom altyd terug, dit weet jy mos."

Sy het hom die aand die prikmerk aan die sagte vel van haar binneboud gewys. Lê agteroor op die wit satynlaken van haar bed sodat hy die hittesone van haar lies kan verken. Sy vertel van kliniese proefnemings met Depo-subQ en haar lang naels kriewel in sy hare. Die studie van 'n mooi vrou se lies verg volle aandag, en hy hoor van die nulpersent-koers op die Pearl-indeks, maar dit maak vir hom geen sin nie, wel sy hittegeleide missiel.

"Hoekom 'n trein, hoekom vlieg jy nie?" vra Joël.

"Ek bespaar geld, om jou suster te kan bekostig," sê Milo by die deur.

Die Bistro Yoni is 'n blok van die Blanche-metrostasie, vir toeriste wat die Moulin Rouge wil kom besoek. En as hulle daar klaar is, meen Joël, kan die toeriste na die Musée de l'Erotisme oorkant die straat gaan. Sewe verdiepings vol uitstallings vir dié wat hou van eerste-eeuse Peruaanse falliese pottebakkersware, of erotiese Yoni-beelde uit Nepal. Wat sommer die oorsprong van sy bistro se naam ook verklaar. Milo vermoed Joël is, soos sy suster, Lilly, met erotika behep.

Maar in die trein op pad na Sarajewo is Joël en Lilly gou nie meer deel van sy gedagtes nie. Dis byna twintig jaar, maar hy het hom opgespoor. Vanuit sy klein woonstel in die Rue Coustou het hy ses jaar lank gesoek. Hy het op die internet begin, maar wat in die laat tagtigs en vroeë negentigs in die Balkan gebeur het, veral in die state van die gewese Joego-Slawië, is steeds nie alles in elektroniese argiewe beskikbaar nie.

Milo moes sy internetsoektogte aanvul met persoonlike besoeke – vier treinreise na Serwië. In lêers met knipsels en op mikrofiche van die *Borba* in Belgrado het hy gelees van bloedige straatgevegte by wedstryde van die Red Star Belgrade-sokkerklub. Hy het die name gekry van sokkerboewe wat gereeld met die polisie gebots en by Red Star-wedstryde verbied is. Mans wat in die hof verskyn het weens dronkenskap, wanordelike gedrag, vandalisme. Onder die name het hy uiteindelik twee herken. Daar was selfs grinterige polisiefoto's van hulle aan die hardloop in die strate terwyl hulle klipgooi, arms omhoog.

In Maart 1990 verdwyn hulle uit Belgrado.

Dit duur agtien maande voordat Milo weer hulle spoor kry, in elektroniese militêre argiewe. Sy volgende reise neem hom na Vukovar in Kroasië. Opnuut soek hy in stowwerige ou koerantlêers, dié slag nie oor sokkergeweld nie, maar oor die gruweldade van die Srpska Dobrovoljačka Garda. By Arkan se Tiere het baie van die Red Star-sokkerboewe 'n heenkome gevind.

Weer spring twee name uit: Vlatko Galić en Zoran Dragnić. Vergrype teen burgerlikes, moord, marteling, verkragting. Teen die einde van 1991 verdwyn hulle spoor in Kroasië, maar nie dié van Arkan se Tiere nie.

Milo se deurbraak kom met sy eerste besoek aan Den Haag in Julie 2007. In saaknommer IT-97-27-T van die VN se Internasionale Kriminele Tribunaal vir die voormalige Joego-Slawië; die aanklaer vs. Milan Jović.

Die getuie is Ivo Tožan van die nedersetting Brisevo. Hy word uitgevra oor 'n militêre aanval in 1991 op Brisevo en omliggende gehuggies wes van die Sana-rivier naby Prijedor. Ivo Tožan was vyf en twintig jaar oud tydens dié bloedige gebeure. Hy vermy die beskuldigde se oë, kyk nie na die gryns op Milan Jović se lippe nie. Maar Milo hou elke beweging van Jović dop, en eers kort voor die einde van Ivo Tožan se getuienis keer sy fokus terug na die sagte, byna saaklik eentonige stem van die getuie. Die name duik op asof terloops, die name wat Milo se aandag vasvang.

Aanklaer: Jy het aan die hof beskryf, meneer Tožan, hoe julle dorpie en die inwoners met tenks, artillerie en infanterie aangeval is. Wat het daarna gebeur, ná hierdie hoofaanval?
Ivo Tožan: Ná die aanval het 'n groep van so tien, twaalf soldate by ons huis aangekom. Hulle was net buite die kelder waarin ek en Viktor Jakara weggekruip het.
V: Wat gebeur toe?
A: My pa en Adnan Visnar is uit om te gaan hoor wat hulle soek. Vier het in die huis ingekom en my ma en twee vroue in die varkhok toegesluit. Hulle het my pa en Adnan gedwing om hulle klere uit te trek en het toe die huis aan die brand gesteek.
V: Jou pa . . . wat was sy naam? En hoe oud?
A: Djemal Tožan. Hy was ses en sestig jaar oud.
V: Dankie. En toe?
A: Die soldate het my pa en Adnan beveel om 'n Katolieke gebed op te sê. Hulle het gelag, en die leier het my pa en Adnan beveel om te hardloop. 'n Soldaat het hulle van agter in die kop geskiet.
V: Kon jy die leier se gesig sien, uit die kelder? Sal jy hom herken?
A: Dis hy dáár, die leier was Milan Jović.
V: En die een wat geskiet het, sal jy hóm herken?
A: Toe my pa en Adnan hardloop, het Milan Jović geroep: "Skiet hulle, Vlatko!" Die man met die naam Vlatko het hulle

geskiet, ek dink dit was met 'n CZ99. Ek kon nie sy gesig sien nie, net 'n tatoe van 'n tier teen sy nek.
V: Dankie, meneer Tožan. En nadat die groep soldate daardie aand weg is van julle huis, wat het julle gedoen?
A: Ons het my pa en Adnan begrawe, in die boord waar die grond sag was. Ons het toe deur die dorp geloop en ander oorlewendes gesoek. Dertig huise is afgebrand, en ons het drie en veertig lyke gekry. Ons kon nie almal begrawe nie, want die groep soldate het steeds daar rondgeloop, en wanneer hulle ons gesien het, het hulle op ons geskiet. Ons het eers weke later almal begrawe gekry.
V: Kan jy van die tonele beskryf wat julle teëgekom het?
A: 'n Ent van 'n huis af, in 'n vrugteboord, het ons 'n hoop gekry, seker tien of twaalf liggame onder 'n appelboom. Dit was moeilik om te tel, want hulle was met grond bedek. Maar hande en koppe het uitgesteek.
V: Dankie. Kom ons beweeg aan na die plek genaamd Dimaci. Op die kaart wat jy geteken het, is Dimaci regs van Brisevo, so twee kilometer van mekaar af. Kan jy die kaart op die oorhoofse skerm sien, meneer Tožan?
A: Ek sien dit.
V: Nou, daar waar jy met die X gemerk het . . . dis 'n massagraf, nie waar nie? Ek bedoel daarmee 'n graf met meer as een persoon in.
A: In daardie graf was vyf liggame: Franjo Perić en sy vrou, Olga, en hulle drie seuns, Vinko, Branko en Luka.
V: Was daar ooggetuies wat gesien het wat met die Perić-gesin gebeur het?
A: Stipo Siklić het gesien hoe 'n groep soldate Franjo, Olga en die seuns na die boord aanjaag. Hy het gesien hoe hulle Olga dwing om haar klere uit te trek. Hy het gesien hoe twee soldate beurte maak om haar voor haar man en drie seuns te verkrag. Branko en sy broers is geskiet toe hulle hul ma probeer red het. Daarna is Franjo geskiet. En toe Olga.
V: Kon Stipo van die soldate aan jou beskryf?

A: Die leier was Milan Jović. Stipo het gesê een van die skieters het 'n tatoe van 'n tier of 'n wolf teen sy nek gehad. Een van die verkragters het gelag en Stipo kon sy slegte tande sien.
V: Nou die gebeure by Buzuci . . .
A: Dit was baie erg. Hulle het reg voor Marko Sipcić se huis gelê.
V: In watter opsig was dit erg?
A: Veral Marko. Hy het wonde oor sy hele liggaam gehad. En 'n deel van sy skedel was weg. Sy vrou, Mirella, het langs hom gelê. Sy was kaal en haar liggaam was ook vol snywonde. En haar keel.
V: Het iemand gesien wat met Marko en Mirella gebeur het?
A: Marko se ma. Hulle het hom met messe gesny terwyl hulle hom ondervra het. Een van die soldate het Mirella teen die grond neergegooi en verkrag. Milan Jović het hom probeer keer, hy het uitgeroep: "Los haar, Zoran! Ons het nie nou tyd vir sulke goed nie."
V: Marko se ma het die naam Zoran gehoor?
A: Ja.
V: Nou, asseblief, by Jezerce.
A: Hier het ons die Želić-broers gekry, Veseljko en Srećo. Hulle het langs hulle varkhok gelê. Veseljko se vel is van sy bors afgesny. In Cengije het ons vir Jerko Topalović gekry. Die onderste deel van sy liggaam was verbrand. Sy keel is afgesny.
V: Muštanica . . .
A: In Muštanica is die kerk afgebrand; daar was 'n klomp verkoolde lyke in die kerk. Ons het Mira Vancaš in 'n aartappelland gekry. Langs haar was die liggaam van haar seun, Iva, hy was tien jaar oud. Haar broer het later vir ons gesê hy ken een van die soldate wat sy suster en haar seun doodgemaak het. Sy naam is Mirsad Lovrić.
V: Hoe ken hy vir Mirsad Lovrić?
A: Mirsad Lovrić was eers 'n konstabel in Prijedor. Dis hoe hy hom ken. Ons ken hom almal.

V: Weet jy wat van Mirsad geword het?
A: Hy het verdwyn. Iemand het hom later in Banja Luka gesien. Ons soek hom ook.
V: Goed, kom ons gaan aan. Die grafte op Raljas-heuwel, en die liggame in die gruisgroef by Redak . . . Ê, verskoon my, meneer Tožan, kan ons net kortliks terugkeer na jou dorp?
A: Brisevo.
V: Brisevo, ja. Onthou jy die besoek van die biskop van Banja Luka?
A: Ek onthou, ek was op daardie vergadering. Saam met hom was Pejo Komljen en ander Serwiese amptenare van die munisipaliteit.
V: Het jy op daardie vergadering vertel wat in julle omgewing gebeur het?
A: Ek het opgestaan en gepraat, ja. Ek het alles vertel wat gebeur het, soos ek dit nou hier vertel.
V: Wat was hulle reaksie?
A: Wel, Komljen het gesê sulke dinge gebeur maar in elke oorlog en daar is niks wat enigeen daaraan kan doen nie. Hy het gesê die moorde en verkragtings en die afbrand van ons huise was die werk van 'n groep renegate, maar hy sou toesien dat dit einde kry.
V: En was julle, die plaaslike inwoners, tevrede met sy verduideliking?
A: Nee. Ek het gevra: Waarom word ons mense vermoor en verkrag en gemartel? Ons is nie soldate nie, ons veg nie, ons bied nie weerstand nie. Hoekom gebruik hulle mortiere en masjiengewere en T54-tenks teen arm kleinboere wat net 'n bestaan probeer maak met hulle klompie varke, skape, koeie, vrugteboorde, lappies groente?
V: Dankie, meneer Tožan. Ek weet dis vir jou emosioneel om al die gruwelikhede van daardie tyd te herleef . . .
A: Is dit omdat sommige van ons Kroate is van die Katolieke geloof, ander Bosniaks van die Moslemgeloof? Is dit die rede? Is dit waarom die Serwiërs ons wou doodmaak?

V: Dis nie my taak om daaroor te bespiegel nie, meneer Tožan. Dit laat ek aan die tribunaal oor. My taak is om te sorg dat die tribunaal die beskuldigde, Milan Jović, tronk toe stuur vir die misdade wat hy gepleeg het.
A: Wat van al die ander? Wat van die name wat ek hier genoem het: Vlatko, Zoran, Mirsad Lovrić?
V: Hulle beurt sal kom, meneer Tožan.

18. Johannesburg, Suid-Afrika

'n Engel is sy nie. Allermins. Miskien kleintyd. Beslis tot op tien toe sy die lier begin speel het. Selfs daarna in die vermoeiende, onsekere proses van rypword, wanneer jy nie aldag wis of jy kind of vrou of kindvrou is nie. Ja, tóé was sy nog engelagtig.

Maar op sewentien het sy haar oopgestel vir Leendert Lessing, idol van elke bakvis, flaarsie en flossie. Hy kon, voorspelbaar, die versoeking van nóg 'n keep op sy kerfstok nie weerstaan nie. Net 'n maand later verdwyn Leendert Lessing met haar himen (en met Bettie Boobs) oor die horison, laat 'n gevalle engel agter.

"Ella?"

"Doktor Landsberg?"

"Waar's jou gedagtes?"

"Ek moet begin werk. Kan nie langer by die huis sit nie."

"Jy lyk rustiger. Slaap jy beter?"

Drie ure, miskien vier. "Ja."

"Hoe's jou konsentrasie? Nog vergeetagtig?"

"Geheue soos 'n olifant."

Doktor Landsberg se glimlag lyk vir Ella ingenome. Om die waarheid te sê, doktor Landsberg lyk so behaaglik soos 'n ot in die modder. 'n Goeie teken, want dit beteken die sielkundige meen die getraumatiseerde speurder is op die snelweg na herstel.

"Uitstekende nuus, Ella."

"Jy kan my afteken, ek's gesond."

Ná die gatslag met Leendert Lessing wou sy 'n non in 'n Benediktyneklooster word. Haar ma het 'n ma-en-dogter-gesprek met haar gehad, haar afgeraai van haar non-plan, gesê die polisie is 'n ewe edel beroep, mits Ella gaan studeer.

"Gaan bekwaam jou," het haar ma die gesprek afgesluit. "Jy's slim, doen goed op skool. Jy sal 'n beurs kry vir universiteit. Anders vreet jy ook eendag genadebrood soos Pa en Silas Sauls en Fred Lange."

Ella het aan die klavier gedink wat haar pa nie kon bekostig nie. Sy het die klooster gelos en gaan studeer, polisiekunde.

Die volgende man het twee jaar gehou, maar hy was onbelangrik; haar dosent in viktimologie was geen idol nie. Hy het gehou tot Bam hom besweet, bebloed en gekwes uit 'n losskrum by haar kom aanmeld het.

Bam het haar as't ware weer vlerke gegee. Hy het geswymel as sy vir hom "Like Someone in Love" op die lier se snare uitstreel.

"Kry jy nog nagmerries, Ella? Al slaap jy so goed."

"Baie minder. Ek dink die Dexedrien help, dit het die virus op my hardeskyf uitgewis."

"Begin die chaos plek maak vir orde in jou lewe? Orde in jou kop én in jou huis?"

"Ek het weer roetine," sê sy. "Saans gaan draf ek op Alberts Farm, soggens gaan ek gim toe. Ek's fiks, ek wil werk."

Bam se sterk skouer was daar toe 'n koeël uit 'n Smith & Wesson haar pa getref het.

"Dink jy nog aan Bam?" vra doktor Landsberg. "Dis goed as jy nog aan hom dink. Dit sou onnatuurlik wees om nié . . ."

"Hy't my lewe gered. Hy't sy lewe vir myne gegee."

"Wat nie goed is nie, is selfverwyt."

"Ek stel net 'n feit." Oor Abel Lotz se vierde slagoffer.

"En die harpspelery? Suki sê jy't talent vir die harp, jy kan 'n goeie harpspeler word. Sy sê dis asof die stemming van jou gemoed jou vingers op die snare begelei. Voel jy dit? Voel jy hoe die harpspelery jou gemoed kalmeer?"

Die geheim van die toonkleure uit 'n harp se snare lê in die vel van die vingers, het Ella by Suki geleer. Die toon word geaffekteer deur die olierigheid of klamheid van die vel van haar vingerkussings, deur die tekstuur en dikte van die eelte.

"Hoe lank nog, doktor Landsberg, voor jy my afteken? Ek't baie werk, en ek mag nie kantoor toe gaan nie."

Wat is die geheim van Abel se velle?

"Gaan jy die harp los as jy terug is by die werk?"

"Nee. Ek gaan by Suki bly oefen tot ek reg is vir 'n concerto. Hoe lank dit ook al vat. Ken jy Mark Adamo se 'Four Angels' vir harp en orkes?"

" 'n Concerto?"

"Ja, dis wat ek gaan doen. Ek gaan 'n concerto speel."

Intussen sal sy oefen, met hiperfokus. Miskien eers die meer jazzerige goed, om die tyd en ritme volkome te bemeester, en die glissando's en harmonieleer. Komposisies soos George en Ira Gershwin se "There's a somebody I'm longing to see / I hope that he turns out to be / Someone to watch over me".

Sy het só iemand nodig. Want Bam is weg. En haar pa.

Ella ry huis toe, sy wil papiere toe gaan. Altyd half saf ná 'n besoek aan doktor Landsberg. Maar tevrede. Kopkwakke, dink sy, moet soms van hulle eie medisyne proe. Dit hou hulle gelukkig.

Tuis slaan sy haar skootrekenaar oop vir persoonlike e-posse. Sy hét vriende, al dink Fred Lange anders, al dink hy sy is onder die kolonel se vlerk ingekruip. Nadat sy haar ma se briefie gelees het, soek sy na werkverwante e-pos op die polisie se hoofraambediener. Sy het steeds toegang tot haar wagwoord. Streekkommissaris Pitso het in 'n ongewone oomblik van swakheid, of miskien het dit hom bloot ontgaan, nie haar wagwoord saam met haar aktiewe diens opgeskort nie.

'n Vreemde adres vang dadelik haar oog. E-pos van ene hoofinspekteur Claude Kadende van die Judisiële Polisie in Burundi. Met vier aanhangsels. Sy opsomming van die ondersoek na 'n moord by 'n hospitaal in Bujumbura. Twee verslae, van 'n forensiese patoloog en entomoloog. 'n Lêer met 'n reeks outopsiefoto's.

Haar hartritme gaan aan't galop, haar turbo-aanjaer skop in toe sy na die foto's van die kadawer sonder gesig kyk.

Kadende sê in 'n kort nota hy doen net sy plig. Dié geval is waarskynlik onverwant aan die moorde wat adjudant Neser ondersoek, maar hy het Interpol se Groen Nota opgemerk en stuur die tersaaklike inligting.

Ella begin lees die verslae. Die snywerk, vermoed die forensiese patoloog in Bujumbura, is deur 'n groterige mes veroorsaak, dalk 'n slagtersmes. Maar nie deur 'n slagter nie, want die hale waarmee die vel van die gesig geskalpeer is, was nie berekenend soos 'n slagter te werk sou gaan nie. Eerder ru en haastig.

En met woede, dink sy. Dis hoe Abel Lotz die vel van sy laaste slagoffer se gesig gestroop het: ru en haastig en duidelik met groot woede. Nie die sorgvuldige, delikate modus operandi van sy eerste drie slagoffers nie. Met hulle het hy sy tyd gevat, en 'n skalpel gebruik. Geen slagtersnitte nie, eerder chirurgiese prosedures.

Sy druk die outopsiefoto's uit vir haar drukbord op die esel. Sy moet haarself afstomp, doelbewus 'n skakelaar afsit wanneer sy voor daardie bord gaan staan. Nie vir die nabyskote van die twee vroue wie se velle geskalpeer is nie, nie vir die skedel van die joernalis wat van sy kopvel en gesig gestroop is nie.

Dis die foto's van die vierde slagoffer wat haar oë steeds vermy. Net die kleur van sy hare herkenbaar. Maar sy vermiste gesig ken sy óók. Sy ken elke kontoer van daardie gesig: die ken, wange, die vorm van die neus en oë en wenkbroue, die ou letsel teen sy voorkop van die soolknoppe van 'n rugbyskoen in 'n losskrum.

Sy ken veral die mond. Die asem sag en warm op haar vel, saam met die lippe wat die kontoere en intieme geheime van háár liggaam verken, beproe en gekoester het. En sy ken sy reuke, die vae muskus, die skerper mentol van Deep Heat wat sy in sy seer spiere ingevryf het, die reuk van wintergroen wat aan sy klere bly kleef.

Hy het haar van Abel Lotz kom red, maar nie die moordenaar se wrewel en woede vrygespring nie.

Bokant die outopsiefoto's van elkeen van die vier slagoffers het sy hulle "lewendige" foto's vasgespeld. Om haar te herinner aan hoe hulle gelyk het voordat Abel met hulle klaar was. Van die twee jong vroue het sy geraamde foto's – vrolike, laggende gesigte – in hulle woonplekke gekry. Van die joernalis 'n foto by sy koerant, die foto wat hy graag saam met sy naam by sy berigte wou sien, asof hy diep peins, asof berigte in koerante nie beuselagtige prulle is nie.

Vir die vierde slagoffer is 'n foto onnodig om haar aan hom te herinner. Maar sy het, as deel van die proses van afstomping, uiteindelik ook sý foto vasgespeld. Dit was nie nodig om een te gaan leen nie; sy het baie gehad. Sy het die een gekies wat sy self van hom geneem het nadat sy die duur gholfhemp met die raglanmoue vir hom gaan koop het. Dieselfde hemp wat hy die nag aangehad het toe hy haar in Abel Lotz se huis gaan red het, maar dis op die outopsiefoto's skaars herkenbaar.

Sy speld die nuwe foto's van die gesiglose kadawer in Bujumbura teen haar bord vas. Staan die hele grusame montage, ook regs bo die Idia-masker, stil en betrag, haar vingers, met die eerste harde eelte, onbewustelik, strelende oor die litteken aan haar maag.

Die enigste sigbare verband, ás daar 'n verband is, sal wees tussen die vierde slagoffer en die een wat in 'n ruigte onder 'n frangipani gevind is.

Haar oë bly opwip na sy foto. Verkneukeling in die oë op skrefies getrek, grinnik om sy lippe. Want sy onthou toe sy die foto geneem het: albei effe lighoofdig, maar die kamera se outomatiese fokus bestand teen 'n onvaste hand van te veel wyn. Sy was in een van sy rugbybroeke en ou T-hemde, albei veels te groot, maar gemaklik los. Hy het haar geskenk aangepas, die gholfhemp teen die prys van 'n Gucci-bloes. Dit was die laaste keer, nadat dié foto geneem is, dat sy die koestering en tergery van sy asem en lippe aan haar vel ervaar het.

Sy draai van die drukbord weg kombuis toe vir vars koffie, steek vas, draai terug. Haal die foto's wat Claude Kadende gestuur het van die bord af. Huiwer 'n oomblik, trek dan ook die duimdrukkers uit die outopsiefoto's van die vierde slagoffer. In die kombuis plaas sy die foto's in 'n koevert, saam met die uitdrukke van die outopsieverslag en dié van die entomoloog.

Sy sluk haar medikasie en haal ook een van die slaappille uit wat doktor Landsberg voorgeskryf het – "streng net vir noodgevalle". Vanaand, besluit Ella, is 'n noodgeval. Sedert Bam se dood slaap sy nie meer in die ou rugbybroek en T-hemp nie. Dié is gewas en gestryk, lê opgevou onder in haar nagklerelaai. Claude Kadende se foto's het die ou spoke kom opjaag, en vir nog 'n nag se slaaplose rondrol sien sy nie kans nie.

Sy sluk die slaappil, druk 'n paar blokkies van die Midnight Velvet in haar mond, proe die bittersoet op haar tong, voel hoe die geur in haar mondholte versprei tot agter in haar keel. Totdat sy nie net die smaak ervaar nie, maar ook die reuk van die sjokolade.

Sy slaap diep en goed, en toe sy die volgende oggend van die gim af kom, voel sy verfris vir die dag. Sy bekyk haar onthoulys, en vertrek dan met die koevert na dokter Koster se kantoor by die staatslykhuis.

19. Sarajewo, Bosnië-Herzegowina

Op die trein na Sarajewo dink Milo aan al sy reise, aan al sy besoeke, sy soektog van ses jaar. Nou is hy op die laaste skof.

In byna twintig jaar kon die polisie Vlatko Galić nie opspoor nie, ook nie Interpol of Europol nie. Hy, Milo Boonstra, eens Milo Borić, hét. Hy ry Sarajewo toe vir sy langverwagte afspraak met die man met die hondekop-tatoe teen sy nek, die man wat sy ma se lewe geneem het.

Dit was 'n lang pad van Belgrado na Vukovar, na Prijedor en Banja Luka, nou uiteindelik terug na Sarajewo. Nadat hy Ivo Tožan se getuienis in Den Haag stip aangehoor het, is hy na die noorde van Bosnië-Herzegowina, na die Serwiese enklawe bekend as die Srpska-republiek.

In Prijedor en die oewerdorpe van die Sana spook die verskrikking van Arkan se ultranasionalistiese paramilitêre eenheid steeds, ná byna twee dekades. Oorlewendes het aan Milo die grafte gaan wys waaroor Ivo getuig het. Hulle het vertel van veral 'n duiwel met stowwerige, gebleikte hare en die tatoe van 'n mismaakte tier, en sy makker met die grynslag, die lippe wat van sy slegte tande wegtrek soos dié van 'n wilde hond.

Milo het Ivo Tožan in sy huis in Brisevo ontmoet, hom uitgevra oor die nuwe naam wat in die hof opgeduik het: Mirsad Lovrić. Eens 'n konstabel wat almal geken het, wat hulle as vriend en beskermer vertrou het. Totdat hy lid van Arkan se Tiere geword het.

Op sy tweede besoek aan Prijedor het Milo hulle name in 'n ou register van die Hotel Prijedor in die kelderargief van die Stadhuis gekry. Hulle, besetters op 'n gruwelekspedisie, het flambojant en ironies hulle name as gaste in die hotelregister geskryf, en Milo kan hom verbeel hoe lekker hulle vir die grap gelag het.

Op 'n bladsy staan groot en dwars die gekrabbel van 'n besopene: MOSTAR, HIER KOM ONS!

Maar hulle is nie Mostar toe nie. Hulle is Banja Luka toe.

Milo het Vlatko en Zoran se bloedspoor bly volg, al is Zoran deurgetrek, afgehandel, opgeruim. En die spoor van Mirsad Lovrić. As hy vir Mirsad kan kry, want dié ken vir Vlatko Galić. Was in dieselfde moordbende, het Ivo Tožan gesê. Al die oorlewende Arkan-trawante sal nog kontak met mekaar hê, ou kornuite wat mekaar steeds op geheime reünies om bottels Slivovitz op motgevrete anekdotes trakteer oor werklike of verbeelde skermutselings op vergete slagvelde. Die stapelkos van onheroïese vegters.

Op 'n volgende reis het Milo opnuut na militêre dokumente gaan soek, nou van die 1ste Krajina-korps in Banja Luka. Op mikrofiche van die *Politika* het hy gelees van die moord op Goran Marijan en sy vrou en hulle tweelingdogters. Goran Marijan, 'n onderwyser, het weens bloedverlies gesterf nadat sy testikels afgeruk is deur 'n elektriese koord vasgemaak aan die buffer van sy 750 cc-Fičo-karretjie. Sy vrou, Blanca, 'n klerk in die rekeningeafdeling van die munisipaliteit, is gemolesteer en met 'n skoot in die voorkop tereggestel. Hulle twee dogters, Mirjana en Ivanka, sestien jaar oud, is vir 'n week aangehou en herhaaldelik verkrag. Daarna koeëls uit 'n CZ99 in die agterkop onder 'n peerboom.

Drosters van die 1ste Krajina-korps word van die gruwels verdink. 'n Ooggetuie van die twee susters se ontvoering het 'n man met gebleikte hare beskryf, kon veral 'n tatoe teen sy nek onthou.

Ná Banja Luka is Milo terug Parys toe, om hom voor te berei vir sy eerste besoek aan Sarajewo sedert hy en Kaja die stad as kinders verlaat het. In sy geboortestad het hy Vlatko en Zoran se name gekry onder dié van lede van die Romanija-korps wat Sarajewo vir byna vier jaar beleër het, die langste beleg in die moderne militêre geskiedenis. Maar die spoor het doodgeloop, ook dié van Mirsad.

Weer Den Haag toe vir die dossier oor die getuienis in die ICTY-verhoor van generaal Dragomir Milošević, bevelvoerder van Sarajewo se Romanija-korps. Aangekla vir die terreur van bombardemente en sluipskiet op Sarajewo en sy inwoners, gevonnis tot drie en dertig jaar in die tronk. As Milošević net drie en dertig jaar kry, wat gaan met Vlatko Galić gebeur, ás hulle hom eendag vang? het Milo gewonder. Vyf jaar, tien jaar vir die verkragting en verwurging van die vrou van 'n bibliotekaris?

Op sy tweede besoek aan Sarajewo, met inligting uit getuienis in die Milošević-verhoor, het Milo vir Mirsad Lovrić opgespoor. Dié was eers teensinnig om hom te help. Milo moes hom aanpor, moes die inligting uit hom trek, brok vir brok.

Terug in Parys het Milo die koerante dopgehou vir berigte uit Sarajewo. Maar die dood van 'n tremdrywer het nie die nuusberigte gehaal nie – soos die dood van 'n bibliotekaris op die Vrbanja-brug jare gelede ook nie as nuuswaardig genoeg beskou is vir die lesers van koerante buite Sarajewo nie.

Op die webwerf van die koerant *Oslobodjenje* was wel 'n kort berig:

'n Voetganger het gisteroggend op die lyk van 'n onbekende man in vlak water onder die Vrbanja-brug in Sarajewo afgekom. Die man was al 'n paar dae dood, vermoedelik weens 'n snywond aan sy keel, sê die polisie. Hy het ook ander wonde aan sy liggaam gehad. Die polisie wou nie daaroor uitbrei voor die outopsie gedoen is nie. 'n Identikit is uitgereik, maar die liggaam is nog nie uitgeken nie.

Drie dae later het 'n internasionale nuusagentskap 'n opvolgberig uitgestuur wat wél bladsy 39 van *Le Monde* in Parys gehaal het:

'n Vermoorde tremdrywer in Sarajewo wat uitgeken is as Mirsad Lovrić (48), was na bewering 'n oorlogsmisdadiger. Hy is gesoek vir moord, verkragting en gruwelike menseregteskendings tydens die Joego-Slawiese oorloë in die laat tagtigs en vroeë negentigs.

Die polisie het met die hulp van Europol vasgestel dat 'n lasbrief in 1995 vir sy inhegtenisneming uitgereik is om deur die

Internasionale Kriminele Tribunaal vir die voormalige Joego-Slawië in Den Haag verhoor te word.

Lovrić se identiteit is bevestig deur 'n gewese lid van die Romanija-korps wat Sarajewo beleër het. Op outopsiefoto's het hy tatoeërings uitgeken: oor Lovrić se kneukels die letters SDG en aan die binnekant van 'n arm die woorde ARKANOVI TIGROVI. Dié tatoeërings was kenmerkend van Arkan se Tiere, 'n berugte renegaatbende wat grootliks uit misdadigers bestaan het.

Nadat Sarajewo deur Navo ontset is, het Lovrić verdwyn. Hy was twintig jaar op vrye voet, totdat sy lyk drie dae gelede gekry is. Hy het vermoedelik met 'n vervalste identiteit as tremdrywer gewerk.

Volgens die polisie is sy liggaam ná die moord onder die brug afgelaai. Min bloed is daar gekry, wat beteken dit was nie die moordtoneel nie. Die outopsieverslag dui daarop dat hy geweldige bloedverlies sou hê, want albei nekslagare is afgesny en hy is ook ontman. Met die outopsie kon nie bepaal word of die moordenaar eers sy geslagsdele afgesny het voor die keelwond toegedien is nie.

Die laaste deel van die berig meld dat die polisie aanvanklik verward was oor die werklike identiteit van die vermoorde, al is hy deur 'n oudkameraad uitgeken as Mirsad Lovrić. Die verwarring het ontstaan oor 'n stuk papier wat tydens die outopsie in Lovrić se mond gekry is, 'n haas onleesbare kwitansie uitgemaak aan Tomislav Borić vir die koop van twee fietswiele. In SitCen-argiewe van die VN is 'n kort verwysing na Borić gevind. Ene dokter Ismet Buzuk, intussen oorlede, het Tomislav Borić op 21 Augustus 1992 dood verklaar, vier dae voor die verwoestende Serwiese bombardement wat die ou Vijećnica-Stadhuis en Nasionale Biblioteek in puin gelê het.

Die berig vermeld nie of die ondersoekbeampte probeer het om naasbestaandes van Borić op te spoor nie. Dit wek eerder die indruk van verligting dat Mirsad Lovrić sy verdiende loon gekry het vir sy oorlogsmisdade.

Sarajewo se treinstasie waar Milo afklim, is agter die ou Maarskalk Tito-barakke waar hy byna twintig jaar tevore 'n handgranaat by UNPROFOR-soldate probeer koop het. Hy huur 'n motor en ry na 'n gastehuis by Baščaršija, nie dieselfde een as op sy vorige besoeke nie.

In sy kamer gaan hy die inkopielys na wat hy op die trein opgestel het. Hy het die resep sorgvuldig van die internet aangeteken, al is dit eintlik baie eenvoudig. Ook die bestanddele is maklik bekombaar. Maar hy wou die goed nie in Pigalle koop en op die trein saamkarwei nie, ingeval hy by grensposte deursoek en ondervra sou word oor 'n houer met tuinkunsmis in sy besit, of bottels swembadchloor, peroksied en asetoon. Al die bestanddele is hier in Sarajewo beskikbaar, en dit sal hom net twee dae vat om alles te koop en die resep te volg.

Hy het ook 'n sak nodig, van seil of nylon, van die soort wat 'n mens oor jou skouer strand toe dra. Verder koop hy 'n lang elektriese koord, 'n drukskakelaar vir 'n bedlig, 'n gloeilamp en 'n sok. Hy sê vir die verkoopsman hy wil 'n nuwe bedlamp prakseer, want hy lees graag saans voor hy aan die slaap raak. Hy koop ook 'n alkaliese battery vir 'n sterk flits, 'n afvalstuk wit PVC-pyp, agt sentimeter in deursnee en so vyftien sentimeter lank, saam met twee dekstukke om die openinge weerskante te bedek, en PVC-gom vir stewige hegting.

Terug in sy kamer in die gastehuis stroop hy die swart omhulsel van die elektriese koord en koppel die drie gekleurde drade aan die battery en drukskakelaar. Van die skakelaar herlei hy die drade na die stuk PVC-pyp. Hy boor gaatjies vir die drade in een van die dekstukke, koppel die drade binne aan die ligsok. Versigtig breek hy die glas van die gloeilamp sonder om die delikate filament te beskadig.

Nou vir 'n gevaarlike deel van die proses. Mense het al hulle vingers verloor tydens hierdie stadium van die resep, het hy op die internet gelees. Hy weeg en meng die kunsmisfosfaat en swembadchloor, saam met die asetoon en peroksied, pers dit versigtig saam, druk dit by die ander opening van die pyp in. Dié opening verseël hy met PVC-gom en 'n dekstuk. Dan smeer hy gom aan die ander dekstuk met die drade en verseël ook die tweede opening. Die ligsok en gloeilamp is nou binne-in die pyp saam met die mengsel chemikalieë geïsoleer.

Wanneer iemand die skakelaar druk, sê die resep, word die kragstroom van die battery herlei na die gloeilamp in die pyp. Die oop filament begin gloei en wanneer dit die vereiste temperatuur bereik, ontvlam die volatiele gasmengsel van suurstof en asetoonperoksiedgas. Dit lei tot die chemiese reaksie wat die res van die chemikalieë in 'n hewige ontbrandingsproses laat ontplof.

Dis 'n eenvoudige, dodelike bom met 'n talmlont – die gloeiende filament – wat die bomplanter kans gee om weg te kom nadat hy die skakelaar gedruk het.

Daar is ook ander resepte vir sulke kombuisbomme, het hy gelees, soos met nitraatstokke van een kilo elk wat ontsteek word deur kwiksilwer-skakelaars of selfoonseine of pootjiedraad of selfs infrarooi-ligstrale. Maar Milo het nie toegang tot gesofistikeerde plofstof nie, en hierdie een het hy getoets: dit werk goed. Hy wil nie verwoesting op 'n markplein of in 'n restaurant saai met 'n pypbom vol spykers, skroewe, wasters en koeël-laers nie. Hy het net een slagoffer, die een om wie se bors, onder sy klere, die sak met die pyp en battery en skakelaar vasgebind sal wees.

Die derde dag ná sy aankoms in Sarajewo is sy toestel gereed, en Milo reg vir 'n busrit. Hy wag tot die aand. Hy het die tydrooster en roetes van die busse en trems sorgvuldig bestudeer.

In Ferhadijastraat, naby die Katedrala Srca Isusova – die Katedraal van die Heilige Hart van Jesus waar hy en Kaja agter 'n altaar in 'n sykapel geslaap het – haal hy die laaste bus van die aand na Tito-straat. Hy bly sit toe die laaste drie passasiers by 'n halte uitklim.

"Daar's nie nog 'n stop nie," sê die busdrywer oor sy skouer vir Milo.

"Dis oukei," sê Milo, "ek sal by die busdepot afklim."

"Nes jy wil," sê die drywer.

Milo stap vorentoe, gaan sit agter hom.
"Jy werk lang ure," sê hy.
"Fokken lank," sê die busdrywer.
Milo kyk na sy nek. Die drywer het 'n letsel aan sy nek, asof 'n vuur van hewige intensiteit hom gebrand het. Die littekens van brandwonde lyk nie soos ander velletsels nie. Die letsel teen die drywer se nek, net onder sy oor by die kraag van sy hemp in, lyk soos dié van 'n brand. Dit kan ook wees van 'n chemiese middel om 'n tatoeëermerk tot in die dermis van die vel te probeer verwyder. Milo kyk na die drywer se hand op die stuurwiel: soortgelyke brandletsels lê oor die kneukels.
"Is jy getroud?" vra Milo.
Die drywer skud sy kop. Sy hare is nie meer gebleik nie, eerder geel, met 'n skynsel van grys in.
"Ek ook nie," sê Milo. "Wat van 'n bier?"
"Jy's alleen en vervelig, jy soek geselskap. Almal dink drywers van taxi's en busse weet waar die hoere opgetel kan word. Soek jy een?"
"Wel . . ." sê Milo.
"Wel wat?"
"Ek's alleen en verveeld en het geld. Is jy lus vir 'n bier? Miskien Slivovitz?"
Die drywer knik. "Ja, Slivovitz. Jy praat die taal, maar jy's nie van Sarajewo nie."
"Is weg toe ek klein was, in die oorlog."
"Hier's die depot. Oukei, net twee doppe, dan gaan ek slaap."
"My kar is hier agter die depot."
"Hoekom ry jy bus as jy 'n kar het?"
"Ek verlang na Sarajewo se trems en busse. Die trems en busse het nie in die oorlog geloop nie."
"Ons kan kroeg toe loop," sê die busdrywer. "Net hier om die hoek."
"Maar as ek iemand kry . . . as jy my aan iemand voorstel, wil ek haar na my kamer toe vat, met die kar. Ons ry kroeg toe, al is dit net om die hoek."

Milo wag vir die drywer om sy bus en skeduleboek – 'n knipbord met dokumente vol tabelle – te gaan inboek.

"Al die fokken papierwerk," sê die drywer by Milo se gehuurde kar. "Wat's jou naam?"

"Milomir Borić. En joune?"

"Stipo," sê die busdrywer toe hy inklim.

"Is daar al sneeu teen die hange by Jahorina?" Milo skakel die kar aan en kyk in die truspieël. Agter hom is die koue straat leeg. Binne is die ruite gou toegewasem van hulle warm asems.

"Daar's altyd sneeu teen die hange."

"Dis mos die plek waar 'n Romanija-mortier sestien klein kinders tydens die beleg getref het, of hoe?"

"Waarvan praat jy? Ry, dis koud."

"Die verwarmer sal gou werk. Die mortier het my sussie daar onthoof."

"O," sê die busdrywer. "Baie het gesterf tydens die beleg, ook kinders."

"Haar naam was Jasmina. Sy was ses jaar oud."

"As jy geselskap soek, vertel dit vir die hoer."

"My ma is op haar bed in ons woonstel verkrag en verwurg."

Nou draai die busdrywer sy kop na Milo toe. In die donker motor skitter die liggies van die instrumentepaneel op sy gesig, op sy verskrompelde nekvel.

"Wat de fok het dit alles met my te doen?"

"Jy behoort te weet, jy was daar," sê Milo.

"Waar?" vra die busdrywer. "Waarvan praat jy?"

"Ek weet wie jy is. Jou naam is Vlatko, nie Stipo nie. Vlatko Galić."

Hy gryp na die deurhandvatsel toe die skerp kant van Milo se hand hom op sy adamsappel tref. Net 'n kort, kragtige sywaartse hou en Vlatko hang teen die veiligheidsgordel.

Milo druk die kar in rat en trek weg. Draai regs uit Tito in die rigting van die Miljacka-rivier, dan al langs die rivier in 'n oostelike rigting, verby die ou historiese Stadhuis waar steiers opgestel is vir restourasiewerk. Hy ry in die rigting van Jahorina waar Jasmina se kop in die sneeu gekry is en hy haar liggaam op sy waterkar met die fietswiele huis toe gevat het.

Op die agtersitplek lê die nylonsak met die wit PVC-pyp. Hy besluit om die sak om Vlatko se nek vas te bind. Dan sal hy die skakelaar druk en wegry. Hy behoort terug te wees in die omgewing van die ou Stadhuis, daar waar sy pa bibliotekaris was, voordat die filament van die gloeilamp genoeg hitte uitgestraal het vir die asetoonperoksied om te ontvlam.

Wanneer hy die kar geparkeer het, is hy van plan om in Strossmayer te gaan wandel, 'n voetgangerstraat vol kafees en kroeë, waar hulle woonstel eens was. Ja, hy wil na die woonstel gaan kyk, en na die ketelkamer waar hy en sy pa die waterkar aanmekaargesit het. En hy wil op die katedraal se trappe gaan sit, daar waar die mortierskerf hom aan die wang getref het. Hy wil al daardie ou plekke met hulle baie herinneringe besoek en sy gedagtes laat gaan.

Teen daardie tyd sal Vlatko Galić se kop en liggaam lankal geskei wees. In die nag sal nog sneeu val en wanneer die flou winterson môre opkom, sal maagdelike wit sneeu Vlatko se verminkte oorskot bedek. Daar sal hy bly lê totdat die sneeu laat in die lente begin smelt.

Soos Zoran Dragnić sal ook Vlatko Galić nooit uitgeken word nie.

Milo onderdruk die begeerte om Kaja in Johannesburg te bel. Sy sal wil weet. Hy besluit om te wag totdat hy terug is in sy kelderwoonstel in Parys. Hy wil nie selfoonoproepe uit Sarajewo maak nie. Hy sal Kaja bel, en daarna vir Lilly. Hy sal Lilly uitnooi vir 'n cordon bleu-maal, en haar hittesone sal sy geleide missiel lok, en Joël kan gerus wees oor 'n swangerskap.

Maar môre, voor sy treinreis terug Parys toe, sal hy eers die grafte gaan soek in die begraafplase van Lav en Turbe, houtkruise inplant, 'n gebed vir elkeen opstuur. Dit is klaar, die episode is afgehandel. Hy het afsluiting, hulle ook.

20. Johannesburg, Suid-Afrika

Rustige buurt, uitsig op die gholfbaan. Die huis langs die lang vyfde putjie is sonder gesofistikeerde CCTV-kameras buite wat die aandag van inbrekers kan trek. Het wel diefwering en sensors vir beweging, maar dié het almal. Meestal net vir troos, en vir die versekering, anders is die risikopremie te hoog. Die gevoel is, en nie net in hierdie buurt nie: as hulle wil inkom, sal hulle inkom. G'n diefwering en rooi ogie van enige aard gaan 'n verbete inbreker keer nie.

Dokters en hospitale net tien minute se ry, miskien twintig in spitstyd. Dis belangrik, op hulle ouderdom, om naby dokters en hospitale te woon. Ook vir haar heup. En naby 'n rolbalbaan vir hom. Op twee en sewentig rol hy nog fluks die balle.

En saans, voor hulle bed toe gaan, stap Archie graag agter in die mooi tuin uit. Nella is lief vir tuinmaak, en hy help graag met sy vingers in die koel grond. Hy stap uit om die krag van sy straal te gaan toets, nou oor die bedding floksies, en hy dink, 'n bietjie neerslagtig, dat hy nie meer op 'n afstand van net drie tree die wiel van 'n Panhard sal tref nie.

Maar Archie Boonstra is tevrede en gelukkig.

Nella trek saam met hom haar wit klere aan, sit haar wit sonhoed op as hulle rolbalklub toe gaan. Sy doen dit as meelewing met hom, want sy speel nie meer sedert sy die heupvervanging en kierie gekry het nie. Onder die sambrele met 'n pienk G&T geniet sy die geselskap terwyl hy die balle rol. Sy het 'n lekker laggie, aansteeklik, en hy hoor dit op die perk waar hy speel, en dit doen sy hart goed.

Hy is bly oor sy besluit destyds dat hy genoeg gehad het. Hy wou by haar wees, en by hulle twee nuwe kinders. Nella ís sy lewe, soos hy haar uit Sarajewo verseker het. Hy was dit aan haar, en aan homself, verskuldig om ná Sarajewo by die huis te bly.

"Archie!" roep sy nou by die agterdeur uit.

Kan nie eens vir vyf minute alleen staan en pis nie. Maar hy gee nie om nie.

"Ek kom!"

"Telefoon!"

Hy loop binnetoe. "Wie's dit?"

"Milo. So goed om sy stem te hoor. Ek mis my kind." Sy vat hom aan die voorarm. "Jy was lank buite. Is alles reg? Is daar fout met die waterwerke?"

"Niks is fout nie, vrou. Wat sê Milo?"

Europa is in daardie kind se bloed. Hy's ná sy rekenaarstudies terug Europa toe, Parys toe.

Archie gaan sit op die rusbank voor die stil TV, Nella langs hom. Skuif nog nader om onbeskaamd na die gesprek tussen haar man en seun in te luister. So sag en warm, sy Nella.

"Wat's jou planne, Milo? Jy't gesê jy kom kuier. Wanneer kom jy?"

"Nie meer lank nie, Archie."

"Wat vang jy alles daar aan?"

"Ek was in Sarajewo."

In sy keel, vlugtig, 'n beklemming, voor Archie sê: "Ek dog dis verby, Milo."

"Nóú is dit verby. Ek het die grafte gaan soek."

"Milo . . ."

"Moenie vir Ma Nella sê nie, moenie haar ontstel nie."

"Sy sit hier langs my, hoor alles wat jy sê. Het jy dit gekry?"

"Ja. Ek het kruise vir hulle laat maak. Vyf wit kruise ingeplant."

"Dis goed, my kind, dat jy afsluiting gekry het. Ma Nella knik ook dat dit goed is, maar sy sê jy steek nie weer goed vir haar weg nie."

Dié huis, het Nella by hulle ingedril, is 'n huis sonder geheime, 'n oop boek.

"Ek sal nie. Ek kom terug, ek's klaar met Europa. 'n Maand, op die langste, dan's ek terug in Johannesburg."

"Ma Nella en Kaja sal bly wees. Het jy met Kaja gepraat, oor Sarajewo?"

"Ek hét. Sy weet ek was daar."

"Sy't niks vir ons gesê nie."

Milo moet die verwyt gehoor het.

"Dis my skuld. Ek's jammer, Archie. Ek't vir haar gesê ek sal julle self vertel. Wou julle nie laat bekommer nie. Maar ek móés gaan, dit verstaan julle tog?"

"Ek verstaan, Milo. Dit was 'n dapper ding om te doen, om daardie grafte te gaan soek. Hoe voel jy?"

"Verlig. Nee, ligter. Dis hoe ek voel: verlos van 'n las. Nou kom ek terug, na my pa en ma en suster."

"Dankie, Milo, jy's 'n goeie seun. En Ma Nella stuur liefde."

Nella het destyds spesiaal Duitsland toe gevlieg, en sy vriend die Ambassadeur het uit New York gekom en haar na die Ramstein-basis by Kaiserslautern gevat, waar hulle saam die nagvlug van die Hercules uit Sarajewo ingewag het.

In die warm dampe van vliegtuigbrandstof het Archie en die kinders uit die Hercules geklim. Milo het aan sy regterhand vasgehou en Kaja aan sy linkerhand, op haar rug die pienk Goofy-sak. Die gesiggies onseker oor wat op hulle wag.

Nella het hulle oor die verligte aanloopbaan tegemoetgekom. Sy het haar probeer inhou, het Archie opgemerk. Maar kon nie. Sy het vooroor aangekom asof teen 'n sterk wind, sodat haar voete elke paar tree 'n drafpassie moes gee om by te bly. Naby hulle het haar arms al na hulle uitgereik. In die skynsel van die aanloopbaanligte was haar oë en tande skitterend van onbeteuelde vreugde, nooit sku om haar gevoelens aan die wêreld te wys nie.

Haar arms om sy nek, haar gesig nat teen sy wang. "Archie, Archie . . ." het sy in sy oor gefluister, en in haar lyf, warm teen syne, het hy die bewing gevoel.

Hy wou haar ook vasdruk, sy arms om haar sit, maar weerskante het die twee kinders nie sy hande gelos nie.

Sy het haar van hom af weggedwing, vlugtig met haar palms oor haar wange en hare gestryk. Toe na Milo afgekyk, daarna na Kaja.

"Jy't ons kinders gebring, Archie." Haar stem was sag en verwonderd. "En hulle is net so pragtig as op die foto's."

Toe sak sy op haar hurke af en druk Kaja teen haar vas, vee los hare uit die kind se oë. Trek Milo met haar ander hand nader. Druk hom ook teen haar aan en streel met 'n voorvinger oor die letsel teen sy wang. Hy het nie sy kop weggeruk nie, net sag en beslis haar hand van sy wang weggestoot.

"Kom," het sy gesê en Kaja se hand uit Archie s'n gevat, en toe Milo s'n.

Sy het met die kinders vooruit gestap en Archie het hulle agterna gekyk en die sagte murmeling van haar stem gehoor soos sy met die kinders gesels. En hy het beter gevoel, sommer baie beter ná Sarajewo. Hy het na sy vriend die Ambassadeur geloop en hulle het mekaar omhels soos ou vriende doen ná 'n lang skeiding.

Hulle moes 'n week in 'n gastehuis bly sodat die mediese ondersoeke op die kinders afgehandel kon word, en die laaste dokumentasie vir die aanneming en reis na Suid-Afrika. Sy vriend die Ambassadeur het daarmee gehelp.

Terug in Johannesburg was die huis in Honeydew nie meer kinderloos nie. Nella het geblom, maar dit was nie maklik nie. Hulle het Milo en Kaja saamgebring, ver weg van die gruwels van hulle land. Maar die drome en nagmerries het ook saamgekom. Snags Kaja se gille, Milo se uitroepe, en wanneer Archie en Nella die lig aansit, sit die twee saam op een bed, klouend aan mekaar, oë gesper, sweet soos blink pêrels op die gesigte.

Dit vat die sielkundiges maande, nee, jare om die verskrikking van Sarajewo uit hulle koppe te verdryf.

Maar is ál die demone uit? wonder Archie dikwels. En as hulle almal uit is, is hulle permanént uit? Hy en Nella gaan soek antwoorde op baie plekke, in baie leesstof, ook wat Milovan Đilas skryf oor sy eie kindertyd in die voormalige Joego-Slawië:

Alles en almal maak oorlog: mense teen mense, mense teen diere, diere teen diere. En kinders teen kinders. Die geeste wedywer met die mens en die mens met die geeste. Die twis is onverpoos, tussen hemel en aarde. Ons as kinders se grootste vrees was nie vir mense, of boewe, of die Oostenrykers nie. Ons vrees was 'n mengsel van vrese – vir nagtelike gedaantes, vir bose geeste wat oral was en enige tyd kon verskyn.

Maar hulle sien, terwyl hulle vir Milo en Kaja koester, die ontluiking, die normaliteit van twee gewone tieners, geheg aan mekaar soos 'n tweeling. Twee mooi kinders wat begin lag, wat begin vriende maak met ander tieners.

Wanneer Nella oor die litteken aan Milo se wang streel, druk hy nie meer haar hand weg nie, maar vou syne oor hare. Hou dit daar asof hy hoop dat die letsel sal verdwyn deur 'n mirakel van haar aanraking. Sy ken die oorsprong van die merk, maar vra nie uit nie. Tyd, hoop Nella, sal genesing bring, al sal die letsel nooit verdwyn nie.

Wanneer sy saans Kaja se lang, blonde hare uitborsel, gesels en lag hulle oor die alledaagse, die normale. Later, wanneer sy groter is, besluit Nella en Archie, sal Kaja die nuus kry van die letsels aan haar liggaam wat sy nie kan sien nie. In hulle gesprekke met die twee kinders word die verlede vermy, begrawe. Selfs oor die string krale, immer in Kaja se hand, word nie uitgevra nie. Dis nie nodig nie, dis haar kleinood, 'n band met haar eie ma. Nella weet wat dit beteken; dokter Buzuk het Archie vertel van die rosekrans-snoer van die Gospa.

Nou is hulle groot en Milo kom terug.

Hulle bly so sit ná die oproep, in stilte, Archie met sy gedagtes en Nella met hare. Dan voel hy haar hand oor syne.

"Tee, my man?"

"Ek sal gaan maak," sê Archie. "Miskien wil Kaja ook hê?"

"Jy kan gaan vra, maar ek dink sy slaap al."

"Het sy kom nagsê?"

"Toe jy uit was blomme toe."

"Sy maak weer toe."

"Miskien oor Milo se besoek aan Sarajewo. Wanneer hy terug is, sal dit beter gaan."

"Dink jy ..." Hy bly stil en staan op om die ketel te gaan aansit.

"Wat, Archie? Dink ek wat?"

"Onthou jy wat Momo Kapor oor die tienjarige seun geskryf het?"

"Milo is lankal nie meer 'n tiener nie."

"Maar Momo Kapor is in Sarajewo gebore. Hy't geskryf oor hoe die kind na die geheime tonnels in sy gemoed ontvlug het, hoe die seun in die openbaar berekenend 'n vriendelike gesig voorgesit het om iets diepers te verberg. Dink jy ..."

"Ek dink Milo en Kaja is nou twee aantreklike jong mense, goed aangepas, en wat droom en planne maak vir môre. Ek dink al die geweld en dood en verminking is nie meer deel van hulle wese nie. Ek bid dat ons daarin geslaag het om vir hulle 'n stabiele lewe te gee. Dit lyk so, nè, Archie?"

"Ja, ek dink ons het dit reggekry. Dit was nie altyd maklik nie, maar wie't gesê dis maklik om kinders groot te maak? Ander kinders baklei mos ook as hulle geboelie word. Ander seuns slaan ook vuis om hulle jonger sussie te beskerm. Nie waar nie?"

"Ek het dit elke dag op die skoolgronde gesien, Archie. Dis nie net Milo nie."

"Al het ons hulle geleer om die ander wang te draai?"

"Dis kinderlike instink. En Milo en Kaja se instink om te oorleef, is dalk net sterker uitgedruk weens die agtergrond waaruit hulle kom. Nou is hulle groot, en hulle het geleer om daardie instink te beheer. Hulle het versag."

"Dis 'n goeie ding dat Milo Europa toe is. Hulle het die skeiding nodig gehad. Dis wat normale jong mense doen, het miere in hulle gatte."

"Nie Kaja nie, sy't nie miere nie. Sy's 'n sagte huiskat."

"Failure to launch, dis wat sy is."

"Archie!"

"Ek het dit vir haar gesê ook."

Kaja het net gelag en haar arms om hom gesit en hom op die wang gesoen en gesê hy moet dit maar erken: hy wil nie hê sy moet óóit die huis verlaat nie. Moet maar erken: hy wil haar áltyd by hom hê.

En Archie het gesê dit is so.

En Ma Nella ook, het sy gesê. Want buitendien, wie sal vir hulle sorg as sy die pad vat?

En Archie het gesê dis tyd dat Milo terugkom huis toe.

"Hy sal terugkom," het Kaja gesê.

Archie vermoed sy het kennis van Milo wat hy en Nella nooit sal hê nie.

21. Johannesburg, Suid-Afrika

Hy bestudeer die foto's, sy bestudeer hóm. Die grys bakkestoppels, die sigsag van fyn kreukels en blou haarvaatjies op die dun vel van sy wange en voorkop, die dieper groewe langs sy mondhoeke af, tussen sy oë, die donsies en bruin vlekke op sy bles.

Hy kyk op, betrap haar blik op hom, glimlag.

"Eers wanneer jy oud is, adjudant, sal mense op jou gesig kan lees wie jy werklik is. Wanneer jy oud is, kan jy niks meer verbloem nie, dán verklap die plooie jou hele persoonlikheid. So, moenie daar so grimmig sit en frons nie. Eendag as jy so oud soos ek is, is daardie grimmigheid permanent op jou gesig gefikseer. Glimlag eerder, al is dit soms moeilik. Laat jou glimlagspiere saam met jou oud word, sodat die mense eendag sê: Sy moes 'n goeie lewe gehad het, sonder sorge, want kyk haar vriendelike gesig."

"Dankie vir die advies, dokter, maar wat sê die foto's? Wat lees jy dáárin?"

Vir die vierde slagoffer het hy nie eintlik foto's nodig nie; hy het self die outopsie gedoen en die forensiese fotograaf opdrag gegee vir die foto's vir sy regsgeneeskundige verslag. Sy was by al die outopsies teenwoordig behalwe by die vierde slagoffer s'n. Al is sy die ondersoekbeampte, en selfs al was sy nie in die hospitaal se waakeenheid toe dokter Koster daardie outopsie gedoen het nie, sou sy dit nie bygewoon het nie.

Maar sy het die foto's saamgebring om sy geheue te verfris en te vergelyk met die liggaam in Bujumbura.

"Foto's kan misleidend wees, verkeerde interpretasies tot gevolg hê. En ek hou nie van raaiwerk nie, my nering is feite. As ek die liggaam kon ondersoek . . ."

"Hy's lankal begrawe, dokter. 'n Onbekende in 'n armmansgraf. Ek sou self ook verkies het dat jy die liggaam ondersoek, maar dis in 'n ander land en dis nou te laat. Al wat ek het, is die foto's en die forensiese verslae."

"Ek sien in die outopsieverslag hy's verwurg. Dis een blokkie van ooreenstemming wat jy kan aftik."

"Maar is dit sy handewerk? Is dit Abel Lotz wat die gesig in Bujumbura afgeslag het?"

"Hierdie een," dokter Koster tik met 'n voorvinger op Bam se foto, "weet ons is sy werk. En ek weet hoe hy dit gedoen het. Hy's regshandig, het onder die haarlyn op die voorkop begin."

"Regshandig?"

"Soos 'n regshandige sy koffie hotom roer, 'n linkshandige syne haarom. Dis die natuurlike en gemaklike buiging van die polsgewrig. Die eerste snitte was diep en noukeurig, af langs die slaap, voor by die oor af, onder die ken in. Die lem van die mes het snymerke aan die been van die skedel gelaat. Van die ken af op. Aan die ander kant van die gesig was hy haastiger, het nie bo aan die voorkop by die aanvanklike snit aangesluit nie. Ook toe hy die vel van die voorkop begin afstroop, was hy haastig om die hipodermis los te kry van die weefsel wat dit aan die skedel heg. Hy het die mes gebruik, daarvan getuig die steekmerke aan die skedel, maar sy hande om dit los te trek."

Dokter Koster bekyk die foto's van die liggaam in Bujumbura onder 'n vergrootglas. Nie die foto met die maaiers nie, maar nadat die skedel afgespoel is, sodat die weefsel – stukkies vet, spiere, senings, bloedvate – duidelik sigbaar is. Hy lees weer die outopsieverslag, bestudeer sy Burundiese kollega se bevindinge, tik met sy potlood op 'n foto. Trek van die ander nabyskote nader, tik opnuut met die potlood.

"Sien, hier's die snymerke ook aan die skedel, teen die voorkop en hotom af teen die slaap. Wat dokter Bastos hier beskryf, is skerp merke van 'n lem aan die frontale been, die supraorbitale riwwe, die jukboog langs die oë, die maksil, die onderkaak en die ken."

Dokter Koster draai na sy rekenaar, sy vingers op die toetse.

"A, en hier's my bevindinge van die outopsie op Bam . . . op Abel se vierde slagoffer. Kan ek dit vir jou uitdruk? Nee, maar jy hét dit mos, in jou dossier."

"Die dossier is by die werk, dokter. Ek's op siekverlof, nie veronderstel om te werk nie. Sal 'n afskrif waardeer."

"Is ek medepligtig aan 'n oortreding van die polisie se staande orders?"

"Bevrees so."

"Daardie baas van jou . . ."

"Silas?"

"Nee, ek bedoel julle leidende gees."

"Kommissaris Pitso?"

"Dissy. Pitso. Die pedantiese boontjieteller. Het hý jou laat afboek?"

"Ek moet traumaberading ondergaan."

"Net één geneesmiddel vir jou trauma: vang die donner wat dit aan Bam gedoen het. Laat ek vir jou 'n kopie van my verslag uitdruk. En adjudant, ek sê weer: ek doen nie raaiwerk nie, foto's kan misleidend wees. Maar vra my persoonlike opinie."

"Dié vra ek graag, dokter."

"Dieselfde handbewegings vir die snitte, dieselfde drukking op die mes, dieselfde merke aan die skedelbeen. Dieselfde blerrie mes. My persoonlike opinie: dieselfde MO."

Sy sit stil, kyk hoe hy haar foto's en verslae saam met 'n afskrif van syne in die koevert terugdruk en oor die lessenaar na haar skuif.

"Ek't geweet dis hy. Maar hoekom hierdie man?"

"Wat gaan jy doen, adjudant?"

"Ek gaan hom soek, dokter. Ek gaan hom kry."

"Jy's op siekverlof . . ."

"Bogger siekverlof!"

"Moenie dit persoonlik maak nie, adjudant, dan verloor 'n mens perspektief."

"Dis línkal persoonlik. Baie persoonlik. Ek het die letsels aan my lyf. Ek gaan hom haal."

"Haal?"

"Dit was my eerste moordondersoek, ek's by die diep kant ingegooi. Maar ek't uitgekom, en nou's dit my beurt. Ek ken hom, ek gaan hom uitsnuffel waar hy ook al probeer wegkruip. En dokter, wanneer jy in die hof gaan getuig oor wat hy alles aan sy slagoffers gedoen het, jou wetenskaplike feite aan die regter voorlê, sal jy hom daar sien sit, en jy sal mý daar sien sit, agter hom. Abel Lotz se skaduwee, van nou af."

"Jy sal vir kolonel Sauls moet sê."

"Ek sê vir niemand iets nie. Hulle dink ek moet opgepiep word, dink ek's te sag . . . Fred Lange dink ek kry spesiale behandeling omdat ek jonk is, en 'n vrou. Ek het Abel die eerste keer alleen opgespoor, ek sal dit wéér alleen doen. Op my eie bene, in my eie tyd, in my siekverloftyd, en as dit nodig is, in onbetaalde verloftyd."

"'n Bounty hunter. Is dit wat jy wil wees, adjudant?"

"Geen vergoeding nie, net 'n persoonlike verrekening, dokter."

"Hy's 'n gevaarlike man. 'n Man met 'n mes in sy hand en delusies in sy kop is nie 'n maklike prooi nie. Hy laat hom nie vang nie, nie lewend nie."

"Ek kén hom, dokter," sê sy weer. "Ek't met hom gepraat, hom in die oë gekyk. Ek't op sy bank gelê terwyl hy my gesny het. Ek kén hom. Hy ken my nie. Hy dink so, maar hy's verkeerd."

"Hoop jy's reg. En Ella . . ."

By die deur draai sy om. As dokter Koster haar "Ella", dan luister sy.

"Ek's oud, en jy't my gesig bestudeer. As jy dit nie raakgesien het nie, sê ek dit nou vir jou: ek's altyd hier. As jy my nodig het, is ek hier."

"Dankie, dokter, dit ís wat ek op jou gesig gelees het."

22. Johannesburg, Suid-Afrika

Hulle het 'n sagte teiken gesoek en die huis drie weke lank bespied. Die vorige inbraak, 'n maand gelede in Northriding, was byna rampspoedig. Hulle was op die uitkyk vir boerboele en dobermanns, het die wors met die two-step gereed gehad vir 'n groot hond in die tuin, nie rekening gehou met 'n stoeppoepertjie nie.

Oor hulle gulsig was, en té gerus. Entrepreneurs sonder baas, vermy die sindikate, werk vir hulle eie sak. Juis die sukses wat hulle so gerus gemaak het, so onaantasbaar laat voel het, dat die leier nie besin het oor die moontlikheid van 'n fokken klein pommer van drie kilogram, met dik pels en keel van blik, wat saam op die hoofslaapkamer se bed slaap nie. Met leë hande weg, op die nerf na voor Armed Response se kar uit, net te danke aan die vernuf van hulle bestuurder, 'n vrou met lang blonde hare.

Daarom dat die drie inbrekers – twee mans en die blonde vrou – die huis in Honeydew Manor drie weke lank bespied het. Nie net die huis en tuin nie, ook die bewegings van die huisbewoners. En g'n honde, groot óf klein, hierdie slag nie. Wel twee katte, gemmer en 'n swarte. Maar vir die katte is Temik onnodig.

Die inbrekers vermy geweld. Die huis in Honeydew is 'n sagte teiken, die bewoners ook. 'n Sagte teiken is nodig om hulle selfvertroue te herstel ná die onderonsie met die keffer. Die bewoners is oud, die man grys, seker al in sy sewentigs. Sy vrou ook, en loop swaar, leun met 'n swik op haar kierie. Die leier diagnoseer 'n heupprobleem, dalk osteoporose waaraan sy eie ma ook ly, saam met emfiseem waarvoor sy 'n suurstofsilinder in haar rolstoel saamkarwei.

Soms kry die huisbewoners kuiergaste. Maar dié kom gewoonlik laatmiddag Sondae. Die kuiergaste pla die inbrekers nie. Behalwe die jong vrou. Hulle sien soms haar kar op weeksdae ook in die inrit voor die dubbele motorhuis staan. 'n Polo.

Die sagte teiken, die ou man, help sy vrou in die Merc in, 'n gróte; 350S, herken die vroulike lid van die driemanskap. Ongeroer deur swikkende heupe, maar 'n groot Merc – énige kar – laat haar bloed bruis. Sy is ook verantwoordelik vir die logistiek, teken die tye in 'n notaboek aan wanneer die ou man en sy ou vrou elke Woensdag- en Sondagoggend rolbalklub toe ry. Hoe lank hulle vertoef. Hoe lank dit hulle vat om Maandae hulle boeke by die biblioteek te gaan omruil. Hoe laat hulle Dinsdae en Vrydae na Honeydew se winkelsentrum ry. Hoe lank hulle inkopies vir kruideniersware duur, die groentewinkel, die bakkery, die slagter, die bloemiste. Sy het 'n stophorlosie in die hand, meet die gemiddelde tyd vir die swart Merc uit die winkelsentrum se parkeerterrein tot terug by die huis. Meet die tyd vir die oop- en toegaan van die elektroniese hek in Lacewood-rylaan oorkant die gholfbaan, meet die tyd vir die oop- en toegaan van die elektroniese motorhuisdeur.

Uit die blonde vrou se aantekeninge blyk dit dat die egpaar 'n vasgestelde roetine het waarvan hulle selde afwyk. En hulle is áltyd voor skemer terug by hulle huis.

Rondom hierdie vaste roetine is die strategie vir die inbraak uitgewerk, en die dag en tyd bepaal. Die motivering vir hierdie sagte teiken is maklik: 'n bejaarde man het geld, betaal die prys van 'n huis vir 'n nuwe Merc. En nie huurkoop nie, sê die leier, nie vir so 'n ou suurstofdief op sy laaste bene nie. En die groceries is nie sousboontjies op toast nie, maar Kanadese salm, die beste beesfilet, vars groente wat dieselfde oggend voor sonop gepluk is, baguettes (nie supermarkbrood nie), en arms vol snyblomme vir die vase. Whiskas vir die katte. Dis wat die blonde vrou sien wanneer sy agter hulle by die kassiere wag en kyk hoe die note uitgetel word, nie debiet- of kredietkaart of tjek nie.

Die geld vir die kruideniers – én vir die Merc, reken die leier

– kom sommer uit die gatsak. Of ten minste uit 'n kluis in die huis. Want hulle sien nie, in drie weke, hoe die man en sy vrou by 'n OTM of in 'n bank in 'n ry gaan staan om kontant vir hulle inkopies te trek nie.

Nou is die voorbereiding afgehandel en is hulle gereed vir aksie. Die jong vrou in die Polo pla hulle nie. Hulle sien kans vir twee ou mense en 'n jong vrou in 'n Polo.

Die leier, Bart, tik die lys af.

"Genoeg petrol in die BMW?"

"Die kar is vol," sê Pansy, herkouend.

Sy en Jonny het die vlugkar, ses jaar oud, die vorige nag voor 'n restaurant in Northgate gesteel.

"Die Chevy op sy plek?"

"Hy's op sy plek." Pansy druk 'n vars Stimorol in haar kies.

Sy het die vlugroete uitgewerk. Met blonde pruik en kouende kakebene is sy agter die vlugkar se stuur, van Lacewood-rylaan in Honeydew Manor terug Northgate toe. By die Dome los hulle die BMW, ry die nag in met Bart se ou Chevy, en hulle buit.

"Hoe laat kom hulle van die rolbal af?" vra Bart.

Albei in wit, maar die ou vrou speel nie, nie met daardie heup nie, dink Bart. Sit seker met iets kouds onder 'n sambreel en klets.

"Tussen halfses en ses, nooit later as ses nie," sê Pansy.

Bart kwel hom oor Jonny se angstigheid in 'n vreemde huis. Jonny het 'n heilige vrees vir die tronk. Sê eerder dood as in die tronk, 'n gesegde wat op Bart se senuwees werk. Maar Jonny, met sy lang vingers soos 'n klavierspeler, is 'n towenaar met slotte.

"Wil jy 'n pil hê?" vra hy.

"Ek makeer niks," sê Jonny.

"Vat 'n pil," sê Pansy, en aan Bart: "Jy seker oor die Merc?"

"Ons los die Merc uit. Die afset van so 'n kar sal lol. Ons soek nie aandag nie. Dis tyd."

Met Pansy het Bart nie 'n probleem nie, en sy hou Jonny in toom. Hy raak angstig, sy is 'n cool cat. Net haar herkouery irriteer Bart, die immer malende kake. Maar hy sien dit oor, want haar behendigheid agter 'n kar se stuurwiel vergoed daarvoor.

Hy staan op, vat die rugsak met die handskoene en bivakmusse en instrumente. In die ou BMW met vals nommerplate dra almal handskoene. Laat geen vingerafdrukke nie, al verwag hulle dat die gesteelde BMW later vannag nog herverdeel gaan word.

Bart het 'n Woensdag ná die rolbal gekies, laatmiddag, wanneer die bejaarde egpaar tam en loom sal wees. Wanneer die swart Merc voor die huis in Lacewood stilhou, wag vir die hek om oop te gly, sal hulle waaksaamheid verslap wees.

Pansy met die blonde pruik parkeer die kar buite sig van die teikenhuis.

"Dis halfses," sê Bart.

Jonny en Pansy klim uit, slenter hand aan hand in die rigting van die huis. Verdwyn om die hoek. Bart wag in die kar. Oor die selfoon hoor hy hulle sagte stemme.

"Hier kom die Merc nou." Pansy se stem.

"Hulle's hier." Jonny s'n.

"Raait," sê Bart. "Julle weet wat om te doen. Ek's op pad."

Klim uit. Om die straathoek sien hy hulle, in 'n omhelsing op die inrypad na die teiken se huis. Daarmee hoef hulle nie toneel te speel nie.

Geen teken van 'n Polo nie. Geen derde party wat komplikasies kan veroorsaak nie. Seepglad.

Bart kom skuins agter die Merc aan, sien hoe die twee grys koppe na die verliefde paartjie gedraai is, laks en lui van die ontspanne dag by die rolbal, hopelik selfs geamuseer deur die vryerige spektakel. Die hek gly oop, die deur van die motorhuis lig op. Bart sien die Polo.

Fok!

Maar nou te laat. Hy glip agter die swart kar by die erf in, sien hoe Pansy alleen op die sypaadjie wegstap. Ook Jonny, weet hy, is nou tussen die struike in die tuin in. En toe die motorhuis se deur begin sak, rol hulle onder die deur agter die groot kar in, bly op die vloer lê, wag dat die huis se alarm afgeskakel word sodat die paartjie kan ingaan. Luister na hulle sagte, geruste stemme, 'n effense laggie van die vrou.

Bart hoor nie 'n derde stem nie, wonder oor die eienaar van die Polo.

Hulle lê in die donkerte onder die agterbuffer. Bart kry die vae reuk van koolstofmonoksied uit die uitlaatpyp, voel die hitte van die onderstel en bande, hoor die sagte gesis en geklik van 'n warm enjin wat afkoel. Agter die binnedeur van die motorhuis nou ook die gekletter van skottelgoed. Moet die kombuis wees waar die vrou begin om aandete voor te berei.

Buite, in die tuin en om die huis, sal die man weer die alarm se bewegingsensors aktiveer. Hy sal bewus wees daarvan dat inbrekers hierdie tyd van die aand verkies wanneer die huismense gemoedelik rondbeweeg en die alarm binne afgeskakel is. Daarom is dit noodsaaklik dat die sensors buite hulle werk doen as eerste skans.

Bart voel hoe Jonny langs hom op die harde vloer verskuif. Maar hulle swyg, geen woord nie. Dit is so afgespreek. Dis 'n lang wag op die vloer, maar Bart is puntenerig, volg in sy kop stap vir stap opnuut die hele strategie terwyl hulle wag.

Natuurlik is daar in so 'n operasie 'n mate van onvoorspelbaarheid. Hy ken nie die huis se uitleg nie. En as die jong vrou van die Polo ook in die huis is, is dit 'n verdere komplikasie. Langs hom sal Jonny se angstigheid toeneem hoe langer hulle wag.

"Hei, Bart," fluister Jonny onder die uitlaatpyp.

"Sjuut."

"Die Polo is hier."

"Sjaddap."

Hulle kan twee vroue en 'n ou man hanteer. Geduld is die wagwoord. 'n Egpaar van in die sewentig sal nie laat opbly nie, veral nie ná 'n uitputtende dag by die rolbal nie. Hulle sal dalk nog ietsie drink, ietsie eet, miskien 'n bietjie TV kyk, saam met die jong vrou kuier, en dan die alarm in die woongedeelte aktiveer voordat hulle na die slaapgedeelte verskuif.

Die kluis, vermoed Bart, sal in die hoofslaapkamer wees, in 'n hangkas op die betonvloer vasgebout. 'n Digitale slot. Die ou man sal gepor moet word om die kode in te pons, ook om die alarmsensors buite af te skakel wanneer hulle klaar is. Maar twee mans met swart handskoene en swart bivakmusse is onheilspellend, saam met 'n dreigende stem. En die drie huisbewoners sal wapens verwag. Hulle sal niks in die inbrekers se hande sien nie, maar hulle sal weet niemand breek ongewapen in nie. En die barbare wat inbreek, huiwer nie om wapens te gebruik nie, dit sal hulle ook weet.

Die strategie wat Bart uitgewerk het, is om eers die twee vroue vas te bind, elkeen op 'n stoel in 'n ander vertrek. Geen beserings nie. Jonny moet oor hulle waak terwyl hy die ou man na die kluis toe dwing. 'n Plan soos 'n geoliede masjien. Dis hoe Bart daarvan hou. In die rugsak, saam met die maskeerband, is nóg 'n nylonsak, leeg en opgevou, vir die buit.

Hy loer na die verligte wysers van sy polshorlosie. Ook hy begin nou rondskuif, lê al byna 'n uur op die vloer. Moet sorg vir bloedsirkulasie in die bene en arms. En Pansy, bestuurder van die vlugkar, sit en koffie drink, wag vir die oproep om terug te ry Honeydew toe om hulle te kom oplaai.

Bart stamp aan Jonny, die motorhuis nou heeltemal donker. Sy knie klap sag in die stilte toe hy orent kom. Hulle trek die musse oor hulle gesigte af, verstel die oogholtes. By die binnedeur vroetel Jonny se lang vingers in die rugsak na sy instrumente. Die slot klik sag, die skarniere geolie. Deur die oop skreef bereik die aroma van kos hulle, die geluid van TV-stemme, gedemp uit 'n vertrek dieper die huis in. Bart knipper sy oë teen die skielike lig.

'n Beweging in die kombuis. Hulle verstyf. Die ou vrou hinkend op die kierie, in die ander hand 'n leë bord. Sy kyk op. Bart herken die blik in haar oë: eers verbasing, dan vrees wanneer die mond oopgaan, die bord wat op die teëlvloer plof, die porselein aan skerwe.

Haar gil word gesmoor toe Jonny se hand om haar mond sluit.

"Nella?" roep haar man vanuit die TV-kamer.

Hulle staan in die kombuis, Bart teen die yskas, die ou vrou in Jonny se arms, hand oor haar mond gedruk.

"Nella?" roep hy weer, dié slag harder en nader. "Is jy oukei?"

Waar's die ander vrou? wonder Bart. Hy tree na die ingang waaruit die stem kom.

Die kierie swaai ineens opwaarts, tref Jonny in die gesig. Hy steier tru, laat haar los, gryp na sy gesig. Sy gil, slaan weer met die kierie, struikel, val tussen die skerwe van die bord.

"Nella!"

Die stem nou om die hoek van die kombuis se deur. Onder die skerp buislig verkleur die mus oor Jonny se gesig donker van die bloed uit sy neus.

Hy kom ingestorm en Bart gryp hom vas.

"O nee . . ." sê hy toe hy sy vrou op die vloer sien, beur uit Bart se arms.

"Sy't my fokken neus gebreek," sê Jonny.

"Los haar!" roep die man uit, stoei in Bart se greep. "Sy't geval. Sy't seergekry."

Die bejaarde man, gesig bleek, are bultend teen sy nek en voorkop, ruk hom uit Bart se greep, val op sy knieë langs sy vrou.

"Hier's ek, Nella. Ek's hier by jou."

Bart kyk hoe die vrou haar man se hand vind, dit vasklem. "Gee alles wat hulle vra, Archie. Laat hulle net weggaan."

Hy kyk op na Bart toe. "Wat soek julle? Wapens? Geld? Ek't nie wapens nie. Vat wat julle wil. Vat alles. Vat die TV."

"Ons soek nie 'n TV nie," sê Jonny.

"Ek't geld. Julle kan die geld kry. Moet net nie my vrou verder seermaak nie." Hy druk sy hande onder haar arms in. "Kom, Nella, laat ek jou ophelp, op die stoel."

"Stadig, Archie, my heup . . ."

"Waar's die geld?" vra Bart.

"Waar's die ander vrou?" vra Jonny. "Die een met die Polo."

"Bring die stoel," sê Archie vir Jonny. "Hoekom moes julle haar seermaak? Sy's weerloos."

Jonny skuif die stoel nader, sê: "Wat van my neus? Ons het haar g'n seergemaak nie, sy't self geval. En sy't my met die kierie geslaan."

Hulle staan en kyk terwyl Archie sy vrou op die stoel help, by haar kniel.

"Los haar," sê Bart. "Sy's oukei." Knik sy kop na Jonny toe. "Maak haar vas."

Hy leun af na Archie en trek hom aan sy hemp.

Archie klap sy hand weg. "Vat jou pote van my af!"

"Waar's die ander vrou?" vra Bart, onkant gevang deur die heftige reaksie.

"Ek dink my neus is gebreek," kla Jonny.

"Julle raak nie aan my dogter nie." Nella kreun, sluit haar oë.

"Archie, as jy nie nou opstaan nie, maak ons haar régtig seer," sê Bart. "Waar's jou dogter?"

"Los haar uit!" roep Nella op die stoel, hyg dan, asof sy nie gewoond is om haar stem te verhef nie.

"Sy's in haar kamer. Slaap al," sê Archie.

"Waar's die geld?"

"Vat die geld, maar los my kind uit," sê Nella.

"Bind haar vas," sê Bart vir Jonny. "Sy gaan moeilikheid maak. Sy wil nie stilbly nie."

"Ek't nie baie geld nie, maar ek het."

"Hoeveel?"

"Miskien vyf duisend, ek's nie seker nie."

"Is dit al?" vra Bart teleurgesteld. "Wat van juwele?"

Jonny bind Nella met maskeerband aan die stoel vas.

"Vat alles," sê sy. "Archie, gee dit vir hulle dat hulle net kan skoert."

Jonny druk sy palm oor haar neus en mond om haar stil te maak.

"Waar's jou dogter se kamer?" Bart por Archie by die kombuisdeur uit, in die gang af.

"Ek smeek jou," pleit Archie, "los my dogter uit."

"Is dit haar kamer?" fluister Bart by 'n toe deur. Hy sien hoe Archie knik, aanstap na die hoofslaapkamer.

Ek was reg, dink Bart, die kluis is áltyd in die slaapkamer se kas.

Archie sak op sy hurke af. Bart hoor die geklap van ou litte, hou die vingers dop wat die kode inpons. Die ou man haal die geld uit, netjies met rekkies in bondels gebind. Bart ken bondels note uit kluise, skat Archie was reg, so vyf duisend.

"Die juwele?"

"Julle kan dit ook vat."

"Natuurlik gaan ons dit ook vat."

Bart pak die juweliersware by die note in. 'n Goue halssnoer met edelstene, ringe, oorkrabbers met diamante, 'n silwer borsspeld. Niks uitspattigs nie, maar by die regte afset so vyftig, sestig duisend rand, skat hy. Natuurlik veel meer werd, maar dis wat hy hoop hulle sal kry.

"Het jou dogter juwele?"

"In hemelsnaam, my dogter slaap, los haar uit!"

"Oukei, oukei," sê Bart.

"Ek wil teruggaan na my vrou toe. Sy's nie gesond nie."

"Jou vrou is oukei. Sit daar op die stoel dat ek jou kan vasbind. Wat's die kode van die buite-alarm?"

"Bind my by my vrou in die kombuis vas."

"Sjaddap!"

"As my vrou iets oorkom . . ."

"Sy sal niks oorkom nie. Gaan sit op daai stoel."

Hy druk Archie in die rigting van die stoel. Dié swaai 'n vuis, tref Bart skrams teen sy gemaskerde wang.

"Fok!" Bart stamp Archie tot op die leunstoel. Lig die mus oor sy mond op sodat hy die kleefband met sy tande kan skeur. Hy bind Archie se arms en bene aan die stoel vas, plak 'n stuk oor sy mond.

Bart kry warm agter die mus, voel die branderige sweet in sy oë. Met 'n inbraak, wanneer die adrenalien in sy are bruis, is daar altyd sweet. Nou is hy haastig om uit die vreemde huis te kom, al het hy meer buit verwag.

By die toe deur van die dogter se slaapkamer steek hy vas. Leun nader, druk sy oor teen die deur. Hy hoor dit: 'n sagte stem. Die dogter slaap nie. Die ou man het gelieg. Waaroor lieg Archie nog?

Jong vroue hou van juwele, goud en silwer. Hy besluit om die dogter se juwele ook te vat. Hy draai die knop, voel die deur meegee. Ryk mense se deurskarniere kraak nie, het hy al geleer. Hy loer in, sien haar rug, oor haar skouer die verligte skerm van haar rekenaar. Oorfone oor haar blonde hare. Dit verklaar hoekom die wêreld om haar kan vergaan.

Hy wonder met wie sy praat. En watse taal is dit? Grieks?

"Hei!" sê Bart.

Sy lag sag, diep betrokke by haar rekenaar.

Harder: "Hei, jy!"

Sy kyk om. In haar oë registreer die skok.

"Haal af." Bart beduie na die oorfone.

Hy sien die goue ketting om haar nek, merk die ringe aan haar vingers, die fyn goue horlosie om haar pols. In haar hand, verstrengel tussen haar vingers, nóg 'n snoer met stukkies silwer. Alles saam seker 'n ekstra tien tot twintig duisend werd.

Sy staar na hom, lig 'n hand om die oorfone te verwyder.

"Waar's my ouers?" vra sy. "Wat het jy met my ouers gedoen?"

Sy wil orent kom, maar Bart druk haar op die stoel terug.

"Sit! Jou ouers makeer niks. Hulle werk saam. As jý saamwerk, sal jy ook niks oorkom nie."

"Wat soek jy?"

"Wat dink jy? Kom ek kuier vir tee met 'n mus oor my gesig?"

Sy probeer weer opspring. Hy het dit verwag, gryp haar vas.

"Ek's nie alleen nie. En ons het jou ouers. Bly net kalm en niemand kry seer nie."

"Wat gaan jy met my doen?"

Hy soek, ná die aanvanklike skok, nou na vrees in haar oë, maar sien dit nie.

"Ek gaan niks met jou doen nie. Ek soek jou juwele. Sit op die stoel en haal dit af."

"Jy sal nie wegkom nie," sê sy terwyl sy haar juweliersware afhaal en in Bart se buitsak laat val.

Nou sien hy wél iets in haar oë, maar 'n emosie wat hy nie herken nie. Oë soos ys.

"Ek kom altyd weg." Bart bind haar bene en arms aan die stoel vas. "Daardie ding in jou hand, gooi dit ook in."

"Nee."

Hy kyk verbaas na haar.

"Jy kan alles kry, maar nie die Gospa nie."

"Gooi dit in die fokken sak!"

"Nee!"

Hy buig haar vingers om die snoer oop.

"Asseblief," pleit sy, en nou sien hy trane.

Hy smyt die ding in sy sak. Nie veel werd nie, miskien 'n paar rand vir die twee stukkies silwer.

Oor die rug van haar stoel 'n serp. Hy blinddoek haar daarmee. Lig die mus tot op sy voorkop, teug die vars lug diep in, vee die sweet van sy gesig af.

Hy kyk na die rekenaarskerm, leun vooroor. Kyk sy na 'n fliek op haar rekenaar? Die gesig van 'n man. Oor sy wang 'n litteken asof hy met 'n mes gesny is.

"Bart!" Jonny in die gang. "Waar's jy?"

Bart trek die mus weer oor sy gesig af, stap uit. "Hier." Hy maak die kamerdeur agter hom toe. "Waar's die ou vrou? Hoekom is jy nie by haar nie?"

"Fok, Bart, ek dink sy's dood."

Bart steek vas. "Wat? Wat het jy gedoen?"

"Niks nie. Ek't niks gedoen nie."

"Sy kan nie van niks doodgaan nie!"

"Sy't weer probeer gil. Ek't haar mond gesnoer. Dis al."

In die kombuis buk Bart by haar, voel vir polsslag, kyk op. "Sy's dood, Jonny."

Hy skrik toe die telefoon in die TV-kamer begin lui.

"Kom!"

23. Bujumbura, Burundi

Abel staan in die donker agterplaas van sy losieshuiskamer, sy oë op die hemel gerig, altyd soekende, veral noudat hy nie meer 'n teleskoop het nie, dit moes agterlaat in sy ylingse vlug. Maar hy ken die sterre en konstellasies en nebulas en weet waar om te soek, al kan hy dit met die blote oog nie sien nie, na die verre galaksies, die spirale van Sculptor en Fornax. En baie verder, twee miljoen ligjare ver, Andromeda.

Sy laaste aand in Bujumbura. Hy is opgewonde, maar terselfdertyd huiwerig oor die reis op die veerboot.

Abel staar hemelwaarts, soos el-Sufi in die tiende eeu ook opgekyk het om hom aan die sterre te verwonder. Dié Persiese sterrekundige het in 964 sy *Boek van Vaste Sterre* gepubliseer en regstellings aangebring op die sterrelyste in Ptolemeus se *Almagest*. In die vyftiende eeu het Ulugh Beg, sterrekundige en wiskundige van Samarkand, nou in Oezbekistan, opnuut in sý *Ziy-i-Sultani* korreksies aangebring op el-Sufi se vaste sterre. En Ulugh Beg het nie eens 'n teleskoop gehad nie, wel een van die grootste observatoriums ter wêreld in Samarkand laat bou – destyds vergelykbaar met dié van Taki el-Din in Konstantinopel en Uraniborg van die sestiende-eeuse Deen Tycho Brahe.

In Samarkand het Ulugh Beg sy akkurate en omvattende astronomiese en planetêre waarnemings gedoen met net sy Fakhrisekstant. Ulugh Beg het die posisies van 994 vaste sterre bepaal. Sy Ulughbek-madressa staan vandag nog op Registan-plein in Samarkand, op die plek waar sy oupa, die groot Tamerlane, sy vyande se afgekapte koppe aan skerp pale uitgestal het. Natuurlik is Abel bewus daarvan dat Ulugh Beg self 'n grusame einde bereik het toe sy eie seun hom van sý kop ontneem het. Maar dis die prys, meen Abel, wat 'n mens vir grootsheid moet betaal – eeue later is selfs 'n krater op die maan na Ulugh Beg vernoem.

Dis in hierdie uitgelese astronomiese geselskap dat Abel hoop sy *Kosmiese Reise* eendag gereken sal word. Miskien kan hy ook 'n nuwe nebula beskryf, soos el-Sufi se "klein wolk" in die jaar 964, wat later geblyk het die Andromeda-galaksie te wees. Miskien sal syne die Abel-nebula genoem word en in die Messier-katalogus verskyn, naas die ander pragtige nebulas, soos die Arend (M16) in die konstellasie Serpens, die rooi Rosetta, die Kat se Oog, die Uurglas, die Swaan, of die Oog van God in die konstellasie Aquarius.

"Meneer Lomas . . ."

Hy skrik uit sy bepeinsing op. Sien in die ligstreep uit die kombuis die weduwee wat van haar agterdeur aangeslof kom.

"Ek't vir jou 'n koppie tee gebring, gesien jy staan weer vanaand so diep en dink. Ek het jou gemis. Was jy 'n bietjie weg?"

Die lig reik nie tot by hom nie. Hier in die donker is dit onnodig om te verduidelik hoekom sy gesig nou so anders lyk.

"Dankie, Madame Demarcéne, tee sal lekker wees."

Hy vat die koppie by haar en sy kyk op, asof sy ook wil sien wat haar huurder in die donker uitspansel raaksien, wat hom so aanlok, betower.

"Jy's so alleen, net jy en jou sterre."

"Met die sterre in die hemel kan 'n mens nooit alleen wees nie, Madame Demarcéne. Die sterre is altyd daar, laat jou nooit in die steek as jy hulle eers ken nie. Jy kan die sterre vertrou."

"Glo jy aan die sterre, meneer Lomas?"

"Aan astrologie, die sterrewiggelaars? Nee, dis net stories."

"O."

"Ek gaan vir 'n ruk weg wees, Madame Demarcéne. Ek sal die huur vooruit betaal."

"Ag nee, jy's so 'n goeie huurder, so op jou plek. En ek mis jou musiek. Wat het van jou musiek geword?"

"Ek was in die hospitaal, ek was siek. Hulle moes aan my gesig werk. Nou's ek weer gesond. Lyk 'n bietjie anders, maar gesond."

"Gesond is die belangrikste, meneer Lomas, nie hoe jy lyk nie."

"Huurgeld vir drie maande vooruit. Is dit reg so? Sal jy my kamer vir my hou?"

"Gaan jy terug huis toe, Mosambiek toe?"

"Ja." Abel hou die leë koppie na haar uit. "As ek nie terugkom nie, sal ek laat weet."

"Ek hoop jy kom terug, meneer Lomas. 'n Mens sukkel so om 'n goeie huurder te kry."

"Ek weet dis laat, maar sal jy omgee as ek my musiek speel? 'n Bietjie harder as gewoonlik, sodat ek daarna kan luister terwyl ek hier na die sterre staan en kyk."

"Ek luister ook graag na jou musiek. Altyd vioolmusiek, nè?"

"Ja, nét Paganini se komposisies. Vanaand gaan ons na die *Grand Sonata* luister."

"Dis reg so, meneer Lomas. Goeienag."

* * *

Niemand wag haar op die lughawe in nie. Het ook niemand verwag nie; dis 'n private besoek. Op haar flaphoed met die breë rand is blou en rooi vlinders tussen geel affodille in fyn borduurgare. Sonbril, ligblou bloes, cargo-broek, tekkies. Sy is Ella Neser, nie adjudant nie. Maar sy het darem vooraf gebel en hoofinspekteur Claude Kadende gevra of hy 'n paar minute van sy kosbare tyd vir haar kan afknyp terwyl sy toevallig as toeris in Bujumbura is.

Die taxi laai haar by die Judisiële Polisie af. Sy moet 'n halfuur lank op 'n harde, regop houtstoel sit voor die hoofinspekteur beskikbaar is. Sy vermoed om haar onder die indruk te bring van sy swaar werklas wat nie terstond opsy geskuif kan word vir 'n nieamptelike besoek nie. Ten minste is hy nie kleinsielig gesteld op protokol nie; kon tereg geweier het om 'n buitelandse polisiebeampte op vakansie in sy kantoor te ontvang.

"So, jy vermoed dit kan die werk wees van jou Abel Lotz," sê hoofinspekteur Kadende oor sy dossiere.

Jóú Abel Lotz. Asof hulle familie is. Maar sy los dit, leun af, rits 'n sysak van haar reistas oop, haal 'n lêer vir hom uit.

"Die wonde aan die verdagte se vierde slagoffer in Johannesburg toon ooreenkomste met die wonde aan die kadawer wat hier gevind is. In die lêer is outopsiefoto's en 'n afskrif van die regsgeneeskundige verslag van dokter Koster, ons patoloog."

"En jou dokter Koster het sy bevindinge en foto's vergelyk met dié wat ek vir jou gestuur het?"

Sy knik. "Ek sal graag met die entomoloog en patoloog wil gesels wat jou kadawer ondersoek het, as dit in orde is."

"Op jou private, onoffisiële besoek." Hy kyk nie van die inhoud van die lêer op nie.

"Wel, terwyl ek nou hier op vakansie is . . ."

"Ek wil nie jou ywer en geesdrif demp nie, adjudant, maar ek kon g'n spoor kry dat jou verdagte hom hier bevind nie. Ek was by immigrasie – by geen grenspos het 'n Abel Lotz met 'n Suid-Afrikaanse paspoort Burundi binnegekom nie. Veral nie in die tydperk tussen sy vlugtog oor die Mosambiekse grens by Komatipoort en die moord in die tuin van die Prince Louis Rwagasore-hospitaal nie."

"En die slagoffer is steeds nie geïdentifiseer nie?"

"'n Raaisel," beken Claude Kadende. "Koffie?"

"Swart sonder suiker. Maar ons weet die slagoffer was manlik, Kaukasies en middeljarig?"

"Dit het gehelp, nie baie nie."

Sy leun vorentoe. "Maar die vermiste dokter Lippens was . . . is manlik, Kaukasies en middeljarig."

"Soos biljoene ander mense, adjudant."

"Maar tog seker nie biljoene manlike, middeljarige Kaukasiërs in Bujumbura nie?"

"Wel duisende, adjudant. Hier is soldate van VN-vredesmagte van regoor die wêreld. Hier's toeriste, kontrakwerkers vir myne en nywerhede, amptenare en onderwysers uit Europa. NGO's het vrywilligers uit Amerika, Kanada, Australië, dokters uit Nederland, België, Frankryk . . ."

"Dankie, hoofinspekteur, ek vra maar net. En jy sê dokter Lippens is 'n rekonstruktiewe en kosmetiese chirurg?" In haar gedagtes Abel se plat neus soos sy dit vir die identikit beskryf het, die gebrek aan 'n ken, die bakore, vol lippe.

"Onder dokter Lippens se pasiënte is geen Lotz nie. Op sy rekenaar geen aanduiding dat 'n Lotz hom ooit vir 'n konsultasie besoek het nie."

"Maar dokter Lippens word steeds vermis?"

"Nie vermis nie, hy's weg. Daar's 'n verskil, adjudant. As hy wil verdwyn, is dit sy goeie reg, wat ook al sy redes."

"En sy kar?"

"Hy's met sy kar weg."

"Oor 'n grens?"

"Miskien. Miskien kyk hy wild in die Serengeti, of lê op 'n strand in Zanzibar, of vang vis by Xai-Xai."

"Julle het nie by die grensposte navraag gedoen nie?"

Die hoofinspekteur lyk vererg. "Hoe dit by julle werk, weet ek nie, adjudant, maar hier in Burundi word 'n wettige inwoner se reg op vryheid van beweging in die grondwet verskans. Dokter Lippens het permanente verblyfreg en word van geen misdaad verdink nie. Hy't 'n briefie op sy rekenaar gelaat wat sy afwesigheid verklaar. Hier's 'n afskrif in die dossier."

Slegte nuus ontvang oor 'n familie-aangeleentheid. Moet dringend vertrek en sal laat weet wanneer ek terugkom. Kanselleer alle afsprake tot latere kennisgewing.

"Aan sy ontvangsdame," sê Ella nadat sy gelees het. "Het hy dit vir haar ge-e-pos?"

"Nee. Maar miskien was dit net 'n konsep, miskien wou hy nog daaraan werk. Ons weet nie. Ons vermoed wel hy was taamlik haastig, dat die slegte nuus oor 'n familie-aangeleentheid nie die volle waarheid is nie, net 'n rookskerm vir sy verdwyning."

"In 'n e-pos aan my het jy geskimp oor skedule 7-medisyne wat onder die tafel verkoop is."

"Net bewerings. 'n Ontvangsdame wat skielik sonder inkomste sit, het rede om wrokkig te wees. Dis haar vermoedens, sy het g'n bewyse nie. Maar daar's ánder goeie redes vir dokter Lippens om laag te lê. Twee siviele eise van gewese pasiënte wat hom van brouwerk beskuldig, eise vir pyn en lyding en verlies aan persoonlike genot."

"Is dit 'n motief vir moord . . . verlies aan persoonlike genot?"

"'n Weduwee wat haar gesig laat ontrimpel het, en 'n jong meisie wat 'n haakneus verander wou hê. Ons het hulle ondervra."

"Hulle het nie kriminele klagte ingedien nie, stel net in vergoeding belang?"

"Ons het geen rede, en geen reg, vir 'n polisie-ondersoek na dokter Lippens nie. As hy brouwerk met sy operasiemes doen, is dit 'n saak vir die mediese raad, nie die polisie nie."

"Dankie vir jou tyd, hoofinspekteur."

Sy staan op, neem die lêer en druk dit terug in haar tas, plak die sonhoed op haar kop.

"Ek sal afsprake vir jou reël by dokters Farro en Bastos," sê Claude Kadende. "Waar kry ek jou terwyl jy in Bujumbura . . . vakansie hou?"

"Hôtel Le Doyen."

"Ek ken die Hôtel Le Doyen. Probeer die Primus-bier."

By die deur sê sy: "Hoofinspekteur Kadende, nog ietsie. Regtig, ek's baie dankbaar vir al jou hulp en geduld en wil nie misbruik maak van jou gasvryheid nie. Maar ek't gewonder . . ."

"Jy los nie maklik nie, nè, adjudant? Wat hét hy aan jou gedoen?"

"Sal jou later vertel, oor 'n Primus, onoffisieel. Maar ek't gewonder . . . Bloedmonsters van die liggaam is tog sekerlik vir DNS gestuur. Het jy al die uitslag ontvang, 'n DNS-profiel?"

Geamuseerde uitdrukking op sy gesig: "Hier's die agterstand vir DNS-toetse nou nege maande tot 'n jaar."

"Nie veel beter suid van die Limpopo nie."

"En nie ongehoord dat bewysstukke oor so 'n lang tyd verlore raak nie."

"Ook dit gebeur nie net in Bujumbura nie, hoofinspekteur."

Hy glimlag, die ys, as daar was, nou gebreek.

"Hou jy van sokker?" vra hy.

"Nie danig nie," sê sy. "Ingeval bloedmonsters verlore raak, het julle reserwemonsters?"

"Jy soek 'n monster van my onbekende slagoffer se bloed. Dokter Bastos sal in sy yskas hê, vra hom. Sê hy kan my bel."

"Dankie, hoofinspekteur, ek waardeer dit. En as ek vinniger 'n DNS-profiel kry, stuur ek die uitslag dadelik vir jou. Miskien help dit jou in jou ondersoek om die identiteit van die slagoffer vas te stel." Sy huiwer, weet nie hoe ver sy 'n hoofinspekteur kan druk wat lief is vir bier en sokker nie. "'M . . ."

"Nóg 'n gunsie, adjudant?"

"Dokter Lippens se huis, sal dit moontlik wees . . ."

"Jy's knaend, adjudant. Ek het mos gesê: dokter Lippens is nie die onderwerp van 'n polisie-ondersoek nie."

"Daar's tog bewerings."

"Maar geen klagte nie."

"Kan ek net gaan kyk, om myself tevrede te stel, terwyl ek nou hier in Bujumbura op vakansie is?"

"Dis nie protokol nie."

"Jy ken nie die man wat ek soek nie, hoofinspekteur."

"'n Konstabel sal jou gaan wys. Maar adjudant Neser, g'n gevroetel nie. Ons het alles deurgegaan, mét 'n lasbrief."

"Wil net rondkyk, 'n gevoel kry. Dis al. G'n gevroetel nie."

Die konstabel sluit die deur oop. Binne is dit donker, stowwerig, muwwerig. Ella dwaal deur die spreekkamergedeelte, dan na die woongedeelte, die konstabel op haar spoor.

"Ek wil gou die toilet gebruik, as jy nie omgee nie," sê sy.

Tandeborsel, pasta, skeergoed weg. Nie vreemd nie. Maar het 'n kam agtergelaat, en aan die kam is hare, volledig met follikels. Sy vou van die hare in 'n Kleenex toe. Spoel die toilet.

Op pad uit, terug in die spreekkamer, sê sy: "Sal jy omgee as ek na die brief op die rekenaar kyk? Hoofinspekteur Kadende het 'n afskrif vir my gewys, maar ek sal dit graag self wil sien. Sal niks vat nie, nie vroetel nie, net kyk."

Die konstabel lyk onseker, bepeins die versoek, knik dan.

Sy lees weer die brief, laai dit op haar geheueskyf af. Om geen spesifieke rede nie, net 'n gevoel. Die konstabel hou haar vroetelende vingers dop, maar swyg.

Hy vat haar na die Hôtel Le Doyen, waar sy 'n kamer vir twee nagte bespreek het. Kan nie langer bekostig nie, en kolonel Sauls sal die horries kry as hy moet weet van hierdie ekskursie. Die hotel is 'n ou kasarm uit die koloniale era, die goedkoopste verblyf in Bujumbura (in Burundiese frank, nie Amerikaanse dollar nie). Binne lyk dit of niks verander het sedert die Belgiese okkupasie nie.

In die kamer maak sy 'n venster oop vir vars lug. Hoë plafon met 'n waaier wat swenkend en kermend die warm lug sirkuleer. Geen badkamer nie, dié word af in die lang gang gedeel. Maar uit haar venster op die tweede verdieping is die tuine onder tropies, frangipani en bougainvillea en hibiskus in volle, kleurryke blom. 'n Ent verder lê 'n sokkerveld.

Sy trek haar drafklere aan.

* * *

Die passasier wat die volgende oggend in Bujumbura by die veerbootpier aan boord stap, het 'n reiskaartjie en Belgiese paspoort in die naam van August Godelieve Lippens. Hy dra 'n wit strooihoed en 'n bril met amber lense, vermoedelik vir die refleksie van die skerp Afrikason op die water.

Sy bagasie bestaan uit 'n verslete koffer en vioolsak. Hy het 'n derdeklasbespreking – net vir sitplek, nie 'n kajuit nie. Die *MV Liemba* is die enigste veerboot, vir vrag én passasiers, wat tot in Mpulungu in Zambië vaar, die mees suidelike punt van die Tanganjika-meer.

Van Mpulungu sal Abel per bus na Lusaka ry, daarvandaan per trein deur Zimbabwe Johannesburg toe. By die Beitbrug-grenspos miskien angstige oomblikke wanneer die immigrasiebeampte die foto in sy Belgiese paspoort bestudeer, maar hy verwag nie 'n noukeurige ondersoek van sy paspoort in 'n oorvol trein nie.

Jules Daagari se fabricateur wat sy dokumente voorberei het, het ook gesorg vir 'n mediese sertifikaat op 'n briefhoof van die Prince Louis Rwagasore-hospitaal. Die sertifikaat bevestig dat August Lippens 'n pasiënt van die kliniek was met 'n geskende gesig ná 'n karongeluk. Hy wil nou 'n tweede mediese mening inwin vir moontlike rekonstruktiewe chirurgie. Die pasiënt verwag om net tien dae in Johannesburg te vertoef voor sy vertrek Europa toe. Die operasie in die Rwagasore was oënskynlik suksesvol, maar helaas, nóg die hospitaal nóg die kosmetiese chirurg kon infeksie voorsien het.

Abel kan ook 'n bespreking toon, sou die immigrasiebeamptes daarop aandring, vir 'n verblyf van tien dae in 'n gastehuis in Auckland Park, naby die Milpark-hospitaal.

Hy is nie van plan om daar te gaan bly of om met 'n dokter by Milpark te konsulteer nie. Hy is wel van plan om binne tien dae, hopelik selfs vroeër, weer pad te gee. Nadat hy sy moeder gaan opsoek het, kyk wat van haar geword het, hoe hulle haar behandel. Dit verteer hom dat hy nie meer self na haar kan omsien nie. Hy vermoed hulle sou haar in haar graf langs ouma Hannie begrawe het. Hy wonder of hulle die Idia-masker oor haar gesig teruggesit het. Hy twyfel. Hy glo nie. Hy vermoed die masker lê iewers weggepak in 'n bewaarkamer waar hulle bewyse teen haar seun versamel. Hy wil sy moeder gaan soek, en daarna haar Idia-masker, waar dit ook al is, wie dit ook al het. Met die Idia in sy besit sal sy terug wees by hom. Sy was die laaste een wat dit gedra het, en dit kom hom toe om dit nou oor sý gesig te dra.

Hy beplan ook 'n paar inkopies. Hy sal 'n ander verskaffer van taksidermiese toerusting gaan besoek as die een by wie hy altyd vroeër sy toerusting gekoop het. Hy het nie veel nodig nie. 'n Paar skalpels met 'n voorraad lemme, miskien weer 'n chirurgiese tang, en looi- en preserveermiddels. Hy het nog sy betroubare Russell-mes.

En dan 'n laaste besoek voor sy vertrek, hopelik met die Idia-masker en sy aankope deeglik verpak en reeds per koerier op pad België toe. Hy hoop hy kan weer as A.G. Lippens vertrek. Maar as daar komplikasies is, soos met die proses om sy moeder se Idia terug te vorder, het hy 'n Portugese paspoort waarmee hy kan reis, in die naam van Diego Bartholomeu Lomas.

Die laaste besoek wat hy beplan, is aan 'n huis in Doradopark. In Robynstraat, so hoop hy, woon hulle steeds. Hy ken die adres, maar het hulle al die jare laat begaan. Het hulle uit sy kop geban, dekades gelede al, terwyl hy en sy moeder by mekaar berusting gevind het.

Selfs ná sy moeder se dood het hy nie aan hulle gedink nie. Hy het nie toegelaat dat sulke aaklige gedagtes hom versteur nie. Hy was tevrede met sy lewe. Hy het sy moeder gehad met wie hy Sondae kon gesels, hy het sy maskers gehad, hy het sy sterre gehad. En sy velle.

Maar die gebeure die nag van sy vlugtog het álles verander. Twee maande lank het dit in hom geprut en gebroei, het hulle soos vervloë spoke snags in sy gedagtes kom inkruip. En hy het besef hy sal nie rus kry, sal nie 'n nuwe lewe kan lei voordat hy nie ook dáárdie spoke gaan besweer het nie.

Ou Heila wat sy pa met haar liggaam verlei het.

Tossie wat sy broer, Maansie, weggerokkel het.

Dit was ou Heila en haar Tossie wat die verdriet vir sy moeder gebring het, wat dit in sy pa en broer se kop ingepraat het dat sy moeder in 'n gestig opgeneem moes word, wat die dood van sy pa en broer verhaas het. En dit was Barrie, ou Heila se seun, die skoolboelie, wat Abel 'n bloedneus gegee het, en hom vir sy moeder laat lieg het.

Nou wil hy hulle gaan besoek, noudat hy sy reserwekrag ontdek het.

DEEL III

Nobody can be as vicious as an angry child, deeply convinced of the justification of his hatred . . . One cannot expect mercy from a boy [. . .] who has tried to survive evil as best he could.
– Momo Kapor, *The Provincial*

24. Johannesburg, Suid-Afrika

Armed Response ontvang tien voor middernag die alarmsein van 'n paniekknop uit 'n huis in Lacewood-rylaan, Honeydew Manor. Dis in dié ure, van middernag tot nanag, dat hulle chaos verwag wanneer hulle op 'n paniekalarm reageer. In dié doodsure van die nag is huisbewoners op hulle kwesbaarste, slapend in hulle beddens met goeie drome, weerloos teen barbaar en vandaal wat die strate met kwade bedoelings besluip.

Die sekuriteitsmense verwag paniek en histerie, en gewoonlik (selde anders) geskende liggame en bloed. Áltyd die bloed, visitekaart van die bose. Daarom bel Armed Response se radiokameroperateur ook die blitspatrollie nadat hy Sydney January se reaksievoertuig gekontak het.

Sydney is binne minute in Lacewood. Hy hoef nie na die huis te soek nie, al die ligte brand, ook in die tuin. Die ligte brand áltyd agterna, maar te laat, wanneer die nag die bloedlustige aanvallers reeds weer ingesluk het.

Sydney is lig verras: die jong vrou wat hom by die voordeur inwag, is duidelik geskok, die oë en wange nat van trane, maar geen histerie nie. Sy lei hom kombuis toe, na 'n bejaarde man hurkend voor die stoel waarop 'n vrou sit, steeds vasgebind, kop skuins vooroor, ken op die bors gestut.

Sydney sien geen bloedplasse nie, geen wonde van 'n koeël of mes of hou oor die kop nie. Net die moeë, nat oë toe die ou man sy gesig oplig.

"Sy haal nie asem nie," sê hy.

Die jong vrou hurk langs hom, arm om sy skouers. Sy kyk om na Sydney. "Is die ambulans op pad?"

"Ja, en die blitspatrollie. Sal enige oomblik hier wees."

Sydney merk ineens die blou skynsel van buite, deur die oop voordeur, wat teen die blinks teëls van die kombuis kaats. "Hier's hulle. Is dit net julle?"

Die jong vrou knik, help die man orent.

"Die paramedici sal hom iets gee vir skok," sê Sydney.

"Dis my vrou wat hulp nodig het, nie ek nie," sê die man.

"Kom, Archie," sê die jong vrou. "Hulle sal Ma Nella nou help."

Sydney staan opsy vir die blitspatrollie se manne. Sy taak is afgehandel. Wat hier gebeur het, val buite sy posomskrywing. Hy stap uit, steek 'n sigaret aan, gooi die sterk ligstraal van sy flits na die donker hoeke van die tuin. Soek beweging, maar weet hy sal net stil skaduwees kry.

Die ambulans arriveer voor hy 'n tweede sigaret kan aansteek. Dié is halfpad toe nog 'n polisiekar stilhou, kort daarna 'n volgende een. Sydney herken kolonel Sauls van moord-en-roof. Langs hom is 'n skralerige jong vrou met kort hare en besliste tred.

"Aanvaar jy't geen verdagte opgemerk nie?" sê een van die blitspatrolliemanne buite op die grasperk.

Sydney skud sy kop.

"Ry daardie kant toe, ons sal hierdie kant gaan soek. Soek enige slenteraar in 'n straat."

"Maak so," sê Sydney.

"Is sy die enigste slagoffer?" vra Silas Sauls vir 'n ambulansman in die kombuis.

"Geen wonde nie," sê die paramedikus. "Maar dood, miskien aan haar hart."

"Is dit bloed hier op die vloer?" Ella hurk by 'n paar donker spatsels. "Moenie die plek vertrap nie."

"Ons wil nie die toneel gekontamineer hê voor forensies begin het nie," sê Silas vir die ambulansman. "As julle niks vir haar kan doen nie . . ."

"Ons sal buite gaan wag," sê die ambulansman. "Het vir haar man 'n kalmeermiddel gegee. Die dogter wil niks hê nie."

"En die pa en dogter is nie beseer nie?" vra Ella van die vloer af.

"Net geskok. Vasgebind en beroof. Die ou man het skaafwonde." Die ambulansman huiwer met die uitstap, waag 'n diagnose: "Sy kon versmoor het, miskien met 'n hand oor haar neus en mond."

"Aan haar kierie is ook vlekke," sê Ella, maar hanteer nie die kierie nie, al het sy handskoene aan. "En steeds in haar rolbalklere. Moes vroegaand al gebeur het."

"Rolbal met 'n kierie?" vra Silas.

"En so maer, net vel en been." Ella kom regop, beskou die vrou op die stoel. Om haar middel kleefband wat haar aan die rugleuning anker, oë toe.

"Vat die saak," sê Silas eensklaps.

Sy kyk verras na hom. "Ek's nog nie afgeteken nie. Doktor Landsberg moet nog . . ."

"Vat dit," sê hy. "Die vorms sal môre geteken word. Jou siekverlof is verby, tyd dat jy weer jou brood en botter begin verdien. Ons is dun."

"Dankie, kolonel." Haar eerste as ondersoekbeampte sedert die Nagsluiper.

"Hoop nie, met jóú geluk, dis weer die eerste van 'n reeks nie. Maar ek twyfel of inbrekers in reeksmoordenaars ontpop. As hulle van plan was om te moor, sou hulle nie die man en sy dogter gespaar het nie."

Ella beskou die kombuis, die deur wat halfoop staan. Hulle wag vir forensies, wil nie ronddwaal en rondkrap op Jimmy se toneel nie.

"Hulle kon hier ingekom het, by hierdie deur," sê sy.

"Ek wag nog vir jou verslag oor Bujumbura," sê hy.

"Dit was persoonlike besigheid, kolonel. Was op 'n kort vakansie, het 'n blaaskans nodig gehad. Op my eie tyd, op my eie koste. Om te gaan rus."

"Dis 'n deur motorhuis toe. Het jy, adjudant, tydens jou persoonlike besigheid, 'n gesprek gehad met hoofinspekteur Claude Kadende van die Judisiële Polisie in Bujumbura?"

"'M . . . ek het."

"Stel jy in gorillas belang?"

"Gorillas?"

"Het jy Kadende dalk uitgevra, uit persóónlike belangstelling, oor die bedreigde silwerrug-gorillas in die berge tussen Burundi en Rwanda?"

"Nee."

"Vang jy vis?"

"Vis?"

"Het jy die hoofinspekteur uitgevra oor boothengel op die Tanganjika-meer: baars, vundu . . . Tiervis is baie gewild, as jy daarvan hou om met 'n vis te veg?"

"Ek hengel nie, kolonel."

"Die verslag. Binne vier en twintig uur op my lessenaar."

Sy weet waarom Silas hierdie saak vir haar gee. Hy wil haar aandag, haar obsessie, wegkry van Abel Lotz, haar hiperfokus verskuif.

Sy kry die huiseienaar en sy dogter in die TV-kamer.

"Is jy van die polisie?" vra hy, ook nog in rolbalklere.

"Ja, adjudant Neser, die ondersoekbeampte." Weet sy lýk nie soos polisie nie, nie met die skielike nagtelike oproep nie. Sy het net klere aangepluk, vingers pleks van borsel deur haar hare.

"Ek wil net 'n paar vrae vra oor wat hier gebeur het, meneer . . .?"

"Boonstra. Archie Boonstra. Natuurlik kan jy vra, dis tog die doel. Dit was twee inbrekers, musse op, het geld gesoek."

Sy grys hare yl en deurmekaar, sy bril sit skeef, aan sy polse skaafmerke, die wit hemp en broek verkreukel, sokkies aan sy voete. Dan merk sy die skoene, netjies langs mekaar eenkant voor die rusbank. Hy moet dit uitgetrek het voor die inbraak. Hulle moet voor die TV ontspan het, rustig met hulle aandete.

"Het jy vir hulle geld gegee?"

"Vyf duisend rand. En my vrou se juweliersware. Hulle't ook my dogter se juwele gevat."

"Dis baie kontant om in 'n huis te hou."

"My vrou moes weer plate van haar heup laat neem. Dis hoe ons werk: betaal kontant. En radioloë is duur."

Archie Boonstra, kan sy sien, probeer sy bes om sterk te wees, sy dogter se hand in syne.

"Jy en jou dogter is net vasgebind? Julle is ongedeerd?"

"Hulle het my rondgestamp, dis al." Skielik heftiger: "Ek't 'n hou ingekry, moes die donner doodgeslaan het."

"Was hulle gewapen? Het julle wapens gesien?"

"Nee."

"Het jy name gehoor, meneer Boonstra? Het hulle met mekaar gesels?"

"Hulle't gesels, ek't nie name gehoor nie."

"En jy, juffrou Boonstra?"

"My naam is Kaja. Ek het net een gesien, in my kamer. 'n Kort man, dieselfde een wat my pa vasgebind het."

"Was hy aggressief?"

"Net toe ek nie wou 'saamwerk' nie. Hy het my juwele gevat en my vasgebind. Ek't losgekom, my pa in die hoofslaapkamer gehoor. Toe's ons kombuis toe."

"Kan ek die twee kamers sien?"

Die dogter help haar pa van die rusbank op.

"Hier in die gang af tot in die hoofslaapkamer." Hy loop vooruit, wys na die oop kluis in 'n hangkas. "En daar, op daardie stoel, het hy my vasgebind. Ek kon nie loskom nie."

Archie gaan sit op die bed, vryf oor sy gesig, staar na die kas met die kluis. Maar toe Ella sy blik volg, is sy oë gerig op die vroueklere in die kas. Hy laat sak sy ken en mompel iets onhoorbaars.

"Sê jy iets, meneer Boonstra?"

Hy kyk na haar toe op. Miskien is dit die kalmeermiddel wat inskop, dink sy, maar in Archie Boonstra se gesig merk sy iets verbete, asof hy versterk is deur 'n innerlike stryd.

"Is jy klaar, adjudant? Ek en my dogter wil nou alleen wees."

"Net nog 'n paar vrae, as julle nie omgee nie. Kaja, het jy in jou kamer dan niks gehoor nie? Jou ma het 'n bord laat val, jou pa sê sy het uitgeroep, haar met haar kierie probeer verweer."

"Die kombuis is ver van my kamer af, en ek was by my rekenaar besig. Ek't oorfone aangehad."

Ella kan die wipplank van Archie se emosies lees. Verslae en verwese daar op die rusbank, die weemoed waarmee hy nou na sy vrou se klere staar, die woede toe hy vertel het van die vuishou, die krag wat hy diep in homself soek en kry. Nou die behoefte aan vertroosting wat 'n pa en dogter by mekaar wil vind. Ja, sy ken dit, sy het ook al daardie emosies ervaar.

Maar Kaja . . . Kaja se kop kan sy nie peil nie. Die jong vrou lyk afgestomp, asof die skok van haar ma se dood nie behoorlik deurdring nie, asof dit met iemand anders gebeur het, asof sy net 'n toeskouer van die gebeure is. Al vertel haar liggaam 'n ander storie. Die kleur is uit haar wange, die oë sonder sprankel, in die hande wat na Archie reik, 'n trilling.

"My laaste vrae vir die aand. Het julle 'n tuinwerker, meneer Boonstra?"

"Tuindienste."

"En binne? Wie maak die huis skoon?"

" 'n Skoonmaakdiens, een keer per week."

"En die wasgoed . . . klere, bedlinne?"

"Wasserydiens. Net ons drie, en ons is nie morsig nie. Kaja help ook met was- en strykwerk."

Inside job, word dit genoem. Meer as tagtig persent van huisbrake volg op inligting wat werknemers teen vergoeding verskaf, gewoonlik gegrief, of beïndruk met rykdom, bewus van swak sekuriteit.

"Het julle vriende by wie julle kan gaan oorslaap? Die forensiese span gaan die res van die nag en seker tot laat môre nog hier in die huis besig wees. Julle sal nie in julle kamers kan slaap nie."

"Ons gaan nêrens heen nie," sê Archie beslis. "Ons bly net hier. Dis ons huis."

"Ons het twee ekstra kamers. Een is my broer s'n, die ander een 'n gastekamer. Ek en my pa sal vir mekaar sorg, ons het nie ander mense nodig nie."

"Kaja . . ." sê hy.

"Dis oukei, Archie." Sy gaan staan voor hom, vat sy gesig teer tussen haar hande soos 'n ouer met 'n verdrietige kind sou doen.

"Ek sal by jou sit, die hele nag, as jy wil. Ons kan gesels. Dit sal goed wees as ons gesels. Onthou jy hoe't ons altyd gesels toe ek klein was? Toe het jy by mý kom sit. Vannag sit ek by jou, en ons gesels oor Ma Nella."

En toe, die eerste keer, sien Ella die trane oor haar wange. Sy huil nie, snik nie, net die blink nattigheid wat ineens op haar wange verskyn.

Ella besluit dis tyd om te gaan, tyd om hulle alleen te laat met hulle verdriet, sodat hulle dit kan verwerk. Saam, of soos elkeen eie krag vind om te doen.

"Môre, wanneer julle gerus het, kan ons weer gesels."

"Sal jy hulle kry, adjudant Neser?"

"Ek sal my heel beste doen, meneer Boonstra, dit beloof ek jou."

Die moeilikste taak is nie om 'n verdagte op te spoor nie, maar om in die hof te bewys dat hy inderdaad die oortreder is.

Sy lei hulle terug sitkamer toe, los hulle op die rusbank voor die donker TV. Kom eers teen dagbreek by haar huis in Westdene, trek haar gimklere aan.

* * *

"Wat nou, Archie?" Kaja vee met die snesie in haar hand oor sy wange, dan oor hare.

"Ek weet nie, my kind. Wat gaan ek sonder haar doen? Wat gaan óns sonder haar doen?" Sy bewende hand soek na hare.

"Ek's hier, Archie. Ek sal jou nooit alleen los nie."

"My Nella . . . So 'n goeie vrou."

"En 'n goeie ma. Huil maar, Archie, laat dit uitkom."

"En jy?"

"Ek sal later huil, wanneer ek alleen is. Ek kan nie nou huil nie. Jy moet rus."

"Sit nog 'n bietjie."

"Ons moet vir Milo bel."

"Bel jy. Ek sal met hom praat."

"Daardie man . . . hy't my Gospa gevat."

"Nee!"

"Ek't hom gesmeek om dit te los. Dis niks vir hom werd nie."

"Die vark! Ons sal dit terugkry, dit belowe ek jou."

"Hoe, Archie? Die polisie gaan hulle tog nie aan 'n bidsnoer uit Medjugorje steur nie."

"Milo sal dit terugkry."

"Ek was besig om met Milo oor die Webcam te gesels toe die rower by my kamer inkom. Dis hoekom ek niks gehoor het nie. As ek nie die oorfone aangehad het nie, kon ek Ma Nella dalk gehelp het."

"Moenie nou sulke goed begin dink nie, Kaja."

"Al my ma's gaan dood omdat ek nie help nie."

"Kind, wat praat jy tog? Kry dit uit jou kop uit! Niks is jou skuld nie. Dis die skuld van barbare."

"Soos die barbare van Sarajewo. Milo was daar, Archie."

"Hy't my gesê. Bel hom."

Op haar sel 'n onbeantwoorde oproep.

"Hy't gebel terwyl hulle hier was," sê sy.

"Ek't my verbeel ek hoor fone lui."

"Hy was so opgewek toe ek met hom gesels het . . . Milo? Dis weer ek."

"Wat's fout?" kom sy stem oor die verbinding. "Wat gaan aan? Ek bel, niemand antwoord nie. Wie was op jou Webcam? Wie se gesig . . ."

"Hier's Archie."

"Milo," sê Archie, en Kaja hoor hoe sy stem breek. "Dis oor Ma Nella. 'n Verskriklike ding het gebeur . . ."

25. Ella Neser

Teen die muur van haar afskorting in die speurkantoor is op 'n nuwe drukbord net een foto: Nella Boonstra, sewentig jaar oud. Ella wag nog vir dokter Koster se outopsiefoto's.

Archie Boonstra het die foto die oggend uit 'n raam gehaal en vir haar gegee. Ook 'n volledige lys van die juweliersware, vroeër reeds opgestel vir die versekering, saam met foto's daarvan.

En een geringe stukkie detail – miskien tersaaklik, miskien bloot toevallig – van 'n wandelende paartjie in 'n omhelsing voor hulle hek met hulle tuiskoms van die rolbal af. Maar kon nie gesigte eien nie, wel die vrou se lang blonde hare. Nee, geen vreemde kar nie.

In die motorhuis, agter die Merc, het kaptein Jimmy Julies en sy forensiese manne in die ligte stoflaag op die vloer sleepmerke en skoenspore gekry. Krapmerke aan die beslag van die slot van die binnedeur tussen die motorhuis en kombuis, bloed aan die kierie en op die kombuisvloer wat vir DNS ontleed word. Langs die inrypad na die motorhuis is takkies van 'n struik vars gebreek.

Op haar rekenaar begin Ella met 'n rekonstruksie van die moontlike gebeure in die huis. Sy het 'n plan van die huis uitgemeet en opgetrek, binne en buite, én die tuin van die hek af waar die paartjie gestaan het. Dié skandeer sy op haar rekenaar in. Sy gebruik 'n sagtewareprogram met driedimensionele funksie om eers die buitekant en daarna die binnekant van die huis volledig te rekonstrueer met behulp van die polisiefotograwe se in situ-foto's en video-opname.

Sy trek selfs van die stilfoto's op haar rekenaarbeeld in: van 'n vrou op 'n stoel in 'n ruim kombuis met vlekvryestaal-yskaste en

-toebehore, van die sitkamer met uitsig deur groot vensters op die veranda en verder weg die gemanikuurde gras en bome en sandkuile van die gholfbaan. Van die TV-kamer, van die hoofslaapkamer waar Archie Boonstra vasgebind was, die oop kluis in die hangkas. Ook Kaja Boonstra se kamer, en die stoel waaraan die grys maskeerband steeds kleef nadat sy haar losgewoel het. Op die lessenaar die oop skerm van haar rekenaar en Webcam waarmee sy met haar broer gesels het.

Die huis is niks besonders nie, nie baie vertrekke nie, maar ruim. In die daglig het Ella opnuut saam met Archie deur die huis geloop, hom uitgevra, sy gedagtes aangepor. Hy het beter gelyk, in beheer van homself, vars geskeer, skoon klere, hare gekam. Maar aan die spore op sy gesig was dit duidelik dat hy nie goed geslaap het nie, of glad nie.

Sy lees weer 'n paragraaf van sy verklaring:

Ek het dadelik die geld en juwele aangebied. Dis wat hulle kom soek het. Ons is oud, my vrou sieklik. Ons kon nie weerstand bied nie. Ek was bang vir wat hulle aan my dogter kon doen. Ek het die geld en juwele aangebied in die hoop dat hulle sou padgee. Die een saam met my was die leier. Hy het die opdragte gegee. Hy het gesê as ons saamwerk, kry niemand seer nie. Ek het saamgewerk, maar my vrou is dood.

Min leidrade, maar dit sal kom.

Ella, van die nuwe skool, bly op die hoogte van nuwe tegnologie en speurtegnieke. Al trek Fred Lange sy neus daarvoor op, al maak hy snedige aanmerkings oor geeks wat speurder probeer speel. Oor geeks met karma op die brein. Dié verwysing verstaan sy nie mooi nie, ignoreer dit bloot.

Misdadigers laat áltyd iets agter, en haar taak is om dit raak te sien, op te spoor, die verband te vind. Die nuwe klas speurders moet veelsydig wees – meerdoelig soos 'n bizhub, meen sy – as hulle 'n tree voor hulle opponente wil bly. En dat Die Generaal 'n verpligte program vir liggaamlike fiksheid vir die polisie ingestel het, vervul haar met besondere behae, vir al die breë sitvlakke wat skaars van stoele gelig word, wat die nate van blou broeke en polisierompe so beproef. Fred Lange se biermaag kan baat vind by 'n oefenprogram, is haar persoonlike opinie (onuitgesproke), al kan sy hom kwalik in 'n gim voorstel.

Nou moet sy wag vir dokter Koster se outopsie, vir die uitslae van die polisie se forensiese laboratorium van spoorelemente wat Jimmy-hulle versamel het, 'n DNS-profiel van die bloed aan die kierie en op die vloer, miskien van speeksel aan die maskeerband, die toetse van skoensole in die motorhuis se stof.

Navrae word gedoen by elke huis in Lacewood-rylaan en omliggende strate oor moontlike verdagtes te voet of per kar, oor 'n verliefde paartjie op 'n skemerwandeling.

By pandjieswinkels word uitgevra oor juweliersware, word foto's gewys van halssnoere en ringe, oorkrabbertjies, selfs 'n tiara. Baie voetwerk. Gevorderde elektroniese tegnologie doen nie voetwerk nie, kan nie die plek inneem van skoene oor drempels nie, is kolonel Sauls se mantra.

En vanaand, vyfuur, voor sy gaan draf, is haar laaste afspraak by doktor Landsberg. Sodat sy afgeteken kan word, sodat doktor Landsberg amptelik kan verklaar dat die getraumatiseerde adjudant die rehabilitasieprogram suksesvol voltooi het, en dat sy gereed is om haar pligte te hervat. Dan na Suki Wolski toe vir haar harpoefening.

En môre verwag kolonel Sauls haar verslag oor haar besoek aan Bujumbura op sy lessenaar. Boonop moet die groot bord teen die muur in die speurkantoor aangevul word met die nuwe inligting uit Bujumbura. Daardie bord is vir almal om te sien, om by te dra. Die kleiner een by haar lessenaar is net oor 'n inbraak.

Sy verwag om min te slaap, maar Ella is gelukkig. Sou Abel Lotz graag eers uit haar gedagtes wou skuif, fokus op die Boonstra-inbraak. Maar sy weet dis onmoontlik, sal nóóit moontlik wees solank hy vry rondloop nie. En ná haar besoek aan Burundi het sy min twyfel oor wie se werk die gesiglose kadawer is.

Sy het ook die entomoloog, dokter Farro, en die forensiese patoloog, dokter Bastos, gaan besoek. Sy het foto's saamgevat van Abel Lotz se vierde slagoffer, en dokter Koster se bevindinge.

Dokter Bastos het dit sorgvuldig bepeins, na sy eie foto's gekyk, en sy uitwysings en bevindings het met dié van dokter Koster geklop.

Van Abel Lotz egter g'n spoor nie. Alle logiese aanduidings is dat hy hom nog in Mosambiek bevind, maar logika, het Ella geleer, is nie iets wat 'n mens met Abel vereenselwig nie. Abel dink nie logies nie. Allermins is sy motiewe logies. Die antwoord, is sy oortuig, lê opgesluit in die velle.

Maar hoekom 'n onbekende slagoffer se gesig in Bujumbura afstroop? 'n Uiting van magtelose woede en frustrasie omdat hy sy huis en maskers en veral sy ma moes agterlaat? Is dit logies? Hoe peil 'n mens die verwronge topografie van Abel se gees?

Ook by vermistes in Bujumbura het alle leidrade in die sand verdwyn. Sy het nogal hoop gehad vir die verdwene dokter Lippens, weliswaar 'n kwak met 'n bedenklike rekord.

Laatnag tik sy haar verslag aan kolonel Sauls, e-pos dit. Druk haar geheueskyf in die USB-poort en lees weer dokter Lippens se patetiese brief:

Slegte nuus ontvang oor 'n familie-aangeleentheid. Moet dringend vertrek en sal laat weet wanneer ek terugkom. Kanselleer alle afsprake tot latere kennisgewing.

Duidelik vir sy ontvangsdame bedoel, maar nooit gestuur nie.

Sy staar na die brief. Verskuif dan haar merker bo in die opdragveld na File, soek na Properties, klik op General. By Created kry sy die dag, datum en tyd wanneer die brief geskep is: Wednesday, October 20, 24:43:11. Sy soek na die twee verslae.

In die verkorte Forensies-entomologiese verslag:

Datum gevind: Woensdag 20-10. Tyd van toneel verwyder: 20:30.

In die verkorte Regsgeneeskundige post mortem-verslag:

Datum en tyd van dood: Saterdagnag 16-10.

Dokter Lippens het die brief op sy rekenaar geskep dieselfde dag toe die kadawer onder die frangipani ontdek is. Nog 'n goeie teorie, áánvoeling, moer toe: dooie mense tik nie briewe nie. Dis nie dokter Lippens wie se gesig afgeslag is nie.

Nou wonder sy oor die kadawer se bloedmonster in haar yskas, en oor dokter Lippens se hare in die pilbottel wat sy uit Bujumbura saamgebring het. Catch-22. Dis as "persoonlike besigheid" gedoen, sy kan dit nie na die polisie se forensiese laboratorium stuur vir DNS-ontleding nie. Sy kan dit wel by 'n private patologielaboratorium laat toets en sélf daarvoor betaal. Dit sal vinnig wees, agt en veertig uur, nie nege maande nie, maar dit sal haar 'n jaar se bonusgeld kos (wat oor is van haar reis na Bujumbura), en sy kan die smeekbede om vernuwing uit haar klerekas hoor.

Maar wat ás? Wat as die DNS van dokter Lippens se haarfollikel ooreenstem met die DNS-profiel van die bloed aan die gesiglose slagoffer se hemp?

Dan het sy die identiteit van die vermoorde man in Bujumbura vasgestel. Dan kan sy bewys dat dit nie dokter Lippens was wat die nota op sy eie rekenaar getik het nie. Maar bring dit haar nader aan Abel?

Ja, tog, dink Ella. As Claude Kadende, met die uitslae van haar DNS-toetse in sy besit, weer by sy immigrasiedepartement kan gaan besoek aflê, hierdie slag nie vir inligting oor 'n paspoort in die naam van Abel Lotz nie, maar vir 'n paspoort in die naam van August Godelieve Lippens. En nie vir inkoms in Burundi nie, maar vir datum van vertrek. Met 'n vertrekdatum, al sal dit moeite wees, kan Claude met 'n lasbrief passasierslyste van daardie dag se vertrekvlugte kry, en die bestemming van die man wat met A.G. Lippens se paspoort gereis het.

Haar klerekas sal moet wag.

26. Abel Lotz

By Car4Hire huur Abel 'n Bantam-bakkie in die naam A.G. Lippens. Laat die middag kry hy koers, op die R82 in 'n suidelike rigting uit Johannesburg uit. Die lug is betrokke met donker wolke van 'n dreigende Hoëveldse reënbui. Hy is nie haastig nie, hou hom by die spoedgrens. Hy is opgewonde oor die vooruitsig om weer sy plek te sien, om weer die grond van sy bekende omgewing onder sy voete te voel, sy oë te laat rus op alles wat nou net vae buitelyne in sy geheue is.

Hy ry verby al die ou bekende plekke: langs bloekombome die skrootwerwe omhein deur skerp palissades, vol wrakke van geroeste karre en lorries en padwerkmasjinerie, verby donker kafees en algemene handelaars met dik tralies voor die vensters en deure, verby stowwerige hoewes en hoewedorpe. Eikenhof, Kliprivier, Daleside, Henley-on-Klip, De Deur, Doradopark. En ver op die horison die skoorstene en vlampype van die Vaaldriehoek se staalfabrieke, smelters en raffinaderye wat hulle giftige rook en gas die lug in blaas.

In sy afwesigheid het niks verander nie. Hoekom sou dit? Doradopark het nie verander sedert hy as kind hier begin skoolgaan het nie. Daardie tyd toe Barrie die boelie hom 'n bloedneus gegee het. Toe Tossie sy broer met haar sondige lendene verlei het, en ou Heila sy pa dronk gemaak het met drank en seks.

Dáár, verby die poskantoor, is die meent waar die plotboere Saterdae op die boeremark hulle varsprodukte kom verkoop. Sy pa het sy groente hier verkoop, en langsaan was ou Stefaans Kriel se stalletjie met eiers en bevrore hoenders. Stefaans Kriel wat hom ná sy moeder se dood so kom verpes het om die grond te koop.

Dis daar, op die boeremark, waar hy die eerste keer met maskers kennisgemaak het.

By die vulstasie draai die straat af na die laerskool toe. Opaalstraat. Verby die laerskool, verby die groot erwe met sipresse en akasias. Regs die ou plaashek, sý bos bloekoms, en agter die bome sý ou huis en groot werf. Alles verlate en vergaan, maar nie vir Abel nie. Dis die huis waarin hy grootgeword het, waarin sy moeder en ouma Hannie sy jong gees gevorm en gebrei het. Die ou huis is nie vir hóm verlate nie, dit wemel van herinneringe.

Hy sit in die bakkie en betrag die lae wolke, wag vir die eerste vet druppels. Bespied die straat, kyk na sy hek, na die dik ketting en slot wat hom wil uithou. Groot rooi letters op die bord teen die hek: CRIME SCENE. NO ENTRY. BY ORDER. SA POLICE.

Sy huis en eiendom verbeurd verklaar, vermoed Abel, om verkoop te word vir die polisie se geldkoffers. Nuwe slot en ketting, maar steeds die ou skarniere, die boonste een deurgeroes, die onderste een op genade, nie bestand teen die Bantam se moersleutel nie.

Agter hom sleep hy die hek weer toe. Ry tussen die bome deur, trek die Bantam in die leë stoor. Op die sinkdak begin die druppels kletter. Hy sukkel in die reënjas in, sy onbeholpe bewegings soos dié van iemand wat hom teen 'n onverwagte aanvaller verweer.

Tree uit die beskerming van die stoor, oral om hom die tekens van versaking. Hy skuifel in die grys skaduwees van die werf na die kombuisdeur toe, verby die onkruidgevulde tuine, verby die ou handpomp op die boorgat wat dekades al in onbruik is. Nou geroes sonder die ghries wat sy pa so getrou aangesmeer het. Sy tred is langsaam, laat 'n sleepspoor soos dié van 'n gekweste dier deur die nat graspolle en uitgetrapte moddergrond, maar sy koers onwrikbaar.

Ook teen die stukkende kombuisdeur, oorkruis met balke verseël, is 'n waarskuwing vasgespyker, dieselfde bewoording: CRIME SCENE. NO ENTRY. BY ORDER. SA POLICE.

Hy staan voor die deur in die grou skemeraand, die donker

wolke, die reënvlae, sy kop ontbloot, sy vaal hare nat. Vee die druppels van sy neus en groot ken af. Die skemering wat hom toevou, is byna koesterend. Laat hom dink aan sy kleintyd saam met sy moeder en sy ouma in die donker voorhuis, net hulle stemme wat op die stil lug dra.

Hy draai van die kombuisdeur weg, om na die buitetrap langs die huis. Betree die eerste sport van die houttrap, steek dan vas. Agterin die bakkie is die trapleer wat hy saamgebring het. Hy wou vannag op sy solder klim, die dakkie wegskuif om die naghemel te bewonder. Maar die leer sal moet wag vir 'n ander, wolklose nag.

Aan die bopunt van die trap vroetel hy in 'n broeksak na sleutels, stoot die deur oop na sy woongedeelte wat hy met soveel sorg ingerig het, waar hy so behaaglik kon ontspan. Hy weet onmiddellik dat hy tuis is. Hy voel dit aan die stilte in die lug om hom. Sedert sy moeder se dood was hy alleen; nie eensaam nie, nóóit eensaam nie, bloot alleen. Dis asof ook sy woonplek sy aanwesigheid herken, asof alles asem ophou vir sy tuiskoms.

In sy slaapkamer is sy bed weg, sy klere uit sy hangkas. In die sitkamer is sy mure kaal sonder die maskers, net nog die portretspykers waar hulle gehang het, vanwaar hulle saans met hom gesels het. Sy ou leunstoel is weg, en die tafeltjie met die staanlamp waar hy saans in sy knusse halo in die koerante kon lees van die soektog na die Nagsluiper van Alberts Farm. Dis waar hy gesit het toe hy op 'n koerantfoto die tatoeëring aan adjudant Neser se maagvel opgemerk het, die verskietende ster duidelik onder sy loep sigbaar waar haar T-hemp uit die band van haar broek getrek het. Uit die groot rakke is sy omvattende versameling CD's weg, alles vertolkings van Paganini se komposisies.

Nou lig hy sy gesig op na die luik in die plafon. Sy Dobsonianteleskoop ongetwyfeld ook gekonfiskeer. Hy staar lank na die plafon, luister na die reën op die dak. Wanneer hy weer kom, op 'n wolklose nag, sal hy die leer saambring en opklim, die dakkie oopskuif en na die sterre kyk.

In sy bos die sleutel vir die binnedeur wat hy sedert sy moeder se dood nooit weer gebruik het nie. Die deur steek hardnekkig in die kosyn vas, asof dit hom nie wil inlaat nie. Gee dit 'n stamp en die ou skarniere kraak oop.

Af met die portaaltrap na die voorhuis. Ook hier is alle losgoed gestroop. Die muwwe voorhuis leeg van sy moeder en ouma se ou houtmeubels, die uitgetrapte mat, meubeloortreksels van sis en brokaat, ligskerms van kant met kraletjies, antimakassars op die armleunings.

Die deur na sy moeder se slaapkamer oop. Hy tree binne. Kaal. Geen bed, geen marmerblad waarop sy so vorstelik met haar Idia-masker gelê het wanneer hy Sondagmiddae met haar kom gesels het nie. Teen die muur wel nog die skakelaars vir die lugversorging en humiditeit, wat hy self afgeskakel het daardie nag van sy afskeid. Leeg. Al wat oor is, wat nou hierdie voorkamer en slaapkamer bewoon, net die spoke van lank gelede, grimmig en toornig.

Hy stap na sy werkkamer waar hy die pelse en huide en velle geoes het. Kyk na die vlekke op die teëlvloer van daardie bloedige nag. Die residu van 'n ramp. Steeds nie skoongemaak nie. Die werkbank teen die muur vasgebout, met die sparre waaroor hy die plastieklaken getrek het, vir die donateurs van sy velle.

Hy staan voor die werkbank, sien die eerste een daar lê.

Mia Vermooten, lank en skraal, met die elegante bewegings van 'n swaan. Die sagte geur van haar velbevogtiger, haar rooi hare tuimelend vloer toe terwyl hy die pragtige pou op haar skouerblad oes. Sy was koel en saaklik met hom, selfs afwysend, asof sy van 'n hoër stand en klas was. Haar gesig amper volmaak, die lippe net te dun.

Ná haar het Emma Adams op die plastieklaken gelê, vars gestort, 'n warm uitstraling van seep en vel wat van haar liggaam opwalm terwyl hy die haas op haar bors oes. Sy was vurig, maar ook gevlek. Wulps, het mans met haar liggaam uitgelok. Háár lippe te vol en mals, selfs kru.

Ella Neser, die derde besetter van die werkbank.

Die hortjiesblinding voor die venster langs die werkbank hang skeef en moeg, buite die dalende nag, die silwer slierte van reën teen die ruite. Dit het daardie nag ook gereën toe die fris jong man die kombuisdeur oopgeskouer en alles kom bederf het. Toe hy besig was om adjudant Neser se ster te oes.

Sy refleksie soos 'n spookbeeld in die nat glas, asof hy deur homself kan kyk, en agter die venster krul en golf die mis deur sy pa se vergane tuine. Die nag byna bonatuurlik stil, net die reën, asof alle lewe op hierdie oomblik asemloos opgeskort is.

Hy stap uit, terug in die gang af, voel 'n versmorende gewig op sy bors, 'n gevoel van besorgdheid, byna vrees. Maar daarmee saam ook iets verhewe. Ja, dink hy, hy voel 'n afwagting van dinge wat gaan gebeur, uit hom gaan uitbars, 'n gevoel van onvolledigheid.

Hy gaan lê op die vloer van sy moeder se slaapkamer, plaas die oorfone van sy MP3 in sy ore, en luister na Paganini se *Grand Sonata*. Later bedaar die drukking in sy bors, word hy lomerig, sluit sy oë.

Hy wonder, voor hy aan die slaap raak, of hy nie 'n finale, skouspelagtige afsluiting van sy huis en plek moet hou nie. 'n Vreugdevuur. Die houtbalke en houtvloere oud en uitgedroog. Die gloed in die naghemel sal van ver gesien kan word, 'n gloed soos dié van die rooi reus Betelgeuse. Dit kan 'n voorspel wees, dink Abel, tot Betelgeuse se einde, wat onwrikbaar naderkom. 'n Ontploffing en vuurgloed van majestueuse omvang.

Hy besluit om op die internet na inligting te gaan soek vir 'n tuisgemaakte ploftoestel. En raak met 'n sweem van 'n glimlag aan die slaap, gereed toe Ella Neser hom in sy drome kom besoek.

* * *

Die versoeking was groot, en net menslik, om op 'n afstand die begrafnis van Nella Boonstra te gaan aanskou. Dit is, per slot van sake, deur sy toedoen dat sy dood is. Dis hý wat op daardie huis besluit het, op die sagte teiken.

Maar hoe kon hy voorsien het dat Jonny haar sal laat versmoor in sy poging om haar mond te snoer, 'n hartaanval sou veroorsaak?

Bart het lankal die gevoel gehad dat Jonny iets onbekooks gaan aanvang. Maar die dood van 'n mank ou vrou? Dis wat die koerante sê: manslag; Nella Boonstra is deur inbrekers versmoor.

Hulle het die geld verdeel. Hy het gesê die verkoop van die juwele sal moet wag tot die stof gaan lê het. En dat hulle vir 'n paar maande moet laaglê. Voorgestel dat Jonny en Pansy uit Johannesburg verdwyn, selfs uit Gauteng uit.

Hyself kan nie verdwyn nie, al wil hy ook. Hy versorg sy ma in haar huis in Doradopark vandat sy met die emfiseem en osteoporose sit. Hoe kan hy verdwyn? Vir Jonny en Pansy is dit maklik. Hulle het net mekaar.

Maar hy het hom van die versoeking weerhou om Nella Boonstra se begrafnis by te woon, het net in die straat voor die kerk verbygedrentel, dit vir 'n oomblik oorweeg om in te gaan en op 'n agterbank sy plek in te neem. Hy het sy nuuskierigheid beteuel en die koerant gekoop om te lees oor die inbraak en die ou vrou se dood, en veral oor die polisie se vordering met die ondersoek.

Hy is verbaas om te lees dat die ondersoekbeampte 'n vrou is. Hy herken haar naam: adjudant Ella Neser. Sy was vroeër dikwels in die nuus, oor Abel Lotz se moorde. Hy besluit om haar naam in die koerant dop te hou. Hy lees ook dat Archie Boonstra 'n beloning van twintig duisend aanbied vir inligting oor die inbraak.

In die huis in Doradopark sit Bart by die kombuistafel, om hom die verskillende koerantknipsels, oorkant hom sy ma in haar rolstoel.

"Wat het julle aangevang, Barrie?"

"Ek sal vir Ma sorg," sê hy.

Sy slurp aan haar tee.

"Ma het ons mooi geleer, en dit sal ek nooit vergeet nie."

Sy begin hoes, hyg, snak na asem deur die buise in haar neus. Voor haar op die blad, langs haar koppie, is die juwele uitgestal.

"Wat's hierdie een, Barrie?" prewel sy. "'n String krale?"

"Met stukkies sterlingsilwer, Ma."

"Dis fokkol werd. Wie gaan dit koop?"

"Miskien twintig, dertig rand."

"Nie eens genoeg vir 'n boks Kentucky nie."

Bart kyk af, skaam. Sy ma het hulle so goed geleer. Hy kan in haar flou, hees stem die teleurstelling hoor.

Kyk op toe 'n beweging sy oog vang. Kyk haar rolstoel agterna sitkamer toe, na die groot plasmaskerm vir *Sewende Laan*.

En hy voel skielik baie alleen, noudat selfs sy ma haar rug op hom keer.

27. Abel Lotz

In 'n kafee met 'n WiFi HotSpot skakel Abel sy skootrekenaar aan. Nadat hy sy brekfis geëet het, begin lees hy in die elektroniese argiewe van die *Post*. Hy lees alles wat tydens sy afwesigheid oor die Nagsluiper van Alberts Farm geskryf is.

Veral die inligting wat kolonel Silas Sauls op mediakonferensies bekend gemaak het, interesseer hom. Dit handel oor die polisie se forensiese ondersoek na leidrade en bewysstukke wat die huis en werf opgelewer het. Daar word gepraat van twintig bokse vol bewysstukke. Ook van die gebalsemde liggaam van 'n vrou met 'n masker oor haar gesig wat in 'n slaapkamer ontdek is.

In reaksie en kommentare raak kopkwakke nuttelose twak kwyt oor die simboliek van maskers. Dit interesseer Abel nie.

Hy stel veral belang in die foto's toe joernaliste en TV-spanne onder polisiebegeleiding op sy werf en in sy huis toegelaat is. Natuurlik geen foto van sy moeder op haar marmerbed nie, dit sou te onfatsoenlik wees. Maar hy weet die polisie se fotograwe sou haar tog wel daar afgeneem het.

Dan sien hy die foto met die byskrif. Dis 'n nuwe foto, net enkele dae tevore geplaas.

Adjudant Ella Neser, wat die inbraak en dood van wyle mevrou Nella Boonstra van Honeydew ondersoek. Neser is ook die ondersoekbeampte in die soektog na meneer Abel Lotz in die Nagsluiper-saak. Hier wys sy die masker wat oor die gesig gekry is van die gebalsemde liggaam van mevrou Dorkas Lotz, ma van die voortvlugtige verdagte. Mevrou Lotz is aan natuurlike oorsake oorlede.

Hy laai die foto op sy hardeskyf af.

Natuurlike oorsake. As hulle vasgestel het dat sy moeder aan natuurlike oorsake dood is, is die masker nie 'n bewysstuk nie. Die masker is nie gebruik in die pleeg van 'n misdaad nie. Sal dit iewers toegesluit wees saam met die bokse vol bewysstukke? Of het die adjudant dit in haar besit? Sy was amper self ook 'n slagoffer, en is geskend, sê die berigte.

Of miskien, hoop Abel innig, het hulle wel 'n greintjie betaamlikheid, het hulle die masker op sy moeder se gesig teruggeplaas vir haar herbegrafnis. Dit sou adjudant Neser tog kon begryp: die eer wat sy moeder verdien, wat haar seun aan haar betuig het met die masker.

Hy staar ook lank na 'n foto wat by die begraafplaas geneem is, waarskynlik met 'n telefotolens, van 'n opgrawing wat gedoen word. Hy kan 'n seilafdak uitmaak, 'n hoop grond en 'n lykswa tussen grafte. Kan selfs die logo teen die agtervenster van die lykswa lees: POPPE & SON.

Hy soek "Ella Neser" in die *Post* se argief. Hy wil alles van haar weet, die speurder wie se lewe hy gespaar het, en wat hom jag, wat sy moeder se kis laat opgrawe het. Hy lees die berigte noukeurig, veral die nuutste een saam met die foto van haar met die masker. Die deel oor die inbraak in Honeydew interesseer hom nie. Wel verder aan:

Oor die soektog na meneer Abel Lotz, verdagte reeksmoordenaar in die Nagsluiper-saak, het Neser die Post *na die media-afdeling van die polisie verwys. Neser is pas terug aan diens nadat sy op siekteverlof herstel het van gruwelike beserings wat sy in die Lotz-huis opgedoen het.*

Die media-afdeling sê die ondersoek is in 'n sensitiewe stadium nadat nuwe inligting ontvang is. Volgens die polisiewoordvoerder word daar ook goeie leidrade in die Boonstra-inbraak opgevolg. Die vermoede is dat drie inbrekers betrokke was. Mevrou Boonstra se begrafnis is later vanoggend uit . . .

Nuwe leidrade? Abel is ineens haastig. Hy het nie baie tyd nie, en so baie om te doen. Hy weet waar adjudant Neser woon, ken ook haar selfoonnommer. Dit het hy by Andy Collipepper gekry voordat hy die joernalis se kopvel en gesig geoes het. Hy het selfs vroegoggend haar huis gaan bespied, dit oorweeg om haar tuis te besoek, maar die risiko was te groot.

Nou ry hy terug na die straat in Westdene waar sy woon. Hy bepeins hoe hy in haar huis gaan inkom om die masker te soek, sien dan haar wit Citi Golf by die hek uitry. Hy volg haar. Hy sal graag wil sien wat haar roetine is, al is hy verbaas dat sy dié tyd van die oggend by die huis is, nie by die werk nie.

Sy hou voor 'n kerk stil. Lykswa en mense in rouklere. Sy het 'n begrafnisdiens kom bywoon, dink Abel. Het selfs 'n rok aan vir die geleentheid.

Hy parkeer die Bantam en kyk hoe sy 'n woordjie wissel met 'n groepie mense, voor sy alleen by die kerk instap. Die middelpunt van die groepie is 'n bejaarde man. Abel vermoed dis Archie Boonstra, wewenaar van die ontslape Nella. Agter hom staan 'n fris man. Maar dis die blonde jong vrou aan Archie Boonstra se sy wat nou Abel se volle aandag geniet. 'n Pragtige vrou, hy wens hy kan haar vel van naderby gaan beskou. Lank, maar nie maer soos adjudant Neser nie. Hy wonder of sy 'n tatoeëring het; aan haar liggaam is plek vir baie tatoeërings.

Hy oorweeg dit of hy na die adjudant se huis moet terugry en die masker gaan soek terwyl sy die begrafnis bywoon. Hy kyk na die nuuskieriges, soos hy, wat in die straat voor die kerk verbydrentel. Begrafnisse het altyd 'n makabere soort aantrekkingskrag vir mense; Abel het dit gesien met die dood van sy pa en broer.

Hy beskou die laaste roubeklaers wat by die kerk instap, sy blik dwalend oor die slenteraars op die sypaadjie. Sien 'n man met 'n videokamera, vermoedelik deur die familie gehuur. Dan vernou sy oë. Tussen die drentelende nuuskieriges herken hy 'n gesig. Barrie?

Dié gesig ken hy van Doradopark se dae. Dáár het hy hom dikwels gesien, by die Spar, die slaghuis, die boeremark. Doradopark is 'n beskeie plek en hulle het baie by mekaar verbygestap, nooit oogkontak gemaak nie, nooit laat blyk dat hulle mekaar ken nie. Maar hulle kén mekaar. Barrie het hom op skool 'n bloedneus gegee.

Hy sien hoe Barrie vir laas oor sy skouer na die kerkdeur loer voor hy in 'n ouerige kar klim.

A, dink Abel. En dit was juis sy plan om Barrie en sy ma, ou Heila, te gaan opsoek voor sy vertrek. Daar in hulle huis in Robynstraat.

* * *

Vir die begrafnis kies Ella 'n lang romp met 'n stemmige kraagbloes. Sy het nie 'n wye keuse nie. Haar hangkas het broeke, baie broeke, van denim, katoen en kamwol, chenille en sajet. 'n Gebrek aan rokke. Sy het die romp en bloes al een keer gedra, op Bam se begrafnis.

Op die trappe voor die kerk staan Archie Boonstra en sy dogter in 'n intieme kring van familie en vriende. Kaja Boonstra met haar lengte en vol rondings sal die oog vang op enige plek, dink Ella. Selfs op 'n begrafnis.

Haar blik ontmoet Archie s'n en sy stap nader om opnuut, in meer gewyde omstandighede, haar meegevoel te betuig.

"Dankie dat jy gekom het, adjudant," sê hy. "Nie geweet die polisie woon begrafnisse by nie."

Sy voel half skuldig; nie hier uit meelewing nie, het kom soek na iemand wat uit plek lyk, iemand wat alleen sit. Sy twyfel of 'n inbreker 'n roudiens in 'n kerk sal bywoon. Maar mens weet nooit hoe hulle koppe werk nie. Dis nie ongewoon dat moordenaars by die begrafnisse van hulle slagoffers opgemerk word nie.

"My seun, Milo," sê Archie. "Vir Kaja ken jy."

Die man se groot hand vou hare toe. Ella knik. "Hallo."

"Milo moes inderhaas uit Parys kom," sê Archie.

Die litteken aan sy wang verleen iets misterieus aan sy gesig, lok jou, asof jy daaraan wil raak. Sy en Milo, dink Ella, het iets gemeen. Sy sal hom graag wil vra hoe hy aan sý letsel gekom het.

"Het jy al iets gekry?" vra hy.

"Ek werk volstoom, volg elke leidraad op."

Ligte hare soos Kaja s'n, kort geknip, asof hy nie baie spieëltyd vermors nie. Nóg iets wat hulle gemeen het. En aantreklik soos sy suster, met hulle ligte hare en soel velle asof hulle dikwels in die son kom, 'n gesonde lewe lei.

Sy draai weg, merk sersant Sam Mamela met sy videokamera. Sy lens swaai van Archie Boonstra en sy kinders na die omstanders, die ander kerkgangers, en na die nuuskieriges wat verbydraal. Groot opkoms vir Nella Boonstra se begrafnis, en meestal bejaardes. By Bam se begrafnis was dit meestal jong mense, en Ella in 'n rolstoel, toegevou in 'n waas van pynstillers.

Ook ná die diens, by die begraafplaas, merk sy Sam Mamela op gewyde afstand. Die sterk zoemlens nie soseer op die kis, die oop graf en treurende familie gerig nie, maar op dié verder weg, op die periferie tussen die ander grafte.

Sy kyk met medelye na die gebroke Archie Boonstra, sy seun en dogter weerskante van hom langs die graf. Sy is verbaas dat Archie en Nella sulke jong kinders het. Milo moet vlak in die dertig wees, Kaja háár ouderdom.

Ná die grafseremonie ry Ella terug kantoor toe om Sam se begrafnisvideo te gaan bestudeer. Sy stel die terugspeelspoed op vertraagde aksie – soms druk sy die pousefunksie – en bekyk elke gesig. Op die videobeelde van die begrafnis lyk niemand uit plek nie, behalwe sy. Die kerk is in dieselfde straat as 'n klein winkelsentrum, baie karre en verbygangers op die sypaadjie. Dis moeilik om te onderskei tussen die begrafnisgangers en die res met dié dat formele kerkdrag in onbruik geraak het.

'n Man klim uit 'n wit Volvo, dan vang die kamera haar terwyl sy Milo Boonstra se hand skud, maar net vlugtig, voor dit wegswaai na 'n Bantambakkie. Die bestuurder het nog nie uitgeklim nie, en dis onmoontlik om te sê of hy kerk toe of winkels toe gekom het. Gesig in skadu onder die breë rand van 'n wit hoed. Daar vang die lens 'n man wat haastig in 'n ou kar inklim, 'n Chevy, lyk dit.

Ella soek na 'n man wat dalk vergesel word deur 'n blonde vrou. Hulle sal jongerig wees, ouer mense staan nie op iemand se oprit en vry nie.

Sy is van plan om die video vir Archie Boonstra te gaan wys, miskien oor 'n dag of twee. Dan sal sy hom vra om die gesigte uit te wys wat hy nie herken nie. Dalk sien hy iets raak wat 'n leidraad oor die inbrekers verskaf.

28. Abel Lotz

Abel parkeer die gehuurde Bantambakkie onder die sipresse. Hy bly sit soos iemand wat in 'n skyndood verval het. Maar in sy kop is pandemonium. In die spens van sy geheue kerm en skel stemme, rammel Bybelse woorde en frases, dwarrel en fladder poue en hase, snuffel en vroetel klein nagdiere.

Hy lig sy hande weerskante oor sy ore. Sit lank so, sy kop geboë, sy voorkop teen die stuurwiel. Dan soek hy na sy oorfone, druk die skakelaar van die MP3, voel hoe die vioolklanke deur sy kop spoel, die kakofonie verdryf, sy ekwilibrium herstel.

Hy reik na die strooihoed en blomkrans op die passasiersitplek, stoot die deur oop. Twee ander karre, en hy sien mense by 'n graf. Hy stap by die wendyhuis verby, na die twee kopstene wat hy so goed ken. Naby sy moeder se graf merk hy die versteurde grond op. 'n Gewerskaf, lankal afgehandel, maar die bogrond nog nie weer vasgelê deur die natuurlike proses van wind en weer en tyd nie.

Hy het gelees dat hulle die graf kom oopgrawe het, dat Poppe & Son die dennehoutkis kom wegvat het. Maar die gat is nou weer toegegooi. Dit beteken net een ding, en Abel voel die trilling in sy bene. Dit beteken die graf het 'n nuwe kis. En hier, skaars twee meter diep onder sy voete, lê sy moeder.

"Is jy hier, Moeder?" prewel Abel.

Hy loer in die rigting van die wendyhuis, die blomkrans in sy hande agter sy rug. Die plastiekkrans is nie vir sy moeder nie, nie so 'n vulgêre ding vir háár nie. Sy verkies vars blomme, dahlias. Die krans is vir 'n ander graf, enige ander graf.

"Ek het teruggekom, ek het Moeder kom soek," fluister hy voor hy wegskuifel na 'n graf in die volgende ry. PELSER sê die naam op die kopsteen. Hy staan by die Pelser-graf en lig sy oë agter die bril op na sy moeder se graf, die musiek van Paganini in sy ore, sy geliefde capricci.

"Ek het iets van Moeder saamgebring," fluister Abel.

Hy haal die stukkie kantnet uit sy baadjiesak, die swart mantilla wat sy moeder oor haar gesig gedra het op die dubbele begrafnis van sy pa en broer. Sy het dit ook gedra toe hulle ouma Hannie ter ruste kom lê het.

Van agter hom val 'n lang skaduwee ineens oor die Pelser-graf. Hy draai om.

"Dis laat," sê die opsigter.

Abel haal een van die oorfone uit. "Wat sê jy?"

"Hoe lank gaan jy nog hier wees?"

"Amper klaar."

Abel merk die opsigter se blik op die Pelser-graf.

"Niemand kom hóm ooit besoek nie," sê die opsigter.

Abel knik net. Sit die krans op die graf, vee met sy hand oor sy wange, onder die bril in. Hy weet die opsigter sou opdrag gekry het om die graf van Dorkas Lotz dop te hou.

"My oupa," sê Abel, sy hand nou in sy sak, vingers om die spuitnaald. Van agter die lense bespied hy die begraafplaas vir ander besoekers, maar almal is reeds weg.

Die opsigter loer na sy moeder se graf, dan na hom, weer na die Pelser-kopsteen. "Maak die hek toe as jy klaar is," sê hy.

Abel gee hom 'n voorsprong, sien hoe die opsigter 'n slag na hom terugkyk, skynbaar tevrede dat sy besoek afgehandel is.

Hy het tyd om te verspeel, drie ure voor dit behoorlik donker is. Hy besluit om op Henley-on-Klip 'n graaf en skroewedraaier te gaan koop; 'n pik is onnodig. En 'n koplig met velcrobande sodat sy hande vry is. Daarna het hy genoeg tyd om aandete te gaan geniet en sy planne te verfyn.

Dis al byna halftien toe Abel terugry na die verlate begraafplaas agter die sipresse. Geen woonhuise in die omgewing nie, geen karre nie, maar hy bespied nietemin eers die omgewing voordat hy by die grondpad indraai.

In die lig van die koplamp grawe hy sy moeder se graf oop. Die bogrond is sag van die vorige nag se reën, maar dis harde werk en hy is ongewoond aan fisieke inspanning. Hy grawe nie die hele graf oop nie, wil nie die kis uithaal nie, wil net die deksel oplig sodat hy sy moeder kan sien. Hy is opgewonde, kan nie wag vir haar pragtige, vrome gelaat nie. En wat 'n wonderlike bonus as sy steeds die Idia-masker ophet. As hulle die masker gelos het, soos van fatsoenlike mense verwag word, sal hy dit afhaal, en die mantilla in plek daarvan oor haar gesig plaas. Want die masker moet saamgaan.

Later laat sak hy die trapleer in die gat af terwyl hy al dieper grou. Dan voel hy die graaf teen die kis, skiet ywerig die laaste skeppe grond uit. Verstel die lig aan sy voorkop, sien die deksel in die ligkol. A, dink hy ingenome, hulle het weer vir haar 'n kis van dennehout gegee. 'n Nuwe een. So gepas, sy moeder is nie iemand vir pretensie nie.

Hy sukkel met vastrapplek toe hy hurk om die laaste los grond met sy hande van die kis af te vee. Soek na die skroewedraaier in sy sak, begin om die skroewe uit te draai, al klaar vasgeroes van die klam grond en vogtige hout. Hy plaas die laaste skroef in 'n broeksak, staan regop en lig sy gesig op na die vonkelende sterre, so skitterend in die naghemel bokant hom. Sy bors dein.

Hy verstel sy voete, hurk weer en beur aan die deksel. Moet die skroewedraaier onder die deksel indruk vir hefboomkrag. Die deksel gee mee, 'n reuk van muf en iets soos teer ontsnap. Geen putrefaksie nie, verwag ook nie insekte en daardie aaklige maaiers nie. Met sy balseming was meneer Poppe Junior deeglik, en Abel het hom uitgevra. Hy ken nie die geheimenisse van balseming nie, maar is vertroud met die preserveermiddels wat hy vir die looi van sy pelse en huide gebruik, veral vir die delikate vel van jong vroue.

Die straal van sy koplig, soos 'n heldersiende derde oog, verlig die binnekant van die kis.

’n Snak uit Abel se bors, en nou keer hy nie die trane nie.

“Moeder . . . Moeder . . .” huil hy.

Hy buk af, die lig op haar gefokus. Geen Idia nie, en haar gesig nie meer bleek nie, haar vel nie meer glad nie.

“Wat het hulle aan jou gedoen?” prewel hy.

In die lig van die flits drup Abel se trane op sy moeder se gelaat, verdroog en verswart soos dié van ’n mummie uit ’n vergete katakombe, verwronge en verrimpel.

“Wat het julle gedoen!” roep hy uit, die kreet byna onaards, galmend van onder uit die graf, asof om die verste galaksies in die heelal te bereik. Sy gesig sak oor sy moeder s’n, die mantilla van swart chantillykant in sy hande geklem.

Op die kis van sy moeder is Abel ’n dolende weesplaneet, dobberend en drywend deur die ruimte, sonder ’n son om hom warm te hou.

* * *

Hulle sit styf aangedruk op die rusbank, koppe vooroor, oë stip op die TV-skerm. Archie in die middel, weerskante Milo en Kaja, asof hulle ’n skans van veiligheid om hulle pa wil vorm.

Op die koffietafel is die teekoppies koud, die jemtertjies vergete. Hulle aandag is by die digitale beelde wat Milo van sy skootrekenaar na die TV-skerm herlei. Die beelde is nie hoë definisie nie, effe grinterig. Die Webcam aan Kaja se rekenaar is standaard; sy het nie gesofistikeerde toerusting nodig vir haar en Milo se geselsies tussen Johannesburg en Parys nie.

Die fotosekwens wat hulle so aandagtig volg, is van ’n man met ’n swart bivakmus. Die oudiovoer is helder, Kaja se smekende stem herkenbaar in die stil vertrek.

“Jy kan alles kry, maar nie die Gospa nie.”

“Gooi dit in die fokken sak!”

“Nee!

“Asseblief . . .”

Milo voel die spanning in Archie se liggaam langs hom, ’n verstywing van sy spiere, merk die beweging van Kaja se hand oor hulle pa s'n.

Die gesig met die mus draai terug na die rekenaar se Webcam. Nou die oomblik waarop hulle gewag het.

'n Handskoenhand lig die mus van die ken af op, trek dit tot oor die voorkop. Sy gesig is beswete. Hy staar na die rekenaar se skerm terwyl hy lug inteug en die sweet van sy gesig afvee.

Dan 'n tweede stem, gedemp buite die kamer: "Bart!"

Milo verskuif die beelde terug tot waar die gesig sonder mus volledig in die lens van die Webcam vasgevang word, druk die pousetoets.

"Ons weet hoe hy lyk, en ons weet wat sy naam is," sê hy.

"Ons moet Ella Neser laat kom," sê Archie. "Die polisie sal hulle vang, daarvan is ek seker. Dalk nie vandag of môre al nie, maar hulle sal gevang word. Daardie adjudant Neser . . . ek kan sien iets dryf haar."

"Dis al langer as 'n week." Milo is skepties.

"Hulle het bloed aan julle ma se kierie gekry, en vermoedelik speeksel aan die kleefband soos daai rower dit met sy tande afgeskeur het. Én 'n vars koutjie kougom by die hek waar die twee gestaan en soen het, die man en blonde vrou wat ons aandag afgelei het. Die polisie laat dit alles vir DNS toets."

"En as die polisie hulle vang, oor 'n maand of oor 'n jaar?" vra Kaja.

"Dan gaan hulle hof toe," sê Archie.

"In die laboratorium sal g'n haas wees met die DNS nie," sê Milo.

"Ja." Archie se skouers sak vooroor. "Die adjudant sê daar's 'n lang agterstand."

"Hoekom sal die dood van 'n ou vrou voorkeur kry?" vra Milo.

"Die ding kan lank sloer," sê Kaja. "En as hulle gevang word, sal hulle regsmense eenvoudig aanvoer dat Ma Nella se dood 'n ongeluk was. Dan stap hulle skotvry uit. Of hulle sal 'n paar jaar in die tronk gaan sit, afslag kry vir goeie gedrag en op parool uitkom."

"Ons kan nie leidrade van die polisie weghou nie," sê Archie. "Die reg moet sy gang gaan."

"Die reg, Archie?" Milo lag kortaf. "Het jy die koerantberigte gesien oor hoeveel beskuldigdes vry uit howe stap, of nooit eens aangekla word nie oor brouwerk in die polisie-ondersoeke?"

"Ella Neser lyk nie of sy sal brou nie. Gee haar 'n kans. Gee dié Bart se naam vir haar, wys sy gesig."

Milo besef hulle pa gaan moeilik oortuig word van die meriete van 'n bietjie alternatiewe speurwerk. Hy en Kaja is opgevoed in 'n beskaafde huis met deugsame waardes. Daarvan gaan Archie nie nou afwyk nie, nie van die eerbare pad nie, die régte pad.

"Oukei, Archie." Milo vermy Kaja se blik. "Ek sal met Ella Neser praat. Ons sal nie dat sy jou verder met die polisie-ondersoek vermoei nie. Daar is niks meer wat jy vir haar kan of hoef te sê nie. Nou moet jy net rus. Jy's ons pa, jou welstand is vir ons die belangrikste. Ek en Kaja sal hierdie ding met die polisie hanteer. Ons sal sorg dat daar g'n brouwerk is nie."

"Dankie, Milo. Nou voel ek beter. As dit in jou hande is, is ek tevrede."

29. Ella Neser

Die telefoon versteur Ella se gedagtes. Miriam van die patologielaboratorium.

"Jou uitslae is gereed, as jy dit wil kom afhaal. Bring sommer die geld saam, ons werk net op 'n kontantbasis."

"Ek bring die geld."

Sluk haar koffie. Die DNS-uitslae van die bloed van 'n gesiglose kadawer in Bujumbura en haarfollikels van dokter Lippens se kam. Sou nie help om vir Miriam te vra of dit ooreenstem nie, DNS-profiele is streng vertroulik. Veral oor die baie vaderskaptoetse wanneer 'n geil man die finansiële gevolge van 'n babaglips probeer ontduik of betwis.

Op die verslagvergadering rapporteer die ondersoekbeamptes oor die vordering met hulle sake. Daar is ernstige sake. Fred Lange se dwelmmoord in Hillbrow, Jimmy Julies se bloedspatselanalise in 'n woonstel waarin drie jong mans geskiet is, Tabs Makgaleng oor 'n noodlottige taxiskietery in Beyers Naudé, Papi Aslam het twee geraamtes in Braamfonteinspruit.

"Adjudant Neser?" vra kolonel Sauls.

Sy is laaste. Sy het net 'n inbraak in 'n huis in Honeydew Manor. As die bejaarde vrou se hart nie ingegee het nie, sou die inbraakeenheid dit hanteer het, nie moord-en-roof nie.

"'n Buurman van meneer Boonstra het 'n jong paartjie teen skemeraand die dag van die inbraak in Lacewood sien stap. Die vrou het blonde hare gehad. Hy kon nie haar gesig beskryf nie, wel haar stywe broek, 'n swarte. 'n Ander inwoner, verder af in die straat, onthou 'n silwer BMW, ouerige model, wat vir hom verdag gelyk het."

"Verdag?"

"Kon nie sê hoekom verdag nie. Miskien is alle ouerige karre daar verdag."

"Kan die vlugkar wees."

"Forensies het 'n kougomkoutjie op die oprit vir DNS gestuur."

"Al uitslae?"

"Miskien oor 'n jaar, kolonel."

"En?"

"Ek besoek nog pandjieswinkels en juweliers met die foto's en beskrywings van die gesteelde juwele. Al by sewentien, nog niks nie."

"Goeie ou voetwerk vir 'n slag," gooi Fred sydelings sy stuiwer in. "Nie 'n gebroei voor die computer nie."

"Ek ry nou na meneer Boonstra toe met die begrafnisvideo," sê Ella. "Sy seun sê hulle is bereid om die beloning te verhoog as dit sal help."

"Ja, belonings help," sê kolonel Sauls. "Niks soos 'n beloning om die lojaliteite van die skorriemorrie te toets nie."

"Verraai hulle ouma vir vyftig rand," sê Fred.

"Laat weet as hulle dit verhoog sodat ons die nuus in die koerante en onder die informante kan laat versprei," sê kolonel Sauls.

"Ek't nie 'n beloning vir my kadawer in Hillbrow nie," sê Fred. "Nie so gelukkig as Neser nie, moet maar self opsnork."

Ella ignoreer sy aanmerkings. Eers die lab, dan die Boonstras, besluit sy.

Sy gaan trek by 'n kitsbank geld uit haar spaarrekening. Ruil dit by Miriam vir 'n bruin koevert met twee velle, uitgedruk op die briefhoof van die patologie-laboratorium. Een vel het die resultate en gevolgtrekking van die kadawer se bloedtoetse, die tweede vel dié van die toetse op dokter Lippens se haarfollikels. Ella is ingelig oor DNS, die enkele grootste hulpmiddel in moderne speurtegnieke om 'n verdagte met 'n misdaad of slagoffer of misdaadtoneel te verbind. Die laboratorium sê pro forma:

Die PCR-tegniek (Polemerasekettingsreaksie) is in die ontleding van biologiese materiaal gebruik. Met 'n GeneAmp PCR System is die DNS van die bloedmonster LAB156054 [die kadawer se bloed] *en die haarmonster LAB156055* [dokter Lippens se haar] *geïsoleer en die individuele genefragmente in spesifieke DNS-teikengebiede van die chromosome vermeerder.*

Sy soek na die gevolgtrekking aan die einde.

Die DNS-profiel van die bloedmonster LAB156054 stem ooreen met die DNS-profiel van die haarmonster LAB156055.

Naskrif: Suid-Afrika het 'n bevolking van 46 miljoen mense. Die kans dat iemand anders in Suid-Afrika dieselfde DNS-profiel as hier bo het, is een in elke ses triljoen Asiërmense, een swart persoon in elke 926 biljoen mense, een witte in elke 25 triljoen en een bruin persoon in elke twee triljoen. Selfs onder die totale wêreldbevolking van byna sewe biljoen mense is dit hoogs onwaarskynlik dat iemand anders dieselfde DNS-profiel sal hê.

Ella staar na die twee velle. Haar vermoede was reg, haar intuïsie. En die laboratorium kan verskoon word vir die aanname dat die monsters van 'n pasiënt in Suid-Afrika is.

Hoekom dokter Lippens so wreed vermoor is, weet sy nie, maar sy weet wie die slagoffer in Bujumbura is, en sy weet wie die moordenaar is wat sy gesig afgekerf het. Net één man kan so iets aan 'n ander se gesig doen, en dis deur twee forensiese patoloë bevestig wat kliniese ooreenstemmings gekry het in die wyse waarop die gesigvel afgeslag en afgeskeur is.

Dit duur byna twintig minute vir die bruising in haar kop om te bedaar, om haar gedagtes georden te kry.

Sy tik 'n e-pos aan hoofinspekteur Claude Kadende met die beloofde inligting dat dokter Lippens inderdaad nie vermis word nie, maar sonder gesig in 'n armegraf in Bujumbura lê. Sy skandeer die twee velle met die DNS-bevindinge, heg dit by die e-pos aan en stuur dit.

Ry Honeydew toe.

Sy herken hom toe hy haar by die hek tegemoet kom. Milo. Druk haar vingers deur haar kort hare. Wens sy het met 'n stiffie oor haar lippe gevee. Geváárlike dêm betowering met daardie geskende wang. En fris gebou, kan 'n haker in 'n rugbyspan wees.

"Adjudant Neser."

En as hy glimlag . . .

"Ek't 'n afspraak." Onnodig, Ella! betig sy haarself. Anders sou sy tog nie hier gewees het nie.

"Ek weet, adjudant."

Sweem van 'n glimlag, ongetwyfeld geamuseer oor die beteuterde adjudant voor hom.

"Het die video gebring."

"Ons sal graag wil kyk of ons kan help. Kom."

Hulle neem hulle plek op die bank in, Archie in die middel, sy twee kinders weerskante van hom. Ella sit eenkant met die afstandbeheer, beheer die beelde op die TV-skerm.

"Stop," sê Kaja ineens. "Gaan terug. Ja, tot daar. Stop."

Die beeld van die man wat in 'n Chevy inklim.

"Lyk hy bekend?" vra Ella.

Archie Boonstra skud sy kop, ook Milo.

Kaja sê: "Ek dog ek herken iets aan sy liggaamsbou. Hy was korterig. Nee, nie so plomp nie."

"Herken jý die liggaamsbou, meneer Boonstra?"

"Nie eintlik nie. My aandag was nie by hoe hy lyk nie, ek was bekommerd oor my vrou."

"Jy kan maar aangaan, Ella," sê Milo.

Nie 'n vrugbare videosessie nie, dink sy. Nie met die musse wat die inbrekers gedra het nie.

Archie staan op. "Milo en Kaja sal jou verder help, adjudant."

"My pa vat dit swaar," sê Kaja toe hy uit is. "Hy moet gaan rus."

"Ons beloning is nou vyftig duisend rand," sê Milo.

"Dis baie geld, meneer Boonstra."

"Milo. Dis my naam. Sal die beloning help? Bied die polisie ook 'n beloning aan?"

"Dis nie my besluit nie. Net in spesiale gevalle."

"Is my ma se dood nie 'n spesiale geval nie?" vra Kaja.

"Dit is," sê Ella. "Elke mens se dood is spesiaal. Maar die polisie het kriteria vir belonings."

"En my ma voldoen nie aan die kriteria nie?"

Vreemde oë, dink Ella. Byna sonder kleur, soos water.

"Elke dag sterf tientalle mense gewelddadig in hierdie land. Die polisie het nie 'n onbeperkte begroting vir belonings nie."

"Maar my ma . . ."

"Kaja," sê Milo, vat liggies aan sy suster se arm sonder om van Ella weg te kyk. "Miskien spring iets nou uit met ons groter beloning."

Ella knik. "Ons sal baie oproepe kry, ongelukkig nie almal nuttig nie."

Milo stap saam met haar hek toe. "Waar draf jy?"

"Draf?"

"Jy's fiks. Jy draf en gaan gim toe."

"En dit sien jy sommer net?"

"Ek draf ook."

"En drawwers kan mekaar uitken, sonder drafklere?"

"Jou vel is blosend, daar's energie in jou stap."

"Op Alberts Farm," sê sy.

"Die Nagsluiper se Alberts Farm?"

"Jy weet daarvan?"

"Almal weet daarvan. Selfs in Parys. Archie en Kaja hou my ingelig."

"Julle noem julle pa op sy voornaam."

"Dis soos ons grootgeword het. Nie 'n gebrek aan respek nie, eerder toegeneentheid."

"Is hy oukei? Hy lyk stil, afgetrokke."

"Dis 'n groot skok. Hulle was vyftig jaar getroud. Ons moet saam gaan draf."

"Ek dog jy's op pad terug Parys toe."

"Om te gaan opruim, my woonstel se huur te kanselleer, van my paar stukkies meubels ontslae te raak. Ons kan saam gaan draf voor ek teruggaan, en ook wanneer ek terug is."

Sy knik. Hy kom terug. En miskien, so al drawwende, kan hulle oor hulle letsels gesels. Soort van wys-my-joune-en-ek-wys-jou-myne.

Terug voor die TV, nou afgeskakel, sê Milo: "Jou oog was skerp, dat jy die man herken het wat in die Chevy klim."

"Dis hy," sê Kaja. "Dieselfde gesig as op die Webcam. Dis die een wat Bart genoem is."

"Ek't die Chevy se nommer gekry."

"Nou het ons 'n gesig, 'n naam, 'n kar en 'n nommer."

"Ek sal hom gaan soek. Voertuigregistrasies sal 'n naam en adres van 'n Chevy met so 'n nommer hê."

"Dan kan ons my Gospa by hom gaan haal." Kaja vryf haar hande in haar skoot. "En hom vra hoekom hulle Ma Nella doodgemaak het."

"Ja," sê Milo, "ons sal hom vra."

Maar hy dink aan Ella Neser. Hy was eerlik, hy kón sien dat sy fiks is. Lenig, eintlik tenger, haar klein, hoë boesem met opset vaag in die los bloes, vermoed hy. So anders as Lilly se hittesones wat onbeteueld feromone uitstraal.

Dan tref dit hom hoe stil Kaja se hande sonder haar Gospasnoer is.

30. Abel Lotz

Die masker is in haar huis, sy het dit nie vir sy moeder teruggegee nie. Haar huis lok hom soos 'n magneet, maar hy vermy haar straat. Adjudant Neser moenie onderskat word nie; klein van postuur, maar uitgeslape. Sy het sý huis destyds opgespoor. Die Bantam was al een keer in haar straat, die oggend voor Nella Boonstra se begrafnis. Kan dit nie weer waag nie.

Hy parkeer in De la Rey, ver van die ingang na Alberts Farm. Dis waarheen sy elke aand draf, het hy gesien. Hy hou haar dop. Vandag is sy nie alleen nie. 'n Man is saam met haar, maar hy kan die gelaatstrekke nie op dié afstand uitmaak nie.

Sy tyd raak min, dis al Saterdag. Sal 'n kans moet waag, al is hy net 'n kenner van die sterre en van velle en die viool, geen inbreker nie. As hy inbreek en die masker kry, sal alles vinnig moet geskied. Hy sal sy planne agtermekaar moet hê. Môre, of Maandag laatmiddag wanneer sy op Alberts Farm gaan draf, sal hy ingaan en sy moeder se masker gaan haal.

Dan landuit. Geen gedraal nadat hy die Idia gekry het nie. Daarom is dit nodig dat hy nou eers sy ander besoek afhandel, die een aan Robynstraat.

Hy kyk vir laas na die twee drawwende figure voor hy wegry.

Dis al donker toe hy op die rooi stoep aan die deur klop. Hy ken die huis. Hy was nog nooit binne nie, maar hy ken dit. Sy pa en sy broer was al binne, lank, lank gelede.

Hy wag, klop weer. Moet afkyk toe die deur oopgaan, na die ou vrou in die rolstoel agter die veiligheidshek. Herken haar skaars.

"Wie's jy?" vra sy. "Wat soek jy?"

Haar stem is hees, en onduidelik weens die rubberbuise in haar neus. Die buise is gekoppel aan 'n silinder wat agter die rugleuning van die rolstoel in 'n kontrepsie gestut word.

"Is Barrie hier?" vra Abel.

"Hy's uit."

Ná elke sin 'n teug na suurstof. Die reguleerder aan die silinder pof sag.

"Kan ek inkom?" vra Abel. "Ek't 'n boodskap vir Barrie."

"Is jy 'n tjom van Barrie?"

"Ons was saam op skool, van laerskool af, daar langs Opaalstraat."

"Ek ken jou nie."

"Natuurlik ken jy my, Heila. Jy ken my hele familie."

Sy betrag hom. Dan, skynbaar tevrede dat hy haar naam ken, en dié van haar seun, strek sy, sluit die veiligheidshek oop.

"Wie's jou familie?"

Hy druk die rolstoel opsy, trek die hek en voordeur agter hom toe.

"Abel."

"Abel? Abel Lotz?"

"Ja, nou onthou jy. Ek was in die nuus. Gróót nuus. In die koerante en op TV."

"Vuilgoed!" sê sy. "Die hele wêreld soek jou. Jy lyk anders. Skoert! Uit!"

Hy stoot haar rolstoel kombuis toe, skakel die lig aan, gaan sit by die tafel. Loer oor die koerante en papiere na haar, sien haar aftakeling.

"Natuurlik lyk ek anders. Ons't mekaar jare laas gesien."

"Hulle sê jy't al daai mense doodgemaak."

"Dis wat hulle sê. Dink jy dis waar? Dink jý ek kan iemand doodmaak, Heila?"

"Hoe sal ek fokken weet?"

"Jy behoort te weet. Jy's dan so slim. Jy't dan 'n diagnose gemaak dat ek en my moeder mal is. Is dit nie die gerug wat jy en Tossie versprei het nie?"

"Tossie is dood."

"Van wat?"

"Gewas." Sy hyg en teug. "Ek gaan die polisie bel."

"Ja," sê Abel, "bel hulle, daar's 'n losprys op my kop."

Sy blik dwaal na die papiere op die tafel, knipsels uit koerante, die swart nylonsak langsaan. Hy het ook sulke knipsels versamel om die ondersoek na die Nagsluiper dop te hou.

"Wat wil jy van Barrie hê?"

"Ek wil met julle gesels. Dis jammer van Tossie. Ek sou graag met haar ook wou gesels."

"Jy los vir Barrie uit."

Abel merk die opskrif van 'n berig: *Drie inbrekers verdink oor vrou se dood.*

Hy blaai deur die knipsels, almal oor die inbraak by Archie Boonstra se huis. En Barrie stap toevallig by die kerk verby waar die roudiens vir die vrou gehou is . . . Baie toevallig. Hy begin aandagtiger lees.

"Los Barrie se fokken papiere uit, dis private goed."

"Barrie maak of hy my nie ken nie, al die jare hier in Eldorado-park se strate."

"Hy's nie meer klein Barrie nie. Hy's nou Bart."

"Hy't by daardie huis ingebreek, nè? Die een waar die vrou dood is."

"Net 'n ongeluk gewees."

Hy strek na die nylonsak, rits dit oop.

Sy hyg na asem, 'n sagte pof. "Barrie's nie 'n moordenaar nie. Jý is 'n moordenaar."

"Hoekom bel jy nie die polisie vir my losprys nie, Heila? Daar's jou foon."

"Los Barrie se sak uit."

Abel keer die inhoud van die sak oor die knipsels uit. 'n Ring met 'n blou steen, halssnoere met diamante, horlosies en nek-kettings, borsspeld van perlemoer, klein tiara met gekleurde stene en diamante. Duidelik nie kostuumjuwele nie, selfs Abel kan sien dat dit waardevol is. Sy moeder het nooit juwele gedra nie, dit verpes as uit die bose. Sy het hom streng gemaan teen vroue met juwele en versierings aan hulle liggame.

"Wanneer kom Barrie huis toe? Dis al amper nege-uur. Het hy gaan inbreek?"

"Hy's op pad. Het Kentucky gaan koop."

"Ek eet nie Kentucky nie," sê Abel. "Is hierdie sy buit? Is dít wat hy doen, steel vroue se juwele?"

"Die fokken Kentucky is nie vir jóú nie," hyg ou Heila.

Die bidsnoer vang sy oog. Hy kan sien dis nie iets vir die versiering van 'n vrou se liggaam nie hoewel hy nie Katoliek is nie. Is onbewus daarvan dat die drie en vyftig Ave-kraletjies van die rosekrans gebeitel en gekerf en gepoleer is uit klip van die heuwel van Podbrdo in Bosnië-Herzegowina, die ses groter Paters wat die kraletjies skei van kwarts. Die stringe geheg met 'n klein medaljon van silwer waarop die profiel van 'n jong vrou gegraveer is, gesig van 'n heilige in 'n halo. Aan die agterkant is die inskripsie al verslete gevat deur koesterende vingers, onmoontlik om die *Krunica Gospe Međugorske* uit te maak.

Die bidsnoer is afgerond met 'n krusifiks. Dié herken Abel: 'n delikate silwer-Jesus, gekruisig aan 'n klein silwerkruis, skaars twee sentimeter. Hy ken nie juwele nie, maar hy ken artefakte en relikwieë.

Hy gooi die juweliersware in die sak terug, rits dit weer toe.

"Barrie moet gou maak, ek't werk vir hom vanaand."

"Watse werk?" vra ou Heila.

Abel soek in sy beursie, kry die naam. Hy strek na die wasbak agter hom vir 'n vadoek. Tel Heila Senekal se foon met die vadoek op en bedek die mondstuk om sy stem te verbloem. Hulle sal natuurlik later die huurder opspoor van wie se telefoon die oproep gemaak is, maar nie op 'n Saterdagaand nie, of selfs môre op die Sondag nie.

Hy skakel die nommer, 'n opgewonde afwagting in hom om weer haar stem te hoor.

"Adjudant Neser?"

"Ja?"

Hy onthou haar stem so goed. Hy het dit laas in sy kombuis gehoor, voor hy haar voorkop teen die wasbak gekraak het, voor hy met sy skalpel aan haar maagvel begin sny het.

"Ek het 'n wenk vir jou."

"Wie praat?"

Daardie smallerige bolip, vol onderlip.

"Anoniem. Die polisie aanvaar mos anonieme wenke."

"Waaroor?"

"'n Inbraak."

"Watse inbraak?"

"Die Boonstra-huis in Honeydew. Ek sien 'n beloning is uitgereik. Kan ek jou ontmoet?"

"Nou? Vanaand?"

"Ja."

"Kan dit wag tot môre, of Maandag?"

"Is jy te besig, op 'n Saterdagaand, vir 'n wenk oor 'n inbraak waarin 'n vrou dood is?"

"Nee . . ."

"Kan ons mekaar later vanaand ontmoet, sê elfuur by Southgate?"

"Kan jy jou wenk dalk oor die foon gee?"

"Moet jou persoonlik sien."

Weer 'n aarseling, voor sy vra: "Vat jy 'n kans? Is dit 'n bona fide-wenk?"

"Ek sal nie jou tyd mors nie, adjudant."

"Ek kry baie oproepe met wenke. Almal mors my tyd."

"'n Ring met 'n blou steen, 'n tiara, 'n borsspeld van perlemoer . . ." Sy ouma Hannie het so 'n borsspeld gehad.

"Oukei," sê sy. "Waar?"

"Rainbow Tavern, Southgate. Jy sal my nie ken nie, maar ek sal jou herken. Elfuur." Hy sit die foon neer.

"Wat de fok . . ." sê ou Heila.

"Wou jy met haar gepraat het, Heila? Wil jy vir die adjudant sê ek's hier in jou huis? Moet ek haar weer bel?"

"Moerskont," prewel sy met haar toe neus.

Hy hoor die kar langs die huis stilhou, leun oor, trek die rolstoel tot teen sy stoel.

Bart kom by die kombuisdeur in. Sien die besoeker langs sy ma sit, steek vas in 'n walm van gebraaide hoender.

"Wie's jy?"

"Wie's ek? Wie's ek? Almal wil weet wie ek is. Ek is Abel Lotz, Barrie. Onthou jy my óók nie meer nie?"

Hy herken die uitdrukking in Barrie se oë. Hy het dit in adjudant Neser se oë ook gesien, daardie moment van herkenning in sy kombuis. Die besef dat iets met katastrofiese gevolge aan't gebeur is, soos 'n verskuiwing van tektoniese plate van die aardkors.

"Los my ma uit, sy's siek! Sy's in 'n rolstoel." Bart sit die KFC-houer tussen die koerantknipsels op die tafel neer, gryp die nylonsak.

"My moeder was ook in 'n rolstoel, Barrie. Hoe toevallig."

Abel stoot die rolstoel weg. Hy plaas sy hande op die tafel, nou met die Russell-mes daarin.

"Sy't emfiseem," sê Bart, loerend na die mes. "Net een long. Is op suurstof. As sy angstig raak, kry sy nie asem nie."

"My moeder het ook soms angstig geraak," sê Abel. "Wanneer my pa hier by ou Heila kom lê het, was my moeder angstig. Wanneer Tossie vir Maansie so uitgelok het, was my moeder báie angstig."

"Gots, Abel, dis jare terug. Dekades al! Dinge het verander. En noem my Bart, los die gefokkenbarrie."

"En jy't my oor my oog geterg. My ou baby-face genoem. Kan jy dit onthou, Barrie? Kan jy onthou dat jy my op my neus geslaan het dat dit bloei?"

Bart skud sy kop. "Dit onthou ek nie. Ek kan onthou jy was 'n sissie op skool, en jy't nie gemeng nie. Al wat ek onthou. Maar jou gesig is anders."

"Creep," sê ou Heila.

"Ma . . ."

"Sharrap, Barrie!" En aan Abel: "Jou . . . jou . . ." Begin hoes, sluit haar oë, gryp na die vergeelde kunsgebit wat dreig om uit haar mond te val.

"My ma raak angstig. Kalmeer, Ma."

"Ek soek jou hulp, Barrie," sê Abel.

"Watse hulp? Wat laat jou dink ek sal jou met enigiets help?"

"Ek wéét jy sal. Jy gaan my help terwyl ek hier by jou ma wag."

"Bel die polisie, Barrie," fluister ou Heila.

"Ja, bel," por Abel, knik na die sak in Bart se hand, na die knipsels op die tafel.

"Skoert uit my huis uit," mompel ou Heila.

"Ek't nie baie tyd nie, Barrie. Terwyl jy die guns vir my doen, sal ek jou ma geselskap hou. Ek en sy sal oor die ou tye gesels."

"Vanáánd? Is die gunsie vanaand?"

"Hoe gouer jy begin, hoe gouer is jy klaar."

"En as ek weier?"

"Dan vat ek ou Heila se gesig," sê Abel. "En sommer joune ook."

"Wat moet ek doen?"

"Jy moet iets vir my gaan haal. 'n Masker."

"Watse masker? Waar?"

Abel haal die drukstuk uit sy baadjiesak, hou dit oopgevou na Bart uit. In sy baadjiesak is ook 'n spuitnaald en 'n ampul met Diprivan, en sy doen-lysie.

"Só lyk die masker. Dis die doodsmasker van Idia, die koninginmoeder van Benin."

"Dis adjudant Neser!"

"Jy herken haar. Dis goed. Ek dink die masker is in haar huis. Jy moet dit vanaand uit haar huis gaan haal en vir my terugbring. Dis nie haar eiendom nie, dit behoort aan my moeder."

"Dorkas is fokken dood," mompel ou Heila, pof-pof. "Jy praat of jou ma nog leef."

"Sy leef," sê Abel. "Daarom het ek die masker nodig, sodat my moeder vir ewig kan leef."

"Jy's mal," sug ou Heila. "Mal soos 'n haas, nes jou ma was."

Abel betrag haar intens, asof hy regtig belangstel in wat sy sê.

Dan vertrek sy mond in 'n glimlag. Maar Abel glimlag selde, die trekking van sy lippe bloot 'n grimas.

"Daaroor kan ons gesels, Heila, terwyl Barrie weg is."

"Ek kan g'n by 'n speurder van moord-en-roof se huis gaan inbreek vir 'n masker nie," sê Bart.

"Adjudant Neser het elfuur 'n afspraak by Southgate, die huis sal leeg wees. Miskien kry jy ook haar dossier oor die inbraak by die Boonstra-huis daar. Dan kan jy mooi sien hoe die soektog na jou vorder."

Dit lyk of Bart hierdie wenk ernstig oorweeg.

"En Barrie, help jouself aan haar TV en CD-speler. Miskien het sy ook 'n paar stukkies juwele, hoewel ek twyfel. Adjudant Neser is nie iemand wat haar liggaam ontsier nie."

"Jy wil hê dit moet na 'n gewone inbraak lyk, nie spesifiek die masker nie?"

"Jy's vlug van begrip, Barrie. En op skool nie juis bekend as 'n intellektuele reus nie, nè? Vroeg al uit die skool."

"Barrie is goed met sy hande," skerm ou Heila.

"En los die polisie," waarsku Abel. "Geen anonieme wenke nie. Sorg dat jy vannag eenuur, op die laatste, terug is met die masker."

"Ek kan dit nie alleen doen nie."

"Jy't 'n span. Julle is 'n span van drie, sê die koerante. Laat kom jou twee makkers en gaan kry die masker."

Bart lyk onseker.

"Toe, bel hulle," por Abel.

Bart haal sy selfoon uit, bel 'n nommer. "Jonny," sê hy, "is jy en Pansy daar? Ek het julle hulp nodig."

Abel luister hoe die kar in die nag wegry, oorweeg sy volgende stap.

"Ek het my moeder gaan besoek, Heila," sê hy. "Nou kan ek en jy lekker oor die ou tye gesels. Jy het my pa goed geken, of hoe?"

"Jou pa was nie . . . 'n lamsak soos jy nie," hyg ou Heila. "Hy't my soos 'n . . . vrou laat voel."

Sy moeder se bekende stem weerklink in sy gedagtes: *Die slegte vrou se voete daal na die dood toe af, haar treë streef na die doderyk toe. Luister dan nou na my, hou jou weg ver van haar af, en kom nie naby die deur van haar huis nie . . .*

"En jou broer . . ." snak ou Heila. "Maansie en Tossie wou trou, wee'jy?"

Daar kom 'n vrou hom tegemoet, soos 'n hoer aangetrek en listig van hart. En sy het hom gegryp en hom gesoen . . .

'n Hewige hoesbui ruk deur haar uitgeteerde liggaam. Sy lê terug teen die rug van die rolstoel, verstel aan die buise in haar neus, vee die spoeg van haar lippe af.

"Maansie het gesê as ou Dorkas in die malhuis opgesluit is, kan hulle trou."

"Werklik, Heila?" grynslag Abel. "Sê my, onthou jý die keer toe Barrie my bloedneus geslaan het?"

Want wie die lewe wil liefhê en goeie dae wil sien, moet sy tong bewaar vir wat verkeerd is, en sy lippe dat hulle geen bedrog spreek nie . . .

"Sal jy dit onthou, Abel?" het sy moeder gevra toe sy hom op die leuen betrap het. "1 Petrus 3 vers 10?"

"Ek sal dit onthou, Moeder, vir altyd," het hy wenend op die vloer van die voorhuis voor haar voete belowe.

"Vuilgoed . . . Barrie moes jou daai tyd doodgemoer het," prewel ou Heila tam.

"My pa en broer se dood is julle skuld, joune en Tossie s'n."

"Dis nie wat hulle destyds hier in Doradopark se strate gesê het nie."

"Wat het hulle gesê?"

"Jy weet wat hulle gesê het, dat jy en jou ma vir Bastiaan en Maansie met brake fluid in hulle brandewyn vergiftig het."

Abel voel iets kouds in hom inkruip. Hy staan op en stoot haar in haar rolstoel na haar slaapkamer toe.

"Wat doen jy, jou helsem?" vra sy.

Sy wriemel toe hy haar uit die rolstoel op haar bed lig. Hy trek die komberse oor haar.

"Dis tyd vir jou om te slaap, Heila."

"Gaan jy alleen vir Barrie wag?"

"Ja."

"En as hy jou masker bring, dan los jy ons, dan kom jy nooit weer terug nie."

"Ja."

"Gee die glas water en my pille."

Op die wekker op haar bedkas is dit 00:09 toe die reguleerder van die suurstofbottel vir laas pof nadat Abel dit toegedraai het. Hy steur hom nie aan haar hees uitroepe nie. Hy bly 'n halfuur by haar in die kamer voor hy uitkom, die deur agter hom toedruk en die badkamer soek.

Hy begin deur die huis dwaal, loer na sy horlosie. Stap uit buitentoe vir vars lug ná die bedompigheid van die slaapkamer met sy reuke van medisyne en pis en die sweet van 'n ou liggaam. Lig sy gesig na die nagruim op, herken sy betroubare konstellasies met hulle sterre wat vir hom flikker en hom roep.

Hy merk die deur van 'n buitekamer. Dis nie gesluit nie. Stoot dit oop, skakel die lig aan, betrag die bonte versameling rommel. In 'n hoek het die plafon van reënlekkasie meegegee, sodat dakbalke sigbaar is. Die houtvloer is vol stof.

Terug in die kombuis gaan sit hy by die tafel vir Barrie en wag.

Net voor een hoor hy die motor in Doradopark se stil strate aankom. Voel die tinteling in sy are, die trilling in sy spiere, die bons van sy hart. Hy hoop, hy hoop innig dat Barrie hom nie gaan teleurstel nie.

Buite, onder die afdak langs die huis, 'n deur wat klap. Abel staan op, kan nie langer sit nie, moet beweeg.

"Ek's betyds," sê Bart van die kombuisdeur af. "Hier's hy."

Abel staar na die masker in Bart se hande. "Jy't dit gekry," sê hy sag, verwonderd, maar reik nie daarna nie.

Bart plaas die masker op die kombuistafel, smyt die swart bivakmus, handskoene en flits langsaan neer. "Is dit die ding wat jy soek?"

"Ja, dis die Idia." Abel tree nader, streel met die kussings van sy vingers oor die twee vertikale inlegsels van metaal soos 'n frons tussen die oë, oor die reliëfwerk van die tiara.

"Waar's my ma?"

"Sy slaap, sy was moeg. Het julle gesukkel om dit te kry?"

"Diefwering voor die vensters, maar sy't vergeet om die alarm aan te sit – of sy't nie geld om maandeliks te betaal nie."

"Wat het julle nog gevat?"

"Nie veel nie. 'n Adjudant in die polisie verdien 'n kak salaris, as jy my vra. Hei, Abel, sy't 'n groot bord in haar sitkamer. Die hele bord is vol van jou manewales."

Manewales? dink Abel.

"Jou twee handlangers, Jonny en Pansy, waar bly hulle?"

"Los hulle uit."

"Ek sal hulle uitlos as hulle mý uitlos, Barrie. Hoe weet ek hulle is nie op hierdie oomblik besig om vir die polisie 'n wenk oor my te gee nie?"

"Ek't niks van jou gesê nie. En al weet hulle van jou, sal Jonny niks doen om sy ouma se lewe in gevaar te stel nie."

"Sy ouma? Ou Heila is Jonny se ouma?"

"Ja."

"En Tossie is Jonny se ma? Tossie wat vir Maansie so oopbeen uitgelok het?"

"Moenie so van my dooie suster praat nie. En sy't hom g'n uitgelok nie. Hulle wou trou."

"Wie's sy pa?" vra Abel.

"Hoe moet ék weet? Tossie het nie oor Jonny se pa gepraat nie."

"Waar bly hulle? Wat's Jonny se nommer?"

"Jy't gesê jy sal ons los as jy die masker het."

"Het jy 'n wapen, Barrie? Hoekom haal jy nie jou pistool uit en skiet my nie? Jy wens jy kan, nè? Maar jy wil nie die polisie hier by jou huis hê nie. Veral nie ná die Boonstra-vrou se dood nie. Het jý haar doodgemaak?"

"Ek't nie 'n pistool nie. En ek's nie 'n moordenaar soos jy nie. Dit was 'n ongeluk."

"Wat's Jonny se nommer?"

"Hoekom?"

"As ek agterkom een van julle gee 'n wenk aan die polisie, kom ek julle weer besoek. Gee my sy nommer."

Abel vat Bart se sel en kry Jonny se naam en nommer.

"Ons het 'n akkoord," sê Bart. "Jy bel nie die polisie oor ons nie en ons bel nie die polisie oor jou nie."

"Ons het 'n akkoord," sê Abel.

Bart stap na sy ma se slaapkamerdeur, stoot dit op 'n skreef oop, luister.

"Sy slaap," sê hy, trek die deur sag toe.

"Mos gesê ek sal na haar kyk terwyl jy weg is," sê Abel.

* * *

Ella Neser ry erg moerig van Southgate af terug huis toe. Sit byna 'n uur soos pietsnot in die Rainbow Tavern en wag voor sy besef sy het in 'n strik getrap. Truuk so oud as die berge. Nie sulke arrogansie van 'n inbreker verwag nie.

Patetiese lewe, dink sy kwaad. Sewe en twintig jaar oud en op 'n Saterdagaand was sy aan't harp oefen. Sit nie intiem in 'n restaurant saam met 'n man met onsedelike intensies nie, jol nie braloos in 'n nagklub nie, braai nie vleis en hef saam met besope rugbyspelers seëvierende krygsliedere aan nie. Nee, op 'n Saterdagaand oefen sy harp en word vir die gek gehou. Vanaand was dit die Salzedo-tegniek, 'n geronde hand en vryer bewegings van die arms om die snare, vir groter speelruimte om al die pragtige ryk toonkleure uit die harp te pluk. Dit sal nog tyd vat, en harder eelte, maar sy sal dit regkry. Sy sál nog "The Enchanted Isle" speel soos net Carlos Salzedo dit kon doen. Daaroor twyfel sy nie. En dan, die concerto die aand met Suki se Wurlitzer tussen haar knieë . . . Haar ma sal daar wees, en Silas en Mara. Beslis nie Fred Lange of streekkommissaris Pitso nie. Maar Stallie ongetwyfeld, en Jimmy en miskien Tabs en Papi.

Sy is voor middernag terug in Westdene. Sit die huis se ligte aan.

Nee! TV weg. Dekodeerder weg. CD-speler weg. Storm deur die huis. Kry die klein venster in die toilet oop, diefwering weggebuig. Wie het 'n sensorogie in 'n dêm toilet? Sy't boonop skoon vergeet van die alarm.

Sy het nie kosbare juwele of geld in die huis nie. En is dankbaar dat sy haar skootrekenaar saamgevat het. Daarop is die inventaris van die Boonstra-juwele wanneer sy en die wenkgewer sou gesels, sy inligting oor die telefoon so akkuraat. As hulle haar rekenaar óók gevat het . . .

Maar in die sitkamer, voor die drukbord op die esel, haper iets. Besef dit nie onmiddellik nie, voel eerder aan iets is nie pluis nie. Sien dan die leë haak van die Idia-masker. Toe hulle niks anders kon kry nie, vat hulle wragtig die masker! En op die koffietafel die armband en oorringe wat Bam vir haar gegee het.

Of is Abel Lotz terug? Het hy sy masker kom haal?

Nee, hy sou tog nie 'n TV en oorringe steel nie.

Of sou hy? Was Abel in haar huis?

Haar vingers aan't bewe toe sy Silas bel. Kan nie haar pa bel nie, ook nie vir Bam nie. Het iemand nodig. *Someone to watch over me.*

Hy laat kom forensies, misdaadtoneelbestuur, die hondeafdeling. Kolonel Sauls bel Saterdag om middernag die wêreld en sy broer wakker.

Op haar selfoon steeds die nommer van die wenkgewer wat haar na die Rainbow Tavern weggelok het, 'n landlynnommer.

31. Milo Boonstra

Op hierdie Sabbat is daar vir Milo geen rus nie. Ook nie, dink hy, vir die man wat teen ligdag 'n besoek van hom kan verwag nie.

Die man, die twééde man, wat dit durf waag het om sy kloue aan Kaja te sit. Haar oë te blinddoek, haar mond te snoer, haar vas te bind, haar vingers oop te beur, gewelddadig haar heilige Gospa-rosekrans van haar af te vat. Die man wat die bende lei wat die dood van Ma Nella veroorsaak het. Die sinlose, nodelose dood van 'n goeie vrou kan nie ongestraf bly nie. Kan nie oorgelaat word aan onbekwame hande nie.

As hy hieroor uitgevra sou word, oor onbekwame hande, sal hy dadelik sê dat hy nié na die ondersoekbeampte verwys nie. Nee, in adjudant Ella Neser het hy volle vertroue. Hy sou niemand anders wou hê om die inbraak te ondersoek waarin sy ma dood is nie. Om eerlik te wees – maar dit sal hy nie sê nie – het hy verskuilde intensies om saam met haar te gaan draf. Nie net om ingelig te bly oor die inbraakondersoek nie. Persoonlike intensies. Hy vind haar aantreklik, hy wil deurdring tot haar, deur daardie skild van afsydigheid wat sy voorhou. Hy dink hy moet haar nooi vir kwartelborsies.

Maar Ella is net 'n klein ratjie, goed geolie, in groter masjinerie wat besig is om vas te roes. Die onbekwame hande wat hy bedoel, is die monumentale onbevoegdheid, die korrupsie, die traagheid, die onverskilligheid wat in dié land die norm geword het.

Daarom volg Milo op hierdie vroeë, stil Sondagoggend in Kaja se Polo die GPS-roete na 'n adres in Doradopark. Hy het die koördinate ingepons vir Robynstraat, soos aangegee op die registrasiesertifikaat van die Chevy. Hy hoop die eienaar, Bart Senekal, woon nog by dieselfde adres.

Vir sy afspraak met Senekal kies Milo spesifiek die vroeë Sondagoggend wanneer mense graag inlê, wanneer inbrekers hulle roes afslaap. Die strate, net ná sewe, is stil en verlate. Hy kry die huis, sien die Chevy onder 'n lendelam afdak staan.

Hy gaan parkeer die Polo twee strate verder en stap terug. Druk die tuinhekkie oop, twee trappe op na 'n rooi stoep wat jare laas gewaks is, klop aan die voordeur, beskou die veiligheidshek voor die deur. Op die stoep is houtplanke op leë verfblikke, op die planke potte met vetplante. Hy klop weer, stap dan om die huis.

Agter die afdak is 'n buitekamer. Hy loer deur 'n vuil ruit, sien in die dofskemer dit word as stoorplek gebruik.

Die huis is net so verlate as die buurt. Hy bekyk die agterwerf, die paar vrugtebome wat jare ongesnoei staan, die slap wasgoedlyn, die welige onkruid, reste van 'n gestroopte karwrak, die kruiwa langs die hoop gestapelde bakstene, oorblyfsels van die stutmuur van die afdak, vermoed hy.

Voor die kombuisdeur is 'n gaasdeur wat goggas en vlieë moet uithou. Hy trek die gaasdeur weg en klop. Voel aan die knop. Die deur gaan oop. Die houtvloer kraak onder sy gewig, maar binne is dit skemerig en grafstil. Op die kombuistafel koerantknipsels, oop Kentucky-boks met hoenderbene, 'n selfoon.

Loer by die oop deur van 'n slaapkamer in, die bed opgemaak. In die klein sitkamer is 'n rusbank en twee stoele, die materiaal vuil en verslete, die kussings deurgesit. Nog 'n paar potplante en 'n TV-stel. Groot plasmaskerm, die hoëtroustel langsaan van die beste op die mark. Dit verbaas Milo nie. Vir eie gebruik uit 'n huis in Hyde Park. Inbrekers geniet die vrug van hulle arbeid.

Die huis het nie 'n eetkamer nie, wel 'n badkamer met stukkende teëls, die flodder tussen die teëls geel van smet wat nooit skoonmaakmiddels sien nie.

'n Vertrek met 'n toe deur. By dié deur huiwer hy, wonder hoekom niemand gewek word deur sy voetstappe op die plankvloer nie. Druk dan die deur oop.

In die stil skemering van die vroeë Sondagoggend bereik aardige reuke sy neus: van pille, van 'n bedompige liggaam, van 'n benoude kamer sonder vars lug, en 'n vreemde reuk wat hy nie kan plaas nie. Die vorm van 'n slapende op die bed, rolstoel met suurstofhouer en pype. Hy tree venster toe, trek die swaar gordyn weg. Nou ook 'n reuk van stof.

Maar dan verstyf Milo se liggaam. Dis 'n mens op die bed, grys hare op die kussing, laken tot oor die bors. Maar die mens het nie 'n gesig nie. In die plek van die gesig 'n bloederige massa van vet en weefsel en senings. Die gesigvel, sien Milo, is afgestroop, die kussing deurweek van die bloed wat hy geruik het maar nie kon plaas nie. En die eerste brommers het begin aankom ná die nag.

Hy gee 'n tree nader aan die bed, bedag om nie in die plasse gestolde bloed op die vloer te trap nie. Onder die laken steek 'n dun arm en verrimpelde hand uit. Het Bart dit gedoen?

Hy trek die kamerdeur agter hom toe, stap by die kombuisdeur uit. Haal 'n slag diep asem, vee oor sy gesig. Hy voel ontsenu. Dood en verminking is nie vir hom vreemd nie, maar so onverwags, en 'n ou vrou.

Hy stap na die buitekamer. Op 'n gevlekte matras op die ingesakte staalkatel lê 'n man op sy rug. Hy is nie dood nie. Sy oë is oop en agter die lap om sy mond kreun en steun hy, wriemel teen die wasgoedlyn waarmee hy aan die katel vasgedraai is.

Milo trek die lap van sy gesig weg, haal nog 'n stuk lap, opgefrommel, uit sy mond. Betrag die gesig op die katel.

"A, die inbreker, Bart Senekal."

Bart snak na asem. "Maak my los . . . Jy ken my? Wie's jy?"

"My naam is Milo Boonstra. Ek het jou kom soek."

Bart lê ineens stil, skok in sy oë. "Boonstra?"

Milo knik. "Jy't my ma doodgemaak."

"Dis nie ek nie. Ek't nie aan haar geraak nie."

"En jy't my suster se Gospa gevat."

"Al die juwele is in my kamer. Jy kan alles terugkry, maak my net los. Waar's Abel? Is hy weg?"

"Hier's niemand nie, net die vrou in die slaapkamer, die een met . . . Abel wie?"

"Abel Lotz."

"Wat gesoek word? Die reeksmoordenaar?"

"Ja."

Milo sny die nylonwasgoedlyn op 'n paar plekke deur, trek Bart op van die katel. Druk hom by die buitekamer uit en by die kombuisdeur in, sy hande steeds agter sy rug vas.

"Waar's die goed wat julle uit ons huis gesteel het? Ek het dit kom haal."

"Praat sagter," fluister Bart. "Jy sal my ma wakker maak. By daardie deur in, in my kamer. Die swart sak."

Milo rits die sak oop, herken Ma Nella se juwele, Kaja se horlosie en die nekketting wat hy in Parys vir haar gekoop het.

"Die snoer is nie hier nie," sê hy.

"Nie? Moet daar wees. Ek het niks verkoop nie."

"Dis weg. Wat het jy daarmee gedoen?"

"Dan het Abel dit gevat."

"Hy los die juwele en vat net 'n waardelose bidsnoer? Wie het jóú ma doodgemaak? Is dit Abel?"

"My ma is g'n dood nie, sy slaap nog. Hoe laat's dit?"

"Halfagt."

"Agtuur soggens vat ek vir haar tee. Sy slaap tot agtuur."

Milo oorweeg die situasie 'n oomblik. Hy besluit om die onvermydelike agter die toe slaapkamerdeur uit te stel. Hy moet weet waar Abel Lotz is. As Bart nou in daardie kamer ingaan, sal hy geen verdere inligting uit hom kry nie.

"Vertel my van Abel Lotz. Wat het hy hier kom doen?"

"Abel is mal."

"Waar's hy?"

"Hulle ou huis is hier by die laerskool verby, aan met Opaalstraat. Waar die polisie se bord is. Miskien is hy daar. Kan ek nou na my ma toe gaan?"

Milo knik, staan terug sodat Bart kan verbykom. Luister hoe hy gangaf loop, met vasgebinde hande by die slaapkamerdeur vroetel.

Abel Lotz het Kaja se Gospa-snoer. Maar Milo het geen twyfel dat hy daardie snoer sal terugkry nie. En hy sal, soos vir Bart, ook vir Abel Lotz 'n les leer. Soos vir die ander in Sarajewo.

In die buitekamer skuif Milo van die rommel eenkant toe. Hy begin vloerplanke met 'n geroeste pik oplig. Die planke is droog en verrot, ook die dwarsbalke waaraan hulle vasgespyker is. Onder die vloer is die klam grond sag en het hy nie die pik nodig nie. Hy skiet graafskeppe grond met egalige hale by die oop deur uit.

Nadat hy 'n gat van heuphoogte gegrou het, klim hy uit. Hy was sy hande onder die tuinkraan en spoel sy gesig af.

* * *

In Yeoville is die strate nooit rustig nie, veral nie Rockey nie, selfs nie op 'n vroeë Sondagmôre nie. In hulle klein woonstel lê hulle nog in die bed, lui en loom van die slaap.

"Ons moet padgee uit Joburg uit," sê Pansy.

"Ja," sê Jonny. "Ons gaan bly by die see."

Jonny is bekommerd. Dis Sondagoggend en hy was nie Vrydagaand by die hondjies nie. Kolonel Silas Sauls van moord-en-roof verwag inligting van Snakes, sy konfidensiële informant, in ruil vir vergoeding.

Die kolonel soek spesifiek inligting oor 'n inbraak by 'n huis in Lacewood-rylaan in Honeydew Manor. 'n Bejaarde vrou het tydens die inbraak gesterf. Nie koelbloedige moord soos die geval is met die meeste ander inbrake nie. Maar die vrou is dood en die kolonel soek inligting oor pandjieswinkels en bedenklike juweliers waar gesteelde juweliersware moontlik verpand is.

Jonny kan eerlik vir die kolonel sê dat daardie juweliersware nog nie verkwansel is nie. Maar dit het hy nie gedoen nie, want hy het versuim om op te daag vir hulle afspraak. Dit is, wat Jonny betref, 'n baie ongelukkige toedrag van sake dat kolonel Sauls se moord-en-roof-tak die inbraak en dood van mevrou Boonstra ondersoek. Dis nie hoe hy sy verhouding met die kolonel voorsien het nie.

Jonny is ook bekommerd oor die vorige aand se inbraak by die ondersoekbeampte se huis. Dit was maklik, no sweat. Maar onnodig, vir 'n paar stukkies goedkoop juwele en 'n TV en sulke goed. Hulle het lankal opgehou om TV's te steel, net geld en juweliersware. TV's is 'n beslommernis. Deel van hulle sukses, tot voor die Boonstra-ding, was om vinnig weg te kom. Hit-'n-run, soos Bart sê.

Die toon van sy SMS-deuntjie, herken Bart se nommer.

Kom. Doradopark.

"Oukei," sê hy vir Pansy. "Dis Bart, om die juwele te verdeel."

"Ons vat ons deel en gee pad," sê Pansy.

"Ja," sê Jonny, "ons vat die trein Kaap toe."

"Die Kaap sal lekker wees," sê Pansy.

Pansy het nie familie nie. Wel, sy hét, dink Jonny, maar nie so dat 'n mens dit sal agterkom nie. Nie juis familievas nie. Iewers 'n ma, op 'n ander plek 'n pa, op nog 'n paar plekke vier broers – of is dit drie? – en drie susters, of vier. Almal dieselfde ma, nie almal saad van dieselfde pa nie.

Hy dink aan die nuwe ring aan Pansy se vinger, uit die buit van die Boonstra-huis.

"Pansy," sê hy, "ek sien jy hou van daardie ring met die groot robyn. Sal jy omgee as ek vir my ouma 'n halssnoer gee, die een met die diamant en klein steentjies van tanzaniet?"

"Natuurlik nie," sê Pansy. "Gee die halssnoer vir haar."

"Ek sal môre die trein gaan bespreek," sê Jonny geesdriftig.

Tien oor nege die Sondagoggend klim hulle in Doradopark uit 'n minibustaxi.

"Daar's sy Chevy." Pansy spu haar koutjie op die sypaadjie uit, druk 'n vars Stimorol in haar mond.

Jonny bel Bart se nommer. Die sel bly lui, dan uiteindelik Bart se stem: "Hallo?"

"Bart . . . is jy oraait?"

'n Aarseling. "Ja."

"Is iets fout?"

"'M . . . niks is fout nie."

Hulle stap om die huis na die kombuisdeur toe. Jonny stoot die deur oop, weet nie wat hom tref nie.

Jonny sukkel om te fokus, maar hy hoor stemme, 'n onbekende man en Pansy s'n. Hy kan nie sy hande oplig om die vliese voor sy oë weg te vryf nie. Hy knipper sy oë. Stadig begin beelde vorm kry, begin sy brein registreer wat om hom gebeur. Draai sy kop, sien Pansy langs hom op 'n kombuisstoel sit, ook vasgebind, net haar kake beweeg.

"Uiteindelik is ons nou almal saam," sê die man oorkant die tafel.

"Waar's Bart?" Jonny voel 'n brandende kool in sy keel. "Waar's ouma Heila?"

"Bart's hier," sê Pansy. "Hier langs my."

Jonny sien net Bart se profiel, Pansy tussen hulle. Bart se mond is toegeplak.

"Saam in die huis waarin julle al julle bose planne bebroei," sê die man.

"Wie's jy?" vra Jonny.

"Jy was lights out," sê Pansy. "Sê hy's Milo Boonstra. Sê ons het sy ma doodgemaak."

"Dit was net 'n ongeluk, ek sweer! Dit was nie . . ."

"Sjaddap, Jonny," sê Pansy.

Hy kyk na haar, nie seker of hy reg gehoor het nie. Verwoede pyn in sy kop, sy brein dof, sy maag naar van die hou op die keel wat hom katswink laat val het.

"Waar's my ouma?" vra Jonny.

"In haar kamer," sê Milo Boonstra.

Jonny begin ruk aan die toue. "Wat gaan jy met ons doen?"

"Ek gaan julle straf, dan vir die polisie gee."

Pansy staak haar herkouery, begin ook woel. "Barbaar!" snou sy.

"Pansy . . ." maan Jonny.

"Fok jou, Jonny!" En aan Milo Boonstra, wat die dispuut stil van oorkant die tafel beskou: "Kom, vat die ring. Ek háát robyne . . . én tanzaniet. Dis vir ou mense. Kom vat dit."

"Ek dog jy hou van die ring," sê Jonny.

"Kry lewe, Jonny! Ek hou net van die ring omdat ek 'n goeie prys daarvoor in die Kaap sou kry."

Jonny staar na haar, sy kop 'n warboel. Só het sy nog nooit met hom gepraat nie, so bitsig, so byna minagtend.

"Was jy van plan om my te los, Pansy, daar in die Kaap?"

"Kyk hoe sit jy hier, Jonny. Pis in jou broek, fokken tjankbalie."

Milo Boonstra kom orent. "Die onderonsie is aandoenlik, maar ek het nie tyd vir julle hartsake nie."

Nou merk Jonny die mes in sy hand. Hy gee nie meer om vir die trane op sy wange nie, gee nie om dat Pansy hom 'n tjankbalie noem nie, sy wat beplan het om hom te verraai.

Milo Boonstra sny twee stukke kleefband af, druk Pansy se rukkende kop teen hom vas om die kleefband om haar mond te kry. Dan word Jonny se mond ook gesnoer.

"Tyd vir Bart om te gaan bad. Julle leier," sê Milo Boonstra.

Jonny se oë mistig op die hande wat Bart se enkels aan mekaar vasbind, dan sy polse, die wasgoedlyn lostrek wat hom aan die stoel anker. Bart wriemel, stoei, slaan op die vloer neer, probeer wegrol. Milo Boonstra kry hom onder sy oksels beet en sleep hom oor die kombuisvloer, deur die kort gang, badkamer toe.

Jonny spits sy ore vir geluide uit die badkamer. Die kraan, die gerammel van ou waterpype, 'n gespat van water. 'n Ewigheid, miskien 'n halfuur, voor hy weer voetstappe hoor. Draai sy gesig terug gang toe.

Milo Boonstra verskyn. Kyk nie in hulle rigting nie, asof hy en Pansy nie bestaan nie. In sy arms 'n bondel toegerol in 'n kombers, die kombers styf met kleefband vasgedraai. Jonny se oë soek na tekens van bloed, maar sien geen bloed nie.

Jonny begin bid, sy eerste gebed.

* * *

In die buitekamer vul Milo die gat onder die vloer weer op, stamp die grond vas. Spyker sorgvuldig die vloerplanke op hulle plek terug, skuif die ou katel en ander rommel daaroor. Strooi 'n paar hande vol fyn bogrond oor die versteurde vloerplanke. Bekyk sy handewerk, tevrede dat niemand sonder deeglike forensiese ondersoekwerk agterdogtig sal wees dat die vloerplanke onlangs gelig is nie.

In die kombuis, en daarna die badkamer, was hy versigtig, bedag daarop dat hy sal moet opruim. Dit vat hom nie lank nie, en hy meen die kombuis en badkamer is nou skoner as vóór sy besoek.

Hy vee ook die badkamervloer met 'n lap en bleikmiddel af. Veral die bad skrop hy deeglik, baie stomende water uit die kraan, en twee bottels Jik vir die bad en afvoerpyp. Die reuk van ammoniak skerp in die bedompige huis.

Hy gaan haal die Polo. Trek dit tru langs die huis agter die Chevy in, bekyk die stil straat op en af. Hy maak die deur van die luikrug oop, haal 'n blou koelboks uit. Loop weer agterom by die kombuis in. Die koelboks is van dik geïsoleerde plastiek met 'n inhoudsmaat van tien liter, van dié soort waarin gaste hulle eet- en drinkgoed saam met droë ys verpak wanneer hulle vir 'n bring-en-braai genooi word.

32. Abel Lotz

Stefaans Kriel het 'n soet tand. Sondag ná kerk, soos élke Sondag, stop hy en Flossie by die Spar. Stefaans, das wurgende aan maer keel, groet almal wat hy ken. En in Doradopark se Spar ken álmal mekaar.

Stefaans knoop geselsies aan terwyl Flossie die koek of tert koop. Hy hou van melktert, maar soms koop sy 'n vlakoek of 'n Mozartkoek. Wanneer Stefaans Sondae ná sy groot middagmaal en agtermiddagslapie wakker word, wil hy koek en tee hê voor hy na sy hoenders toe gaan.

Hy en Flossie se kinders is lankal uit die huis uit, en weg uit Doradopark. Die hoenders is nou Stefaans se kinders. Maar Stefaans Kriel, plotboer, het groot planne. Hy wil met groente boer, hy wil sy groente op die Spar se rakke sien. In groente, so glo hy, lê die groot geld. Die probleem is ruimte, en groente het vrugbare grond nodig.

Daarom het Stefaans sy oog op die Lotz-eiendom. Hy het al vyf, ses jaar terug 'n aanbod gedoen om dit te koop, ná Dorkas se dood. Hy het ongeduldig 'n betaamlike tyd van rou afgewag en toe na Abel oorgegery. Dit was 'n goeie aanbod, dink Stefaans, maar Abel het hom soos 'n hond weggejaag.

Stefaans was geaffronteerd. Dis nie hoe bure mekaar behandel nie.

Bastiaan was anders. Met Bastiaan kon hy gesels, saam 'n dop drink. By die boeremark was hulle stalletjies langs mekaar, hy met sy eiers en hoenders en Bastiaan met sy groente. Maar Bastiaan het nooit oor sy jongste seun, Abel, gepraat nie. Maansie was die appel van sy oog.

Wat 'n tragiese besigheid toe pa en seun so saam-saam ter siele gaan. 'n Ongeluk. Die fynskrif ken Stefaans nie, maar die storie destyds was dat Bastiaan en Maansie ietsie ingekry het wat nie geakkordeer het nie.

Vir Dorkas het Stefaans hoeka katvoet geloop. Dorkas het die vrees van satan in jou gesit, in die hele dorp. Hy het nie met 'n aanbod na Dorkas gegaan nie, net verlangend oor die heining gekyk wanneer hy by hulle skewe hek verbyry dorp toe. En wanneer hy agtermiddae terugkom met die hoendervoer, het hy weer gekyk. Agter die bloekoms kon hy Bastiaan se groentetuine nie mooi sien nie, maar hy het 'n spesmaas gehad dat Abel en sy bedonnerde ou ma die eens netjiese tuine waarop Bastiaan so trots was vir die verderf laat gaan.

Abel en sy ma het nie groente mark toe gebring nie, nie gemeng nie. Hy het uit die oog verdwyn ná sy pa en broer se dood, nie meer by die smouse met hulle Afrikamaskers gaan gesels nie.

Nou is Dorkas dood en Abel vlug voor die polisie. Stefaans Kriel het geweet van Abel kan niks goeds kom nie. En hy merk dat die polisie die Lotz-eiendom op 'n vendusie gaan opveil. Stefaans reken hy het 'n goeie kans om uiteindelik sy hande op Bastiaan se vrugbare groentegrond te lê.

Toe hy en Flossie van die Spar af huis toe ry, sien hy die kar voor die Lotz-hek.

"Wie's dit, Flossie?" wonder hy.

"Miskien 'n koper. Iemand krap in jou slaai, Stefaans." Sy sug saggies, voeg by: "Arme Abel."

Agter die stuurwiel skarnier Stefaans se dun nek.

"Arme Abel? Die man is 'n moordenaar, Flossie!"

"Maar darem só lief vir sy ma. Glad haar lyk ten duurste laat balsem." Sy sug weer.

Die rigting van dié gesprek staan Stefaans nie aan nie.

"Hoeveel dink jy moet ek bie vir die grond?" vra hy, kyk die eiendom verlangend agterna in die tru-spieëltjie.

* * *

Abel het rede om tevrede te voel met sy handewerk tydens sy kort besoek aan Johannesburg. Sy planne het goed verloop; hy het sy drie belangrikste take afgehandel.

Net die skok oor sy moeder het hy nog nie verwerk nie. Hy het dit nie verwag nie. Hy was so seker van haar blywende, ongeskonde gelaat. Dis hoe menere Poppe Senior en Junior hom verseker het: dat sy moeder vir ewig bewaar sou bly.

Hy wil hulle gaan besoek, 'n verduideliking eis vir hulle brouwerk. Hy het nog tyd, voor hy vir oulaas van sy huis gaan afskeid neem.

Dis al laterig Sondagoggend toe hy voor Poppe & Son Undertakers & Embalmers in Fordsburg stilhou. Agter die toonvensters die blink kiste uitgestal, die vulgêre kranse. Hy wonder hoekom begrafnisondernemers noodnommers het, en oorweeg dit om meneer Poppe Senior by die noodnommer op die ruit te bel.

Sy hand, asof willoos, glip by sy baadjiesak in, sy vingers om die spuitnaald en ampul met sy betroubare spuitstof. Die Diprivan met die vinnige werking, skaars veertig sekondes as die inspuiting in 'n arm toegedien word, vinniger in 'n nekaar. Hy voel sy doenlysie in sy sak, trek die stukkie papier uit.

~~GRAF~~

~~MASKER~~

~~HEILA EN BARRIE~~

~~KOERIER~~

Afgehandel en deurgetrek; môreoggend gee hy die pakkie met die Idia by die koerier af vir versending na België.

OBSERVATORIUM

POPPE & SON

Nou moet hy besluit oor 'n gesprek met die menere Poppe. En vanaand wil hy vir laas in sy solder opklim, die dakkie oopskuif en na die hemelruim staar. Sonder sy teleskoop, maar dit maak nie saak nie.

Hy oorweeg sy opsies, besluit dan om die begrafnisondernemers te los. Hoekom onnodige risiko's loop? Nie hulle skuld dat sy moeder van haar lugversorging en bevogtiger en van haar marmerbed beroof is nie. Hy is nie wraaksugtig nie, stel net onregte reg, soos met Barrie se ou Heila. Hy hoop Barrie sal nou ook vir die res van sy dae die pyn voel om 'n ma te verloor.

Hy trek OBSERVATORIUM deur, voel reeds die afwagting. Druk die stukkie papier in sy baadjiesak terug. Speel nog 'n oomblik met die kralesnoer in sy hand, sy oë op die toonvenster, voor hy die Bantam aanskakel.

Ry weg in 'n suidelike rigting, na die R82 en Opaalstraat in Doradopark. Hy besef dis 'n risiko om die ou huis en bekende werf gedurende die dag te besoek. Maar dis Sondag en sy hart trek huis toe. Hy en sy moeder het Sondagmiddae gesels wanneer hy by haar op haar marmerbed gaan kuier het.

Hy hou op die padskouer stil, betrag die polisie se waarskuwing teen die hek wat hom belet om sy eie eiendom te betree. Hy bekyk Opaalstraat, sien in sy truspieël 'n kar in 'n stofwolk uit die rigting van die dorp aankom. Hy kan sweer hy herken ou Stefaans Kriel agter die stuurwiel. Maar Stefaans sal hóm nie herken nie, nie nadat dokter Lippens met hom klaar is nie.

Hy wag tot die kar weg is, klim uit, draai die binddraad by die skarniere los en sleep die hek oop. Ry deur, maak die hek agter hom toe, maar bind dit nie vas nie. Kyk weer op en af in die straat, maar sien niemand nie. Hy is bitter dat hy sy eie huis soos 'n skelm moet kom besoek.

Die verlate werf en huis wek weer 'n gevoel van groot melankolie by hom. Hy parkeer in die leë stoor. Hy klim nie uit nie, beskou die stoor deur die kar se ruit. Dáár lê sy hoop skrootyster steeds. Die deur van die pakkamer toegedruk, maar die grendel, slot en al, oopgebreek om Lisa Sweeney te red. En binne, weet hy, op die boonste mankolieke rak teen die muur, was sy pa se viool.

Bekyk stelselmatig die res van die stoor. Daar, in die hoek, is die plek waar hy sy twee pit bulls gevoer het. Maar daardie ou beendere is lankal verwyder. Hy vermoed dis ook as bewysstukke versamel, sodat 'n forensiese antropoloog kon sif vir mensbene tussen die beendere van klein diere. Miskien sou hulle die hand- en vingerbene van 'n rugbyspeler gekry het.

Abel sug sag, skakel die bakkie aan. Kan nie helder oordag die Bantam in die stoor los nie. Maar hy ken sy werf en weet waar om die voertuig te versteek. Agter die stoor, in die rigting van die grens met ou Stefaans Kriel, is die twee werkershutte van rou baksteen en klei wat al byna dertig jaar in wind en weer aan't vergaan is, lank reeds sonder dak of deur of venster. Die blyplekke van die werkers wat sy pa in die groentetuine gehelp het. En dis nie te ver nie, miskien twee honderd tree agter om die stoor.

Hy trek die bakkie in die murasie van 'n hut in, behoorlik uit sig. Sit met die Idia-masker op sy skoot, die venster oopgedraai. Luister na die gesing van sonbesies, die gekoer van tortelduiwe in die bloekoms.

Dan leun hy met sy kop agteroor teen die sitplek se rugstut, plaas die oorfone in sy ore, raak verdiep in die vioolklanke. Later vanmiddag sal hy in haar kamer by sy moeder gaan kuier, dan in die nag met die trapleer op sy solder opklim. Hy voel lomerig en behaaglik, sy hande rustend op die Idia se gesig.

In hierdie groot stilte van die Sondag raadpleeg Abel sy onverganklike siel, sy gedagtes en optredes en die worstelinge wat in hom woed, tussen liefde en haat, tussen teerheid en furie. Hy dink aan almal wat so veilig voel, so knus, selfs Barrie en ou Heila, in 'n gemeenskap wat hóm verstoot en jag. En Abel leef in twee wêrelde sonder grense, versnede en vermeng sodat werklikheid en fantasie één word.

* * *

Hulle sit Sondagmiddag op die patio van die huis in Honeydew, praat sag, koppe dig bymekaar soos twee samesweerders. Archie het ná ete in sy kamer gaan rus, en nou wil Kaja weet wat gebeur het.

"Ek het die inbrekers gekry," sê Milo.

"En my Gospa?"

Hy skud sy kop. "Abel Lotz het dit. Hy ry in 'n gehuurde Bantambakkie. Ek was vanoggend by sy huis. Ruit gebreek en ingeklim, die hele plek deurgesoek. G'n teken van hom nie."

"En nou?"

"Nou soek ons verder. Ek pols Ella wanneer ons draf."

"Ons moet hom kry voor sý hom kry," sê Kaja. "As die polisie hom eerste kry, is my Gospa weg."

"Ek sal hom kry," sê Milo.

* * *

In Westdene, in die straat voor adjudant Ella Neser se huis, is die rustigheid van die Sondag versteur. Selfs polisiebeamptes is nie vry van die terreur van huisinbrake nie, al val hierdie een in 'n ander kategorie. Die adjudant is die vorige aand uit haar huis weggelok deur iemand met intieme kennis van die ondersoek waaraan sy werk, iemand wat weet watter juwele uit Archie Boonstra se huis gesteel is.

Luitenant Fred Lange, al byna drie dekades 'n polisieman, meen dis dieselfde inbrekers se werk.

"Hulle't mak geword," sê hy vir Ella. "Hulle wil wys hulle skrik nie vir jou nie. Hulle daag jou uit om hulle te vang."

Ella het 'n ander mening. Sê dit nie hardop nie, maar verdink Abel Lotz. G'n bewyse nie, net 'n aanvoeling, en 'n gesteelde masker.

"Hoekom was die masker in jou huis?" vra kolonel Silas Sauls. "Hoekom nie toegesluit saam met die ander bewysstukke uit die Lotz-huis nie?"

"Mos nie 'n bewysstuk nie, kolonel."

"En daardie aansteekbord in jou sitkamer?"

"Om my te help fokus, om my gedagtes aan die gang te hou."

"Jy kan nie 'n private ondersoek doen nie."

"Dis nie privaat nie, dis afskrifte van al die leidrade en wenke en bewysmateriaal. Snags as ek wakker word met 'n gedagte, wil ek opstaan en na die raaisel op die bord gaan kyk, wil ek probeer om nog 'n legstuk in te pas."

"Die masker ís 'n bewysstuk," sê Fred Lange. "Jy't 'n bewysstuk verlore laat raak. Dis 'n ernstige oortreding. Die Onafhanklike Klagtedirektoraat sal . . ."

"Die masker is op Dorkas Lotz se gesig gekry, Fred. Dorkas is aan natuurlike oorsake dood, aan beroerte. Die masker is nie gesteel nie, is nie gebruik in die pleeg van 'n misdaad nie. Die Idia-masker is 'n leidraad, nie 'n bewysstuk nie."

"Oukei, hoef nie jou stert te wip nie, adjudant. Ek probeer net help."

Ella draai na Silas toe. "Ek wil na Abel Lotz se huis gaan kyk, kolonel."

"Jy dink hy sit agter hierdie inbraak?"

"'n Inbreker sal net 'n masker steel as hy dink hy kan dit vir geld verkwansel, of as dit vir hom sentimentele waarde het. Soos vir Abel Lotz. En as Abel die masker het, sal hy sy ou huis gaan besoek. Sy huis het ook vir hom sentimentele waarde, want dis waar hy sy gebalsemde ma opgepas het. Ek wil gaan kyk vir tekens dat dit hy is, dat hy terug is."

"Die sektorpatrollie van Doradopark ry gereeld daar verby," sê Fred. "Die plek is verlate, daar's niks nie."

"Gaan kyk hulle binne?" vra sy. "Of ry hulle net verby?"

"Goed, goed, as jy so sterk daaroor voel," keer Silas. "Maar vat iemand saam, vat vir . . ."

"Stallie kan saamry."

"Stallie is in die radiokamer. Vat vir Fred."

"Kolonel . . ." sê sy.

"Kolonel . . ." sê Fred.

"Vat vir Fred," sê Silas.

"Ek's besig, kolonel," sê Fred.

Ella se sel lui. "Wat's dit, Stallie?" vra sy.

"Dog net ek moet jou laat weet: die polisie in Doradopark het berig gekry oor 'n verdagte kar in Opaalstraat."

"Hoe verdag?"

"'n Motoris het 'n kar voor Abel Lotz se hek sien staan – Stefaans Kriel, Lotz se buurman. Die polisie van Doradopark ken hom. Kriel ry elke dag daar verby, weet toegang is verbode. Hy wonder wat iemand daar soek."

"Het Doradopark se polisie gaan kyk?"

"Ja. Kon niks kry nie."

Nou het sy nóg 'n rede om te ry. Voetwerk, soos Fred Lange so graag sê.

"Ry saam met haar, Fred," beveel Silas. "Gaan kyk wat daar aangaan. En adjudant, sorg dat jy dié slag jou dienspistool by jou het."

Sy swyg oor die verskuilde teregwysing. Haar dienspistool was in die kar pleks van aan haar sy tydens haar vorige, byna noodlottige, ontmoeting met Abel Lotz. Só 'n fout sal sy nie herhaal nie. Hierdie slag is haar Beretta op haar heup.

"Kom ons ry. Dis Sondag en ek het 'n vrou by die huis," sê Fred.

33. Ella Neser

Voor die hek in Opaalstraat klim Fred uit om oop te maak. Die ketting en slot is onversteurd, maar die skarniere deurgeroes.

Hulle ry in, verby die bome na die ou vierkantige dubbelverdieping. Ella klim nie dadelik uit nie.

"Kom," sê Fred. "Inspekteer die plek dat ons kan klaarkry."

Sy hand op die kolf van sy Z88, haar Beretta uit die holster, haar duim op die veiligheidsknip, voorvinger langs die sneller. Sy loer na die stoor. Hoef nie daar te gaan soek nie, hy sal nie in 'n leë pakkamer sit nie. As hy hier is, sal hy in die huis wees.

Hulle dwaal om die huis, loer by vensters in na die donker binnekant. By die kombuisvenster steek sy vas, roep sag: "Fred!"

Wys na die stukkende ruit, die tralies wat weggebuig is, vervat haar greep op die pistool.

By die buitetrap huiwer sy 'n oomblik, begin dan klim. Die trap is mankoliek, slinger effe onder haar. Fred agterna. Soek 'n sleutel aan die bos, stoot die deur vir haar oop.

Ook hierdie vertrek is in skemering. Sy trek die dik ou gordyne oop. 'n Wolk van stuiwende stof. Abel se kamer, weet sy van die verslae en diagramme in die dossier. Stap na sy sitkamer, die portretspykers steeds in die muur waar sy maskers gehang het, die leë rakke vir sy CD-versameling. In 'n hoek van die plafon die luik waar hulle sy teleskoop in die solder gekry het.

Sy badkamer is ook leeg.

Sy draai om, sien haar en Fred se spore in die stof op die houtvloere. Steek vas. Sien ook ander spore, vars, nog onbedek deur 'n nuwe stoflaag, en modder wat van skoensole afgetrap is en verhard het.

"Iemand was hier," sê sy. "Onlangs, ná die reën."

"Die polisiepatrollie van Doradopark."

"Miskien."

Sy sak op haar hurke af, beskou die vloer van die slaapkamer, volg die spore tot by die binnedeur. Die modderspatsels. Soek in haar geheue. "Daardie deur, dis die een na die binnetrap. Iemand was hier met sleutels."

"Neser, die donnerse polisie van Doradopark het duplikaatsleutels," sê Fred.

"Kan ons by daardie binnedeur ingaan sonder om die spore te kontamineer?"

Hy strek, toets sleutels in die slot. Die deur kraak oop. Hulle tree stadig met die trap af, kreunend onder hulle voete, af in die donker hart van die Nagsluiper se huis.

"Jy's behep met Abel Lotz, Neser. Hy werk op jou senuwees. Ek hoor jy speel nou harp, help dit vir die senuwees?"

"Ek doen net my werk, Fred."

"Dis oor Bam, nè?"

"Bam was een van sy slagoffers, dis al. Ek dink hy's terug."

"Abel Lotz is landuit. Wat laat jou dink hy's terug? Behalwe dat sy ou ma se masker uit jou huis gesteel is? Iemand breek by jou huis in, soek na iets waardevols, kry 'n TV, en besluit om vir sy moeite ook die masker te vat."

In sy stemtoon hoor sy die dieper implikasie, die neerbuigende mening dat 'n inbreker behoort te weet hy mors sy tyd as hy in adjudant Neser se huis na iets waardevols gaan soek.

"Die ander gesteelde goed is net oëverblindery," sê sy.

"Wens eintlik hy's hier," sê Fred. "Wens ek kan my hande om Abel Lotz se nek kry. Nee, nie my hande nie. Sy voorkop in my visier, dís wat ek soek."

Sy woorde bevestig haar vermoede: Fred Lange wil die glorie hê. Hy sien reeds sy foto in die koerante, die TV-kameras wat inzoem op sy gesig terwyl hy vertel hoe hý die Nagsluiper van Alberts Farm gevang het. Met 'n bietjie hulp van adjudant Neser, ondersoekbeampte wat harp speel pleks van moordenaars soek.

Die vertrekke onder is leeg, soos bo.

"Hier's niemand nie." Fred knip sy holster toe.

"Hy was hier," sê Ella in die kombuis, maar voel nou 'n bietjie simpel met die Beretta in haar hand, laat sak dit ook in die holster.

Sy kan haar oë nie van die ou wasbak wegdraai nie. Die wasbak is vuil, die porselein vergeel en vol barste.

"Ek't hulle al leer ken," sê Fred. "Buite baie dapper, baie waaghalsig. In die selle is hulle mak. Abel Lotz ook. Lafaard, grootbek by 'n weerlose vrou. As ek hom kry, sal jy sien, is hy net nog 'n patetiese malletjie."

Hier in Abel se werkkamer het sy op die houtbank gelê terwyl hy aan haar maagvel gesny het.

"Abel het delusies, Fred, dis reg, maar hy is nie so mal as wat jy dink nie. Nie logies nie, maar intelligent."

"Sy mal ou ma se skuld. Sý het in die groendakkies gehoort. Die huis is leeg. Ek gaan buite kyk, in die stoor en pakkamer."

"Oukei. Ek wil net nog 'n draai loop, weer in sy ma se slaapkamer gaan kyk. As hy in die huis was, sou hy in haar slaapkamer vertoef het, met haar masker."

Sy hoor Fred met die trap opstap. Sy wens sy het 'n kamera saamgebring. Onthou dan van haar selfoon se kamera. Stap terug deur die gang en portaal, deur die voorhuis na die slaapkamer waar Dorkas Lotz op haar marmerbed gekry is. Vanuit die kosyn staar Ella stip na die stof op die vloer waar dit lyk of iemand gesit het. Merke en modderklodders uit die groewe van skoensole.

Sy skakel die kamera se flits aan, begin foto's neem. Hoor nie Fred se voetstappe op die boonste vloer nie, wel gedemp 'n deur wat klap. Het Fred nou die binnedeur laat toewaai?

Sy speel die foto's terug. Duideliker as wat sy verwag het. Druk die selfoon terug in haar sak. Hand naby die holster aan haar sy, maklik om die veiligheidsknip af te glip, met 'n reguit duim, of selfs met die middelgewrig van haar krom duim wanneer sy die Beretta vinnig uit die holster moet pluk.

Op met die trappe. Ja, die binnedeur is toe. Druk dit oop, steek vas.

Deur die oop deur tussen die slaapkamer en Abel se sitkamer sien sy die trapleer onder die luik in die plafon staan. Die luik is nou oop. Sy wonder verdwaas waar Fred dan skielik 'n leer gekry het.

"Fred!" roep sy na die luik toe.

"Kom maar nader, adjudant."

Nie Fred se stem nie, effe galmend uit die gat in die plafon, maar sy herken dit. Sy het dié stem laas onder in Abel se kombuis gehoor. Hy het vir haar koffie gemaak en hulle het gesels. Toe, skielik, het hulle oë mekaar ontmoet, en sy het geweet. Maar hy het óók geweet, en sy reaksies was vinniger. Sy was vir 'n oomblik, net 'n moment, verlam, maar dit was tyd genoeg vir hom om haar voorkop teen die porselein van die wasbak te kraak.

"Abel?"

"Jy herken my stem!"

Die toon asof hy regtig bly is.

"Jy het toe tóg teruggekom. Nes ek vermoed het."

"Dis ek, ja, adjudant. Ek sien jy't nou 'n pistool saamgebring."

Sy kan hom nie sien nie, maar besef dat hy háár uit die donker gat agter die luik dophou. Wonder of sy Fred moet roep. As sy hard roep, sal hy haar buite hoor.

"Fred!"

Haar Beretta is 'n ligte, dodelike klein pistool, met 'n kort kolfgreep waarom sy nou met twee vingers 'n stewige houvas het, die wysvinger om die sneller, die duim wat die veiligheidsknip afdruk, haar pinkie onder die greep om dit te stabiliseer. Geen beweging in die donker gat in die plafon nie.

"Ek het ook 'n skietding," kom die stem uit die dak.

Sy wonder of Fred haar buite gehoor het.

"Fred!"

"Roep jy jou kollega?"

Koue spinnekoppote op haar nekvel, af na haar rug toe. Waar is Fred?

"Jou kollega is hier, adjudant, hier by my in my observatorium. Maar hy kyk nie na die sterre nie."

Fok! En die vloekery is óók 'n gevolg van die stamp teen haar voorkop, vermoed sy. Kragtige Frans, noem Silas dit.

"Laat ek met hom praat."

"Hy kan nie praat nie . . . hy't genoeg gesê."

"Is hy . . . ?"

"Hy's nie dood nie, adjudant."

"Ek wil sy stem hoor."

"Ek't gehoor wat hy alles gesê het."

"Jy weet ek kan jou nie weer laat wegkom nie, Abel."

"Fred sê ek is mal en 'n lafaard. Het jy dit gehoor, adjudant? Hy sê my moeder hoort in 'n gestig."

Groendakkies, was Fred se woord.

"Wat wil jy hê? Wat het jy met Fred gedoen? Hy's 'n polisieman, moenie dinge vir jou vererger nie."

"Hy behandel jou soos vuilgoed, adjudant. Toe jy vir my probeer opkom."

"Klim uit daar, Abel. Bring hom saam sodat ons kan praat."

"Ek sal graag met jou wil gesels. Ek hou van jou. Maar jy gaan my skiet as ek afkom."

"Net om myself te verdedig. Is dit jy wat die masker kom steel het?"

"Iemand anders. 'n Gunsie."

"Wie?"

Sy haal haar sel uit.

"Los die foon, adjudant. Sit dit op die vloer neer. As jy bel, is Fred dood. Wil jy sy dood óók op jou gewete hê?"

Soos Bam s'n.

"Wie't die gunsie vir jou gedoen? Het jy iemand wat jou help, Abel?"

"Ek doen my eie werk. Jy's baie nuuskierig, adjudant."

"Vertel my van jou vriend."

"Hy's g'n my vriend nie!" 'n Oomblik se stilte in die plafon. "Lang storie. Eendag sal ek jou vertel, wanneer ons rustig kan sit en gesels."

"Wanneer ek jou opsluit, sal ons baie tyd hê om te gesels."

"Dis ék wat jou gisteraand gebel het, vir die afspraak by Southgate."

"Ek het vermoed dis jy. Agterna, toe ek sien die masker is weg. Ek kan jou help, Abel. As jy mý help."

"Met jou ondersoek, adjudant? Watter ondersoek? Is jy besig om mý te ondersoek, of die inbraak in die Boonstra-huis?"

"Jy weet van die Boonstras?"

"Natuurlik, adjudant. Ek weet van álles. Weet ook van jou en Bam."

Sy moet eers diep asemhaal.

"Wat weet jy van die Boonstra-inbraak?"

"Bam was jou minnaar, nè, adjudant? Dis wat hy vir my gesê het. Voor ek sy gesig gevat het. Die koerante sê Bam se dood was 'n swaar slag vir jou. Is dit waar? Mis jy hom?"

Hy moet in die koerante van die Boonstras gelees het. Fynkam waarskynlik ook die internet.

"Wie't die masker uit my huis kom steel?"

"Bam was jou minnaar en jy's nie meer so rein as wat ek gehoop het nie, adjudant."

"Gee my jou inbreker se naam. Jy hoef hom nie te beskerm nie."

"Sy naam?" Weer stilte, sy hoor die dakplate se gekraak in die laatmiddagson. "Maar dan vra ek iets van jou. Quid pro quo."

"Wat wil jy van my hê?"

"Lig jou hemp op. Wys my weer jou tatoe."

"Jy't my geskend, ek was byna dood. Ek't infeksie gekry."

"Van infeksie weet ek alles, adjudant. Van infeksie kan jy my niks vertel nie," sê Abel. "Jou minnaar het ons onderbreek. Toe ek besig was met jou tatoe."

Die groot vraag: sy motief vir die velle.

"Hoekom die velle met die tatoes, Abel? Hoekom die pou en die haas, my verskietende ster, Lisa Sweeney se visse?"

"Jy't baie vrae, adjudant. Wys my eers jou tatoe. Jy gee iets, ek gee iets."

Sy trek haar T-hemp uit haar broek se band, lig dit op, ontbloot die geskende maagvel.

"Sien jy? Sien jy wat jy aan my gedoen het?"

"Tsk-tsk," sê Abel uit die plafon. "Ja, dit sal nie meer werk nie. Dog ek kan dit miskien weer probeer oes, jou verskietende ster. Maar nou mismaak. Nee, dit sal nie deug nie. Nie vir sagte maagdeperkament nie."

"Wat doen jy met die velle?" vra sy weer, herrangskik haar bloes.

"Jy's bedrywig, adjudant. Soek my, soek mevrou Boonstra se moordenaars . . ."

"Dit was nie moord nie, nie soos joune nie. Wat van die tatoes?"

"Maar mevrou Boonstra is dood."

"Die inbreker, wie's hy? Nou's dit jóú beurt. Ek kan jou help."

"Help?"

"As jy in die hof gaan staan. Ek kan getuig dat jy bereid was om te help met die Boonstra-ondersoek. Dit kan versagtend wees."

Sy hoor die eggo van Abel se lag in die swart gat, 'n hol, siniese lag.

"Versagtend? Miskien kry ek dan net drie vonnisse van lewenslank, nie vier nie? Of miskien glad nie tronk toe nie. Dalk groendakkies toe, soos Fred my moeder toegewens het. Lewenslank tussen malletjies."

"Ek weet jy't oor die grens Mosambiek toe gevlug. Waar was jy nog?"

"Jy moet meermale 'n rok dra, adjudant, dit pas jou. Jy lyk sag en vroulik."

Sy voel opnuut die rillings. Hy het haar lankal dopgehou, by Nella Boonstra se begrafnis gesien. Maar sy kon hom nêrens op Sam Mamela se video herken nie.

"Was jy in Bujumbura?"

Weer stilte in die plafon.

"Abel?"

"Hoekom het jy my moeder se Idia weggevat, adjudant? Hoekom het jy dit nie vir haar gelos nie?"

"Laat Fred uitkom, moenie dinge vererger nie."

"Goed," sê hy, "hier kom Fred. Ek los hom."

Vir die eerste keer is daar beweging in die gat. Swart skoene, stowwerig, verskyn uit die plafon, al skoppende op soek na vastrapplek op die trapleer.

"Sien jy sy bene? Is hy oukei?" vra Abel se lyflose stem.

Broekspype verskyn, dan Fred se hemp, vuil van stof en sweet. Die Beretta in haar hand gereed. Sal nie weer 'n kans met Abel waag nie. Die geringste teken van hom en sy skiet. Maar Fred se groot liggaam vul die luikopening. Sy kan 'n skoot waag, in die plafon by Fred verby. Maar as sy mis. En hy hét gesê hy het ook 'n wapen, sy vermoed Fred se Z88.

Hy daal af, arms agter sy rug vas, voete soekend na die leer se boonste sport.

Dan verskyn Fred se gesig. Kleefband om sy mond. Sy gesig opgehewe, bloesend soos 'n vet tamatie, oë effe peulend van die lus van die nylontou om sy keel.

Sy tree nader, lig die pistool op, strek die ander hand uit om Fred se voete op die leer te help.

"Los hom!"

"Hy's besig om te versmoor."

"Raak sy voete al aan die leer?"

"Amper. Laat sak hom nog laer."

Haar oë flits van die skoene na 'n teken van Abel in die gat bokant Fred. Net 'n skramse teiken sal genoeg wees, selfs net 'n been of arm.

"Ek dink die tou is te kort," sê Abel. "Ek't dit aan die dakbalk vasgemaak en moes 'n stuk afsny om sy arms vas te bind. Nou's die tou te kort, nou gaan sy voete dit nie maak nie."

"Hy verwurg!" roep sy uit, voel paniek in haar keel opstoot.

"Ja, hy's besig om te verwurg. Die tou vernou die slagare aan sy nek, verhinder die vloei van bloed van sy aorta na sy brein. Ek kén die proses van verwurging, adjudant, jy kan my niks daarvan leer nie. Gewoonlik gebruik ek my duime, ek't sterk duime, geoefend."

Sy voel 'n nuwe emosie saam met die paniek. Een van skielike woede, magtelose, siedende woede. Maar dit durf sy nie wys nie.

Abel moet gepaai word, kalm benader word. Sy buie is onvoorspelbaar. Die een oomblik gemoedelik, maar in 'n oogwenk, deur 'n verkeerde woord, 'n onverwagte handeling, verander dit in onbeheerste raserny.

"Ek probeer jou nie leer nie, Abel."

"Normale lug bevat een en twintig persent suurstof . . ."

Sy hoor hoe Fred bokant haar hard deur sy neus veg vir lug, sy nekvel rooi geskaaf van die nylontou.

"Hy kry nie asem nie!"

"As die suurstof tot vyftien persent val, verloor mens koördinasie."

"Hy versmoor!"

"Op tien persent verloor jy jou bewussyn."

"Hoekom dóén jy dit?"

"Onder agt persent verloor jy jou lewe . . ."

"Hoeveel mense wil jy nog doodmaak, Abel?"

"Fred hang nou al amper twee minute, dink jy sy inname van suurstof het al tot onder vyftien geval? Miskien al nader aan tien?"

Fok hom, dink sy, en gryp na Fred se skoene. Kan nie net staan en kyk nie. As Abel dan wil skiet, laat hy skiet.

"Het jy hom? Wag, ek kan tóg 'n bietjie skietgee. Hoe lyk dit nou?"

"Hy kan op sy tone staan."

"Goed so, ek kan voel, die tou om sy nek het effens verslap."

Fred staan op sy skoenpunte gebalanseer soos 'n versteende balletdanser. Haar pistool is op die luikopening gerig, maar al wat sy sien, is Fred se liggaam en die donker gat.

"Hou sy voete dop, adjudant. As hy afgly, hang hy. En sit jou selfoon en pistool op die vloer neer."

Sy aarsel.

Sy weet, voel dit aan, dat Abel nie van plan is om haar enige leed aan te doen nie – solank sy maak soos hy sê. Sy vermoed ook dat hy sy speletjie met haar geniet. Maar dis haar laaste kans om 'n skoot af te vuur, te hoop sy tref die kol. Tref sy, is alles oor. Skiet sy mis, is Fred dood, dáárvan is sy seker. En syself ook. Dan sal Abel nie huiwer nie, sal hy ongenadig wees.

In die solder is dit stil, asof hy haar dilemma begryp en haar kans wil gee om dit te bepeins, die gevolge van haar besluit te oorweeg.

Sy kyk op, probeer die posisie van sy stem, en dus sy liggaam, op die plafon bepaal. Ontmoet Fred se oë op haar, sien sy vrees.

"Adjudant, jou selfoon en pistool op die vloer. Of wil jy 'n skoot waag?"

Sy woorde sag en bedaard, maar galmend uit die ruimte onder die sinkplaatdak. Staan hy of sit hy, is hy net links van die opening, of net regs? In haar kop soek sy na die foto's en sketse in die dossier, onthou dan van die platform wat hy op die dwarsbalke aangebring het vir sy teleskoop.

Sy buk en plaas die foon en pistool by die voet van die leer.

"Goeie besluit. Stap nou terug na daardie binnedeur toe. Nie so haastig nie, luister eers. Druk die deur agter jou toe. Dan af met die trappe. Gaan wag in die kombuis, daar waar ek en jy laas gesels het. As jy 'n voertuig hoor dreun, kan jy uitkom, kan jy vir Fred kom probeer red. Ongelukkig het ek die leer nodig om uit te klim, so hy sal 'n ruk aan sy nek moet hang."

Sy kyk weer na Fred, sy wilde, verskrikte blik, bollende kieste soos hy agter die kleefband woorde probeer uitkry, spiere soos snare in sy nek.

"Wanneer jy by hom kom, sal hy dalk al bewusteloos wees. Maar as jy vinnig genoeg is, weer die leer onder sy voete kan inkry, sal hy bly leef. Twee, drie minute, dis al tyd wat jy gaan hê om hom te red. Nie kans om éérs met jou selfoon hulp te ontbied nie, adjudant."

Fred se pleitende oë.

"Ek sal betyds wees, Fred," sê sy.

"Gaan nou," sê Abel. "Ek los jou sel en julle pistole buite. Sodra jy hom op die leer het, kan jy iemand bel vir hulp – as Fred nog leef. En hy verdien nie om te leef nie, adjudant. Dit besef jy tog. Hy behandel jou sleg en hy sê lelike goed oor my moeder. Nog iets: as jy te laat is, kan jy dalk steeds sy lewe red, maar die kans is goed dat hy permanente breinskade gaan opdoen, dat hy, soos jou pa, nie meer 'n moordspeurder sal kan wees nie."

Sy staan by die binnedeur, draai om. Hy weet selfs van haar pa.

"Jy gaan dalk vandag weer wegkom. Maar luister nou 'n slag na mý, Abel Lotz. Ek weet alles van jou miserabele lewe af, ek weet selfs van dokter Lippens in Bujumbura. Ek het die plek gesien waar jy sy gesig afgestroop het, ek het die patetiese boodskap gesien wat jy op sy rekenaar agtergelaat het. Jy gaan nie wegkom nie, ek gaan jou krý!"

Klap die deur agter haar toe, af met die trappe.

In die kombuis hoor sy die voetstappe bokant haar op die houtvloer. Loer deur die vergeelde kantgordyne, sien hom haastig oor die werf wegstap op sy kort, vet beentjies. Storm terug trappe toe. Sukkel om die binnedeur oop te kry. Moet albei hande gebruik, bewend, angstig.

Die punte van sy skoene raak net aan die boonste sport van die trapleer, maar sy bolyf hang skeef. Lyk of die lus om sy nek die volle gewig van sy groot lyf dra. Op die vloer geen teken van selfoon of pistole terwyl sy op hom afstorm nie.

"Ek's hier, Fred!"

Op met die leer, arms om sy heupe om hom te lig, die lus om sy nek skiet te gee. Maar hy is swaar. Hy kreun, sy oë geslote, sy gesig rooi en geswolle. Tussen sy lippe die punt van sy tong sigbaar, al pers.

Nou die paniek. Hoe lank het Abel gesê? Twee, drie minute. En daarvan het al verstryk. Sy gryp na die lus om Fred se nek, styf getrek deur sy leunende bolyf.

"Fred, kan jy my hoor?"

Sy voel die konvulsies in sy liggaam, van longe wat smag na suurstof. Trek hom aan sy hemp om die gewig na sy voete op die leer te verskuif, die las op sy nek te verlig. Haar arms terug om sy heupe.

"Maak jou bene styf. Jou béne, Fred. Staan op die fokken leer, moenie hang nie."

Skuif 'n hand na die lus om sy nek, kry skaars haar vingers tussen tou en keelvel in. Onthou van Fred se knipmes. Het áltyd 'n knipmes, vir sy biltong of sy naels. Vroetel in sy sakke, trek die lem met haar tande oop, begin kerf aan die nylontou langs sy kop.

"Byt vas, Fred."

Die lem is skerp geslyp. Die nylontou rafel. Skielik voel sy hoe die leer onder haar meegee, voel sy hoe sy en Fred in 'n lugleegte aftuimel. Skaars twee meter, maar voel soos twintig voor sy die vloer tref, winduit, pyn in haar skouer soos van 'n pookyster uit 'n vuur.

Draai om na Fred op die vloer langs haar. Begin met mond-tot-mond-asemhaling, suurstof vir sy brein, dringend! Sy oë steeds toe, maar hy snak en ruk. Dis goed, dink sy, dit beteken hy lééf.

Hande gekruis op sy bors vir drukking terwyl sy aftel, weer haar mond oor syne vir suurstof.

"Haal asem, Fred. Moenie onder my doodgaan nie."

Dit lyk of hy haar hoor, aan die lewe klou, sy bors deinend soos hy na asem soek.

Sy spring op. Moet hulp ontbied. Uit by die deur, af met die buitetrap na die radio in die polisiekar.

Die patrollievoertuig van Doradopark se polisie is binne minute daar. 'n Rukkie later nog alarms, sirenes, flitsende ligte, blou en rooi, wat die stilte van dié laat Sondagmiddag versteur.

Sy sit op die vloer langs Fred en wag, praat met hom, maar weet hy kan haar nie hoor nie. In 'n koma, maar sy asemhaling klink weer taamlik reëlmatig. Fred het 'n dik nek, sy hoop sy nekwerwels is ongeskonde.

Terwyl sy na die sirenes luister, bekyk sy die verwoede rooi rif om sy keel. Neurologiese toetse sal gedoen moet word, elektro-enkefalogramme geneem word, om na blywende breinskade te soek. Hy sal dieselfde neuroloog as sy moet gaan besoek.

"Hier's hulle nou, Fred. Jy's in goeie hande."

Patrollievoertuie, 'n ambulans, 'n voertuig van die polisie se tegniese eenheid, die honde-eenheid, die forensiese span, misdaadtoneelbestuur. Kolonel Silas Sauls.

"Is jy oukei?" is sy eerste vraag.

"Ja."

"Jy was toe reg."

Sy knik net.

"Het jy hom gesien?"

"Met hom gepraat, sy stem herken. En hom sien wegstap, sy agterkant. Dis hy. Dis Abel Lotz. Is Fred oraait?"

"Dit sal ons nog nie weet nie. Hoe't hy Fred oorrompel?"

"Moes ons kar gehoor en met sy leer in die solder gaan skuil het. Hy't na ons gesprek geluister terwyl ons die huis deurgekyk het. Toe Fred alleen was, het hy uitgeklim en hom oorrompel, sy wapen gegryp."

"En jy't nie gehoor toe hy wegry nie?"

"Hy't gesê ek moet luister vir 'n dreuning. Daar was niks nie. Asof hy in die lug opgeraap is."

"Maar Stefaans Kriel het 'n verdagte bakkie gesien. Waar sou Abel dié versteek het?"

"Die stoor was leeg. En ons't die hele huis deurgesoek, ek en Fred."

"En toe raak julle gerus."

"Fred was op pad uit om die res van die werf te verken, die stoor en pakkamer. Ek soek vars lug, kolonel. Kan ek uitgaan?"

"Het die paramedici iets vir jou gegee? 'n Kalmeermiddel?"

"Ek's kalm, kolonel. Ek het net vars lug nodig."

"Oukei," sê Silas, "uit! Jy's in die pad, ons moet die huis prosesseer vir leidrade en bewysstukke. Gaan bekyk die werf terwyl ons hier besig is. Gaan soek die wegsteekplek vir sy bakkie."

34. Ella Neser

'n Kragopwekker word opgestel, kabels aangelê vir mobiele ligte binne en buite die Lotz-huis in Opaalstraat. Dis nog nie donker nie, maar dit gaan 'n lang nag wees, dink Ella.

In die vroegaandskemering dwaal sy deur die vergane tuine, gaan staan by die ou handpomp op 'n boorgat, nou vasgeroes ná jare se onbruik. Sy betrag die vore, toegegroei deur onkruid, waarlangs water eens uitgekeer is vir die groenteakkers.

Sy loop om die huis, verby die kombuisdeur wat deur 'n rugbyspeler oopgeskouer is om haar van die Nagsluiper se skalpeermes te kom red. Hier vertoef sy nie, sukkel om haar gedagtes te orden ná die traumatiese herontmoeting met Abel Lotz.

So baie wat sy hom nog wou vra tydens hulle vreemde gesprek. Maar miskien is dit goed dat sy hom nie van aangesig tot aangesig gesien het nie. Sy stem was genoeg om al die ou spoke te laat herleef. Hoe sou sy haar emosies kon beheer by die aanblik van daardie gesig?

Terug tot by die kar waarmee sy en Fred gekom het, haar blik nou op die leë stoor en die pakkamer, so vyftig tree van die kombuisdeur af. Sy loop stadig stoor toe. Die deur van die pakkamer, met sy stukkende grendel, is toegetrek. Sy stoot die deur oop, verstar, gryp instinktief na die leë holster.

Op die vloer lê hulle bors teen bors, maag teen maag, lendene teen lendene. Ella staar na wat lyk soos minnaars in intieme kopulasie. Maar met dié twee is dinge nie pluis nie. As daar 'n daad van paring was, is dit verby. Hulle moet eers orent gestaan het, so intiem teen mekaar, terwyl hulle liggame van die skouers af tot om die enkels met kleefband aan mekaar vasgewoel is.

Uit die pakkamer se deur galm haar uitroepe oor die werf: "Jimmy! Kolonel! Hier!"

'n Konstabel buite hoor haar, kom aangedraf. "Is dit jý wat so raas, adjudant?"

"Kom help hier. Waar's jou handskoene? Ek wil nie jou vingers oor al die kleefband hê nie."

"Wat doen hulle?" vra die konstabel.

Op haar knieë langs die paartjie trek sy die taai stukke van hulle lippe weg, leun met haar oor na die monde, voel met haar vingers teen die nekke vir 'n pols.

"Bewusteloos, maar hulle leef. Gaan roep een van die paramedici daar binne."

"Maak so, adjudant."

"Is dit jy wat so gil, Neser?" vra Silas Sauls by die deur.

"Ek't nie gegil nie."

Hy behoort te weet dis nie haar aard om te gil nie, dink sy. Sy is nie van die gil-soort nie.

"Wie's dit?" wonder Silas.

Sy begin die kleefband om hulle skouers losdraai, merk die kneusing onder die man se adamsappel. Soek en kry 'n soortgelyke kneusing aan die vrou se keel. 'n Harde voorwerp, of die sykant van 'n harde hand, dink sy, soos 'n karatehou. As die hou effe harder was, sou dit die keelbeentjies gekraak het, die lugweë afgesny het. Hulle sou versmoor en gesterf het. Maar hulle leef, al is hulle asemhaling vlak en hortend.

Sy druk die hare weg, soek na die prikmerk van 'n spuitnaald onder albei se ore. Dis hoe Abel sy slagoffers verlam het.

"Draai sy gesig dat ek beter kan sien," sê Silas, en dan: "Snakes?"

Sy hoor die verbasing. "Herken jy hom, kolonel?"

Hy knik. "Snakes, ja. Het nie Vrydagaand by die hondjies opgedaag nie."

Ella draai die kleefband om hulle bolywe los, sien ineens die veelkleurige drade, bruin en blou en 'n derde een, geel-en-groen.

"Wat de moer . . ." snak Silas. "Is hulle eers met elektriese drade vasgemaak voor hulle aanvaller die kleefband gebruik het?"

Tussen die bolywe volg haar vingers en oë die gekleurde drade tot in die warm liggaamshitte waar hulle mae ontmoet. Tydsaam, byna delikaat, trek sy die kleefband los. "Lyk of die los drade in die holte tussen hulle heupe vergeet is."

Maar leun dan nader. Die drade is nie los en vergete nie: dis gekoppel aan iets wat lyk soos 'n wit PVC-pyp tussen hulle mae.

"Uit!" Silas se bulderstem in haar oor.

Sy steier agteroor, land op haar sitvlak, spring op.

"Booby trap!" skree Silas.

Hulle storm uit.

Buite wag die konstabel van Doradopark wat die paramedikus gaan roep het.

"Radio die bom-squad, konstabel," beveel Silas. "En laat weet die ander patrollievoertuie. Ry deur die veld, alle omliggende strate, kyk of julle iemand sien wat vir kwaadgeld rondhang. Miskien is Abel nog nie weg nie, wag hy vir die ontploffing."

Hy en Ella bly staan op 'n veilige afstand, beskerm deur die ongepleisterde sementblokke van die pakkamer se muur.

"Hoekom het dit nie afgegaan nie?" wonder hy.

"Miskien nie 'n regte bom nie, dalk net vir skrikmaak," sê sy.

"Geen trip wire nie. Miskien 'n tydmeganisme. Het jy iets soos 'n wekker gesien?"

Skud haar kop. "Kan met 'n selfoon afgesit word, binne 'n beperkte radius. Kan baie volatiel wees, suur wat die knaldop wegvreet."

Of 'n alkaliese battery wat die filament van 'n gloeilamp laat gloei om 'n plofbare mengsel van asetoonperoksied te laat ontbrand. Maar dié noem sy nie, want te veel kennis, in die oë van ou hande, kan gevaarlik wees.

"Volatiel?" vra Silas.

"As daardie twee bykom en begin stoei en wriemel . . ."

"Die pyp kan vol plofstof wees."

"Bid dat hulle bly slaap tot die bom-squad opdaag."

"Is dit jou vriend Abel se werk?"

Dan hoor sy die gedempte uitroep deur die stukkende venster

van die pakkamer. Die stem van 'n vrou wat klink asof sy 'n erge verkoue het.

"Sy's wakker." Ella draf nader, skuilend agter die muur. "Lê stil!" roep sy deur die stukkende venster.

"Help my," sê die hees stem.

"Moenie beweeg nie," sê Ella.

"Wie's jy?"

"Die polisie."

"Die fokken polisie?"

"Ja."

"Waar's hy?"

"Wie?"

"Maak my los! Maak my fokken los!"

Ella hoor die histerie, kan voor haar geestesoog die gewriemel op die vloer sien teen die oorblywende kleefband. "Lê stil!"

"Ek wil uitkom! Ek wil . . ."

Die uitroep word kortgeknip, verswelg. Die slag van die ontploffing soos die gedonder van 'n trein deur 'n tonnel, die oranje ligflits, die stank van die rook, die golf van warm lug, reuk van verskroeide vleis.

Ella tref die grond agter die pakkamer se muur, haar tweede harde kennismaking met die grond op hierdie Sondag; dieselfde skouer, dieselfde vuuryster, net gloeiender.

Haar ore suis, haar oë traan.

Dan die stilte. Ná so 'n plofslag is die groot stilte bykans tasbaar in die lug. Die stilte en die pyn in haar sinusholtes van die geweldige drukking van lug. Haar oë en mond en tande grinterig van die stof.

Sy voel hoe sy aan haar hand opgehelp word.

"Ella?"

Onvas op haar voete, hoor Silas roep, kan nie mooi hoor wát hy roep nie. Wikkel haar vingers in haar ore. Voel hoe hy haar aan 'n arm beetkry en weglei. Om hulle nou 'n samedromming, al die polisiemanne en ondersoekers deur die slag van die ontploffing uit die huis gelok.

"Kan jy my hoor?" vra Silas, sy gesig teen hare.

"Ja, dis beter. My ore begin oopgaan."

"Sien jy kans om in te gaan?" Hy beduie na die pakkamer.

Sy ken uit haar kursusse die gevolge van 'n selfmoordbom. Wanneer die bom afgaan, ontspan die blaas- en sluitspiere van die skok wat die liggaam ruk, die krag van die slag skeur deur maag en bors, ruk bene en arms af. In die geval van 'n selfmoordbom waar die plofstof in 'n moulose baadjie gedra word, word die kop gewoonlik eerste afgeruk. Terselfdertyd val die longe plat. Die hart en milt en ander organe en ingewande bars oop. Die liggaam, of wat daarvan oorbly, onherkenbaar as dié van 'n mens, behalwe die kop, as dit gekry kan word.

35. Ella Neser

Maandagoggend op kantoor wag sy vir haar foon om te lui. Skaars 'n uur geslaap. Steeds 'n bewing in haar vingers, steeds 'n gesuis in haar ore. Sy wag vir Jimmy. Een van sy manne probeer die landlynnommer naspeur van die huurder wie se telefoon Abel gebruik het om haar Saterdagaand uit haar huis weg te lok.

Jimmy en sy manne probeer al van gisteroggend vroeg die betrokke senior toesighouer van Telkom in die hande kry wat gemagtig is om vertroulike inligting oor telefoonhuurders aan die polisie te gee. In die etensuur Sondagmiddag het hulle hom by sy huis gekry. Die toesighouer was kortaf, het gesê sy vrou verjaar en hulle het gaste, maar omdat dit polisiebesigheid is, is hy bereid om die moeite te doen om kantoor toe te ry, sy rekenaar aan te skakel en die nommer en naam van die huurder na te gaan.

Maar, het die toesighouer gesê, die inligting word net persoonlik verstrek, nie telefonies nie. En nét aan kaptein Jimmy Julies, hoof van forensies. En kaptein Julies moet sommer die vereiste lasbrief saambring, onderteken deur die hooflanddros. Jimmy het gesê hy het nie 'n lasbrief gereed nie, is besig met forensiese prosessering op 'n misdaadtoneel. Die Telkom-amptenaar het gesê hy is besig om vleis te braai vir gaste.

Toe Jimmy die foon neersit, het Ella uit Doradopark gebel, en Jimmy na sy tweede misdaadtoneel van die Sondag ontbied.

Nou wag sy vir inligting oor die huurder en vermy die mediakonferensie oor die opspraakwekkende bomontploffing. Sy laat die konferensie, gepak deur joernaliste, fotograwe en TV-kameras, oor aan kolonel Sauls en streekkommissaris Pitso. Die streekkommissaris het sy vlugtig in die gang gesien, uitgedos in die volle ornate regalia van 'n luitenant-generaal, op die blou epoulette drie goue heksagone saam met gekruiste swaard en staf. Op háár uniform – wanneer Ella dit op 'n spesiale okkasie dra, soos vir die militêre begrafnis van 'n lid – is geen goudversierde epoulette nie, net 'n blou kenteken van lap teen die mou van die boarm, met die landswapen en haar rang: WARRANT OFFICER.

Sy het ander dinge om te doen. Sy het 'n afspraak met 'n sterrekundige by die Hartebeeshoek-observatorium vir radio-astronomie, dertig kilometer noordwes van Krugersdorp aan die Wes-Rand. Doktor Verhoef se hulp as ekspert is ingeroep toe Abel Lotz se Dobsonian in die dak van sy huis in Doradopark ontdek is, ingestel op die ster Betelgeuse.

Sy raap die foon op toe dit lui, herken Milo Boonstra se stem.

"Jy't nie gisteraand kom draf nie. En jou selfoon is af."

"Ek was uitstedig vir werk, Milo. En my sel is stukkend."

Die sel en twee dienspistole is opgespoor, in die murasie van 'n ou werkershut agter Abel se stoor. Die foon flenters en die pistole se magasyns verwyder. Forensies het gipsafdrukke gemaak van spore van 'n voertuig in die hut.

"Gaan ons vanaand draf?"

"Ons kan gaan draf."

"Jy klink moeg. Is jy moeg?"

"Min geslaap."

Hy hoef nie, in hierdie stadium, te weet van die inbraak by haar huis en haar ontmoeting met Abel Lotz nie. Ook nie van die slagoffers van die bomontploffing voordat die inligting op die mediakonferensie vrygestel is nie.

"Ons het gewonder oor die uitslag van die DNS-toetse aan die kougom en die bloed aan my ma se kierie. Ek weet nie veel van sulke goed nie, maar Archie sê die DNS-profiele van mense met 'n misdaadrekord behoort op 'n polisiedatabasis te wees."

"In Amerika, ja. Nie hier nie. Boonop het die polisie se biologie-afdeling 'n lang agterstand. Dit sal nog 'n tyd vat, miskien 'n paar maande."

"Kan jy die DNS by 'n private laboratorium laat toets? Ons sal daarvoor betaal."

"Dis nie hoe ons met forensiese bewysmateriaal werk nie. Dit moet in die polisie se biologielaboratorium getoets word. Prosedures en protokol moet gevolg word sodat die resultate in 'n hof as bewysstukke aanvaar kan word."

"Hou aan, Ella." Sy hoor stemme op die agtergrond, dan weer Milo: "Archie vra of aanklaers dan nie private spesialisgetuies in verhore gebruik nie? Soos dokters, sielkundiges, eksperte op hulle vakgebiede. Hy vra of die DNS-analise van 'n private laboratorium dan nie juis onbevooroordeeld is nie? Of hulle nie eksperte is nie?"

"Hulle is. Milo, ek moet gaan."

"Sal jy die kougom en bloed in 'n private laboratorium op ons koste laat toets? Archie sê hulle het streng protokol, verloor of kontamineer nie bewysmateriaal nie, en het nie 'n agterstand nie."

"Oukei, ek sal dit so aan kolonel Sauls stel."

Toe sy die foon neersit, lui dit weer, dié slag Jimmy.

"Die huurder is Heila Senekal, Robynstraat, Doradopark. Kom laai my op dat ons met mevrou Senekal kan gaan gesels."

"Ons kan sommer by die hospitaal aanry om te kyk hoe dit met Fred gaan."

Sy voel skuldig, het nog nie 'n beterskapkaartjie en blomme vir Fred gevat nie. Hy is steeds in 'n koma, maar die prognose is gerusstellend. Nie gou terug by die werk nie. As hy inderdaad weer sal kan werk.

Sy en Jimmy vertrek opnuut na Doradopark, plek van nimmereindigende nagmerries.

Die huis lyk verlate toe hulle op die rooi stoep aanklop.

Onder die afdak 'n Chevy, en sy begin soek in haar geheue na beelde van karre op Nella Boonstra se begrafnisvideo. Sy onthou 'n ou rooi kar, maar sy kan die model nie onthou nie.

Die voordeur is gesluit. Sy probeer by die donker vensters inloer, probeer sien wat agter die gordyne aangaan. Jimmy is by die Chevy onder die afdak.

Agter die huis merk sy omgedolwe grond, asof mevrou Senekal voor die buitekamer se deur gespit het, dalk vir 'n groentetuin of blombedding. Toets die deur, nie gesluit nie. Binne rommel, ou katel, buitebande, enjinonderdele onder die katel. Niks wat iemand sal wil steel nie, miskien vir skroot.

Die kombuisdeur is ook nie gesluit nie.

"Hallo!" roep Ella by die stil huis in. "Iemand tuis? Hallo?"

"Jy weet ons het 'n lasbrief nodig om private eiendom te betree," sê Jimmy.

"Bogger die lasbrief. Kom."

Op die kombuistafel lê papiere verstrooi, koerantknipsels, 'n boks met Kentucky-bene gekoek deur miere. Sy trek een van die knipsels nader. Opskrifte oor die Boonstra-inbraak.

In die badkamer skerper reuke, van huishoudelike reinigers, ammoniak.

En iets anders. Elders in die huis. Sy het dit al tevore geruik. In Abel Lotz se kombuis, terwyl hulle met mekaar gesels het, hulle laaste gesprek destyds. Uit Abel se werkkamer was daar so 'n reuk.

Sy kyk by 'n oop deur in. Slaapkamer van 'n man; mansklere, skoene en sokkies op die vloer, jeans oor die bed, hemp oor 'n stoel. Sy kyk nie in die hangkas nie, trek nie laaie van 'n laaikas oop nie.

"Ella!" Jimmy se stem, onruswekkend, uit 'n ander slaapkamer.

Steek in die kosyn vas. Haar maag ruk, en sy probeer haar bes, veral voor Jimmy, om haar emosies te beteuel.

"Dis . . . Abel Lotz se werk, Jimmy. Net hy kan so iets doen."

"Is dit Heila Senekal?"

Die vel aan die ou vrou se arms lyk los en bleek en gerimpel soos die onderkant van 'n soort wilde sampioen, die gesig oortrek deur maaiers.

"Hoe vinnig kan jy die Chevy se nommer nagaan, Jimmy? Ek dink nie dis mevrou Senekal se kar nie, ek dink nie sy kon meer bestuur nie."

Ella bel kolonel Sauls. Hulle sal moet hulp kry. Silas sal

dringend op die mediakonferensie in streekkommissaris Pitso se oor moet fluister oor die ontdekking van nóg 'n slagoffer, van 'n vrou sonder gesig in Doradopark. Silas sal dringend in streekkommissaris Pitso se oor 'n versoek moet rig vir die herontplooiing uit ander jurisdiksies van meer speurspanne, spesialisondersoekers, die Valke. Meer voete op die grond. Want in Doradopark is die duiwel los.

Jimmy kry hare in die man se slaapkamer, lig vingerafdrukke, dep monsters van speeksel aan 'n tandeborsel. As hulle kan vasstel of die DNS aan die tandeborsel klop met dié aan die kleefband in Archie Boonstra se slaapkamer, of dalk met die bloed aan Nella Boonstra se kierie, het hulle bewyse dat hierdie huis die blyplek is van een van die inbrekers. 'n Ou Chevy en koerantknipsels is geen bewyse nie.

Bowenal soek Ella forensiese bewyse van Abel Lotz se teenwoordigheid in hierdie huis. Die huis waaruit hy haar gebel het, die huis met die liggaam van 'n nuwe slagoffer. Sy het vermoedens, sterk vermoedens, maar sy het bewýse nodig dat Abel hierdie vrou vermoor het.

Dokter Koster sal die liggaam ondersoek, en sy het geen twyfel oor sy bevindinge nie: die handewerk van dieselfde regshandige slagter. Die een wat Andy Collipepper en Bam se gesig afgestroop het, daarna dokter Lippens s'n in Bujumbura. En nou Heila Senekal.

Sy los die ondersoekers by die Senekal-huis en ry Wes-Rand toe vir haar afspraak met die sterrekundige.

"Jy's laat," sê doktor Verhoef. "Ek's 'n besige man."

Besige man? En hy swyg oor die blou kringe om háár oë, en dis nie van grimering nie.

Luister darem aandagtig na haar dilemma. Sê dan: "Hemelliggame is my vakgebied, nie reeksmoordenaars nie. Maar dié geval intrigeer my."

"Daar moet 'n verband wees tussen die tatoeëerontwerpe op die velle wat Abel Lotz skalpeer. Dit kan vir hom van simboliese belang wees," sê Ella.

"Of van astronomiese betekenis, wonder jy?" sê doktor Verhoef. "Anders sou jy my nie kom besoek het nie."

"Sy slagoffers se tatoes het almal 'n verband met óf maskers óf sterre."

Behalwe dié wie se gesigte hy geskalpeer het, maar daarvoor, vermoed sy, het Abel 'n ander motief. Of nié 'n motief nie. Die gesigte kan net 'n uiting van woede wees.

"En jy dink nie dis maskers nie, jy dink die verband lê by die sterre?"

"Teen sy mure was maskers met diere-ontwerpe: voëls, elande, buffels . . . Hoekom sulke ontwerpe ook op tatoes gaan soek? En vir watter doel?"

"Ek's 'n astronoom, adjudant, nie 'n astroloog wat my besig hou met Wat die Sterre Voorspel nie."

"Ek soek nie voorspellings nie, doktor, ek soek feite. Ek wil jou teorieë hoor oor verskietende sterre, oor 'n moontlike verband tussen verskietende sterre en diere, spesifiek 'n pou, 'n haas en visse."

"Derduisende ton meteoroïede, of ruimtestof, dring elke dag die aarde se atmosfeer binne. Soos met NASA se ruimtependeltuie gebeur, verhit die meteoroïede weens die geweldige wrywing en word sigbaar. Dan word dit meteore genoem, of verskietende sterre."

Val hom nie in die rede nie, laat hom verduidelik. Sy kén geleerde mense. Het self so 'n dosent goed geken.

"Meteoriete is 'n derde groepering naas meteoroïede en meteore. Meteoriete is liggame wat nié in die atmosfeer verbrand nie, helderder as 'n magnitude van minus drie. Meteoriete is dié wat die aarde se oppervlak tref. In die folklore van Afrika is baie verwysings na hierdie soorte ruimteliggame."

"Hulle het betekenis, soos etniese Afrikamaskers?"

Hy knik. " 'n Meteoor wat van wes na oos beweeg, beteken vir die Ijebu dood. Vir die Kanakuru is meteore die siele van hulle dooies wat terugkeer aarde toe om herbore te word."

"Maar waar pas diere in?"

"Die San was sterrekykers. Hulle het Castor en Pollux elandkoeie genoem, Procyon die elandbul, Aldebaran 'n hartebees. Die !Xam het Alpha en Beta Centauri as leeumannetjies geken. Vir die !Khunuseti was die drie sterre van Orion se belt drie sebras, en Betelgeuse was húlle groot leeu."

"Bring ons nie eintlik nader aan 'n verband nie. Dit bevestig net dat Abel se maskers wel ook astronomiese betekenis vir hom gehad het. Alles draai om die sterre, doktor."

"Jy's reg, adjudant. Alles draai om sterre. Soos alles in ons planetêre stelsel om ons sterson draai. Ek kan nie in sterre en meteore 'n verband sien met die tatoeërings nie, bloot net dat almal ruimteliggame verteenwoordig wat in Suidelike Afrika sigbaar is."

"Ook Mia se pou, Emma se haas en Lisa se visse? Is hulle ruimteliggame?"

"Hulle is konstellasies van sterre. Die pou kan Pavo wees, in grootte die vier en veertigste van die agt en tagtig konstellasies. Die haas kan Lepus wees, een en vyftigste konstellasie. Die twee visse Pisces, veertiende konstellasie. Kan ook Pisces Austrinus wees, die suidelike vis, sestigste konstellasie."

"En my verskietende ster is vanselfsprekend nie 'n konstellasie nie, wel 'n ruimteliggaam."

"Ek dink jou aanvoeling is reg, adjudant. Ek dink die verband tussen die velle lê in die ruimte. Die Nagsluiper versamel velle van astronomiese betekenis."

* * *

Milo Boonstra ry na die Cresta-winkelsentrum in Johannesburg. By 'n verkeerslig koop hy 'n pet by 'n straatsmous. 'n Swart gholfpet van keperlinne, voorop geborduur *Hole in One*, binne op die etiketlappie *Made in China*.

By Theatre Props soek hy 'n snor. 'n Groot keuse, twaalf kleurskakerings, glo van egte mensehare, en in ses style: Handle Bar, Bushy, Military, Gentleman, Chang . . . Hy oorweeg Bushy, koop uiteindelik die Viva Zapata. Saam met die botteltjie Hydro Mastix Washable Wig Adhesive kos die rooi hangsnor hom R124. Hy koop ook geskenkpapier, 'n groetekaartjie en vars blomme – 'n gerf geel affodille met hulle voete versteek in mistige baby's-breath.

In die waskamer van die winkelsentrum plak hy die snor op sy bolip, verstel dit vinnig voor die gom verhard.

"Viva," mompel hy tevrede terwyl hy sy nuwe gesig in die spieël bekyk, met pet, sonbril en snor.

Van 'n openbare telefoon af bel hy na moord-en-roof, vra om met adjudant Ella Neser te praat. Sy is uit, wil hy 'n boodskap los? Hy wil nie, en dankie vir die hulp.

Hy ry met die pet laag oor sy voorkop getrek, oë verskuil agter die sonbril, sy bolip jeukerig onder die snor; sy gesig gewoonlik haarloos en glad geskeer. Op die agtersitplek is die blomme en 'n groterige boks in geskenkpapier toegedraai.

Hy kry parkeerplek 'n blok van die polisiestasie af. In die warm, windlose middag hang twee vlae slap aan hoë pale voor die gebou waarheen hy stap. Met die boks in sy arms, die blomme en groetekaartjie in sellofaan bo-op die boks, kies hy die ingang met die bordjie AANKLAGKANTOOR. Binne, voor hy by die toonbank kom, is trappe. Hy ignoreer 'n bord met 'n pyl boontoe: SPEURDIENS. Plaas die geskenkboks en blomme op die toonbank, wag geduldig sy beurt af.

Toe 'n toonbankkonstabel vraend sy wenkbroue lig, wys hy na die geskenkpak en blomme. "Vir adjudant Neser."

"Gaan gee dit self. Op met die trappe, af met die gang, derde deur links."

In die oop vertrek net twee mans in private klere, doenig agter rekenaars, kyk skaars op.

"Adjudant Neser se lessenaar?" vra hy.

"Eerste een regs, daar bý jou," sê een van die mans, duidelik gesteur deur die onderbreking.

"'n Pakkie en blomme vir haar," sê Milo, sy profiel na hulle gedraai.

"Verjaar sy?"

"Weet nie, ek's net die koerier."

"Sit dit op haar lessenaar, sy's uit."

* * *

Sy kom van doktor Verhoef af terug, spring die trappe twee-twee op, die bom tydelik vergete. 'n Deur is op 'n skreef oop na Abel Lotz se beheptheid met getatoeëerde velle.

By haar lessenaar steek sy vas, staar na die pakkie en blomme.

"Verjaar jy?" vra luitenant Papi Asmal.

"Nie waarvan ek weet nie," sê Ella.

"Jy't 'n present gekry, nogal blomme ook," sê sersant Tabs Makgaleng.

"'n Nuwe lover?" vra Papi.

Sy ignoreer hom.

"Met 'n rooi snor?" vra Tabs.

Sy gaan sit, lig die flap van die kaartjie met die punt van haar voorvinger op.

Hier's hy. Met die hand geskryf.

"Hoe't hy gelyk, die afleweraar van die geskenk?" vra sy.

Papi haal sy skouers op. "Keps, sonbril . . ."

"Rooi snor," sê Tabs weer. "Moestas wat hang. Nie gegroom soos die kolonel s'n nie."

"Oud, jonk?"

"Moeilik om te skat, met die pet en sonbril en snor," sê Tabs.

"'n Koerier," sê Papi. "Wat maak dit saak hoe oud 'n koerier is?"

"Hy't nie 'n uniform aangehad nie," sê Tabs. "Koeriers dra hemde met 'n naam en logo."

"Hy hét 'n naam op sy hempsak gehad," sê Papi. "En op sy keps."

"Baie hemde het name op," sê Tabs. "Pringle, Jeep . . . Kepse ook."

"Hei!" sê Ella. "Stop dit!"

“Het jy iets verwag? Iets bestel vir aflewering?” vra Papi.

“’n Geskenk en blomme vir myself laat aflewer?” sê sy, irritasie in haar stem.

Onseker mik sy weer na die geskenkboks met die kaartjie en vreemde boodskap.

“Kan ’n bom wees,” sê Tabs, kom nou nader.

“Jy lok bomme aan,” sê Papi.

“Hoekom sal iemand vir my ’n bom stuur?”

“Hoekom sal iemand twee mense met ’n bom opblaas?” vra Tabs filosofies.

“Kan Abel Lotz wees. Jy’t gesê hy’s terug.” Papi sluit hom ook by hulle aan voor Ella se lessenaar.

“Dis maklik om ’n bom te maak,” sê Tabs. “Die internet is vol sulke formules, sommer met skoonmaakmiddels en kunsmis.”

“Is Jimmy terug van Doradopark af?” vra Ella.

Sy bel kolonel Sauls se kantoor. “Kolonel, miskien die bomsquad en snuffelhonde.”

“Bom! Dêmmit, Neser, nie wéér nie.”

Sy en Papi en Tabs wag. Die BDU, vermoed sy, sal begin bid dat adjudant-offisier Ella Neser van moord-en-roof iewers ver weg ’n koffiewinkel gaan open. Sy sal ’n groot gat voel as die boks wél ’n geskenk bevat, miskien nagklere, fyn en pienk en deurskynend. Maar van wie?

Op Silas se hakke arriveer Jimmy Julies met sy blink aluminiumkoffer vol forensiese toorgoed. Daarna ’n sersant van die BOMB DISPOSAL UNIT, dik oorpak aan en helm met gesigskerm op. Agter hom die adjudant van die K9 Honde-eenheid met sy snuffelhond vir plofstof.

Sy hanteerder lig die borderkollie op die lessenaar, por hom aan. Die hond besnuffel eers die blomme en dan die geskenkpak van alle kante. Verloor belangstelling, begin besnuif Ella se telefoon, rekenaar en skouersak.

“G’n plofstof nie,” sê sy hanteerder.

Die BDU-sersant trek sy oorpak uit.

Ella voel ’n bietjie simpel.

Nou forensies se beurt. Jimmy met sy rubberhandskoene haal die blomme uit die sellofaan, trek die sellotape van die geskenkpapier los, vou die papier oop. Hulle staar na die blou koelboks.

"Miskien het hy vir jou koue bier gestuur?" sê Papi Asmal.

"Of tjops en wors," sê Tabs.

Jimmy lig die deksel op, steier weg. "Fok!" sê hy, nie geneig tot swets nie.

Silas Sauls loer vooroor by die boks in. "Dêmmit!"

Papi en Tabs druk nader.

"Hel!" sê Tabs.

Papi staar net.

Ella kry ook kans om te loer. Sê niks nie, voel net haar hart wat in haar keel klop, en die naarheid op haar maag.

"Wie's dit?" vra Papi.

"Wie dit ook al is, dis onnodig om die forensiese patoloog te ontbied," sê Silas.

Die oë wat uit die boks staar, is melkerig en glaserig. Ella kan sien aan die kleur van die gesigvel, die gestolde bloed, die hare wat op sy kop onder 'n yspak sigbaar is, dat hy al 'n paar dae in die koelboks lê. Sy wange en neus en wimpers hard geys onder haar vingers, soos 'n borsbeeld – sonder bors – van bleek marmer.

Ella vind haar stembande. "Sy DNS, Jimmy . . ."

"Dié wou ons gister al gehad het, Jimmy," sê Silas. "Ek sal streekkommissaris Pitso se arm draai vir die uitgawe aan 'n private lab."

"En vat sommer sy vingerafdrukke ook," sê Papi, en hy en Tabs begin giggel.

Streekkommissaris Pitso laat nie maklik sy geldarm draai nie, maar Ella weet dié slag het hy nie 'n keuse nie. 'n Nuwe moordondersoek, en 'n kadawer – die kop van 'n kadawer – is persoonlik by moord-en-roof kom aflewer, in die hart van sy heiligdom.

Jimmy versamel die kaartjie, geskenkpapier, sellofaan en sellotape in bewyssakke vir vingerafdrukke en spoorelemente.

"Ek stuur die kaartjie ook vir handskrifontleding," sê hy.

"Tabs," sê kolonel Sauls, "aanklagkantoor toe. Gaan vra uit oor die afleweraar van die boks. Kry hulp, miskien het iemand sy kar gesien."

"Papi," sê Ella, "laat kom die kunstenaar sodat jy en Tabs die gesig kan beskryf vir 'n identikit."

Dit val haar op dat niemand iets sê oor die afbakening van 'n misdaadtoneel nie. Geen opdrag om polisiebaniere te span om die lessenaar van 'n moord-en-roof-speurder nie.

Jimmy begin die boks stelselmatig vir vingerafdrukke stof, skud dan sy kop. "Jy kan hom maar vir dokter Koster vat."

Ella ry met die boks langs haar op die sitplek staatslykhuis toe, plaas dit op die outopsietafel waar dokter Koster beduie.

"Wil jy nie 'n ander soort werk gaan soek nie, adjudant?" vra hy terwyl hy die inhoud van die koelboks deur en oor sy bril beskou.

"Wat bedoel jy, dokter?"

"Ek bedoel 'n ander werk. Miskien in 'n skoonheidsalon, jy kan naels gaan manikuur. Of in die toerismebedryf, gids op 'n wildplaas."

Sy verwerdig haar nie 'n antwoord nie. Naels manikuur!

"Wanneer jy 'n ondersoek hanteer, het ek nie rus nie. En jy kan nie net by die gewone bly nie. Jy kan nie net gevalle ondersoek waarin iemand geskiet word nie, of gesteek, of met 'n klip oor die kop gekap word nie. Nee, jóú moorde word altyd tot die uiterste gedryf. Eers die velle, toe die bom, nou die kop wat afgesny is. Gaan open 'n dêm koffiewinkel, adjudant."

"Wat van Heila Senekal se gesig, dokter?"

"Jy bedoel haar vermiste gesig. Jou aanvoeling was reg: dit stem ooreen met die werkwyse aan Bam . . . aan die vierde slagoffer se gesig, en met die werkwyse aan die kadawer in Bujumbura. In my regsgeneeskundige verslag sal ek die punte van ooreenstemming duidelik uitwys. Die slagter van die drie gesigte is dieselfde persoon."

"Abel Lotz," sê sy. "Maar hoekom nou ook 'n man onthoof?"

"Laat ons nie raai nie, adjudant. Laat ek eers hierdie outopsie afhandel, die snitte ondersoek, kyk of dieselfde mes gebruik is."

Sy hou dokter Koster se vingers dop. "Aha!" sê hy, trek met 'n haartangetjie iets uit die mondholte. "Wat's dit?"

Sy leun nader. "Plastieksakkie?"

Soos dié wat banke vir kleingeld gebruik. Hy maak die sakkie oop, haal 'n papierflenter uit, vou dit oop. In die papier lê 'n kougomkoutjie en 'n stukkie watte.

"Lyk of die watte in iets gedep is. Bloed," sê dokter Koster.

"Wat's op die papier geskryf?" Sy leun nog nader.

"Drie name: Bart. Jonny. Pansy."

"Behoort hierdie kop aan Bart of Jonny?" vra sy. "Op die kaartjie by die koelsak is geskryf: *Hier's hy*. Wie's hý?"

"Ek's nie 'n wedder soos jou kolonel nie, adjudant, maar ek dink jou inbraak is opgelos. Iemand het dit vír jou gedoen. Iemand het pas die drie verdagte misdadigers se name én die bewyse vir jou gegee."

"'n Stukkie kougom, moontlik met dieselfde speeksel as dié aan die koutjie op Archie Boonstra se inrypad," sê sy. "'n Stukkie watte, moontlik met dieselfde bloed as die bloed aan Nella Boonstra se kierie."

Dokter Koster knik. "Twee leidrade na twee van die inbrekers. 'n Derde leidraad was nie nodig nie, want die derde inbreker is afgelewer."

Sy bel kolonel Sauls.

"Het daar in die onderwêreld van inbrekers 'n bloedvete uitgebars?" wonder hy. "Het Bart en Jonny en Pansy op iemand anders se terrein gaan oortree met hulle inbraak, 'n territoriale vendetta ontketen?"

"Toe word een se kop na die ondersoekbeampte gestuur vir makabere publisiteit, 'n waarskuwing aan ander."

"'n Grusame onthoofding is sensasie. En sensasie, dié weet ons, is joernaliste se kos."

"Maar dis tog sekerlik nie die moordenaar sélf wat die koelboks gebring het nie," sê Ella.

"'n Koerier word gestuur, kom hier in, in ons heiligdom, met 'n kop in 'n koelboks. Kom maak 'n gek van ons!"

Sy hoor die kolonel is besig om hom erg op te wen, in 'n briesende buffel te ontaard.

"Kolonel . . ."

"Wat?" blaf hy.

"Jy't een van die bomslagoffers herken. Jy't hom Snakes genoem. Kon jy Snakes se naam onder jou informante opspoor?"

"Ja, ek't sy naam gekry. Ek het hom self gewerf. Hier's dit. Snakes . . . Wat sê jy is die name op daai papier?"

"Bart, Jonny, Pansy."

"Dit was hy, adjudant, Jonny Esau, alias Snakes. Eens 'n karweier. Ek stuur iemand na Noor's Chicken Tikka in Mayfair. Jonny was 'n kosafleweraar vir Noor's toe ek hom as informant gewerf het."

"Dan is dit Bart, daar in die koelboks."

36. Ella Neser

Sy het nie tyd vir slaap nie, miskien 'n uur of twee. Min slaap, maar tyd om te gaan draf. Ontmoet Milo by Alberts Farm.

"Jy lyk verlep, Ella," sê hy al drawwende.

"Wanneer vlieg jy terug Parys toe?"

"Oor 'n week."

"Hoe lank?"

"'n Maand miskien. Dan's ek terug. Is dit daardie bomontploffing wat jou so besig hou? Werk jy saans ook?"

Toets hy die water? Wil hy haar uitvra? wonder sy. Of maak hy net praatjies? Voel soos eeue, nee, millennia dat sy laas op 'n sosiale afspraak saam met 'n man uit was. Weet nie meer hoe dit voel om haarself op te dollie nie. Het nie eens die klere daarvoor nie.

Hy ry met sy suster se Polo weg en sy draf huis toe, om te gaan stort vir die nagskof.

Sy knyp van haar slaaptyd af vir gim en draf, saam met Milo, en 'n uur met Suki Wolski se harp tussen haar knieë. Dis haar ontspanning, haar ontvlugting van moord en doodslag. Nie meer nodig om haar hart en siel aan doktor Landsberg bloot te lê nie. Kry dit nou met die snare van die harp uit haar uit.

Die blokraaisels is van die kombuistafel na die rommelsak, die tafel weer georden, die leesstof op stapels. Maar die aansteekbord staan steeds in haar sitkamer. Die Dexedrien sluk sy nog, al het sy nie meer 'n doen-lysie nodig nie, haar geheue is terug. En die hiperaktiwiteit, die getrommel van vingers, ook amper weer normaal.

Sy sit die volgende oggend met die identikit. Man met swart pet, voorop *Hole in One*. Sonbril, rooi hangsnor.

Silas Sauls se agterstewe kom soek hulle plek op die hoek van haar lessenaar op.

"Tabs sê Jonny Esau se spoor by Noor's Chicken Tikka het al drie jaar tevore doodgeloop. En nie een van my beriggewers weet van 'n bloedvete in die onderwêreld nie. As jy in die onderwêreld jou goeie gesondheid wil behou, loop jy katvoet, loop jy met jou oor op die grond. As 'n fatwa uitgevaardig is, sal hulle daarvan weet, sê my beriggewers."

Ella dink ook nie die twee bomslagoffers en die kop in die boks is die gevolg van 'n bloedvete in die misdaadonderwêreld nie. Die drie inbrekers in die Boonstra-huis, meen sy, is kwalik deurtrapte moordenaars, hoogstens onbeholpe inbrekers.

"Het jy al die uitslag van die private laboratorium gekry?" vra Silas.

Sy weet wat hy bedoel: die DNS op die bewysstukke in die Boonstra-huis waarvoor Archie betaal. En die DNS van die kop in die koelboks en van die kougomkoutjie en watte in sy mond waarvoor streekkommissaris Pitso betaal.

"Ja, die DNS-profiel van die speeksel aan die kleefband is dieselfde as dié van die afgesnyde kop. Die profiel van die bloed aan die kierie stem ooreen met dié aan die watte; dit behoort aan die man wat jy uitgeken het as Jonny Esau. Die DNS aan die twee kougomkoutjies is ook dieselfde, en behoort aan die vrou wat saam met Jonny opgeblaas is, vermoedelik bekend as Pansy. By wyse van eliminasie kan ons aflei dat die kop aan die derde naam op die stukkie papier behoort: Bart."

Haar selfoon lui.

"Wat het jy, Jimmy?"

"Die eienaar van die Chevy is Bart Senekal. Volgens sy geboortedatum kan hy wyle mevrou Senekal se seun wees."

"Dis hy," sê Ella toe sy aflui, "dis Bart Senekal wat vir Abel 'n gunsie gaan doen het om die masker uit my huis te steel."

Silas vryf oor sy snor. "En uit dankbaarheid vir die gunsie sny Abel Heila Senekal se gesig af en verlos haar seun van sy kop."

Waar is die res van Bart? wonder Ella toe die kolonel uitstap. Sy sit by haar lessenaar en bepeins die gebeure. Al wat sy het, is teorieë en vermoedens, geen bewyse om Abel Lotz aan Heila en Bart te verbind nie. En ook geen bewyse dat Abel vir Jonny en Pansy met 'n kombuisbom saligheid toe gestuur het nie.

Maar sy het ook 'n kaartjie met 'n handskrif op: *Hier's hy*, én 'n papierflenter waarop drie name met die hand geskryf is: *Bart. Jonny. Pansy.*

Al twee is by die handskrifontleders; hulle moet bepaal of dieselfde persoon dit geskryf het. Daarna moet hulle vasstel wié dit geskryf het. Om dit te kan doen, sê hulle, het hulle monsters van 'n verdagte se handskrif nodig. Abel is 'n verdagte, en sy het monsters van sy handskrif – op dokumente wat in sy huis en galery gekry is ná sy vlug, in bokse in 'n bewyskamer.

Sy besluit om na Abel se handskrif te gaan soek.

* * *

'n Private loodgieter word gekontrakteer. Hy breek die hele bad uit, kap 'n gat deur die buitemuur van die badkamer en grou die mangat van die rioolstelsel oop, kry uiteindelik die volledige afvoerpyp uit. Die afvoerpyp uit Heila Senekal se badkamer is 'n bewysstuk en die inhoud word ontleed.

Nêrens elders in die huis, tuin of buitekamer tekens van bloed nie. Die man wat Bart van sy kop verlos het, meen Jimmy Julies, sou dit in die bad gedoen het. Baie bloed wanneer slagare afgesny word. Hy sou 'n bad met lopende water gebruik het.

Die afvoerpyp is dik aangepak van verseping en hare, met aanduidings van swaelsuur wat soms vir verstopte rioolpype gebruik word, en van ammoniak in huishoudelike reinigers. In die afvoerpyp se aanpaksels word ook bloedplasma in die laboratorium geïsoleer. Vir 'n kop wat in moord-en-roof se kantore afgelewer is, is streekkommissaris Pitso – aangepor deur kolonel Sauls – bereid om weer 'n private patologie-laboratorium te gebruik vir die ontleding van die bloedplasma. En sommer vir die res van die aanpaksels ook, veral as die laboratorium in staat is om DNS aan hare te onttrek.

Die grys hare is Heila s'n, die bruines dieselfde as die hare aan Bart se borsel. Die bloed in die afvoerpyp ook Bart s'n. Geen ander bloedmonsters in die pyp nie; dit lyk of net Bart 'n bloederige laaste bad gehad het.

Ná die kontraktering van die loodgieter het streekkommissaris Pitso – weer op aandrang van kolonel Sauls – geen keuse nie as om 'n klein meganiese graaf en sy operateur van 'n padboumaatskappy te laat kom. Die graaf dolwe Heila Senekal se agtertuin om, naby die deur van die buitekamer waar dit lyk of sy laat spit het tydens haar laaste dae. Die tuin lewer niks op nie.

'n Lasbrief word verkry om die huis se vloerplanke te lig. 'n Kadawerhond word losgelaat om die klam grond onder die vloere te besnuif. Die hond toon geen belangstelling nie. Hy kom gratis van die polisie se honde-eenheid, maar die slopingsmaatskappy moet betaal word om ook die vloerplanke van die buitekamer te lig. Streekkommissaris Pitso se operasionele begroting lyk nie meer te gesond nie.

Onder die buitekamer se vloer raak die snuffelende hond opgewonde, kry dit waarvoor hy opgelei is: die ontbindingsreuk van 'n kadawer.

Nou word met die hand gegrou, en Jimmy ontbied die ondersoekbeampte.

Ella arriveer toe 'n kombersbondel, toegedraai met kleefband, uit die buitekamer voor die agterdeur neergelê word. Die kadawerhond sit verveeld eenkant langs sy hanteerder se been, sy werk afgehandel.

"Sal ons hom oopmaak?" vra Jimmy.

'n Onnodige vraag, dink Ella, maar almal is gespanne van afwagting. Dit het lank gevat, maar uiteindelik het hulle iets gekry. Almal weet wat in die kombers is, almal weet dit gaan nie 'n aangename gesig wees wanneer die kombers oopgevou word nie.

"Maak maar oop, Jimmy," sê sy.

"Dokter Koster?"

"Hy is nie nodig nie. Daar's niks wat hy in situ vir ons kan opklaar nie. Hy sal wel die kans hê om Bart se kop en sy liggaam op sy outopsietafel by mekaar te pas."

Die polisiemanne en die slopers gee 'n tree nader toe Jimmy by die bondel buk en die kleefband begin lossny. Niemand wil dié aardige gesig mis nie, elkeen 'n hand met sakdoek of watter lap ook al oor die mond en neus gedruk. Toe Jimmy die kombers uiteindelik oopvou, is daar in die kring van omstanders diverse uitroepe en kreune. En asof in gelid gee almal weer 'n tree tru.

Die liggaam is nakend en opgeblase van bakteriese gasse, duidelik in omgekeerde rigor mortis aan't ontbind.

"Oukei, Jimmy," sê Ella gedemp van agter 'n hand vol snesies, "laat hulle hom maar wegvat vir dokter Koster."

37. Abel Lotz

Na Doradopark kan hy nie teruggaan nie. By sy huis in Opaalstraat staan die polisiekarre.

Twee mense is dood by die huis van die voortvlugtige verdagte reeksmoordenaar Abel Lotz, sê die koerante. Hy wens hulle wil ophou om na hom as 'n verdagte reeksmoordenaar te verwys. Maar wie sou die geheimsinnige bomslagoffers wees?

Ook by Barrie en ou Heila se huis in Robynstraat is 'n samedromming van forensiese ondersoekers in wit maanpakke. Dáár is 'n vrou sonder gesig gekry, en die liggaam van 'n man.

Die vrou verstaan hy, weet dis ou Heila. Maar 'n tweede liggaam? Die koerante sê nie veel oor die tweede liggaam nie, net dat dit onder die vloer in 'n buitekamer gevind is. Is dit Bart? En ás dit hy is, hoe het hy van lewend bo-op die katel tot dood onder die vloerplanke beweeg?

Doradopark, dink Abel, sal hy nou soos die pes vermy tot sy vliegtuig vertrek. Selfs sy moeder se graf kan hy nie weer besoek nie.

Hy slaap net een nag op 'n plek, goedkoop, stinkende hotelkamers. Hy betaal vooruit in kontant vir 'n kamer vir 'n nag en hou hom skuil agter die geslote deur. Voor sonsopkoms is hy weg, met sy koffer en vioolsak, na 'n volgende vlooines. Soos 'n skim.

As 'n beskrywing van die gas gevra sou word, sal 'n ontvangsklerk hom moeilik kan beskryf. Miskien korterig, miskien effe plomp, met 'n strooihoed op sy kop en bril met amber lense. 'n Ontvangsklerk sal nie die lui oog sien nie, wel 'n skerperige, skewe neus, 'n prominente ken met diep pokmerke. Al het 'n klerk langs die gasteregister die ou identikit wat adjudant Ella Neser van hom laat saamstel het ná hulle persoonlike ontmoeting in sy kombuis, sal geen klerk hierdie gas herken as die voortvlugtige Abel Lotz nie.

Hy het ook die Bantambakkie by Cars4Hire gaan teruggee, ry nou met 'n Getz van Rent-a-Bargain, wat hy by die lughawe sal laat.

Hy sit in sy kamer in die Sleep Inn. Op sy bed is die boks wat hy met 'n koerier na Brugge wil laat versend. Hy pak die inhoud op die bed uit, langs die bobbels waarin hy elke item sorgvuldig wil verpak. Sy moeder se Idia-masker. Hy tel dit op, koester dit met sy vingers asof dit van delikate porselein is, streel oor die reliëfwerk van die tiara, oor die twee vertikale metaalinlegsels tussen die oë.

Hy lig die masker op, plaas dit oor sy gesig. Hy kan sweer, en hy dink nie dis sy verbeelding nie, dat hy sy moeder se aroma aan die binnekant van die masker kan ruik. Hy voel die bruising van bloed deur sy are, die versnelling van die ritme van sy hartklop. Laas toe hierdie masker oor iemand se gesig was, was dit oor sy moeder s'n. Nou is dit oor sýne. Deur die aanraking van die masker aan sy vel is dit asof hy opnuut voel hoe haar stille krag aan hom oorgedra word, asof die masker die intieme band tussen hom en sy moeder bevestig en versterk.

"Ek mis jou, Moeder," prewel hy.

Hy hoor haar bekende stem in sy kop, sy praat met hom. Sy vra: Hoe gaan dit met jou daar in die vreemde, Abel? Jy is nie gewoond om van die huis af weg te wees nie. Jy weet mos jy kan nie besluite neem sonder my nie.

"Ek kom reg, Moeder," sê Abel, sy sagte stem hol agter die masker, asof uit 'n put. "Hulle jag my soos 'n dier."

Jy is gewoond aan jag, Abel. Jy het self daarvan gehou om klein diere in ons veld te jag vir hulle huide en pelse.

Hy vind vertroosting in die vertroude toon van sy moeder se stem. Dis soos hulle Sondagmiddae daar in haar kamer gesels het, toe sy lewe nog volmaak was.

Wat van die nuwe gesig wat jy aan jouself beloof het, Abel? Jy was dan só opgewonde oor 'n nuwe gesig vir jou vyftigste verjaardag.

"Ek hét 'n volmaakte gesig gekry, Moeder. Haar vel was sonder vlekke, haar gelaatstrekke in perfekte proporsie. Ek sou haar vel sag kon brei. 'n Teder vel soos fluweel wanneer ek dit oor myne aantrek."

En sy was nie sondig nie, Abel?

"Nee, rein soos Moeder."

En Sondae kon ons gesels, jy met jou nuwe gesig en ek met myne.

"Ek sal 'n ander een kry, Moeder," beloof hy.

Aan die binnekant van die masker rol die punt van Abel se tong nou tussen sy lippe, soos dit doen wanneer hy opgewonde is. Sy tong raak aan die masker en hy próé ook sy moeder se teenwoordigheid. Hy skuif effe orent in die hol ou leunstoel langs die bed.

"Ek het 'n ánder volmaakte gesig gesien, Moeder. Ek dink ek sal háár gesig vat."

Hy trek sy skootrekenaar nader, skakel dit aan, trommel ongeduldig met sy stomp vingers terwyl hy deur die maskeroë na die foto soek. "Hier's sy, Moeder!"

Hy staar intens, met sy Idia vooroor na die skerm, na die foto wat in die *Post* verskyn het die dag ná Nella Boonstra se begrafnis.

"Kaja," mompel hy ingedagte, speel met die rosekrans tussen sy vingers.

Hy sit lank so. Dan, stadig, knip sy lui oog agter die masker, keer die lewe na sy ledemate terug.

Hy haal die masker af, trek sy gelooide huide nader, toegerol in sneespapier. Die tekstuur van die velle is so delikaat dat dit aangesien kan word vir eksotiese tekstiel, dalk satyn uit Zaitun, sy uit Shanxi, of fluweel uit Kasjmir. Sewe sagte velle van 'n haas, das, kat, mol, rot, en van Pavo en Lepus.

Voor sy vlug van O.R. Tambo af sal hy die geleibrief invul, 'n afskrif aanheg van 'n permit met registrasienommer as handelaar en in- en uitvoerder van etniese artefakte. Hy is bereid dat die koeriers die inhoud van sy boks inspekteer voor hy alles in bobbels toedraai en dit verseël. Hy het niks om weg te steek nie, ook nie sy taksidermiese aankope nie. Die naam van die afsender van die pakkie wou hy aangee as August Lippens, wou die identiteit van Diego Lomas vir sy aankoms in Europa bewaar.

Hy het inderdaad reeds 'n bespreking op 'n TAP-vlug van die Portugese lugdiens na Lissabon gedoen as A.G. Lippens. Die vlug vertrek oor 'n week. Van Lissabon af wou hy per trein reis. Hy het besluit om miskien in Spanje, of dalk in Frankryk van die Belgiese kwak se paspoort ontslae te raak. In die trein oor die grens van Frankryk na België sou hy weer Diego Lomas word, Portugese toeris met 'n belangstelling in die Napoleontiese oorloë. As hy uitgevra word, sal hy verduidelik dat 'n voorsaat van hom in die Spaans-Napoleontiese Oorlog teen die Franse geveg het, voordat Napoleon uiteindelik by Waterloo, buite Brussel, die einde van sy bloedlus bereik het.

Maar nou is daar 'n komplikasie. Adjudant Neser het daar in sy huis gesê sy weet wat met dokter Lippens in Bujumbura gebeur het. Hoe weet sy dit? Hoe het sy sy spoor gekry? Onderskat hy die adjudant?

Maar dit beteken hy kan nie langer August Lippens se identiteit gebruik nie, kan nie die kans waag nie. Moet 'n nuwe bespreking doen as Diego Lomas. En hy moet nóg 'n identiteit en paspoort soek vir sy aankoms in België.

Ná sy belofte aan sy moeder besluit hy om nie al sy items te verpak nie. Hy het sy taksidermiese toerusting eers nodig, veral die skalpel met die reeks skerp lemme. Hy is nie bekommerd oor looi- en preserveermiddels nie. Hy weet waar al dié preparate tot sy beskikking is: die formalien en formaldehied vir bewaring van die vel, kaliumasetaat vir 'n blywend natuurlike voorkoms, gliserien om uitdroging te verhoed, die mengsels van swaelsuur teen fungi en bakteriese ontbinding.

Die kokipen om die lyne vir sy skalpel te trek, sal hy sommer by Pick n Pay gaan koop. Hy hoop hulle het 'n pers koki, hy hou van die pers lyne. Daar was ook pers lyne aan sy eie gesig voor dokter Lippens se katastrofiese prosedure vir sy sogenaamde weekend facelift.

Hy sal sý prosedure baie meer delikaat doen, vir 'n facelift van letterlike betekenis, al is sy verjaardag verby.

* * *

"Waar gaan jy hom kry, Milo, vir Abel Lotz wat my Gospa het? Nie eens die polisie kry hom nie."

"Ek draf saam met die ondersoekbeampte. Ons gesels. Sy begin my vertrou."

"Sy's mooi," sê Kaja. "Jy hou van Ella Neser."

Net 'n sweem van beskuldiging, maar hy merk dit dadelik.

"Ja, ek hou van haar," gee hy toe.

"Die drawwery en geselsery is nie net oor sy die ondersoekbeampte is nie, nè?"

"Ek wil uitvind van Abel Lotz," sê Milo. "Sodat ons jou Gospa kan terugkry voor ek Parys toe gaan. Ek gaan vanaand weer saam met Ella draf. Ek sal haar pols."

"Ek gaan saam," sê Kaja.

"Maar jy draf nie," sê Milo. "Jy hou nie van draf nie."

"Ek sal in die kar wag."

"Dit sal tyd vat, Kaja."

"Dan vat dit tyd," sê sy.

Kaja ry aan Greymont se kant by Alberts Farm in, op die lang plaveisel tot by die bome. Sy parkeer langs 'n paar ander karre, die insittendes met hulle honde aan't wandel, of dalk voëlkykers by die dam. In 'n blou Getz sien Milo 'n man met 'n wit strooihoed oor sy gesig, sy rugleuning agteroor gestel vir 'n lekker indommel.

"Daar kom sy nou," sê Kaja, draai haar venster oop, vat haar boek.

Hy hou die aankomende figuur dop. Haar kort hare verklap dat sy van die praktiese soort is, nie tyd mors met opsmuk nie.

Maar toe sy haar pas al drawwende langs die Polo markeer, merk hy tog 'n smeersel vars lipstiffie, kry 'n sagte walm van haar lyfaroma.

Milo ken Lilly se swakte. Hy wonder wat Ella Neser s'n is, as sy 'n swakte het. Maar sy moet hê. Tydens hulle drafsessies het een en ander al uitgeglip oor haar persoonlike lewe wat sy so jaloers beskerm. Dit het uitgeglip toe sy van Abel Lotz se slagoffers vertel het. Oor die vierde slagoffer was sy terughoudend. Bam, het sy hom genoem. Milo het die gevoel gekry dat sy en dié Bam meer as net vriende was, maar het nie uitgevra nie. As sy daaroor wil praat, sal dit wel uitkom. En sy sál 'n swakte hê, elke mens het 'n swakte.

"Jy't jou hande vol, sien ek," sê hy. "Die hel is los in Doradopark, sê die koerante."

"Ja, 'n goeie beskrywing."

"Hou jy van kwartelborsies?"

"Kwartels?"

"Kom Parys toe, kom kuier vir my. Dan vat ek jou vir kwartelborsies in Willi's Wine Bar."

"Eet jy wilde voëls?"

"Net as dit voorgesit word met 'n sous van salotte, artisjokke en chanterelles."

Sy lag effens, verander die onderwerp.

"Die inbraak in julle huis het ontpop in 'n ondersoek na 'n reeksmoordenaar. Ons patoloog sê ek trek reeksmoordenaars aan, ek moet liewer 'n koffiewinkel op die platteland gaan oopmaak."

"Wéér Abel Lotz? Dis mos Doradopark waar hy vroeër gemoor het. Die koerante bespiegel oor 'n ou vrou wat in haar bed vermink is."

"Daar's baie bespiegelings. Wéér vier slagoffers."

"Die koerante sê drie was vermoedelik inbrekers, praat van 'n vendetta in die onderwêreld. Jy't nie eintlik 'n private lewe nie, nè? Al private lewe wat jy het, is om saans te gaan draf."

"En soggens te gaan gim. Dis ook privaat," sê sy. "En ek oefen op die harp."

"Harp?"

"Is dit snaaks?"

"Sukkel net, vir 'n oomblik, om harp en moord gerym te kry."

"Eendag sal ek vir jou iets speel. Dat jy kan sien moordspeurders het ook 'n sagte kant."

"As ek van Parys terugkom, eet ons kwartelborsies, en jy maak harpmusiek."

"As daar tyd is . . ."

Kan verkeerd wees, maar hy het die indruk dat sy tyd sal maak.

"Kry vir Abel Lotz, dan't jy . . . dan't ons rede om dit te vier."

"Ek sál hom kry," sê sy. "Ek't met hom gesels."

Maar dan kom haar skild op, en hy por nie verder nie. Sy gee iets, trek dan terug. Weet meer van Abel Lotz as wat sy bereid is om te verklap.

Ek moet deur die skild kom, dink Milo. Ek moet weet van Abel Lotz wat Kaja se snoer het.

"Jy't nie lus vir kwartelborsies vanaand nie?"

Sy huiwer. Huiwering is altyd 'n goeie teken, dink hy. Dit beteken sy oorweeg die uitnodiging, nie 'n summiere nee nie.

"Ek het misdaadtonele by twee huise in Doradopark. Bel my later," roep sy drawwende oor haar skouer.

"Ella!"

Sy draai na hom toe terug.

"Ek dog jou sel is stukkend. Hoe moet ek jou bel?"

Lag sy vir hom?

"Ek't 'n ou selfoon uit 'n laai gekrap." En roep die nommer na hom uit terwyl sy wegdraf.

Hy staan met sy hande op sy knieë, hyg na asem terwyl hy haar dophou. Sy gee 'n vinnige pas aan. Hy kom orent, teug diep, stap na die Polo langs die laaste paar karre onder die bome. Oor 'n uur sal die park en parkeerplek verlate wees. Wanneer die son sak, wil geen voëlkyker of stapper, selfs met 'n hond, alleen buite wees nie.

Haar sitplek agter die stuurwiel leeg.

"Kaja!" roep hy, kyk rond.

Milo is nie geneig tot paniek nie, maar nou voel hy naakte vrees in hom opstoot, en dit beklem sy bors. Hoe kan sy net verdwyn? Hy wonder of hy Ella moet bel. Maar sy wil gaan stort en moorde oplos.

Kaja se boek lê op die passasiersitplek. Hy staan by die bestuurder se deur, probeer sy gedagtes orden. Kalm bly, vermaan hy homself. Dink. Wat gaan in haar kop aan? Sy sê en doen soms vreemde dinge, maar sy sal hom tog nie net agterlaat en te voet 'n koers inslaan nie.

Hy kyk in die rigting van die wilgers by die dam, na die klipheuweltjie met die artesiese fontein, die omheining van die historiese grafte. Groepies mense op pad na hulle karre en huise.

Dan sien hy haar. Sy kom agter die grafnaalde uit. Hy sug, voel die drukking op sy bors verlig. Sy wuif vir hom en kom oor die grasveld aangeslenter.

"Jy't my laat skrik," sê hy.

"Ek was verveeld."

"Nie 'n goeie plan om alleen rond te dwaal nie."

"Iets by haar uitgevind oor Abel Lotz?"

"Sy't sy spoor gekry. Ek weet nog nie wátter spoor nie."

38. Ella Neser

Hulle staan buite naby die kombuisdeur waar Bart Senekal se koplose liggaam in die kombers gelê het.

"Kan jy twee sulke ondersoeke hanteer?" vra Silas.

"Ek kan. Hulle kan nie geskei word nie, is by mekaar ingeweef," sê Ella.

"Ek't jou verslag oor Bujumbura gelees."

"Ek stuur 'n addendum. Daar's nuwe inligting. Hoofinspekteur Claude Kadende van die Judisiële Polisie het intussen vasgestel die vermiste dokter Lippens het nie net verdwyn nie, hy's vermoor. Kadende het inligting oor Abel Lotz aangevra."

"Jy en Kadende sien Abel Lotz se hand."

"Omstandigheidsbewyse. Twee forensiese patoloë stem saam dat die MO met die verwydering van dokter Lippens se gesig in Bujumbura dieselfde is as die verwydering van . . . van Abel se vierde slagoffer in Doradopark. Dokter Koster en dokter Bastos het mekaar se post mortem-verslae ontleed."

"En dokter Koster meen dis ook dieselfde werkwyse met Heila Senekal se gesig. Hoekom Heila Senekal?"

Sy draai na Silas toe. "Hy kon my geskiet het, kolonel, as hy wou. Hy't Fred se Z88 gehad."

"Hoekom het hy nie? Hy't genoeg rede. Jy jag hom."

"En dit lyk of hý die drie inbrekers vir my gegee het. Bart, Jonny en Pansy."

"Hoekom? En hoekom hulle eers doodmaak?"

"Daar's baie hoekoms, kolonel. Ons't 'n ou jaarboek in Doradopark se laerskool opgespoor. Abel Lotz en Barrie Senekal was klasmaats, verskyn saam op 'n klasfoto. Hulle het mekaar geken, en Abel weet waar Bart en sy ma woon. Hy't hulle nie lukraak gekies nie."

"Hoekom Jonny en Pansy met 'n bom opblaas?" vra Silas. "'n Bom klink nie na Abel Lotz nie. Abel gebruik messe."

"En sy hande. Dis nie hy nie, kolonel."

"Maar in dieselfde asem sê jy ook dis hy wat die Boonstra-inbrekers vir jou gegee het. 'n Kop op 'n skinkbord as't ware."

"Ek sê dit lýk of dit hy is wat hulle vir my gegee het. Abel is behep met huide en velle, nie met bomme nie."

"Iets gekry oor die koerier wat die koelboks afgelewer het, die een met die rooi snor?"

"Niks nie."

"Fred het bygekom," sê Silas.

"O, dis goed."

"Jy't sy lewe gered."

"Net my plig gedoen."

"Jy kon hom gelos en Abel gekry het."

"Ek sal Abel nog kry. Is Fred . . . ?"

"Hy's oukei. Seer keel, kopseer."

"Fred sal op siekverlof afgeboek word," sê Ella. "Hy sal vir terapie moet gaan. Sal nie kan werk voor doktor Landsberg hom afgeteken het nie."

"En dit gee jou 'n groot lekkerkry, adjudant?"

Sy glimlag net, probeer liefies glimlag, nie van lekkerkry nie.

"Dalk kry ek môreaand by die hondjies meer inligting. As Bart-hulle nie die slagoffers van 'n boewevete is nie, en dis nie Abel se werk nie, wat dan? 'n Liefdesdriehoek? Streekkommissaris Pitso soek motiewe, adjudant."

"Ek dog motiewe is outyds?"

"Hy glo nog aan motiewe. Hy sê niemand doen iets sonder 'n motief nie. Hy sê ons moet op die beproefde spore loop van seks, drank, geld en dwelms. Hy sê énige moord kan herlei word tot een van hierdie bose vierling."

"En dis hoe hy by 'n liefdesdriehoek uitkom? Die euwel seks?"

"Geld kan dit tog nie wees nie," sê Silas. "Hulle't nie juis miljoene gehad waarvoor iemand hulle van die gras af sou maak nie. Hulle steel kleingeld, hulle is onbenullig. En ten minste op die oog af nie dronkaards of dwelmsmouse nie, al was Jonny eens 'n dwelmkoerier. Vir wie's hulle 'n bedreiging? Watter boeweleier met selfrespek sal die risiko loop om drie sulke skepsels só dramaties uit die weg te ruim?"

"Sal jy môreaand by die hondjies uitvra oor iemand met 'n rooi hangsnor, kolonel?"

Toe haar sel lui, is dit Milo. Die man gee nie maklik bes nie.

"Ek kom laai jou agtuur op," sê hy.

Vra nie, vat nie nee vir 'n antwoord nie.

"Nege-uur," sê sy en lui af.

"'n Afspraak, adjudant?" vra Silas.

Vrek van nuuskierigheid, sien sy.

"Net 'n ete, kolonel. 'n Sake-ete, om Milo Boonstra in te lig oor die vordering met die inbraakondersoek."

Sy verswyg die kwartelborsies.

"Sake-ete? 'M-'m," sê Silas. "Goed, skoert, gaan titivate. Wanneer is jy laas vir 'n ete uitgenooi?"

Op pad huis toe tref dit haar: wat trek sy aan? Met Bam was dit anders, hulle was gewoond aan mekaar, gemaklik met wat hulle dra. 'n Ander man is 'n vreemde ervaring, veral vir 'n intieme ete.

Neem in die ry bestek op van haar hangkas. Sien net langbroeke, baie langbroeke. Nee, g'n langbroek vir 'n eerste afspraak met 'n man soos Milo Boonstra nie. Beslis ook nie die begrafnisromp en bloes nie.

Haar swart nommertjie hang wel daar, maar pas dit nog? Sy het gewig verloor sedert Bam se dood, ná Abel se skalpel aan haar maag.

Bam het van die swart nommertjie gehou. Vir 'n spesiale okkasie, om hom te trakteer, het sy die swart nommertjie aangetrek. Maar nie dikwels nie, moes nie bederf word nie. Bedorwe mans raak blasé, waardeer nie meer wat hulle het nie. Bam het veral van die swart nommertjie se lae, bralose halslyn gehou. Kwartelborsies, maar niks om oor inkennig te wees nie.

Sy stort 'n tweede keer. Eers was dit vir Alberts Farm se drafsweet, nou vir Doradopark se doodsreuke.

Wikkel haar voor die spieël in die swart nommertjie in. Beskou haarself. Trek hier aan 'n naat, daar aan 'n soom. Wip borsies met die rugkant van albei hande, toets tevrede die veerkrag, die stryd teen tyd en swaartekrag. Stryk met 'n palm oor haar maag, draai skuins, bestryk die boude. Glad nie sleg nie. Het tóg weer gewig aangesit, die rok span om haar beskeie rondinge, styf soos 'n handskoen. Nee, glad nie sleg nie.

Maar sal Milo dink sy lok hom uit wanneer hy die halslyn sien? Nou begin sy twyfel, soek weer in die hangkas. Skommelende hals op 'n eerste afspraak? Maar wat anders? Wil ook nie 'n non wees nie, nie meer nie. Watse boodskap stuur 'n koekerige non uit na 'n aantreklike boekanier met 'n kapwond aan sy wang?

Sy onderdruk die toenemende klerepaniek, volstaan met die swart nommertjie. Bekyk haarself weer sywaarts in die spieël. Skarnier haar nek om die agterkant te bestudeer, die boude. Swart nommertjies en boude . . .

Dêm.

Draai linksom, honderd en tagtig grade, vir 'n blik op die ánder agterkant.

O néé.

Pas béter as 'n handskoen, klou soos blerrie kleefplastiek aan elke kontoer, broekielyne soos opgehewe letselriwwe.

Die klokkie. Nege-uur. Kaalvoet voordeur toe, druk die hek se knop, roep oor die interkom: "Kom in, maak jou tuis!" Storm terug kamer toe.

Was baie saam met Bam op rugbyfunksies. Het langarm en kortarm geskoffel, geriel en geruk-en-pluk, selfs getoi-toi. Maar helaas, 'n vlugvoetige ballerina is sy nie, dink sy terwyl sy in 'n struikelende pirouette uit die onverkwiklike stukkie onderklere sukkel.

Krap in haar onderklerelaai vir 'n stuitige genadelappie. Streel oplaas tevrede oor riflose boude, druk aan haar hare, bespuit die oksels. Hoop jy fokken waardeer wat jy sien, Milo Boonstra. En net vir kyk, nie vir vat nie.

In sy hand het hy 'n komposisie van diepgeel affodille, spatsels blou van 'n baardiris, die lugtige wit en groen skuim van baby's-breath.

En sy het nog nie vir Fred 'n beterskapruiker gekoop nie.

Op die Hallmark-kaartjie 'n afdruk van Van Gogh se "Bowl with Daffodils", en toe sy dit oopmaak haar naam in sy handskrif: *Ella*. Sy lees die gedrukte versie: *I wandered lonely as a cloud / That floats on high o'er vales and hills, / When all at once I saw a crowd / A host, of golden daffodils. ~ William Wordsworth*

Onderteken: *Milo*.

"Dankie, Milo," sê sy.

So bedagsaam, wat jy verwag van 'n Parysenaar. En affodille. Hoe weet hy van affodille? Of is dit sy gunsteling ook? Is dit nog iets wat hulle gemeen het: affodille én littekens? Sy soek 'n vaas in die kombuiskas. Besef hoe min sy werklik van hom weet. En vermoed al weet sy meer, sal hy moeilik in 'n boks geplaas kan word. Met die min wat sy in hierdie stadium van hom weet, is hy reeds onrusbarend gevaarlik vir haar gewonde gemoed.

"Bly jy hou daarvan," sê hy. "Jy lyk mooi."

Mooi? Is dit al? Wat van asemrowend, Milo? Wat van betowerend, onweerstaanbaar? Wat van sexy? Wanneer het sy laas moeite gedoen om sexy te lyk én te voel?

Maar toe hulle uitstap, knaag iets anders, in daardie frustrerende niemandsland tussen bewuste en onderbewuste. Dit huiwer op die punt van haar tong, wil nie uit nie.

Hy kon seker Kaja se Polo geleen het, maar neem haar uit in Archie se Merc. En die maître d' sélf lei hulle na die intieme hoek van die restaurant waar die wit, gestyselde tafellinne wag, die silwer eetgerei en kershouer, kristalvaas met enkele roos, die glase skitterend gepoets.

"Jy weet alles van my en my werk af," sê sy toe die ritueel van wyn uitsoek, proe, goedkeur en inskink afgehandel is. "Vertel my van jóú lewe. Die litteken aan jou wang, byvoorbeeld."

"Ek weet net 'n bietjie van jou werk. Niks van jou persoonlike lewe nie. Ek weet jou werk is gevaarlik en dat jy wonde opgedoen het. En ek vermoed jy't meer letsels as die een aan jou voorkop. Jy sien myne, ek't joune nog nie gesien nie."

"Fred Lange sê ek't baie letsels, nie almal aan my vel nie."

"Fred Lange sal anders begin dink oor letsels na sý onderonsie."

"Wat van jou wang?"

"Niks romanties nie. Joune wys hoe naby aan die dood jy was, myne is net 'n kindertydse ongeval."

"Moes 'n ernstige wond gewees het wat so 'n litteken laat."

"Ek was alleen."

Sy los dit eers, kan sy teensin agterkom om oor die letsel te praat. Hy lei die gesprek weg van gevoelige onderwerpe, en sy ontdooi.

Teen die tyd dat die wynbottel leeg is en die koffie kom, is sy behaaglik gevoed en ingelig oor straatskilders en buskers langs die Seine, oor sy bistrovriend Joël in Pigalle, en oor Nepalese Yoni-beelde in die Musée de l'Erotisme.

"Sien," sê hy, "die lewe gaan voort selfs te midde van dood."

"Ek sien," sê sy.

En moet beken: sy kan gewoond raak aan Milo Boonstra se geselskap. Het die spesmaas dat hy met outydse ridderlikheid die tyd en geleentheid sal afwag vir sy volgende skuif – ás hy enige onkiese intensies met haar het.

Hy skuif die potjies met melk en suiker oor die tafeldoek.

"Swart en sonder suiker," sê sy; dit sal hy nog met die tyd leer.

"Ons moet dit weer doen," sê hy.

"Ná Parys," sê sy, kyk op, betrap sy oë op haar. Loer af, beskroomd deur die blik van die grys oë, liggrys, byna deurskynend soos water. Kaja se oë. Kyk na die teelepel tussen sy vingers.

"Ná Parys het ons baie tyd," sê hy.

Sy kyk na sy hand wat die suiker en melk in sy koppie ingooi, na die hand wat die teelepel hanteer. Sy linkerhand. Sy dink aan dokter Koster se woorde: hotom, haarom. En die ontwykende gedagte van vroeër glip by die niemandsland van haar gedagtes uit: affodille. Was dit nie ook affodille in die sellofaan saam met die blou koelboks nie?

* * *

In die beknopte kamer van die hool in Bez Valley maal baie gedagtes deur Abel se kop. Hy het haar gesien, in lewende lyf. En wat 'n geluk. Hy het vir adjudant Neser gewag, op haar gereelde draftog op Alberts Farm, toe die Polo naby hom onder 'n boom intrek. Hy het gehoop adjudant Neser sal hom na die Boonstrahuis lei, en toe bring sy hulle na hom toe!

Hy het die broer en suster dadelik herken van die koerantfoto. Die broer het saam met adjudant Neser gaan draf, en hy kon Kaja Boonstra van onder die rand van sy strooihoed dophou terwyl sy haar boek sit en lees. Hy het selfs 'n slag uitgeklim om sy litte te rek. Kon die versoeking nie weerstaan om nader aan die Polo te stap om die tekstuur van haar vel te bestudeer nie.

"Verskoon my," het hy gesê en geglimlag. "Maar weet jy iets van die geskiedenis van daardie historiese grafte?"

Sy het vir 'n oomblik onseker gelyk, die venster begin toemaak. Hy het omgedraai om weg te stap.

"Historiese grafte?" het sy gevra.

"Ja, die drie granietnaalde?"

Sy het na die grafte gekyk en hy na haar gesig, na haar vel, sy hand in sy baadjie se sak, sy vingers om die spuitnaald.

"Wie se grafte?" het sy gevra.

Sy oë oor haar gesig, haar skouers en kaal arms, soekend na 'n tatoeëermerk.

"Geldenhuys en Alberts, is al wat ek weet. Al langer as 'n eeu daar begrawe."

"Interesseer hulle jou?" Sagte stem, effe hees.

"Alle ou goed interesseer 'n argeoloog."

Die twee drawwers het om die dam aangekom.

Sy het geglimlag, haar perfekte filtrum sensueel vertrek. Hy moes hom bedwing om nie sy vinger uit te steek en aan haar lippe te raak nie. Haar vel so vlekkeloos. Deur die halfoop ruit was haar aroma sag in sy neus.

Hy het gewonder of sy 'n tatoeëermerk ónder haar klere het. Hy sou haar graag wou vra. Maar dit sou onvanpas wees. En ás sy een het, sou dit van astronomiese betekenis wees?

"Nou ja," het hy gesê, "gaaf om te gesels. Ek sal in die stadsargiewe gaan soek."

"Het jy gesit en slaap?" het sy gevra.

Hulle was nader, hy kon sien hoe hulle so al drawwende gesels en lag.

"Lang dag. Loop jy nie met jou hond nie? Draf jy nie?"

"Wag vir my broer en sy nuwe vriendin. Dáár kom hulle. Hulle draf elke aand."

"En jy kom sit en lees terwyl hulle draf?"

"Nie elke aand nie."

"Sal kom verslag doen, as ek van die grafte uitvind."

Hy het omgedraai, in die Getz geklim en weggery. Môreaand, Vrydagaand, sal hy kom kyk of sy weer hier is.

Die ander gedagte wat hom besig hou, is meneer Poppe Junior wat sy moeder gebalsem het. Meneer Poppe Junior het nie goeie werk gedoen nie; sy moeder het die voorkoms en tekstuur van 'n mummie. Volgens meneer Poppe Senior het sy seun destyds in Mississippi in balsemtegnieke gaan studeer, én hy reis ten minste een keer per jaar oorsee vir opknappingskursusse in die jongste tegnieke om kadawers te behandel en te balsem.

En dis hoekom Abel aan meneer Poppe Junior dink: hy stel belang in die paspoort waarmee meneer Poppe Junior so gereeld oorsee reis.

Abel is terug in sy hotelkamer ná 'n kort besoek aan die gebou van Poppe & Son Undertakers & Embalmers in Fordsburg. Hy haal sy doen-lysie uit sy baadjiesak waarin die spuitnaald en ampul ook is, altyd gereed. Hy dra nie 'n vuurwapen om homself te verdedig nie. Sien geen nut vir vuurwapens nie, behalwe vir die jag van diere. Hy het net sy Russell-mes en sy spuitnaald, en dis voldoende.

Hy vou die papier oop. Langs POPPE & SON het hy die noodnommer teen hulle toonvenster neergeskryf.

Hy stap by sy kamer uit, tot onder in die onaptytlike portaal. In 'n hoek is die munttelefoon. Die ontvangsklerk kyk net vlugtig op, gaan dan voort met sy tydskrif.

Dis al ná tien in die aand, die foon lui lank voor iemand optel.

"Meneer Poppe Senior. Kan ek help?"

"Ek't 'n noodgeval," sê Abel.

"Kan dit wag tot môre?"

"As dit kan wag tot môre, is dit nie 'n noodgeval nie."

"Ek's ongesteld."

"Poppe & Son. Kan ek met die seun praat, of is hy ook ongesteld?"

"Hou aan."

Abel hoor hom op die agtergrond na sy seun roep. Hoor hoe meneer Poppe Senior aan't hoes gaan.

"Hallo?" 'n Ander stem.

"Ek't 'n noodgeval," sê Abel weer.

"Met wie praat ons?" vra meneer Poppe Junior.

"Senekal."

"En wat's die noodgeval, meneer Senekal?"

"My ma," sê Abel.

"En sy's in nood? Bel die dokter."

"Sy's dood, nie in nood nie."

"Natuurlike oorsake, of onnatuurlik?"

"Natuurlik. Sy was siek."

"Ons kan haar nie gaan haal voor die papierwerk afgehandel is nie. Die hospitaal sal laat weet."

"Ek moet dringend vertrek," sê Abel. "Sal terug wees vir die begrafnis. Maar moet 'n paar reëlings tref. Ek wil 'n gróót begrafnis hê, deftig. Kan julle so iets reël?"

"Ons kan."

"Vir my ma sal ek geen koste ontsien nie."

"Ons help graag, meneer Senekal."

Abel hoor hoe meneer Poppe Junior se stemtoon verander, inskikliker, hulpvaardiger vir die kliënt met die dik tjekboek.

"Ek soek die beste kis, die duurste een."

"Dit kan ons vir jou gee. Geen probleem nie."

"Ek wil die kis uitsoek en die reëlings tref."

"Kan jy môreoggend inkom? Weet jy waar ons geleë is, in Fordsburg?"

"Ek weet, maar daar's 'n lastigheid. Ek vlieg môreoggend oorsee, is eers oor 'n week terug vir die begrafnis. Dis 'n groot sake-transaksie, kan nie uitgestel word nie. Is 'n week genoeg voorbereidingstyd vir 'n deftige begrafnis, meneer Poppe?"

" 'n Week is genoeg, as ons vooraf die reëlings kan tref."

"Dis presies hoekom ek bel. Ek wil die kis uitsoek, die beste wat jy het, die begrafnisbrief met sy huldeblyke, die blomme. Ek wil die reëlings met jou tref voor my vertrek môreoggend."

"Kom soek die kis uit. As daar nie een in ons voorraad is wat jou geval nie, laat maak ons een, custom-made. Ek't brosjures. Dit sal gereed wees vir die begrafnis."

"Ek soek een van kiaat."

"So een het ons."

"Binne uitgelê met 'n voering van bladmetaal."

"Bladmetaal?"

"Van lood. En die kis moet lugdig wees. Doen jy balseming, meneer Poppe?"

"Dis my spesialisveld, meneer Senekal."

Abel hoor die opgewonde hyging in die begrafnisondernemer se stem.

"En jy kan dit alles binne 'n week doen?"

"Vir balseming en 'n spesiale kis vra ons 'n deposito."

"Kontant of tjek?"

"'n Tjek sal reg wees, saam met 'n ID-nommer."

"Hoe laat kan ek die tjek bring en die kis kom uitsoek?"

"Enige tyd, meneer Senekal. Jy kan onmiddellik kom. Ons bly

net agter ons besigheid. Alles onder een dak. Ons hou graag 'n ogie op ons klante."

"Jy en meneer Poppe Senior?"

"Net ons twee, meneer Senekal. Ons werk is ons lewe. Ons het nie ander afleidings nie."

"Goed, ek sal oor 'n uur daar wees."

"Ek wag vir jou, meneer Senekal. Kom klop by die deur in die systraat, by ons huis. Ek sal die brosjures vir die kiste gereed kry."

Abel pak sy versamelde items in die boks terug, die bobbels bo-op, en sit dit in die hangkas saam met sy reistas en vioolkis. Hy het vooruit betaal vir die nag. Sluit die kamerdeur toe hy uitgaan.

Hy is nie haastig nie, koop onderweg na Fordsburg 'n hamburger met kaas. Dié eet hy in McDonald's se parkeerterrein terwyl hy oor die karradio na 'n nuusbulletin luister. 'n Geaffekteerde stem vertel van 'n groot polisiesoektog na 'n nuwe reeksmoordenaar. Die stem gebruik dramatiese intonasies asof hy in hoofletters praat, die woorde swaar belas deur aksente.

"Die polisie het terreur uitgeskakel as oorsaak van 'n bomontploffing by Doradopark, suid van Johannesburg, wat die lewe van twee mense geëis het. Streekkommissaris Pitso sê die tuisgemaakte bom is van huishoudelike middels vervaardig en kan die bisarre afloop van 'n liefdesdriehoek wees.

"Pitso wou hom nie daaroor uitlaat of die ontploffing verband hou met die dood van 'n ma en seun van Doradopark nie. Die ma en seun is glo in hulle huis vermink. Die name van die oorledenes sal bekend gemaak word sodra naasbestaandes ingelig is."

Abel lek sy vingers af, smyt die leë hamburgerboks op die vloer aan die passasierskant. Uit sy baadjiesak haal hy die spuitnaald en ampul, trek die vloeistof in die naald op, klop die borrels uit, plaas die doppie oor die naald terug, en vertrek vir sy afspraak met meneer Poppe Junior.

Hy draai in by die systraat op die hoek van Poppe & Son in Fordsburg.

Meneer Poppe Junior, al in sy sestigs, troon soos 'n maer vraagteken bokant Abel se kort statuur uit. Hy lei hom deur 'n binnedeur na 'n vertrek waar blink kiste op stellasies uitgestal is.

"Hier's een van kiaat."

Abel steek vas, betrag 'n ornate kis op 'n pedestal in die middel van die vertrek. Die deksel is opgelig; binne is die linne kraakwit.

"Ek hou van hierdie een," sê hy.

"Dis klaar bespreek. Pas gereed gemaak vir 'n liggaam."

Abel stap om die kis, streel met sy vingers oor die blink vernis van die swaar bolronde deksel. Sien dat selfs die binnekant van die deksel gestoffeer is.

"Ek wil hierdie een hê."

"Maar dit het nie 'n voering van lood nie," sê meneer Poppe Junior. "En dis klaar bespreek."

"Hulle kan 'n ander een uitsoek. Ek vat hierdie een. Ek sal ekstra betaal vir die ongerief."

"Uh . . ."

"Ek betaal kontant."

"Sal dit eers met meneer Poppe Senior moet bespreek, hy's olik. Het jy die hospitaal in kennis gestel dat jy Poppe & Son verkies om jou ma ter ruste te lê?"

"Ja, hulle sal jou kontak sodra die liggaam gereed is, as die papierwerk afgehandel is."

"Het jy al vantevore van Poppe & Son se dienste gebruik gemaak, meneer Senekal?"

"Ek hét."

"En jy's tevrede. Anders sou jy nie teruggekom het nie, nè, meneer Senekal?"

"Die laaste keer het jy ook 'n balseming gedoen."

"Ek's die beste in die stad, selfs in die land."

Junior se gesig gloei ingenome. Lang, maer gesig, die dun vel oor die haarlose skedel gespan, prominente wenkbroue, hoë wangbene, puntige neus, skerp ken. Die foto in die paspoort sal nie deug nie, dink Abel, maar daar is sekerlik 'n fabricateur in Johannesburg te vinde.

"Jy't my moeder gebalsem," sê Abel.

"Jou moeder?"

"Jy't beloof sy sou vir ewig bewaar bly."

"Jou moeder?" sê Junior weer. "Ek dog jy's hier oor jou ma? Hoeveel ma's . . ."

39. Ella Neser

In die gim roei sy, strek sy, oefen met weerstand en ligte gewigte die spiere van haar kuite en dye, maag en bors, skouers en arms. Nie vir bulte en knoppe nie, vir soepelheid.

Sweet liters, maar voel so verfris dat sy op pad huis toe by die blommeverkoper stop, vir 'n gerf vars blomme vir Fred. Met 'n kaartjie. Wat haar oog vang, is die spatsels helder geel sonkieltjies. Wonder of Fred blomme sal waardeer. Sy koop die affodille.

Onder die stort dink sy aan *Narcissus*, die genus waaraan affodille behoort. Sy dink aan die mite van Narsissus, die jong Griekse held wat so versot op sy eie spieëlbeeld in die water was dat hy ingeval en verdrink het. Dis één weergawe van die mite. 'n Ander een is dat Nemesis, godin van wraak, hom vir sy ydelheid gestraf en in die narsingblom *Narcissus poeticus* verander het, die geurige digter-affodil.

Toe sy begin aantrek, haar bloes in die langbroek wil druk, is dit asof haar vingers met 'n wil van hulle eie ophou funksioneer. Nemesis, godin van wráák? Sy kyk op, skeef na die spieël, na die beeld van haar nat bossiekop. Wraak, vergelding, straf?

Soek die handdoek en borsel vir haar hare, vlugtig met blos en maskara, veeg van lipstiffie. Op pad ry sy nie by Fred aan nie, vat die blomme kantoor toe, saam met die beeld van Narsissus en Nemesis in haar kop. Lê beslag op Fred se waterkraffie, rangskik die sonkieltjies vir haar lessenaar.

Open dokter Koster se verslag oor sy bevindinge van die outopsie op Bart se kop. Lees weer sy persoonlike nota aan haar:

Vir die feite, bestudeer die regsgeneeskundige post mortem-verslag. Hier's my persoonlike teorie, vat dit of los dit. Die snymerke verskil van die vorige gevalle wat ons aan Abel Lotz kan verbind waar gesigvelle van slagoffers afgesny is. Die lem van die mes is langer. Hy het die keel en nek met lang, egalige hale deurgesny, deur die kraakbeen van die slukderm, en tussen die derde en vierde nekwerwel. Die eerste snitte in die vel is aan die linkerkant van die nek gedoen. Die patroon van die snywerk toon die snyer is linkshandig. Abel is regshandig. Voorspoed, adjudant, in jou soektog na twéé reeksmoordenaars.

Sy dink aan twee handskrifte.

Hier's hy. Op die kaartjie saam met die koelboks en die blomme.

Bart. Jonny. Pansy. Op 'n papierflenter in Bart se mond.

Op die Van Gogh-kaartjie voor haar op haar lessenaar is 'n derde handskrif. Sy staar na die afdruk van die affodille-skildery, haar vingers huiwerend voor sy dit oopgevou kry by die versreëls van Wordsworth se affodille-gedig. Maar dis die name waarop sy fokus, op die *Ella* en *Milo* in sy handskrif.

Toe sy die telefoon se gehoorbuis optel, is daar 'n sagte ruising deur haar neus, 'n sug byna.

"Jimmy," sê sy, "die uitslae wat teruggekom het van grafologie . . . Kan ek dit kom haal?"

"Het jy 'n leidraad gekry? Wat steek jy weg?"

"Ek steek niks weg nie. En Jimmy, die blomme . . ."

"Die blomme is lankal weggegooi, Ella. Die goed het verlep en uitgedroog. Kan kwalik as bewysstukke bewaar word."

"Maar Sam het foto's daarvan geneem?"

"Ja. Ek stuur die uitslag van die handskrifte en die foto's van die blomme."

Sy sit die gehoorbuis neer, staar na Narsissus, ydele blomgod in Fred se kraffie.

'n Konstabel van forensies bring die handskrifontleders se verslag, en die blomfoto's. Sy trek die foto's uit die genommerde bewyssak.

Ja, dink sy gelate. Sy was reg: affodille. Saam met die koelboks was 'n ruiker met affodille en baby's-breath. En tuis staan 'n glasvaas waarin sy Milo se blomme gerangskik het: diepgeel affodille, 'n enkele blou baardiris en delikate baby's-breath.

En sy dink aan die teelepel in Milo se hand. Dit moes 'n eureka!-oomblik gewees het, maar dit was nie. Dit was 'n hou op die krop van haar maag toe sy die teelepel in sy linkerhand sien.

Dêmmit, Milo. Vir wat roer jy nie jou koffie soos 'n normale mens met jou regterhand nie?

En hoekom die affodille? Daar's tog soveel ander soorte snyblomme. Lelies sou reg gewees het. Sy hou van lelies ook. En weer die baby's-breath. Maar dit kan toevallig wees; bloemiste rond graag 'n ruiker of rangskikking af met 'n wasige asemstoot gypsophila.

Nou trek sy die handskrifontleder se verslag uit die koevert.

Die woorde Hier's hy *het die tipiese kenmerke van die skryfwyse van 'n linkshandige*, lees sy. *So ook die woorde* Bart, Jonny, Pansy. *Waarskynlik deur dieselfde skrywer.*

Waarskynlik. Nie onweerlegbaar nie.

Die genoemde twee skrifvoorbeelde is tipies van die negentiende-eeuse skoonskrif bekend as copperplate wat veral deur linkshandiges bemeester is, met 'n helling en egalige drukking op al die lynwydtes van die letters. Al die minuskels en majuskels is geskryf teen 'n letterhelling van vyf en vyftig grade, 'n netjiese, outydse kursiewe skryfwyse.

Ook dit beteken niks nie, dink sy. Tussen tien en twaalf persent van die wêreld se bevolking is lefties – Milo Boonstra is dus een van ongeveer sewe honderd en vyftig miljoen linkshandiges. Wat sê dit? Maak dit elke lefty 'n verdagte in 'n ondersoek na 'n reeksmoord?

Sy knyp haar oë vir 'n oomblik toe, sukkel om redelik en ordelik te dink. Milo met sy maklike glimlag, die lippe wat sy ná 'n derde glas wyn klaar koesterend oor die vel van haar nek, oor haar kwartelborsies, oor haar maagletsel kon voel. Milo het ligte hare, geen skakering van wortel of rooi nie. Hy het nie 'n rooi hangsnor nie, is skoongeskeer.

Maar elke oggend as hy skeer, sien hy in die spieël die litteken aan sy wang. Elke oggend word hy herinner aan die kleintydse ongeval waarin hy die wond opgedoen het. Só het professor

Papendorf tog self oor letsels gesê: Die gebeure wat daardie letsels veroorsaak het, word nooit vergeet nie.

Maar almal verwerk wonde en leef daarmee saam. Selfs al is jy linkshandig. Is 'n wond aan die wang genoeg rede vir wraak?

Nee, die Milo wat sy besig is om te leer ken, kan sy in haar mees verraderlike, mees agterbakse nagmerrie nie voorstel met 'n mes in sy hand nie. Hoe kan sagsinnige Milo 'n man se kop in 'n bad afsny? Hoe kan hý 'n paartjie met 'n bom tussen hulle heupe uitmekaarblaas?

Sy soek na die reeksmoordenaar Ted Bundy se laaste onderhoud met doktor James Dobson, lees weer:

Ek het in 'n wonderlike huis grootgeword met twee toegewyde en liefdevolle ouers. Ons kinders was die fokus van ons ouers se lewe. Ons was gereeld in die kerk, my ouers het nie gedrink of gerook of gedobbel nie. Daar was geen liggaamlike mishandeling of bakleiery in ons huis nie. Dit was 'n goeie, soliede Christelike huis.

'n Bietjie idealisties, want Bundy het nie sy regte pa geken nie. Maar dit klink na die Boonstra-huis, al ken sy hulle ook nie regtig nie.

Maar dán:

Daar is geen manier om die dierlike drang te beskryf om dit [moord] *te doen nie, en wanneer die drang bevredig is, uitgewoed en die energievlak afgeloop het, word ek weer myself. Basies was ek 'n normale persoon.*

Milo lyk basies na 'n normale persoon.

Agterbakse verraaier. Dis hoe sy agter haar lessenaar oor haarself voel, oor wat sy op die punt is om te doen. Hy was sjarmant en hoflik en bedagsaam. Hy het haar laat lag en vir 'n paar uur laat vergeet van die gruwels wat mense mekaar aandoen. Nou, agter sy rug, is sy met verraad besig. Laas nag, alleen in haar bed, het sy hom al in haar kop begin verraai terwyl sy herleef het, oor en oor, hoe hy die suiker met sy linkerhand in die koffie gooi, hoe hy dit met sy linkerhand roer.

Sy vat persoonlik die Van Gogh-kaartjie na die handskrifontleder toe, sê 'n onmiddellike analise van die handgeskrewe *Ella* en *Milo* is op lewe en dood.

"Te min letters vir 'n behoorlike vergelyking met die ander woorde en name," sê die grafoloog.

"Daar's die *a* in *Ella*," sê sy. "Vergelyk dit met die *a* in *Bart* en die *a* in *Pansy*. Kyk of dit dieselfde is. En kyk of die *i* in *Milo* dieselfde is as die *i* in *Hier's*. Kyk of die *o* in *Milo* ooreenstem met die *o* in *Jonny*. Jy't genoeg."

"Kan nou al sê dis nie dieselfde pen en dieselfde ink nie."

Tog, die forensiese ekspert verduidelik elke mens het 'n persoonlike en unieke skryfstyl, 'n outomatiese en willose aksie. Ons dink oor wát ons skryf, eerder as hóé ons skryf. En iemand se skryfgewoonte kan bepaal word deur kenmerke soos die grootte van letters, die vorm, helling, proporsie, penstrepe aan die begin en einde van woorde. Sal haar bes doen, beloof sy.

Ella keer terug na haar kantoor.

Wanneer sy en Milo vanaand gaan draf, op hierdie nou minder goeie Vrydag, hoe gaan sy haar gesteldheid beheer? Gaan hy agterkom hoe slu sy regtig kan wees?

Maar as . . .

As alles blyk net 'n misverstand te wees, die produk van haar agterdogtige brein, as die skrifontleder Milo se onskuld bewys, dán skuld sy hom 'n groot verskoning. As haar nou al berugte intuïsie haar dié slag in die steek laat, neem sy haar voor, sal sý 'n letsel met haar lippe koester. Nie vir hom wag nie, nie eens vir 'n betaamlike tyd nie.

As hy haar onderduimse toets deurstaan, gaan sy die geskende wang soen, en in sy oor fluister dat sy hande maar mag vat. Want dit is tóg, ná Bam, waarna sy uiteindelik weer smag: om haar aan hom uit te lewer.

Maar wat as ooreenstemmings gevind word? Wat as dit dieselfde handskrif is?

O, *Narcissus triandrus*, engeltrane.

* * *

Abel is 'n skepsel van gewoontes. 'n Lewe met roetine laat hom gerus voel. Vir byna vyftig jaar was die koers en lotsbestemming van sy lewe vir hom uitgelê. Sy moeder het dit beplan en bestuur, het geen afwyking geduld nie. Selfs op haar marmerbed het sy die rigting vir hom aangedui. Daardie lesse is op sy siel uitgekerf, is inherent deel van sy wese.

Daarom ry hy Vrydagmiddag terug Alberts Farm toe. Parkeer die Getz onder 'n boom, verstel die rugleuning tru, trek die rand van die hoed oor sy oë, en ontspan. Maar agter die bril ontglip geen beweging hom nie. Hy sal teleurgesteld wees as sy nie weer vandag saam met haar broer in die Polo opdaag nie. As Milo Boonstra alleen kom vir sy drafafspraak met adjudant Neser, dink Abel loom, sal hy Plan B in werking stel.

Hy het die huis in Honeydew Manor gekry. Joernaliste steur hulle min aan mense se privaatheid. Hy het die berig vanoggend op meneer Poppe Junior se rekenaar uitgedruk, en vroetel nou daarna in sy sak, vou dit oop, lees weer die tersaaklike paragrawe:

Meneer Archie Boonstra en sy kinders weier om kommentaar te lewer op die Post *se inligting dat drie slagoffers wat in Doradopark gekry is, dié is van die inbrekers enkele weke gelede in sy huis. Sy vrou, mevrou Nella Boonstra, het tydens die inbraak gesterf. Hy het die* Post *se navrae gisteraand by sy huis in Lacewood-rylaan in die rykmansbuurt Honeydew Manor na die polisie verwys.*

'n Geskokte Boonstra het gevra dat hy en sy kinders nie verder lastig geval word nie. "Die ondersoek is in bekwame hande, en ek het niks by te voeg nie."

In die bekwame hande van adjudant Neser, dink Abel.

'n Geskokte Boonstra. Wie het vir die joernalis gesê Archie Boonstra is geskok? Abel loer na die ingang van Alberts Farm, soek na die drawwende figuur van die bekwame speurder. Hy het haar uit sy skuilplek in die plafon van sy huis gesien, maar dit was net glimpe. Hy kon haar geskende maagvel sien. Hy het haar drawwende figuur die vorige middag herken, maar weggekyk. Nou sal hy haar graag met meer aandag wil beskou.

By die ingang draai 'n kar in, 'n patrollievoertuig van die

polisie. Hulle patrolleer die uitgestrekte park gereeld sedert drie slagoffers van die Nagsluiper hier gekry is. Abel oorweeg dit om met die twee konstabels in die patrollievoertuig te gaan gesels, uit te vra of hulle probleme ondervind met rondlopers en leeglêers op Alberts Farm. Dan merk hy die wit Polo, sien twee mense, die lang blonde hare.

A, dink hy, hier kom sy toe wel saam. Hy hou hulle onderlangs dop sonder om sy kop in hulle rigting te draai. Milo Boonstra klim uit, begin met strek- en opwarmingsoefeninge, kyk 'n slag op sy horlosie, dan ingang toe. Abel volg sy blik, sien met behae die aankomende drawwer. Hy herken haar selfs op hierdie afstand, haar kort, swart hare, lenige lyf.

Sy kom reguit na die karre onder die bome, draf agter die Getz se buffer verby, gaan markeer die pas by die Polo. Hy kan nie hoor wat hulle gesels nie, maar hy sien die wit glimlagge voor Milo en adjudant Neser wegdraf. Of lyk háár glimlag vandag 'n bietjie stroef?

In die Polo stut Kaja haar boek teen die stuurwiel en begin lees. 'n Ent verder sit die twee konstabels in hulle patrollievoertuig en rook. Die bestuurder sluk tussen rookwolke uit 'n rooi Cokeblikkie.

Abel wonder hoe lank die patrollievoertuig gaan vertoef. Verskuif sy blik terug na die Polo toe, sien haar oë op die Getz. Sy lig 'n hand van haar boek op vir 'n vlugtige, fladderende wuif in sy rigting, waarskynlik onseker of die argeoloog haar opmerk. Hy ignoreer die gebaar, wek die indruk dat hy dut. Die twee drawwers verdwyn agter die bome en klipheuwel.

Abel wag. Hy reken hy het 'n halfuur, miskien veertig minute, voor hulle op hulle sirkelroete uit die rigting van die wilgers om die dam gaan verskyn. Hy trommel met sy vingers op sy knie, sy ander hand in sy baadjiesak. Wag vir die luierende patrollievoertuig om pad te gee. Die rokende konstabels is soos valke, enige beweging trek hulle aandag, selfs 'n wandelaar met sy hond.

Dan druk die bestuurder sy stompie in die Coke-blik, verskuif op sy sitplek. Die voertuig begin beweeg stadig in eerste rat terug na die uitgang.

Abel wag. Hulle sal die truspieëls dophou.

Eers toe die patrollievoertuig agter die huise in Greymont verdwyn, loer hy weer na die Polo. Hy klim uit, rek hom behaaglik, mik vir die omheinde grafte.

"Hallo!" kom haar uitroep uit die Getz.

"Hallo," sê Abel, steek asof verras vas. "O, dis jy."

"Rus jy elke middag hier onder die bome?"

Hy knik. "Soek stilte wanneer ek aan 'n projek moet dink."

"Steeds die grafte?"

Hy gaan staan by haar oop venster.

"Ja," sê hy, kyk rond, sien niemand wat aandag aan hulle gee nie. Die drie ander karre leeg, wandelaars in die park. Almal voel veiliger sedert die polisie die plek bedags patrolleer, sy ook, vermoed hy.

Hy leun nader. "Wat lees jy?"

Haar blik terug op die boek, sy hand in sy baadjiesak.

"Gedigte," sê sy.

Abel, verbaas oor die dun boek wat so beklad en bevlek is, trek stadig sy hand uit sy baadjiesak, geen skielike bewegings om haar serene luim te versteur nie.

40. Archie Boonstra

Gisteraand was Archie nie by die bedding met floksies nie, sy oumansklier skoon vergete. Milo het hom uiteindelik in die bed gekry. Maar hy het rondgerol, probeer lees, weer die lig afgesit, net op sy bed gelê en staar na die dik, taai duisternis.

Ná middernag het hy opgestaan, groen tee probeer, warm melk, soos 'n verlore siel deur die huis gedwaal. Milo het hom gehoor en na sy kamer gekom. In die bedkaslaai 'n slaappil gekry, oorskot ná Nella se dood, en die pil en waterglas vir Archie gehou.

Maar dit was steeds 'n onrustige slaap, en vanoggend, met sonsopkoms op hierdie Saterdag, is hy vodde. Hy voel die tamheid in sy ou, afgetakelde spiere.

Kaja. Waar is Kaja?

Road kill, dís hoe ek voel, dink Archie op die patio, sy hande langs sy sye, sy gesig na die gholfbaan waar die nuwe dag uit skemer voue begin kruip en vorm kry, die bome nog in lig-en-donker huiwer soos die chiaroscuro van 'n ou Baglione.

Maar die geestelike versuftheid is die ergste. Hy kan nie dink nie, kan nie die warboel in sy kop orden nie. En dis tog sy nering, om te ontsyfer en te ontrafel. En Nella is nie hier nie, sy luisterende oor is weg.

"Dis hoekom ek hier is, Archie," het sy gesê wanneer hy alleen was in 'n ander land met 'n ander land se probleme. "Praat, my man, kry dit uit. Ek luister. Jy weet mos: as jy iemand soek, tel net die foon op."

Al die kere wat hy sommer net gebel het om haar stem te hoor. As hy haar stem gehoor het, kon hy áltyd beter slaap.

Wat nou, Nella? Wat doen ons nou? wil hy vra. En hy weet sy

sou 'n antwoord hê, 'n vertroosting. Sy sou na 'n ligstraal soek, nie verblind wees deur 'n vloed van boosheid nie.

'n Stuk van my hart is uitgepluk, Nella, toe jy van my weggevat is. Tog net nie Kaja óók nie. Nie sy nie. So broos en gefolter, maar ons het haar weer heelgemaak, jý met jou eindelose deernis en geduld en liefde.

Wat is die groot sonde dan wat ek gepleeg het dat mý straf aan júlle opgelê word?

Hy was dikwels van die huis afwesig, dis waar, soms vir baie maande aaneen, maar Nella het dit verstaan.

"Jy's 'n goeie man, Archie," het Nella gesê. "Met jou werk het jy die lot van baie mense verlig, selfs ontelbare lewens gered op vreemde plekke, in vreemde lande. Nie met jou hande nie, maar met jou werk agter die skerms."

"Net 'n ou backroom boy, Nella," het hy gesê. "Dis al wat ek was."

"Jy's te beskeie, my man. Kyk die wonderlike skat wat jy vir ons gebring het. Kyk ons twee mooi kinders."

"Hulle ís wonderlike kinders," het Archie toegegee.

"Hulle is die punt van my hart," het Nella gesê. "En jy's 'n goeie pa. Twee sulke kinders kon nie vir 'n beter pa gevra het nie."

"Milo het 'n sterk gees, niks sal hom ooit onderkry nie," het Archie gesê.

"Maar Kaja sal áltyd broos bly," het Nella bygevoeg. "Sy't nie dieselfde selfgenesende wil as Milo nie. Sy's nie so sterk nie."

"Maar ons kan haar nie vir ewig in 'n kokon toevou nie."

"Eendag sal sy wel uitkom, sal sy vlerke kry. Maar haar vlerke sal altyd teer en delikaat wees," het Nella gesê.

Nadat die ergste spoke uit die kinders se nagmerries verdryf is, het hy en Nella steeds snags uit die bed opgestaan, op hulle tone in die gang afgesluip en by die halfoop kamerdeure gaan luister. En dit, daardie sagte asemhaling van kinders in die nag, het vrede na Archie se siel gebring, en hy en Nella was nie meer alleen nie.

Op die skoonveld drie hadidas, stap en pik en stap en pik,

hulle pote geanker aan hulle lang skaduwees. Oor Archie se verweerde, beproefde gesig lê ook skaduwees. Hy strek 'n hand na die balustrade voor hom uit, asof hy ondersteuning soek teen 'n wêreld wat die rug op hom gekeer het, 'n wêreld wat nie omgee vir die jonges óf die oues nie, of vir hulle hoop en wanhoop nie, selfs nie vir die lewendes en die dooies nie.

Hy vertoef lank daar op die veranda, hoor later hoe Milo hom van binne af roep. Hy kyk nie om nie. Ook nie toe die voordeurklokkie lui nie.

Maar hy herken adjudant Neser se stem: "Hoekom het jy my nie dadelik gebel nie, Milo?"

"Ek en my pa was aanklagkantoor toe. Ons moes vorms invul. Die konstabel het gesê hulle kan niks doen oor vermiste persone voor agt en veertig uur verstryk het nie."

Hulle stemme kom van agter Archie se rug deur die oop skuifdeure na hom op die veranda.

"En jy kon geen teken van 'n worsteling in haar kar sien nie?"

"Alles was daar, asof sy net uitgeklim en gaan stap het. Haar handsak, die boek wat sy gelees het, die sleutel nog in die aansitter."

"Waar's die kar nou?"

"Nog op Alberts Farm. My pa't my gisteraand gaan haal. Ons't besluit om die kar te los as die polisie vingerafdrukke wil vat, of na leidrade wil soek. Maar hulle wou nie. Het nie eens 'n patrollievoertuig uitgestuur nie."

"Pleks dat julle my gebel het," sê Ella.

"Ons't gedink . . . gehoop, eintlik, dat sy net 'n koers ingeslaan het, miskien verdwaal het. Sy't die vorige dag ook uitgeklim, gaan rondloop by daardie ou grafte."

"Het jy haar probeer bel? Waar's haar selfoon?"

"Daar lê haar sak op die tafel. Langs die boek wat sy saamgevat het. Haar selfoon, beursie, alles nog daarin, net so in die kar gelos."

"Dis nie 'n karkaping nie, nie diefstal nie. Wie sou haar wou ontvoer het? En waarom?" sê Ella Neser. "Dalk oor die beloning wat aangebied is, die vyftig duisend rand? Dink iemand hulle kan 'n losprys vir Kaja kry? Kan ek in haar sak kyk, sal jy omgee?"

"Kyk gerus. Miskien sien jy iets wat kan help," hoor Archie Milo sê.

"Is dít die boek?"

Sy het nou die digbundel in haar hand, dink Archie. Wanneer sy na die titel en skrywersnaam kyk, gaan 'n frons bokant haar oë vou, want sy sal nie weet wat Алекса Шантић beteken nie.

"Die boek is besmeer. Ou vlekke," sê Ella. "Is dit ou bloed? Ek sal dit laat toets."

Archie draai om, stap by die oop skuifdeur in. "Dis 'n digbundel."

"Hallo, Archie. Kon sy dit lees? Verstaan sy dié taal?"

"Die digter is Aleksa Šantić," sê Milo.

Archie sug. Pissing in the wind ain't too clever. En bely dan: "Milo en Kaja was klein toe ek en Nella hulle aangeneem het."

Dis of 'n slang Ella Neser pik.

"Aangeneem?"

"Ons was weeskinders van die oorlog in Bosnië-Herzegowina," sê Milo.

"Milo, sal jy vir ons tee gaan maak? Koffie vir die adjudant, swart en sonder suiker. Kom sit hier, adjudant," sê Archie, "kom sit hier langs my sodat ek jou kan vertel. Miskien verstaan jy dan waarom Kaja nie sommer net sou wegloop nie. Waarom ons so 'n hegte gesin was."

"Milo?" sê Ella. "Is dít waar jy die wond aan jou wang opgedoen het?"

"Kartets in Sarajewo, op die trappe van die Katedraal van die Heilige Hart van Jesus."

Sy haal haar selfoon uit. "Laat ek net eers vir forensies by haar kar kry. Terwyl hulle begin soek, kan julle alles vir my vertel."

"Laat hulle sommer ook na 'n klein blou kar soek. 'n Getz, dink ek," sê Milo. "Gistermiddag toe ons daar stilhou, het Kaja gesê: 'Daar's die argeoloog wat navorsing oor die grafte doen.' Hy het 'n hoed en bril opgehad, gelyk of hy agter die stuurwiel sit en dut."

41. Abel Lotz

Dié Saterdagoggend staan Abel na die gesig van die jong vrou en kyk. Byna teer vee hy die hare van haar voorkop en wange weg, laat gly sy vingers oor haar vel. Sy lê op haar rug, steeds bedwelm. Haar asemhaling reëlmatig, haar bors dein sag. Wanneer hulle bykom, sy donateurs van maagdeperkament, het hulle geen newe-effekte van die inspuitings nie, weet hy. Miskien 'n bietjie dors, en daarvoor het hy vir haar 'n bottel water gereed.

Intussen, terwyl sy so stil lê in haar diep slaap, het hy die kans om haar vel te bewonder, sag en soepel onder sy vingers. Hy ken velle, en hierdie vrou s'n is pragtig, sonder letsels of merke. Net geringe, fyn plooitjies langs haar oë en mondhoeke. En vol lippe, met daardie sensuele filtrum.

Onder die vergrootglas in sy hand kan hy die ligte donsigheid op haar filtrum en bolip waarneem. Hy kan homself nie help nie, en druk nou met sy voorvinger op die keep, kyk hoe die bolip sag soos 'n spons meegee. Adjudant Neser het 'n smallerige bolip, maar hy hou meer van hierdie lippe. Hierdie lippe het die pienkerige kleur van salm, effens geriffel van die uitdrogende effek van die sedasie.

Abel leun met sy bolyf oor haar gesig, beweeg die vergrootglas oor haar ken, oor eers die een wang, dan die ander een, oor haar neus, geslote ooglede, lang wimpers, wenkbroue. Vertoef 'n wyle op die fronsplooitjies tussen haar oë. Dink aan die diep, stroewe frons van sy moeder. Beweeg na die voorkop, sy geoefende oog soekend na defekte en anomalieë aan haar vel.

Hy kom met 'n sug van behae orent. Hierdie een se ma, dink Abel, moes haar van kleins af geleer het om na haar vel om te sien, bevogtigers te gebruik, weg te bly van oormatige of selfs net gereelde grimering. Haar vel soos gepoleerde wit marmer.

Hy betrag die beweging van die blonde vrou se bors teen die delikate materiaal van haar bloes. Hy wonder of sy 'n tatoeëring het. Hy het nie een opgemerk nie, en dis nie hoekom hy haar gevat het nie. Hy het haar gesig gesien, 'n perfekte gesig. Dís hoekom hy op haar besluit het.

Haar venster was afgedraai en hy het die spuitnaald met die Diprivan in haar nek ingedruk. Sy het teen die veiligheidsgordel gestoei, maar hy het haar mond toegedruk en haar hande vasgegryp en vasgehou totdat sy verslap het. Sy is lig en hy kon haar in die Getz oorlaai en wegry.

Dis al máánde vandat hy sy vyftigste verjaardag in Beira gevier het, en hy wou só graag 'n mooi gesig vir sy verjaardag gehad het. Maar adjudant Neser het alles bederf. Tot nou toe. Nou het hy die gesig gekry. En die wag, die vertraging en vlug was tog alles die moeite werd. Uiteindelik – en die ironie ontgaan Abel nie – was dit adjudant Neser self, met haar drawwery, wat hom na hierdie vrou gelei het.

Hy bly wonder oor 'n tatoeëring. So 'n merk sal 'n bonus wees. En hy het genoeg tyd. Hy het twee dae tyd, vandag die hele Saterdag, en Sondag. Hier sal hy nie gesteur word nie. Hy het die ideale plek waar hy dié slag rustig 'n gesig kan oes, en dalk ook 'n tatoe, tydsaam en met fyn, delikate snye.

Hy maak die knope van die bloes los, is verlig toe hy haar bra opmerk. Daardie ander twee, die eerste twee, was skaamteloos sonder bra, en dit was vir hom 'n verleentheid om hulle naaktheid te aanskou terwyl hy eers die Pavo en daarna die Lepus geoes het.

Hy vou die bloes oop, vind dit onnodig om die bra los te knip. Hy bestudeer haar bolyf en maag. Emma se hasie was aan haar bors. Hy draai haar op haar sy om die skouers en rug te beskou. Mia se pou was op haar blad. Hy het ook al opgemerk, in sy soektogte na tatoes van astronomiese betekenis, dat sommige vroue graag 'n merk aan die sy, aan die rug of laag aan die kruis laat aanbring. Hierdie een het niks nie, haar liggaam ongeskonde.

Abel is half teleurgesteld. Hy sou graag nog 'n omslagontwerp vir sy kosmiese joernale wou oes. Hy wonder of sy dalk 'n tatoe aan 'n heup of dy het, miskien aan 'n kuit. Hy sukkel met die jeans. 'n Sagte snak uit haar mond, asof sy in haar bedwelming bewus is daarvan dat sy so rondgerol word.

"Aha . . ." fluister Abel.

Hy kry dit op die teer vel van haar binnebeen. Buk weer laag af om dit te probeer eien, gebruik opnuut die vergrootglas. Is dit Canis? Of Lupus? Dalk Leo? Bestudeer die klein tatoeëring met byna ingehoue asem. Verskuif 'n slag vir meer lig deur die lens van die loep. Beskou die ligte donshare, die porieë, die fyn blou huidare, die delikate belyning van die tatoeëerder se naalde, die ligter tinte van arsering vir nuanse in die maanhare. Ja, dink hy, dis wat dit is: die kop van 'n leeu; Leo, twaalfde in grootte van die agt en tagtig konstellasies in die hemelruim.

Abel laat sy asem met 'n sug uit, hou die lens nou oor die woord onder die tatoe in sierlike krulle wat hy sag uitspel om te probeer ontsyfer: POŽAR. Het g'n benul wat dit beteken nie, maar dit maak nie saak nie. Hy het haar geheime tatoe gekry. Hy versorg weer haar klere, trek die jeans op, knoop die bloes toe.

Nou, noudat sy haar tatoe van kosmiese betekenis ook aan hom gaan skenk, en daarna haar gesig, is die drang byna onuitstaanbaar om weer na Doradopark te ry om die dak van sy observatorium oop te skuif sodat hy na die sterre kan opkyk. Om hom opnuut te verwonder aan die geheimenisse van die nagtelike uitspansel wat hy probeer peil vir sy kosmiese joernale. Maar dit kan hy natuurlik nie doen nie. Sy huis in Doradopark is nou vir altyd buite perke, en hy sal nóóit weer die voorreg hê om sy observatorium te besoek nie.

Voordat hy die slapende vrou alleen laat, voel hy weer haar polsslag. Hy het haar omstreeks middernag 'n tweede inspuiting kom gee, en hy ken die halflewe van die dosis. Hy oorweeg of hy haar moet vasbind, haar mond moet snoer. Hy besluit daarteen. Hy wil nie onnodige merke aan haar vel hê nie.

Die vertrek waarin sy lê het nie vensters nie. 'n Lugversorger beheer die temperatuur. Hy moes die reguleerder opstel tot 'n geriefliker een en twintig grade. Hy wil nie dat sy onnodig koud kry terwyl sy hier lê en wag nie. En sy sal ten minste nog tot vanaand moet wag, wanneer die son onder is en Betelgeuse in sy volle glorie rooi in die nagruim skitter.

Tot dan sal sy goed kan uitrus in haar snoesige bed van kraakvars, skitterwit linne, selfs 'n kussing onder haar kop. Hy het spesiaal 'n groot bed vir haar uitgesoek in hierdie geïsoleerde vertrek sonder venster of geluid. Selfs die klanke van die oggendverkeer buite in die stad se strate is gedemp. Dis 'n rustige plek vir haar, dink Abel. Amper so rustig as die slaapkamer waarin sy moeder gelê het. Maar sy moeder moes op 'n koue bed van marmer lê, sy moes met sestien grade tevrede wees, in 'n humiditeit wat háár vel teen uitdroging moes beskerm. Hierdie jong vrou, hierdie Kaja, kan knus bederf word.

Hy kyk rond, stap na 'n rak waarop grafornamente uitgestal is. Betrag die beelde en ikone en effigieë, kies 'n kwartsbeeldjie van 'n engelkind, plaas dit op sy rug op die rand van die kis. Toe hy die swaar, geronde deksel van die kis op die boepmagie van die engelkind laat rus, is 'n gleuf vir lug oor die lengte van die kis oopgelaat. Die skroewe het lang skroefdraad, met versierde vleuels van nieusilwer. Hy draai net twee deur die gate in die fyn silwerbeslag op die deksel.

Tevrede bekyk Abel die kis met sy waardevolle inhoud. In die skynsel uit die koraalkleurige ligskerms kaats en skitter die ornamentele skroewe teen die dieprooi glans van die lakvernis van die kis. Hy streel vir laas oor die bolvormige deksel voor hy uitstap.

Hy vertrek om twee dewarflesse te gaan soek, 'n kleiner een met 'n inhoudsmaat van so twee liter en 'n grote van tien liter. Die lugleegte in die versilwerde dubbele wande van 'n dewarfles is ideaal om die inhoud teen die geleiding van hitte óf koue te beskerm. 'n Termosfles ken hy. Sy pa het koffie in 'n termos saamgevat wanneer hy in sy groentetuine gaan werk het. Sy koffie was áltyd warm. Abel se dewarflesse is nie vir warm koffie bedoel nie, bloot om die inhoud se temperatuur konstant te hou.

Hy soek ook 'n klein draagbare biltongdroër met 'n waaier vir lugsirkulasie en wande van fyn gaas om goggas uit te hou. Dit sal ideaal wees om die voggehalte van menslike weefsel geleidelik in beheerde omstandighede te laat verminder. Om skielike uitdroging te verhoed, sal hy die weefsel gereeld met spuitbottels behandel. Uit een bottel 'n mikrosproei-mengsel van kaliumasetaat en gliserien vir 'n blywend natuurlike voorkoms. Uit die tweede 'n mengsel met swaelsuur teen fungivlekke en bakteriese ontbinding van die vel. Hy wil nie dat die vel later kraak en verweer nie. Hy het gesien hoe lyk sy moeder se mummievel nadat dit nie meer behandel is nie.

Hy het nie baie chemikalieë nodig nie. Die plek waar hy vannag gaan werk, net aangrensend waar sy nou lê, is spesiaal vir hom ingerig, al die instrumente, al die bestanddele beskikbaar. Hy het die kaste met bottels en flesse sorgvuldig bestudeer. Daar is selfs gliserol en al die sure, en natuurlik formaldehied en die sterker formalien. Hy sal net 'n klein hoeveelheid sinksout en steenaluin koop.

Wanneer hy die vel met fyn snitte tot op die hipodermis los het, is dit belangrik dat die mengsels gereed moet wees om die vel daarin te doop en te frommel en te was. Die vel moet die mengsel absorbeer sodat die selle en sagte weefsel afgebreek word, sodat hy met geduldige konsentrasie die vet en haarfollikels, huidare, kliere en spiermembrane aan albei kante kan afskraap, aan die vleiskant én aan die epidermis. Hy soek nie die tekstuur van haarvaatjies aan sy velle nie, ook nie verhardings soos puisies nie. Abel wil 'n vlekkelose eindproduk hê, sonder die aftakelende komplikasies wat die yster in bloedplasma kan veroorsaak. Hy wil nie 'n perfekte gesig oor syne aantrek en dan word dit later deur skimmel en muf bederf nie. Hy wil 'n soepel vel hê, en sag soos satyn of fluweel wanneer hy dit aantrek. En vir die omslae van sy joernale.

Dis asof hy die huide en pelse van die klein diere waarop hy geleer het in sy hande kan voel terwyl hy sy aankope doen. Die glibberige, slymerige huid nadat hy dit ontvleis en onthaar het en in die flou water-en-asyn-bad uitspoel om die normale pH te herstel.

Die voorlaaste item is 'n kop-en-skouers-paspop van polistireen waaroor hy die saggelooide kop-en-gesigvel met die blonde hare kan trek om haar vorm te herwin ná die looiproses. Vir die hegting van die skalpeersny aan die agterkop, van onder die digte hare tot op die kroon om die vel van die skedel los te kry, koop hy 'n tol Ierse vlas, Barbour's Nr. 12. Die lippe sal hy van binne vaswerk met fyn stekies Barbour's Nr. 40, sonder om die effek van haar vol lippe en filtrum te bederf. Die ooglede word natuurlik nie toegewerk nie; hulle moet oop wees sodat hy die wêreld as't ware deur haar oë kan waarneem.

Sy laaste aankope is 'n pers koki en 'n CD van soloviool, nóg 'n opname van Paganini se vier en twintig capricci, dié slag spesifiek Midori se vertolking. Hy wil graag na die capricci luister terwyl hy aan Kaja Boonstra se vel werk. Eers die Leo in haar lies vir die mengsel in die klein dewarfles, daarna haar kop-en-gesigvel vir die groter fles.

Hy sal sy vertrek na Brugge, as meneer Lomas, uitstel totdat albei velle volmaak gebrei is. Môreoggend douvoordag, op die stil Sondagoggend, wil hy uit Johannesburg padgee en iewers, miskien op die platteland, vir twee weke in 'n afgesonderde gastehuis gaan bly en sy velle versorg.

Soos 'n swerwende straatmusikant is sy pa se viool altyd aan sy sy – die laaste item wat hy voor sy vlugtog van die boonste rak in sy buitekamer gevat het. 'n 1942-Van de Geest. Hy het die esdoring se nate aan die rugkant met die skerp lem van sy Russellmes losgedwing vir die rolle note in rand, dollar en euro in die holte onder die krulwerk van die F-openinge, dit weer netjies vasgelym.

Die res van sy kontantgeld, alles wat nie in eiendom belê is nie, het hy in euro-reistjeks gekry. Hy was geregtig, soos enige Suid-Afrikaanse toeris, met die toon van 'n vlugbespreking en paspoort, op 'n miljoen rand as jaarlikse reistoelaag. Dit het hy gekry lank voor die besigheid met adjudant Neser. Die geld het hy onttrek toe hy nog van plan was om as wetsgehoorsame Abel Lotz oorsese besoeke te bring aan 'n sterrewag in Chili, aan museums in New York, Londen en Stuttgart, en vir 'n besoek aan sy vriend in België.

42. Ella Neser

Sy is verlig. Kan nie sê onverkláárbaar verlig nie, want sy weet hoekom sy verlig is. Die forensiese skrifgeleerde het min wys geword uit die skryfhand wat die enkele woorde gepen het.

Sal dit nie in 'n hof kan bewys nie, maar die grafoloog is oortuig *Hier's hy* en *Bart, Jonny, Pansy* is deur dieselfde linkshandige geskryf. En sy het die handskrif vergelyk met die monsters wat Ella uit die bewyskamer gebring het van Abel Lotz se handskrif. Dis nie Abel wat dit geskryf het nie; hy is regshandig.

Ook die *Ella* en *Milo* op die affodille-kaartjie, meen die skrifgeleerde, is deur 'n linkshandige geskryf. Maar dié weet Ella: Milo het dit geskryf. Hy is 'n lefty, roer sy koffie met sy linkerhand.

Daarom is sy verlig dat die kaartjie se twee woorde nie bo redelike twyfel as kalligrafies ooreenstemmend met die ander twee voorbeelde bewys kan word nie. Daar is wel kenmerke wat dieselfde lyk, copperplate-kenmerke, veral die gebrek aan lusse, maar daar kan nie uit net twee woorde 'n afleiding of bevinding gemaak word wat die toets as getuienis in 'n hof sal deurstaan nie.

Die skrifgeleerde het 'n groter skryfmonster nodig. As adjudant Neser dalk 'n brief het in die handskrif van die verdagte wat in die kaartjie geskryf het, al is dit net 'n paar paragrawe lank.

Adjudant Neser het nie 'n brief in Milo se handskrif nie. Wie de hel skryf nog briewe met die hand? wonder sy. Uit watter eeu kom die skrifgeleerde? En dié sê astrant sy is nie 'n skrifgeleerde nie, sy's 'n grafoloog, 'n skrifontléder.

Ella vou die dossier toe, dink aan haar besoek aan die Boonstrahuis vroeër die oggend. Aan die verhaal van twee oorlogswesies uit Sarajewo in die Balkan, een nou vermis.

En sy dink aan die argeoloog by die dam.

Kaja Boonstra het nie uit vrye wil verdwyn of weggeloop nie. Sy het wel vroeër jare lank by kindersielkundiges, psigo-analiste en kliniese opvoedkundiges behandeling gekry, maar sy is as genees verklaar. Gesond. Uiteindelik verlos van haar nagmerries.

Sy is ook nie die slagoffer van 'n ontvoerder wat 'n losprys wil eis nadat hy in 'n koerant gelees het van Archie Boonstra se beloning nie.

Ella weet wie haar het.

Oor haar eie gemoedstemming is sy onseker. Milo het in haar kop kom krap. Met sy geel affodille en die aantrekkingskrag van sy geskende wang. Ten minste ken sy nou dáárdie storie.

Die argeoloog . . .

Kaja het die man net terloops aan Milo genoem. Hy het nie gedink om haar uit te vra nie, en sy het geen beskrywing gegee nie.

'n Argeoloog wat in Alberts Farm se historiese grafte belangstel?

Argeologie: die studie van die oorblyfsels van menslike lewe.

Nie van ménslike oorblyfsels nie.

Maar Archie en Milo is onbewus van enige tatoe aan Kaja se liggaam, ten minste niks opsigteliks nie.

Ella voel hoe Abel opnuut in haar kop kom klim. Asof hy agter elke onding skuil, agter elke onverklaarbare gebeurtenis, agter die dood of verdwyning van elke mens.

Sy onthou die blou kar. Sy het agter 'n blou kar verbygedraf na waar Milo by Kaja se Polo gewag het. Sy het haar nie aan die blou kar gesteur nie. Kan nie eens die fabrikaat onthou nie. Milo sê 'n Getz. 'n Argeoloog sit twee middae in 'n blou Getz by Alberts Farm se dam. Gesels met Kaja.

Die raaisel van Kaja se verdwyning – en daaroor het Ella nou min twyfel – lê by die man in die blou kar.

Sy bel vir Jimmy Julies, nog op Alberts Farm besig met die prosessering van die Polo.

"Drie verskillende vingerafdrukke aan die kar," sê hy.

"Twee behoort aan haar en haar broer," raai Ella. "Ek sal hulle kontrole-afdrukke kry sodat jy dit kan vergelyk."

"Vingerafdrukke soek klaar in AFIS na 'n match vir die derde stel aan die bestuurder se deur."

Kaja en Milo se afdrukke is nie op die elektroniese databank van vingerafdrukke nie, weet Ella. Abel Lotz s'n is wel; van sy afdrukke was daar baie in sy huis en galery.

As die derde stel Abel s'n is, sal die Getz 'n gehuurde motor wees.

Sy begin bel. Eers die bekendes. Die sewende een, Rent-a-Bargain, het drie blou Getze, almal uitverhuur.

Vertroulike inligting, klante word beskerm. Lasbrief . . .

"As 'n jong vrou sterf omdat Rent-a-Bargain gesteld is op vertroulikheid en op 'n lasbrief aandring terwyl . . ."

"Steyn, Jones, Lippens."

Haar hand met die pen hang in die lug oor die notaboek.

"Hallo?" sê Rent-a-Bargain. "Adjudant, is jy nog daar?"

"Adres?" vra sy.

"Wie s'n?"

"Lippens."

"Robynstraat, Doradopark."

"Telefoonnommer?"

Die stem gee 'n nommer.

Ella blaai in haar notaboek. Wyle Heila Senekal se adres en telefoonnommer, die telefoon waarmee Abel haar gebel en weggelok het na die Rainbow Tavern toe.

Bel Jimmy terug.

"Die derde stel behoort aan Abel Lotz," bevestig hy.

"Ek't gewéét, Jimmy! Dis hy wat haar ontvoer het."

"Ella, die tegniese eenheid is besig met hierdie nuwe ding . . ."

"Nuwe ding?"

"GPS-ding."

* * *

Milo sien hoe kaptein Julies die sel in sy sak terugdruk, sy voorkop diep geplooi.

"Nuus oor vingerafdrukke?" vra Milo.

"Nog niks nie," sê kaptein Julies.

Milo vee weer sy hande met 'n sakdoek af, probeer ontslae raak van die reste van die vingerafdrukpoeier. Hy het aangebied dat sy vingerafdrukke geneem word om te laat vergelyk met die afdrukke in Kaja se kar. Hy het ook 'n waterglas uit Kaja se kamer saamgebring vir háár afdrukke, sodat die derde stel geisoleer kan word.

"Jy lyk bekommerd," sê Milo.

"So gebore," sê die kaptein.

"Daar's iets anders," sê Milo.

"Adjudant Neser het die naam gekry van die huurder van die blou Getz. Ons roep nog hulp in om hom op te spoor."

"Dis goeie nuus, nè?"

Kaptein Julies knik. "Ja."

"As dit goeie nuus is, hoekom is jy so bekommerd?"

"Want die huurder van die Getz is 'n dooie man. Dooie mense ry nie in karre nie, hulle't vlerke. Dis hoekom ek bekommerd is."

"Wat's sy naam?"

"Ek weet jy's bekommerd oor jou suster, maar dis polisiebesigheid. En jy sal my moet verskoon, ons't baie werk."

"Net 'n naam. Miskien kan ek help. Miskien het my suster 'n naam genoem wat ek vergeet het."

"Lippens. Het sy iets gesê oor 'n argeoloog met die naam Lippens?"

"Nee."

"Lotz dalk? Het jou suster die naam Lotz genoem, waarvan jy kan onthou?"

"Nee, ook nie. Jammer."

Die kaptein draai terug na Kaja se Polo.

"Kaptein, bedoel jy Abel Lotz?"

"Jy sal met adjudant Neser moet praat. Sy's die ondersoekbeampte."

"Wanneer kan ek my suster se kar kry?"

"Wanneer ons klaar is. Adjudant Neser sal jou bel as jy dit kan kom haal."

Milo stap na Archie se Merc. Net om die draai van Alberts Farm parkeer hy in 'n stil systraat, haal die stuk papier uit sy hempsak.

Nadat hy gisteraand saam met Ella gedraf het, het hy haar agterna gekyk, tot haar skraal figuur by die ingang van Alberts Farm uit is. Hy het omgedraai na die Polo, verbaas toe hy Kaja weer eens nie by die kar kry nie. Maar nie so onrustig soos die vorige aand nie.

Hy het dadelik in die rigting van die grafte gestap waar sy toe gaan dwaal het. Sy was nie daar nie. Hy het haar naam uitgeroep, teruggedraf dam toe, na die artesiese fontein, die kleiner leliedam. Geen spoor van haar nie.

Terug by die Polo het hy haar handsakkie op die passasiersitplek gekry, binne nog haar selfoon, beursie, snesies, vrouegoed. Die digbundel het op die vloer by die pedale gelê. Hy het gebuk om dit op te tel, en toe hy orent wou kom, het sy oog die papierflenter buite op die gras langs haar deur gevang.

Die papier is gekreukel van baie hantering, maar nie oud en verbleik nie. Nie 'n stuk papier wat lank buite in die son en reën gelê het nie. Nou lees hy weer die geskrewe lys:

~~GRAF~~
~~MASKER~~
~~HEILA EN BARRIE~~
~~KOERIER~~
~~OBSERVATORIUM~~
POPPE & SON

Dis hoe Ma Nella haar inkopielys afgemerk het toe hy as kind saam met haar na die supermark gegaan het om die trollie met kruideniersware vir haar te stoot.

"Gaan kry tog die katkos, Milo," sou sy sê.

En wanneer hy met die Whiskas terugkom, het hy gesien hoe sy dit deurtrek, en na die volgende item begin soek.

"En nou chocolate mousse. Is julle lus vir chocolate mousse vanaand?"

~~GRAF~~

Ella het vertel hoe die graf van Abel se ma oopgegrawe is, van die kis sonder oorskot, net klip en geroeste yster.

~~MASKER~~

Sy het vertel hoe sy van haar huis weggelok is sodat Bart Senekal Abel se Idia-masker kon gaan steel.

~~HEILA EN BARRIE~~

Milo weet van Heila Senekal en haar seun, Bart, se dood in Doradopark.

~~KOERIER~~

~~OBSERVATORIUM~~

Dié twee items is vir hom duister. Ella het niks oor 'n koerier of observatorium laat glip nie. Maar dis klaarblyklik afgehandel, deurgetrek.

POPPE & SON

Hy bepeins die naam. Iewers het hy dit al gehoor. Was dit Bart wat vertel het van Poppe & Son wat Dorkas Lotz se kis moes herwin? Ja, en sy was gebalsem.

POPPE & SON, die ondernemers wat Abel Lotz se ma gebalsem het, is nie deurgetrek nie, is onafgehandelde werk.

En al wou kaptein Julies niks bevestig nadat Milo die naam Lotz uit hom getrek het nie, is hy seker daar is 'n verband met Abel Lotz.

Kaja is in Abel Lotz se hande, wat ook haar Gospa-snoer het.

Milo voel hoe die woede in hom aanswel soos 'n groot seedeining, 'n tsoenami wat dreig om hom te verswelg. Daar is vir hom geen rus nie, dink hy. Niemand wil hom en sy suster alleen laat nie. Hulle is bestem om gejag en vervolg en gekasty te word. Dit is hulle lot.

Archie antwoord die foon. As die foon lui, gryp Archie dit. Milo laat hom begaan. Hy verstaan hoe sy pa voel. Eers Ma Nella, nou hierdie ding met Kaja.

As Kaja iets moet oorkom . . . Hy dink nie Archie sal dit maak nie. Hulle sit op die stoep met die uitsig op die lang skoonveld, die sandkuile soos groot wit niere, die bome met hulle lang skaduwees in die laatmiddagson.

Archie praat nie eintlik nie, luister merendeels. Beëindig dan die gesprek, draai na Milo.

"Ella Neser sê sy't 'n verdagte se naam. Kaja se ontvoerder."

"Het sy gesê wie?"

"Kan nie name noem nie. Glo nie protokol om die naam van 'n verdagte in 'n lopende misdaadondersoek te noem nie. Moet hom eers arresteer, sy regte aan hom verduidelik, vra of hy 'n regsverteenwoordiger wil hê."

"Weet hulle waar hy is? Is hulle op die punt om hom te gaan arresteer?"

"Sê net hulle het goeie leidrade." Archie staan op. "Sy't ook gesê hulle's klaar met Kaja se kar. Sal ons ry en dit gaan haal?"

Op Alberts Farm wag Ella Milo by die Polo in. Hulle kyk Archie agterna toe hy wegry.

"Weet julle waar hy met haar wegkruip? Abel Lotz."

"Wie sê dis Abel Lotz?"

"Ella . . ."

Sy krap in haar sak, hou 'n notaboek na hom uit. "Skryf vir my in jou eie woorde wat jy alles kan onthou toe jy gisteraand agterkom sy is nie in haar kar nie. Probeer ook onthou wat sy alles vir jou gesê het oor die argeoloog in die blou Getz. Sal jy dit doen, Milo?"

"Ek kan 'n verklaring op my laptop uittik. Ek's nie gewoond aan skryf nie."

"Gebruik liewer die notaboek, dan't ek alles bymekaar. In jou eie woorde, in jou eie handskrif. Dis meer persoonlik as om op 'n rekenaar te sit en tik."

"Archie is nie lekker nie," sê Milo. "As Kaja iets oorkom, sal dit sy hart breek, sal ek hom langs Ma Nella moet gaan begrawe."

"En jy?"

"Ek's oukei, ek moet ry."

"Ek kom môre jou verklaring haal," sê sy.

"Op die Sondag?"

"Op die Sondag."

Hy klim in die Polo, die wit verf besmeer met grys vingerafdrukpoeier. Loer na die notaboek op sy skoot.

Ella, Ella, dink hy.

Hy ry, sien later 'n pizzaplek. Hy sit in die Polo en eet 'n groot pizza met salami, sampioene en olywe. Terwyl hy eet, dink hy aan Poppe & Son Undertakers & Embalmers wat hy vanmiddag op die internet opgespoor het. Hy kon nie 'n woonadres vir enig-een met die van Poppe kry nie.

Hy klim uit, druk die leë pizzahouer in 'n rommelblik. Ry in die aandskemering Fordsburg toe, hoop om daar iets wys te word, miskien 'n noodnommer wat by hulle kantoor vertoon word.

43. Abel Lotz

Saterdagaand pak Abel sy aankope uit, voel besonder ingenome. Die vertrek waarin die begrafnisondernemers die liggame versorg, is ingerig soos 'n operasieteater, selfs 'n verstelbare halogeenlig bokant die blink vlekvryestaaltafel.

In 'n kas kry hy 'n groen oorjas en latekshandskoene. Die jas is te groot toe hy dit aanpas, sal die moue moet oprol. Hy hou van die jas, dink aan dokter Lippens se jas toe hy daardie gesig in die ruigte geoes het, net met sy Russell-mes. Hier, in hierdie byna steriele vertrek, is dit anders. Hier voel Abel tuis. Al wat kortkom, is musiek.

Hy stap na die woongedeelte waar hy vroeër in die sitkamer die CD-speler en luidsprekers langs die HD-TV met die groot skerm opgemerk het. Hy beskou die versameling CD's. Skud sy kop. Nie sy smaak nie. Melankoliese musiek. Begrafnismusiek. Hy vermoed dit word sag oor die luidsprekers gespeel wanneer geliefdes in die roukamer by 'n kis kom afskeid neem. Andrea Bocelli se "Con Te Partiro", Bach se "Jesu, Joy of Man's Desiring", Puccini se "Nessun Dorma" (gesing deur Placido Domingo), en natuurlik Verdi se "Ave Maria".

Hy druk Monk se "Abide with me" in die CD-speler, verstel die volume en stap terug om die klank te toets. Uit die luidsprekers vul die musiek in stereo elke hoek van die roukamer en teater. Hy wonder of sy dit ook kan hoor deur die gleuf wat hy vir haar onder die swaar deksel oopgelaat het.

Hy gaan plaas Midori se "Caprices for solo violin" in die speler. Sy was net sewentien, tog is haar vertolkings van Paganini raar en meesterlik, en veral, op Abel se oor, poëties.

Hy soek 'n lem uit vir die skalpel, rangskik dit op 'n staalskinkbord, naas die pinsette, klampe, tange en trokars, die kokipen en sy Russell-mes. Sy spuitnaald en ampul druk hy in die jas se sak. Met watte gedoop in ontsmettingsmiddel reinig hy die instrumente. In die vertrek hang 'n hospitaalreuk.

Hy loer na die groot muurhorlosie met Romeinse syfers. Die koperwysers sê dis net voor agt die Saterdagaand. Abel laat val die laaste watte in 'n vullishouer. Hy wens hy kon 'n gordyn wegtrek en na Betelgeuse soek. Maar hierdie teater, soos die roukamer waar sy wag, het nie vensters nie.

Hy moet weer na die woongedeelte stap, by die kombuis uit tot in die klein donker agterplaas. Hy is teleurgesteld oor die lugbesoedeling; die sterre is vaal en dynsig. Maar hy weet waar om na Orion te soek, en kry die rooierige ster. Maar ook dié skitter vanaand skaars. Afgehaal draai hy terug huis toe. Môrenag, dink hy, iewers op die platteland, weg van die stad met al sy ligte, sal Betelgeuse weer vonkel, sal hulle mekaar herken.

Hy sluit die kombuisdeur agter hom, stap teater toe, trek die groen jas aan, rol die moue op. Steek sy hande in die rubberhandskoene, trek die vloeistof uit die ampul in die spuitnaald op. Hy is seker sy sal wakker wees. Hy sal haar weer moet inspuit om haar te kalmeer. Dan sal hy haar in sy kort, sterk arms uit die kis oplig en haar hierheen bring en op die tafel neerlê vir sy delikate prosedures.

In die roukamer skakel hy die lig met die koraalskerm aan, kyk na haar kis in die middel op sy pedestal. Teen die mure is rakke met kranse, marmerbeelde van engele met gespreide vlerke, van plomp kindertjies met ronde magies en wange, plakette met troosverse, geraamde afdrukke van sonsondergange en herfsbome, en enkele kiste wat reeds voorberei is, die deksels almal toe. Die roukamer is subtiel toegerus met sensors wat kort spuite geparfumeerde reukweerder loslaat. Die lug ruik na Lily of the Valley.

"Kaja?" sê Abel by die kis met die glansende bolronde deksel. "Is jy wakker? Kan jy my hoor?"

’n Ritseling binne, dan sag, byna ’n fluistering: “Waar’s ek?”

Hy leun oor, sy mond by die gleuf onder die deksel wat op die engelbeeldjie rus.

“Jy’s veilig,” sê Abel.

“Dis donker hier. Ek sien lig buite. Sal jy my uithelp?”

Hy is verbaas oor die kalm stem. Geen histerie soos by sy vorige donateurs nie, geen pleidooie nie.

“Hou jy van vioolmusiek?”

Hy kan haar vel binne ruik, die aroma warm en effe bedompig uit die kis, gemeng met iets soos babapoeier.

“Het jy my kom help?” vra sy.

Hy draai die twee vleuelskroewe los, lig die deksel op. Sy knip-knip haar oë teen die lig. Hy hou die deksel vas, gereed om dit toe te klap as sy met streke begin, skielik opspring om hom te lyf te gaan.

“Dankie,” sê sy net, teug diep na lug, lig haar kop van die kussing op. “Ek herken jou. Jy’s die argeoloog.”

“Dis reg,” sê hy.

“En jy’t my kom red.”

“Van wat?” vra Abel.

“Van my ontvoerder.”

“Waar’s hy?”

“Ek weet nie.”

Die spuitnaald in sy regterhand in die jas se sak. In sy linkerhand hou hy die string krale na haar uit.

“Is dit joune?”

Haar oë rek, haar gesig blom, haar tande skitter in die sagte lig.

“My Gospa!”

Sy gryp dit uit sy hand, druk dit met albei hande teen haar bors, vroetel met haar vingers deur die krale, lig dit op voor haar gesig, beskou dit.

“Dankie . . . dankie . . .”

“Dit beteken baie vir jou. Wat’s ’n Gospa?”

Sy kyk meteens stip na hom.

"Jy ken my naam. Jy't my Kaja genoem. Het sy aan jou ook verskyn? Is dit sý wat jou gestuur het?"

"Sy?"

"Die Heilige Maagd Maria van Medjugorje wat 'n boodskap van vrede bring."

Haar kop sak op die kussing terug. Abel staar na die serene glimlag van die jong vrou in die kis met die bidsnoer teen haar bors, die klein krusifiks wat oor 'n pinkie uitglip. Die gekruisigde silwer-Jesus vonkelend soos haar oë in die koraallig wat aan 'n doodsgelaat kleur moet gee. Die roukamer gevul met die suiwer klanke van die lento in G-mineur van kapries nommer ses.

Abel se voete, plotseling en onwillekeurig, verskuif 'n tree tru. Het hy hom misgis? Is dit 'n engel hier voor hom in die kis? 'n Régte engel in die gedaante van 'n jong vrou?

"Is jy Kaja?" vra hy.

"Ja," fluister sy, "en Gospa het jou na my toe gestuur."

Sy bring die bidsnoer na haar mond en toe sy die krusifiks soen, is haar lippe en filtrum trillend soos die tremolo van die note in die lug om hom.

"My naam is Abel," fluister hy.

"Dis hemelse musiek, Abel."

"Dit is." Hy voel die swelling in sy keel, die klamheid in sy oë.

Hy staan asof versteen toe haar bolyf in die kis orent kom. Sy strek 'n hand na hom toe. "Sal jy my asseblief uithelp?"

Hy vat haar hand. Sy stut haar met haar ander hand op die rand, lig haar bene uit, spring af tot langs hom. Hy voel verlam toe sy haar arm om sy lyf sit en haar teen hom aandruk, haar hare teen sy gesig, die geur van haar sjampoe in sy neus, haar liggaam sag en warm teen syne.

Dis die eerste keer, so lank Abel kan onthou van sy kleuterdae af, dat iemand hom so koester. Nie eens sy moeder het hom ooit teen haar aangedruk nie. En o, hoe het hy nie daarna gesmag nie, na 'n bietjie warmte van 'n ander liggaam, 'n bietjie vertroosting en koestering.

Stadig lig hy sy arm agter haar rug op, die een wat die snoer aan haar teruggegee het, bring dit versigtig om haar middel, sag en onseker, bang dat die aanraking haar sal verskrik, bang dat sy sal wegbeur, dat die moment verlore sal gaan. Maar sy bly staan. Deins nie weg nie. Verwerp hom nie.

Maar dan, ewe skielik, is die oomblik verby, soos slaapwandelaars wat uit 'n diep, teer droom wakker skrik, verbluf oor die intimiteit tussen twee vreemdelinge.

Sy steier van hom af weg, 'n nuwe blik in haar byna kleurlose oë. Verwarring in die plek van die sereniteit van flussies, selfs verontrusting. Maar nie die paniek en vrees wat hy in die ander se oë opgemerk het nie.

"Wie's jy?" vra sy, haar stem nou skerp.

"Abel. Ek't mos gesê."

"Dis jý wat my ontvoer het. Wat wil jy met my doen? Hoekom was ek in 'n kis? Is dit 'n lykhuis hierdie?"

Staccato sarsies op hom.

"Ek't jou hulp nodig," sê hy, regterhand om die spuitnaald geklem.

Hy moes haar nie toegelaat het om uit die kis te klim nie. Hy weet nie hoekom hy so versteen gestaan het nie. Hy weet nie wat hom besiel het nie. Hy is gewoonlik bedag op sette van 'n donateur. Hy kan in die oë lees wat iemand dink, aan 'n trekking van 'n lip, die plooi van 'n wenkbrou, 'n wip van 'n adamsappel, 'n oog wat vernou. Hy kan antisipeer wat iemand se volgende stap gaan wees, en sy eie reaksie is snel soos 'n slang wat pik.

Nie met haar nie. Sy mesmeriseer hom. Háár oë kan hy nie peil nie, sien geen paniek nie. Net 'n kilheid in daardie byna kleurlose oë nou soos ys, net 'n tint van kobalt.

Die beweging is skaars merkbaar toe Abel se kop effe kantel. Sy geoefende oor wat die afsonderlike note kan uitken wanneer die strykstok in 'n malse melodie oor die snare gly of in spiccato spring en dartel, neem 'n nuwe geluid waar. Bokant die soet klanke van Midori se viool is 'n skril, vals toon: 'n voordeurklokkie wat lui. Sy oë flikker na die oop deur van die roukamer, in die rigting van die geluid uit die donker binnekant van die huis.

Die hak van haar kaal voet tref hom op die krop van sy stuwende buik. Só hard dat hy terugsteier, sy ewewig verloor, op die vloer neerslaan.

* * *

Milo hou in die straat stil, laat die Polo luier. Die gloeiing van die straatlig op die hoek dof teen die toonvensters van Poppe & Son. Binne, agter die rolblindings wat vir die naweek afgetrek is, is dit donker. Hy klim uit, stap nader, pons die noodnommer op die toonvenster op sy sel in.

"Poppe & Son. Leave your name and number. Laat 'n naam en nommer. Our loving hands await your dear departed. U groot verlies is in goeie hande."

Milo laat nie 'n boodskap nie. Klim in die Polo terug, oordink sy volgende stap.

Ry in eerste rat tot by die straathoek, draai links. Steeds die gebou van Poppe & Son. Honderd meter verder verskyn 'n tuinhek op die sypaadjie in die lig van sy kar. Hy stop, beskou die wit rose weerskante van die kort sementpad tot by die voordeur. Ook hier agter die gordyne geen skynsel van lig nie. Dié gebou aaneengeskakel met Poppe & Son.

Hy klim weer uit. Dit lyk na 'n woonplek, 'n posbus langs die hek. Hy stoot die hek oop en druk die voordeurklokkie. Hou sy oor by die sleutelgat, kan sweer hy hoor musiek iewers binne, die klanke van 'n viool.

Draai terug hek toe, beskou weer die geboue. By die hoek van die huis is 'n donker steeg. Hy maak net-net die vorm van 'n voertuig uit. Gaan haal die Polo se wielsleutel, maak die groter hek oop en stap nader, tot agter die voertuig.

'n Blou Getz.

Hy loop om die Getz, voel aan die deure. Die deur aan die passasierskant is nie gesluit nie. Hy leun in en skakel die Getz se hoofligte aan. Dit verlig twee lang, blink lykswaens onder 'n afdak, voor dubbele houtdeure geparkeer.

Die houtdeure is gesluit, ook die hoë venster langsaan is toe. Hy slaan 'n ruit stukkend, buig die tralies met die wielsleutel weg, klouter deur die venster. Bevind hom in 'n koue vertrek, die staaldeure van yskaste skaars sigbaar in die dowwe ligskynsel van buite. Die binnedeure is ook dubbel, maar sonder handvatsels, die soort swaaideure wat in hospitale voorkom.

Hy druk een van die swaaideure op 'n skreef oop. 'n Maer skerf lig val van binne oor sy skoene, saam met die klanke van 'n viool. Halogeenlamp bokant 'n tafel van vlekvrye staal, skinkbord met skalpels, klein tange, groter tange, skêre, 'n mes. Blink instrumente, ook van vlekvrye staal, in kaste teen mure agter skuifdeure van glas.

Hy luister nog 'n oomblik na die musiek, en stoot die swaaideur groter oop. Eers toe hy binnetree, merk hy die ander binnedeur. Dié staan oop. En deur die musiek bereik ander geluide nou sy ore. Hygings van 'n worsteling, sagte uitroepe. Hy hervat sy greep op die wielsleutel, maar steek in die deuropening vas.

Hy sien Kaja op die vloer.

"Brand, fokker, brand," sis sy.

"Kaja!" roep hy uit.

Sy kyk om, haar gesig verhelder toe sy hom sien.

"Milo! Jy't gekom!"

Sy sit wydsbeen oor 'n man se bors, bloed oor sy gesig en klere en op die teëlvloer, keer vergeefs met sy voorarms en hande terwyl sy slaan. Die vlerke van 'n engelbeeld het afgebreek, die skerp kante van die kwarts sny sy arms en hande, sy gesig. Sy pen hom met haar dye op die vloer vas en probeer sy gesig verpulp.

"Ek hét hom, Milo. Dis hý wat my Gospa gevat het. Ek hét hom!"

Hy probeer haar van die man aftrek. Sy bied weerstand, wil nie opgehelp word nie, wil aanhou slaan. Milo kry 'n arm beet, trek haar orent.

"Kom, Kaja . . ."

Hou haar in sy arms vas, voel die trillings deur haar liggaam, voel hoe haar asem in sy gesig jaag.

"Dis Abel Lotz," sê sy. "Dis hý wat my ontvoer het."

Milo staar na die bebloede man op die vloer.

Sy sel lui, hy herken die naam van die beller. Kyk hoe Abel begin beweeg, homself oor die vloer sleep soos 'n reptiel waarvan die rug gebreek is.

"Ella?"

"Waar's jy, Milo? Archie sê jy's nog nie tuis nie. Ek moet jou sien."

Hy hou Abel se sleeptog na die oop deur dop, na die vertrek wat soos 'n operasieteater ingerig is.

"Ek . . . ek's besig, Ella."

"Dis dringend, Milo."

Abel en sy bloedsleepsel nou by die binnedeur.

"Kom, Milo," por Kaja.

"Ek móét jou sien," sê Ella. "Oor vingerafdrukke. Dié wat kaptein Julies vanoggend van jou geneem het."

Dowwe dreuning oor die sel asof sy in 'n kar ry.

Abel roei oor die vloer tot by die staaltafel, kry die pote beet om hom te probeer optrek. Milo loop nader.

"Ek kan nie nou praat nie, Ella."

"Ons moet gesels. Oor 'n duimafdruk op 'n kaartjie wat 'n koerier saam met blomme en 'n koelboks by my kantoor kom aflewer het."

Abel begin weer beweeg. Kruip nou handeviervoet, mik na die swaaideure van die vertrek met die yskaste, en die vryheid van die nag daar buite.

"Hy gaan wegkom, Milo," sis Kaja.

"Is dit vioolmusiek wat ek daar hoor?" vra Ella.

"Gee my 'n uur. Nee, miskien 'n bietjie langer. Ek sal oor 'n uur en 'n half by jou huis wees."

Hy sny haar af. Hy reken dis hoe lank dit sal vat om op te ruim. As hy en Kaja saam skoonmaak, en deeglik, elke vingerafdruk en bloedspoor, behoort hulle betyds klaar te wees.

Hy stap na Abel, plaas sy skoen op Abel se kruis, stamp hom op die vloer plat. Dié lê 'n oomblik stil, net die skor gehyg deur sy oop mond, die punt van sy tong wat lek aan die bloed op sy gekneusde lippe. Sy gesig en hande is vol snye en kneusings waar die kwartsbeeld hom getref het.

Hoe kon hulle 'n afdruk van sy duim op die kaartjie gekry het? wonder Milo. Sy hande was in latekshandskoene toe hy die woorde geskryf het. Maar nie toe hy die goed gaan aflewer het nie . . .

Kaja is by die voorraadkaste, pluk die deure oop, soek.

"Hier's nie petrol nie, Milo."

"Bensien?"

Hy buk af na Abel, kry hom aan die skouer van die groen jas en aan 'n broekspyp beet. Sleep hom na die tafel terug en lig hom met 'n kragtige haal van sy sterk skouers tot op die vlekvryestaalblad. Die blad is soos 'n vlak bad gevorm. Hy verkies 'n diep bad met water, soos vir Bart Senekal. Daar is baie bloed wanneer die lem deur die slagare van die nek sny. Bart het op sy maag in die bad gelê, en die bloed wat uit die oop slagare gepomp het, het nie teen die mure en plafon en oor hom gespuit nie.

Bart moes die gevolge dra vir sy dade, vir die dood van Ma Nella en vir die aantasting van sy brose suster. Hy het Bart se keel soos dié van 'n skaap van agter af oopgeslag.

Ook Abel Lotz kon sy gewelddadige hande nie van Kaja afhou nie. Vlatko Galić en Zoran Dragnić en Bart Senekal moes boet vir hulle dade; Mirsad Lovrić, Jonny en Pansy was kollaterale skade.

"Hier's asetoon. Sal dit werk, Milo?"

"Asetoon sal góéd werk. Bring dit."

In sy staalbad wriemel en spartel Abel nou. Milo druk hom vas.

"Kan ek dit doen, Milo? Kan ek . . ."

"Ons moet nog opruim, Kaja."

"Ek wil, ek wil!"

Het hy met 'n duim op die kaartjie gedruk toe hy die boks en blomme op Ella se lessenaar gesit het? Toe sy aandag toegespits was op die twee speurders, om seker te maak dat hulle sy gesonde profiel sien, nie die kant met die litteken nie?

Asetoon is reukloos, vlugtig, en hoogs ontvlambaar. Sy kantel die bottel oor Abel se hare en gesig waarop die bloed begin stol, oor sy bors en lendene.

"Waar's die vuurhoutjies?" vra Kaja, haar asem in opgewonde stote uit haar mond en neus.

"Iewers moet vuurhoutjies wees. Gaan soek, Kaja. Gaan kyk in die huis."

Hy sit die wielsleutel neer sodat albei sy hande vry is om die spartelende Abel op die staalbak vas te druk.

44. Ella Neser

Sy bestuur, Stallie navigeer. Hy is oor die radio in kontak met die rekenaaroperateur van die polisie se tegniese dienste, luister, beduie die roete vir haar. Maar haar gedagtes is aan't loop, dan hier, dan daar. Sy dink: dis vir haar onnodig om sulke goed te weet. Maar dis soos sy is, 'n spons.

Sy wil die tegniese spesifikasies weet van haar 9 mm-Beretta Px4F Storm, met sy ligte polimeerraam, die snellerdrukking vir 'n enkelskoot.

Sy wil weet dat die Wurlitzer-harp waarop sy twee keer 'n week by Suki Wolski oefen 34 kilogram weeg en oor haar kop uittroon, selfs al strek sy haar op die punte van haar tone uit. Sy wil weet dat die harp sewe en veertig snare het wat ooreenstem met die wit klawers van 'n klavier, en sewe pedale vir elke noot op die toonskaal. En geen ander instrument – die klavier inkluis – kan die skoonheid van die harp se glissando's of harmonieleer oortref nie. Maar dis net haar persoonlike opinie, waarmee Abel Lotz en sy liefde vir die viool dalk kan verskil.

Sy wil weet of 'n GeneAmp PCR System gebruik is vir die ontleding van biologiese materiaal wat sy stuur vir 'n DNS-profiel van 'n slagoffer of verdagte. Sy wil weet hoeveel lokusse op watter chromosome getoets is, wil weet van die geslagsmerker amelogenien, die Von Willebrand-faktor en van die menslike alfafibrinogeen.

Wanneer dokter Koster 'n forensiese outopsie doen, stel sy daarin belang dat die slagoffer se brein 1 300 gram weeg, die hart 280 gram, die milt 150 gram.

Haar bedleesstof is Patricia Kirby se vyf en dertig onderhoude met Amerikaanse reeksmoordenaars as eerste vroulike profileerder van die FBI se eenheid vir gedragswetenskappe in Quantico. Dis veral belangrik om te weet dat Kirby eens net 'n moordspeurder van Baltimore se polisie was. Ook dat Kirby besef het dat vroue beter luisteraars is, en 'n sagter aanslag het wat moordenaars en verdagte moordenaars meer gerus laat voel in 'n formele onderhoud.

Sy wil weet wat sielkundiges en psigiaters dink oor hoe die koppe werk, of gewerk het, van reeksmoordenaars soos madame De Brinvilliers, Lizzie Borden en Thomas Cream, van Edmund Kemper, Gary Ridgeway en Jeffrey Dahmer, van Ed Gein se liefde-haat-verhouding met sy ma, van Ilse Koch wat in die Buchenwald-konsentrasiekamp getatoeëerde velle van prisoniers versamel het.

Dis nie nodig dat sy al hierdie detail hóéf te weet nie, daar is ander eksperte en wetstoepassingseenhede wie se werk dit is. Die profileerders, die forensiese spanne, die eenheid vir rekenaarbedrog, die selfoonspeurders, grafoloë, of die polisie se tegniese dienste.

Maar sy wil weet, want dis haar ondersoek. En as sy haar man vang en in die hof moet getuig oor hoe sy hom gevang het, hoe seker sy is sy het die régte moordenaar, wil sy nie met 'n bek vol tande in die getuiebank stamel en sweet voor die bitsige vrae van die advokaat vir die verdediging nie.

Dan wil sy met vertroue kan antwoord:

"Ja, ek hét daardie Saterdag 'n lasbrief bekom vir die gebruik van die GPS. Ons hét die landdros se handtekening in die Wimpy gekry waar hy en sy vrou 'n laat Farmer's Breakfast gaan eet het. Die aanklaer het my verseker dat 'n afskrif van die lasbrief aan die verdediging beskikbaar gestel is. As u dalk net weer sal kyk of . . . O, daar kry u dit in daardie dik lêer."

"Wat was jou motivering, adjudant, vir hierdie eksperimentele gebruik van 'n GPS-transpondeerder?"

"Grondige redes sowel as suspisie. Ek's nie 'n geleerde vriend nie, maar kan die regsterm prima facie wees? Of miskien res ipsa loquitur? Ons het vasgestel dat die kaartjie wat saam met Bart Senekal se kop afgelewer is deur 'n linkshandige geskryf is. Ons het 'n afdruk van 'n linkerduim op dieselfde kaartjie gekry. Die afdruk stem ooreen met die afdrukke wat ons vroeër op die betrokke Saterdag van die verdagte geneem het."

"Hoe laat het die verdagte, my kliënt, die Polo met die versteekte GPS-toestel kom haal?"

"Ongeveer sesuur die Saterdagaand, dit was reeds byna skemer."

"Hoekom so laat?"

"Forensies was nog besig om die Polo te prosesseer. En ons moes wag vir die GPS-toestel. Die verbindings tussen die GPS, selfoon en rekenaar se sagteware moes getoets word. Oor die tegniese aspekte sal 'n ekspert getuig."

Maar as hy, die advokaat vir die verdediging, háár sou vra, sal sy hom kan antwoord.

Die GPS-opspoortoestel is met industriële kleefmiddel onder die agterbuffer van die Polo geheg, sy kragbron 'n langlewelitiumbattery met 'n kapasiteit van 1300 mAh. Die toestel is klein, so groot as 'n pak speelkaarte, net sestig gram, maar toegerus met die hoogs sensitiewe SiRF Star III-mikroskyf vir die ontvangs van seine van GPS-satelliete.

Van die buffer af is die seine met intervalle van vyf sekondes na 'n selfoon gestuur met dubbelband- sellulêre frekwensie op GSM 900 en 1800 MHz. Op 'n polisierekenaar met hoëspoed-internetverbinding en die nodige sagteware het die operateur die beweging en ligging van die voertuig op 'n digitale padkaart gevolg, dit oor die polisieradio deurgegee aan konstabel Stalmeester in die kar by haar.

En natuurlik sal die advokaat vir die verdediging sy duime onder sy toga by sy kruisbande inhaak, sy buik selfvoldaan uitstu, agteroor wieg en vra:

"Jy't hom gebel. My kliënt. Volgens die selfoonrekords was daar omstreeks nege-uur daardie Saterdagaand 'n oproep van jou selfoon af na syne. Hoekom het jy hom gebel?"

"Ek wou seker maak of hy inderdaad die bestuurder van die Polo is. Ek't vroeër sy ouerhuis gebel. Sy pa het gesê hy's nog nie terug met die Polo nie, het seker gery om sy kop te gaan skoonmaak."

"Sy kop te gaan skoonmaak?" sou die wiegende advokaat sê. "En toe jy my kliënt bel, het jy aan hom laat blyk dat hy 'n verdagte is in die moord op Bart Senekal?"

"Ek't gesê ek wil met hom gesels oor sy duimafdruk op die kaartjie wat saam met 'n koelboks en blomme op my lessenaar gelaat is. Dit sou 'n voorlopige gesprek wees. Miskien sou hy 'n goeie verduideliking hê. As hy nié een sou hê nie, sou ek hom laat inkom vir 'n tweede, formele ondervraging. Hy sou sy regsverteenwoordiger kon saambring."

"Maar hoekom die GPS aan die Polo? Hoekom het jy nie net kovert agter hom aangery nie?"

"Hy kon die Saterdagaand huis toe gegaan het en eers Sondag begin rondry het. Streekkommissaris Pitso het nie die mannekrag óf die begroting om iemand vier en twintig uur per dag, dae lank, te laat agtervolg en dop te hou nie. Ons kon hierdie dophou en agtervolging in 'n kantoor op 'n rekenaarskerm doen. Die GPS-toestel se litiumbattery lewer krag vir veertien dae voor dit vervang moet word."

"Maar hoekom die suspisie, adjudant Neser? Wat wou jy bereik met die GPS aan die Polo? Net vroulike intuïsie?"

Hierdie laaste vraag, terwyl hy tussen die hak en bal van sy voete wieg, sou hy vra met 'n neerbuigende glimlag wat haar temperatuur opjaag.

"Mense is dood, advokaat. Party was oud en onskuldig, soos Nella Boonstra, ander was booswigte, soos Bart Senekal. My belang is nie wie verdien het om te sterf en wie nie. Ek kan hulle nie terugbring nie. My taak is om te sorg dat iemand wat 'n misdaad gepleeg het sy verdiende straf kry. Daarvoor gebruik ek elke stuk gereedskap tot my beskikking, óók intuïsie, as dit sal help."

"En suspisie?"

"Korrek. My suspisie is eers laat daardie Saterdagmiddag

bevestig met die uitslag van die duimafdruk. As jou kliënt Bart Senekal vermoor het, hoe het hy geweet Bart was een van die inbrekers in sy ouerhuis? Het hy inligting van my weerhou in my ondersoek na die inbraak en mevrou Boonstra se dood? Het hy iets geweet van die inbrekers wat ek nie geweet het nie? Het hy vermoedens gehad oor waar Abel Lotz sy ontvoerde suster aanhou? Vermoedens wat hy óók nie met my gedeel het nie? En hy woon in Parys, Frankryk, advokaat. Hy het reeds 'n vliegkaartjie tot sy beskikking gehad. Dis my suspisies en vermoedens, as dit jou vraag beantwoord."

"Jy hoef nie op jou perdjie te spring nie, adjudant," sou hy sy wiegery met 'n cliché staak. "En die GPS het julle Fordsburg toe gelei?"

"Daar was 'n lang stop by 'n pizzawinkel. 'n Kort stop, net vyf minute, by die straatadres van Poppe & Son Undertakers & Embalmers. Die volgende stop was drie honderd meter verder, om 'n hoek."

Hy sou vooroor leun, sy dokumente op die podium voor hom deur die leeslense van sy bril bestudeer. Weer na haar opkyk, afwagtend. "Goed, toe kry jy die Polo voor die huis in Fordsburg . . ."

* * *

Hulle ry om die hoek by Poppe & Son Undertakers & Embalmers in Fordsburg.

"Daar's hy!" sê jong konstabel Stallie Stalmeester.

Kolonel Sauls het aangedring dat Ella iemand saamvat. Stallie se skof in die radiokamer was klaar, hy het avontuur gesoek. Fred Lange nog tuis onder doktersbehandeling, Papi Asmal uit, Tabs Makgaleng uit, Jimmy aan't sif vir moontlike bewysmateriaal wat Kaja Boonstra se Polo opgelewer het.

Ella parkeer agter die Polo voor die tuinhek, knip die holster oop, voel na die gerusstellende greep van haar Beretta.

"Het jy die flits, Stallie?"

Die voordeur is gesluit. Sy lui nie die klokkie nie. Merk 'n ligskynsel langs die huis. Hulle stap by die steeg in, sien die blou Getz met sy hoofligte aan. Die dubbele houtdeure, die gebreekte ruit in Stallie se flitslig, die weggebeurde tralies.

"Niks waaghalsigs nie, gehoor," was kolonel Sauls se opdrag. "Julle gaan net waarneem, kyk hoe die wind waai. As julle iets suspisieus sien, gaan wag by die kar en bel my. Ek sal hulp stuur, gehoor?"

Sy en Stallie kyk na mekaar.

"Help my op, Stallie. En bel vir kolonel Sauls."

"Jy kan nie . . ."

"Help my deur die venster. Ek sal die deure van binne af vir jou oopmaak."

"Ella . . ."

"Stoot my fokken boude op, Stallie. En bel die kolonel!"

Binne, eers by die swaaideure, hoor sy die musiek. Sy herken dit: dieselfde klanke van 'n viool wat sy oor die selfoon gehoor het tydens haar kort gesprek met Milo.

Maar nou hoor sy ook die geluid van stemme, harder, teen die agtergrond van die musiek. Net agter die deure.

Wat gepraat word, kan sy nie uitmaak nie. Sy staan asof versteen, huiwerig om selfs diep asem te haal. Hoop Stallie bel al, bereken hoe lank dit sal vat voor die eerste blitspatrollie opdaag.

Ineens, harder en duideliker, die stem van 'n vrou: "Ek wil, ek wil!"

'n Sagter gebrom, diep, van 'n man. Is dit Milo? Of Abel Lotz?

Dan stilte.

'n Trilling aan die verskrompelde vel van haar litteken, dieper in haar maag 'n fladdering.

Sy wonder of sy dit kan waag om een van die deure effe oop te druk, net 'n paar sentimeter en stadig, baie stadig, sodat geen beweging binne 'n oog vang nie.

Maar terwyl sy nog wonder, is daar skielik 'n rumoer. Sy hoor 'n uitroep en iets wat kletter, soos metaalvoorwerpe op 'n teëlvloer.

Nog uitroepe.

Sy sak op haar hurke af, die Beretta in albei hande, pinkie onder om die kolf te ondersteun, die pinkie met die sagte kussing wat nooit aan die snaar van 'n harp raak nie.

Sy druk die deur met 'n skouer oop, sien die bene en skoene van 'n man wat in 'n sleepsel bloed lê.

Hy probeer orent kom, kry nie sy balans nie. Sy skoene bly gly in die bloed. Sy sien hoe hy met een hand op die vloer druk om homself regop te probeer stut. In sy ander hand, sy linkerhand, is 'n mes. Sy kyk na sy gesig.

Milo!

Is hy gewond? Is dit hy wat so bloei?

En waar's Abel?

Sy stamp die deur oop, kom gebukkend op, voete uitmekaar soos sy geleer is, die Beretta in albei hande voor haar uit.

"Bly lê, Milo. Moenie opstaan nie."

Hy lig sy gesig na haar op, verbasing in sy oë oor die onverwagte stem, die skerp bevel. 'n Sagte fluitgeluid uit sy mond soos saamgeperste lug uit 'n klep.

"Ella?"

Hy kom op sy knieë, hou aan die staaltafel vas.

Die vrouestem wat sy gehoor het, moet Kaja s'n wees.

"Moenie, Milo," sê sy. "Bly net daar. Sit die mes neer. Waar's Kaja? Is sy oukei?"

Hy stoot homself op en staan teen die tafel gestut, vee met sy linkerhand, die een met die groot mes, oor sy voorkop.

"Kaja is . . ."

Dit lyk of hy wil struikel.

"Is jy gewond, Milo? Het jy seergekry?"

Sy voete skuifel oor die vloer, hy sukkel om sy balans te behou. Los nie die mes nie.

Sy wonder of hy sy kop gestamp het toe hy geval het, dit lyk of hy duiselig is.

"Waar's Abel?" vra sy. "Is hy nog hier?"

"Ella," sê hy weer en kom met die mes nader. Onvas, maar hy kom op haar af.

"Bly staan, Milo!"

Sy hoor haar eie stem. Dit klink vreemd, hoog en byna skril, soos iemand op die rand van histerie.

Dis asof hy met groot moeite woorde probeer uitkry.

"Tha hithy . . . tha bjo . . . Ella . . ."

Haar naam herken sy, die res verstaan sy nie. Hy praat met die dik tong van 'n dronk man. En in sy oë is pyn, en sy is deel van daardie pyn.

Hy skuifel nog nader, mes in die hand.

"Milo . . ." Nou sagter, meer beslis.

Hoe keer sy hom as hy nie na haar waarskuwings luister nie? Sien hy dan nie die loop wat op hom gerig is nie? Dink hy sy sal nie skiet nie? Sál sy skiet? wonder sy.

"Pthop bjo . . ." Hy gee nog 'n tree nader, lig die mes op.

Eers wanneer die drang uitgewoed het, word ek weer myself . . .

"Nee!" roep sy uit.

Nou lyk dit of ook sy oë sukkel om te fokus. Hy kyk na haar, dan verby haar, soos 'n blinde wat die posisie van haar stem soek.

Sy skouer, dink sy. Sy moet vir die skouer mik, nie die kop of bors nie. 'n Been miskien, maar so 'n teiken aan 'n man wat beweeg, is nie maklik nie. Eerder die skouer. 'n Skouerwond sal genees, is nie noodlottig nie.

Dan gooi hy sy liggaam vorentoe, mes omhoog.

"Milo . . ." Ella sug toe haar voorvinger om die sneller klem en dit afdruk. Die skoot weergalm deur die vertrek.

Maar hy kom steeds aan, die koeël stuit hom nie. Sy vuur 'n tweede skoot.

Eers toe blaas sy haar ingehoue asem uit.

Sy bene swik. Hy val, in 'n halwe tol soos 'n gekweste voël. En sy voel die pof van 'n bries, asof sy vallende liggaam die stil lug om haar versteur. Sy kyk af. Verdwaas oor die skielike geweld. Hy lê voor haar voete, geskende wang boontoe. In sy nek nog die afgebreekte spuitnaald. Die mes 'n ent verder.

Die reuk van kruit, 'n suising in haar ore, die geklap van die skote wat steeds in die beperke ruimte van die mure af terugbons, bly eggo.

Sy soek na 'n stut, haar bene wil swik onder haar. Maar sy kan nie haar aandag verslap nie. Abel is ook hier iewers, gereed om op haar toe te sak. En sy sien, eerder as hoor, uit die periferie van haar visie nog 'n beweging. Sy swaai die Beretta na die nuwe bedreiging, vinger gereed op die sneller. Vir hom, weet sy, sal sy nie huiwer om te skiet nie. Géén waarskuwing vir hom nie.

Oorkant haar in die deur staan Kaja. Haar mond is oop in 'n geluidlose gil, haar bleek oë groot. Ella sien hoe sy snak, hoe sy afsak en plat op die vloer gaan sit.

"Ella!"

Sy hoor haar naam vaagweg, herken Stallie se stem, en laat sak die loop.

"Kyk of sy beseer is, Stallie. Lyk na bloed aan haar hande en klere."

Ella buk by Milo, soek 'n polsslag in sy nek. Aan sy hemp is ook bloed, en onder hom versprei 'n taai rooi plas oor die wit teëlvloer. Onder haar vingers is sy pols 'n sagte fladdering.

"Hou uit, Milo."

Sy kyk op. "Kaja, waar's hy? Waar's Abel?"

Die bleek oë starende, swygende.

Ella se blik soek. Hy moet hier wees, glurend na haar met sy sluwe, lui oog.

Deur die suising in haar ore dring die geluid van die aankomende sirenes. Sy wag langs Milo met die Beretta in haar regterhand, die ander op sy voorkop.

"Sy's nie beseer nie. Dis iemand anders se bloed," sê Stallie.

"Kaja," probeer Ella weer. "Hoor jy my?"

Geen reaksie nie. Net die musiek, die dartelende vioolnote, en die sirenes buite.

Sy kom orent, leun teen die staaltafel, haal diep asem. Vee oor haar oë, oor haar voorkop, stoot vingers deur haar hare.

"Ella?" sê Stallie by Kaja op sy hurke. "Is jy oukei?"

Stadig, soos 'n slaapwandelaar, tree sy voet vir voet oor die bloedsleepsel na die deur van die roukamer. Kiste op houtstellasies teen die mure. In die middel op 'n podium 'n groot kis, die deksel opgeslaan, gereed vir besigtiging. Op die vloer 'n bebloede engelkind en brokke engelvlerke.

Sy staan in die deur en soek met haar oë en die Beretta se loop tussen die kiste, agter die kiste na skuilplek. Uit die roukamer is 'n deur, moontlik na die ontvangslokaal van Poppe & Son aan Dolly Rathebe-weg. Die tweede deur lei vermoedelik na die binnekant van die huis waarin pa en seun woon, met die voordeur na die straat waar hulle stilgehou het.

"Gaan haal hulle, Stallie. Ek dink die blitspatrollie is hier. As die ambulans kom, laat hulle na Milo kyk. Dan na Kaja."

Sy wil sit, maar durf nie haar waaksaamheid verslap nie.

Milo, Milo . . .

Skud haar kop vir fokus.

Waar is jy, Abel? Dié slag is jy vas, jou fokker. Hierdie slag hét ek jou.

Haar oë soek, soek.

Is dit jóú bloed hier op die vloer? Het Milo jou bygekom met daardie mes in sy hand? Het Milo ons almal 'n guns bewys en jou miserabele lewe beëindig?

Maar sy weet intuïtief dit sal nie só maklik wees nie. Nee, Abel is miskien gewond, dalk selfs sy bloed aan Kaja. Maar hy leef nog. En in die soektog gaan hulle hom uiteindelik kry, fetaal opgekrul in 'n donker hoek.

Waar is die menere Poppe dan te midde van al hierdie geharwar? onthou sy skielik van die twee oues.

Die polisiemanne kom in, pistole in die hand. Ella beduie na die woongedeelte se deur.

"Begin daar soek. Is die ambulans al hier? Waar's die noodhulpmanne? Sy en Milo het hulp nodig."

Sy stap na die jong vrou teen die deurkosyn. "Kaja, is Abel Lotz gewond?"

In haar hand sien Ella die string krale.

Dan 'n nuwe stem, bekend en gerusstellend.

"Dêmmit, Neser. Dit lyk soos 'n slagplaas."

Sy druk die Beretta in die holster terug. "Hy's hier iewers, kolonel."

"En die een in die voorste vertrek is Milo Boonstra, lei ek af."

"Het my met 'n mes bestorm."

"Hoekom vir jóú? Dog julle's vriende?"

"Dit weet ek nie, kolonel. Ek't nie gedink hy sal my leed probeer aandoen nie. Dis nie hoe ek hom leer ken het nie. Ek móés skiet. Is hy oukei?"

Silas skud sy kop.

Sy voel die fladdering van haar hart. "Ek't vir sy skouer gemik . . ."

"Twee skote het hom in die bolyf getref."

Uit die huis roep iemand: "Hier's nog een!"

"Sit die dêm musiek af!" bulder die kolonel.

Ella stap na die huisgedeelte, haar bene nog bewerig. Ek moet my regruk, dink sy. Kan nie hier aan't grense gaan oor Milo nie.

Dit besef sy nou: Milo het geweet wat hy doen. Hy het haar mislei, haar misbruik, haar swakheid uitgebuit.

Dis nie Abel nie. Meneer Poppe Senior lê in sy bed. Sy onthou hom goed, eers toe hulle Dorkas se graf laat oopgrawe het, daarna toe hulle haar oorskot in 'n nuwe dennekis ter ruste gaan lê het. Die ou man lê in sy nagklere onder die komberse. Dit lyk of hy slaap, op sy bedkassie 'n glas water en medisyne vir griep, en sy bril.

Ella kan geen wonde sien nie.

"Hy's dood," verklaar die paramedikus. "Dalk natuurlike oorsake."

"Ons sal wag vir dokter Koster se diagnose," sê Silas. "Waar's sy seun, die jong meneer Poppe?"

Niemand antwoord nie, dis 'n retoriese vraag. En almal weet Junior is al in die sestig, nie meer jonk nie.

"Het julle die huis deurgesoek?" vra Ella. "Twee mense word nog hier vermis."

"Meneer Poppe Junior en Abel Lotz het nie in die lug verdwyn nie," sê Silas. "Soek in die kiste."

"Ek dink Kaja het in daardie grote in die middel gelê," sê Ella.

Hulle kry meneer Poppe Junior in 'n eikehoutkis. Sy tong is pers en in die wit van sy oë is petegiale bloeding. Hy is, soos sy pa, al geruime tyd dood, rigor mortis reeds volledig. Om sy keel kneusmerke van die vingers wat hom gewurg het.

Nou net Abel nog, dink Ella. En die strop trek al hoe nouer. Nie meer veel skuilplek vir hóm oor nie.

45. Abel Lotz

Abel, plomp maar nie groot van statuur nie, lê in 'n groen lyksak, sy knieë opgetrek tot teen sy bors. Hy kry die rits van binne af toegetrek, nie dig nie, maar toe. Trek sy hand terug, vou albei arms om sy knieë. Soos 'n fetus lê hy op die maer, koue bene van die kadawer met wie hy nou die lyksak deel.

Sy duimnael klop van pyn. Hy het die deur van die yskaslaai van binne getrek en toegeklap, op die nael van sy duim. Sy duim was in die pad, want hy moes die nippel van die spuitnaald by die slot indruk om te keer dat die tong toeknip en hom in die yskas verseël.

In die laai was genoeg beweegruimte om in die lyksak te kruip. Die kadawer is maer – in die donkerte kan hy nie onderskei of dit 'n man of vrou is nie – en die lyksak standaardgrootte. Dit maak voorsiening, soos die yskaslaai, vir 'n liggaam van tot 140 kilogram.

Nou wag hy. Die kloppende duim oorheers die pyn van die sny- en kneuswonde aan sy gesig en voorarms en hande. Die adrenalien gee hom krag, die wil om te oorleef. Hy proe die soutsmaak van sweet en bloed aan sy tong, voel hoe sy gejaagde hartklop begin bedaar. Hy adem diep aan die doodsreuke in die lyksak. Hy vermoed die laai is lugdig, selfs al keer die plastieknippel dat die deur toegeknip het. Die naald het in die nippel afgebreek toe hy dit in Milo Boonstra se nek druk.

Hy luister na die sirene, soos die doodskreet van 'n vreemde dier, na die dowwe gemurmel van opgewonde stemme agter die deur. Hy druk sy duim in sy mond, suig aan die nael om die pyn te stil. Voel hoe die koue van binne en buite die dik plastieksak sy liggaamshitte laat afneem. Sestien grade Celsius. Dit was die temperatuur van sy moeder se slaapkamer. Hy wonder of dit dieselfde in hierdie yskaslaai is. Hoe lank sal dit duur voor 'n mens se liggaamstemperatuur van sewe en dertig grade Celsius val tot die vlak van hipotermie? Hy dink hy sal eerder tot die dood toe verkluim as om lewend in adjudant Neser se hande te beland.

Hy het vir dood op die tafel gelê toe hulle die asetoon oor hom uitgooi. Hy het gehoor hoe sy vir vuurhoutjies vra. Hy het geweet hoe naby aan 'n grusame dood hy was, en toe het hy begin spartel.

"Gaan kyk in die kombuis," het Milo vir haar gesê, en Abel het geweet dis sy laaste kans. Sy hand met die spuitnaald – wat vir háár bedoel was – het soos 'n adder wat pik uit die jassak gekom, in sy nek in, Abel se duim op die plunjer. Die effek van die sedasie van nek tot brein minder as veertig sekondes.

Milo het weggesteier, na die afgebreekte naald in sy nek gegryp. Dit was genoeg vir Abel om hom met sy voete teen die bors te tref. Milo het op die bloed op die teëlvloer gegly en geval. Abel het van die tafel afgespring, langs 'n kas met meneer Poppe Junior se chemikalieë ingeskarrel. Die kas agter een van die swaaideure – die kortste pad uit voor Milo Boonstra op sy voete kon kom.

Toe, uit die niet, adjudant Neser. Stamp 'n swaaideur oop, verberg Abel agter die deur. Maar Milo het hom gesien, het strompelend en mompelend met die Russell-mes na hom, agter die adjudant se rug, aangekom. Onvas op sy voete soos die Diprivan begin inskop.

Met die eerste skoot wat klap, het Abel in die galmende donderslag soos 'n rot agter adjudant Neser se rug uitgeskarrel. Die deur het toegeswaai en hy het die naaste yskaslaai oopgepluk.

Nou lê hy en wag. Hoe lank die wag gaan wees, weet hy nie. Waarskynlik die hele nag, selfs die hele Sondag. Teen dan sal hy verkluim wees. Onvermydelik sal hulle elke hoek van die huis deursoek, elke hoek van die lykhuis. Ten einde laaste sal hulle hier na die yskaste toe kom, die deure oopmaak, die laaie met lyksakke uittrek, die laaie met die lakens. Hulle sal lakens oplig en sakke ooprits en na hom soek.

Hy lê in die sak, wikkel sy tone en vingers, vryf sy arms en bene om die bloedsirkulasie aan te help, die koue uit te kry.

Dan is die gedruis van stemme nader. Hy hoor die geklap van die yskasdeure. Hy haal vlak asem, sag deur sy neus. Hy lê ingekrimp op die bene van die kadawer.

Die deur gaan oop. Hy voel hoe die laai uitgetrek word. Die bruising van vars lug toe die sak oor die gesig van die kadawer oopgerits word.

Hy haal nie asem nie, lê met geslote oë, voel die geklop in sy duim.

"Net 'n ou man . . . Adjudant, lyk dit na Abel Lotz?"

"Nee. Hierdie een kan julle ook wegvat."

Die sak word toegerits.

Hy en die ou man wat die sak deel, word op 'n trollie weggestoot, hardhandig in die bak van 'n luierende voertuig gelaai, vermoedelik 'n polisielykswa.

"Avbob toe," hoor hy 'n stem. "Hulle't nog plek."

Die voertuig trek weg. Abel rits die sak oop, wikkel hom stram uit, voel die geprik soos naalde in sy voete en bene, probeer strek, masseer sy bene en arms, teug die vars lug diep in. Rits die sak toe.

Die polisielykswa is 'n omgeboude bakkie. Die kap het nie vensters nie, net 'n suigwaaier, en die deur is sonder binnehandvatsel. Maar Abel vermoed die deur word nie van buite met 'n grendel en slot gesluit soos dié van patrollievoertuie nie. Kadawers ontsnap nie. En die bakkielykswaens van die Suid-Afrikaanse polisie werk hard, kry kwalik rus, is selde beskikbaar vir behoorlike nasien en meganiese instandhouding.

Hy toets die rammelende deur.

Die polisiedrywer is nie haastig nie, het nie 'n flitsende blou lig op sy dak nie. Hy stop by elke verkeerslig en stopstraat op pad na Avbob. Hulle het natuurlik, dink Abel, saam met ander lykbesorgers aangebied om Poppe & Son se kadawers oor te neem te midde van die grootskaalse misdaadondersoek.

Hy woel aan die deur, wag tot die bakkie weer byna tot stilstand kom. Toe dit stadig draai, lê hy agteroor, trek sy bene op en stamp met sy skoene teen die deur. Die knip hou. Met die tweede stamp, nou met al die krag in sy dik bobene, gee dit mee. Abel spring uit, rol oor teer, voel die nuwe pyne, skarrel gebukkend tussen donker struike en beddings in, die pante van die oorgroot jas fladderend soos nuttelose vlerke.

Hy lê hygend, bespied sy omgewing, sien Avbob se naam in neonletters. Trek die jas uit, frommel dit op en sluip tussen die struike uit. Hy druk dit in 'n munisipale vullisdrom. Begin slof kop onderstebo deur strate wat nooit slaap nie. Voetgangers uit nagklubs en drinkplekke vermy hom, kyk anderpad soos mense doen wanneer 'n bedelaar of hawelose aankom, met vars tekens van nagtelike geweld nog aan sy beskonke gesig.

Twee ure later, in die vroeë oggendure, stap hy by die vlooines in waar hy vooruit vir sy kamer betaal het. Toe die son opkom, klim hy uit 'n warm bad in die bed. Hy is van plan om die hele Sondag te slaap. Teen die aand sal hy by 'n noodapteek ontsmettingsmiddels en salf en pleisters vir sy wonde gaan koop.

En Maandagoggend, die eerste en enigste item op sy agenda, is 'n bespreking oor die internet vir die vroegste beskikbare vlug landuit. Sy werk is klaar. Nie volledig afgehandel nie, maar klaar. Dis tyd dat meneer Lomas aanbeweeg. In Brugge wag 'n nuwe wêreld, 'n nuwe lewe sonder daardie bloedhond op sy spoor. Sonder adjudant Neser wat hom so bly verpes.

Hy wonder waar sy lysie is. Hy sal POPPE & SON ook graag wil deurhaal, dink hy voor hy in 'n diep slaap verval.

46. Ella Neser

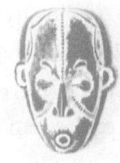

Suki Wolski is 'n geduldige en toegewyde leermeester van die harp. En al weet sy hoekom hierdie student na haar verwys is, is sy nie orig nie. Sy hou haar neus uit haar student se persoonlike sake én werkslewe. Dit waardeer Ella.

"Kon nie ons afspraak gisteraand nakom nie. Het jy my SMS gekry, Suki?" vra Ella toe sy laat Sondagmiddag, al byna skemer, van die hospitaal af bel.

"Ek het," sê Suki. "Dankie dat jy laat weet het."

"Kan ek vanaand vir my les kom?"

" 'n Sondagaand?"

"Ja."

"Jy kan kom, Ella."

"Sewe-uur?"

"Sewe-uur is reg."

Ella kan die spanning in haar eie stem hoor, die emosies wat wil uit. En Suki het juis gesê sy kom so mooi reg. Nie net wat die harp betref nie, want daarmee kom sy báie mooi reg, het Suki gesê. Sy het bedoel haar student kom mooi reg met wat haar ook al op persoonlike vlak pla. En dit was tog in die eerste plek die rede waarom doktor Landsberg die harplesse aanbeveel het.

Ella stap terug na die private hospitaalkamer. Archie kyk op toe sy inkom, sy dogter se hand steeds in syne. Sy gaan sit op haar stoel langs hom.

Hy probeer sterk wees, dink sy. Sy huisdokter wou hom ook in 'n bed laat sit, maar Archie het geweier.

Kaja, onder sterk verdowing, slaap stil.

"Wat sê sy?" vra Archie sag.

"Sy sê ek kan vanaand kom oefen," fluister Ella. "Waar was ek? Waaroor het ons gesels voor ek gaan bel het?"

"Oor Bam."

"Ja, Bam. Hy't my met 'n hokkiespeler verneuk, maar ek was steeds lief vir hom. Ek't hom vergewe. Maar hy's dood voor ek dit vir hom kon sê. Hy weet nie ek het hom vergewe nie."

"Om te kan vergewe is 'n gawe, Ella. Nie elkeen kan dit doen nie."

"Milo kon nie," fluister sy.

"Ek en Nella was so seker dat ons kinders se wonde genees was. Dit het so goed gegaan. Tot Nella se dood. Ek het nooit gedink haar dood sal Milo só diep tref nie. Dit het weer al die ou wonde van sy kleintyd oopgemaak, die hel wat hulle deurgemaak het."

"Jy't nog vir Kaja, Archie. En sy't vir jou. Julle gaan krag by mekaar kry."

"En jy, Ella, waar gaan jý krag kry?"

Sy dog by Milo, maar dit was nie so bestem nie.

"O, ek's maklik, Archie, ek's ongekompliseerd. Ek vind my krag in eenvoudige dinge." Sy staan op.

"Ek dink Milo het van jou gehou."

Sy vermy Archie se blik, staar na die bleek gesig op die kussing. "Kaja lyk so vredig." Plaas haar hand lig op die ou man se skouer. "Julle sal regkom, ek's seker."

"Sal jy kom kuier, Ella?"

"Ek sal. Tot siens, Archie." Sy stap uit.

Buite snuif sy. Ek het van Milo ook gehou, Archie. Báie. Ek wou nog vir hom my letsel wys en op die harp vir hom speel. Dís hoe baie ek van hom gehou het. Vir hom het ek spesiaal my swart nommertjie aangetrek, Archie!

Sy sit in haar kar voor Suki se huis tot sy bedaar het, vee oor haar wange en klim uit.

Toe Suki die deur oopmaak, sê sy net: "Jy weet waar's die badkamer. Gaan spoel jou gesig af. Het jy 'n borsel vir jou hare?"

Ella bly 'n kwartier in die badkamer, voel beter toe sy uitkom.

Sy neem haar plek op die stoel in, die harp tussen haar knieë, maak haar rug reguit, vind die posisie van haar arms en hande weerskante om die snare, laat sak die kop van die harp na haar skouer toe.

"Waarvoor is jy lus?" vra Suki. "Iets klassieks?"

"Iets jazzy," sê Ella. "Vanaand wil ek iets jazzy speel."

"Soos wat? Burke en Van Heusen?"

Ja, dink sy. Daarvoor was Bam lief. Hy het gehou van "Like Someone in Love".

Néé, Bam is weg.

Sy druk die eelte van haar vingers teen die snare, begin streel, voel die vibrasie, asof die klanke nie kan wag om losgelaat te word nie.

"Miskien eerder die Gershwins," sê sy.

Die lirieke al klaar in haar kop. Dis wat sy beplan het om eendag vir Milo te speel wanneer hy uit Parys terug is. Wanneer hulle saans gaan draf en kwartelborsies eet en wyn drink en hy vertroud is met haar letsel. Sy wou vir hom speel: *I hope that he turns out to be / Someone to watch over me . . .*

"Ella?" sê Suki.

"Nee!"

"Wat nou? Watse nee?"

"Nie die Gershwins nie. Cher se 'Dark Lady'. Dís wat ek wil speel."

"Jy kan enigiets speel. Net wat jy wil. Speel Cher."

Ella voel die oë op haar, Suki se oë op haar gesig en op haar vingers.

Sy begin speel. Sluit Suki en die wêreld om haar af, fokus net op die snare van die harp, op die ryk klanke wat sy sag uit die snare pluk en in die lug laat dans.

Musikante, leer Suki haar, skep voortdurend eindelose kleure van harmonie, improviseer met die akkoorde van 'n melodie, probeer om hulle eie stemming in hulle musiek te vertolk. Maar dit verg groot konsentrasie en respek vir jou instrument.

Bowenal, en miskien die belangrikste, moet jy die antwoord

ken op die vraag: Waar wás ek, en waarheen is ek op pad met my musiek?

Ella weet nie of sy daardie antwoord al het nie. Nie met haar musiek óf met haar lewe nie. Maar sy probeer fokken hard.

Dark Lady laughed and danced and lit the candles one by one . . . / My advice is that you leave this place, / Never come back and forget you ever saw my face.

Waar sy was en waarheen sy met die harp op pad is, is byna soos professor Papendorf se Gamaliël-beginsel, dink sy skielik terwyl "Dark Lady" haar loop kry.

Die antwoord of dit mensewerk is, of die wil van God, lê alles in wat in die toekoms gebeur.

EINDE

Notas

1. Al die geweld in die Balkan, het Archie Boonstra in Sarajewo geleer, is herleibaar tot die Groot Skeiding in 1054 toe die Middeleeuse Christendom verdeel is in die Oosterse Grieks-Ortodokse Kerk en die Westerse Rooms-Katolieke Kerk. In die Balkan het die Serwiërs Ortodokse Christene geword, en die Kroate Rooms-Katolieke. (Later sou die Protestante in 'n verdere skeuring van die Roomse Kerk afskilfer.)

Die Bosniaks met hulle Moslemgeloof was die ander hoofgroep in hierdie Slawiese hutspot.

Uit die landstreek vandag bekend as Turkye het die magtige Ottomaanse veroweraars gekom, soos 'n vloedgolf oor sentraal- en suidoos-Europa. Met die Slag van Kosovo in 1389 het die Ottomane die Slawiese oorheersing in die Balkan beëindig. Die Ottomaanse onderdrukking van Serwiese Christene was genadeloos; hulle is verslaaf, en baie is gedwing om die Moslemgeloof te aanvaar. So is die Bosniaks gebore, van Slawiese etnisiteit, om hulle te onderskei van Arabiese en Oosterse Moslems.

Ná eeue van Ottomaanse oorheersing volg die Oostenryks-Hongaarse bewind, wat eers met die Eerste Wêreldoorlog beëindig is.

Net twintig jaar later, tydens die Tweede Wêreldoorlog, is die Ortodokse Serwiërs opnuut die teiken van veral die Fascistiese Ustaše-Kroate wat hulle in 'n volksmoord probeer uitroei op dieselfde manier as die Nazi's se finale oplossing vir die Joodse probleem.

In die vroeë 1990's word die bordjies verhang. Oor die hele Balkan word Serwiese haat opgesweep, Serwiese wrewel en die strewe na vergelding teen eeue lange onderdrukking. Teen die Bosniak-Moslems vir die sondes van die Ottomane wat in 1389 met die Slag van Kosovo begin het. Teen die Kroate vir die sondes van die Oostenryks-Hongaarse onderdrukkers wat by die Ottomane oorgeneem het. Vir die sondes van die Kroatiese Ustaše in die oorlog toe derduisende Serwiërs – volgens bronne tot 'n half-miljoen – in die konsentrasiekampe van Jasenovac en Gospić, Pag en Travnik en baie ander uitgewis is.

Die Serwiërs het die bose kringloop van etniese suiwering voortgesit, en van wraak kom nooit iets goeds nie.

Hoewel historiese gegewens korrek is, is die chronologie van gebeure in Archie Boonstra se Sarajewo-verslae aangepas om die denkbeeldige verhaal van Milo Borić en sy familie ter wille te wees.

2. Die volledige dokument van die forensiese uitslag op die getatoeëerde velle in die Ilse Koch-geval lui:

Identification of Tattooed Skin Hides
COPY OF DOCUMENT 3423-PS
SEVENTH MEDICAL LABORATORY
APO 403, c/o PM, NEW YORK, N.Y.

Section of Pathology
25 May 1945
SUBJECT: Identification of Tattooed Skin Hides
TO: COMMANDING GENERAL, Third U.S. Army.
(ATTN: JUDGE ADVOCATE GENERAL)

1. There were submitted to this laboratory section for examination three tanned pieces of skin by Lt. Col. Givin from Buchenwald Camp with office record designation of Case 81 T.J.A.
2. The description follows:
GROSS: Specimen consists of three pieces of skin labeled A.B.C.
PIECE A: Measures 13x13cm., is transparent and shows a woman's head in the center and a sailor with an anchor near the margin.

PIECE B: Measures 14x13cm., is transparent and is a tattoo of several anchors resting on an indefinite black mass. To the right of this mass is a man's head.
PIECE C: Is truncated, measures 44cm. At the base. The upper portion is 30 cm. long and the sides measure 46 cm. The skin is transparent and shows two nipples in the upper area. These are 16 cm. apart. From the nipple level to the umbilicus is 23 « cm. a large bird, with a wingspread measuring 28 cm., is present in the center of the skin, upper part. A black dragon, with fire coming from the mouth, measures 28 cm. in length and is present in the center of the skin. To the left of the dragon is a man in a coat of mail, with a sword being apparently stuck in the dragon. Man is approximately 22 cm. in length.
MICROSCOPIC: The tissue consists of bundles of collagen showing occasional epithelial and sweat gland remnants. Granular black pigment granules are seen between some of the bundles.
3. Based on the findings in paragraph 2, all three specimens are tattooed human skin.
For the Commanding Officer,

[signed] REUBEN CARES
Reuben Cares
Major M.C., Chief of Pathology

Bronne: The Nizkor Project: Nazi Conspiracy and Aggression (http://www.nizkor.org);
http://www.scrapbookpages.com/DachauScrapbook/DachauTrials/ForensicReport.html

Ander geraadpleegde bronne

1. The Prijedor Report (Annex V) – United Nations Security Council, S/1994/674/Add.2 (Vol. I), 28 December 1994; Final report of the United Nations Commission of Experts established pursuant to Security Council Resolution 780 (1992): Prepared

by: Hanne Sophie Greve, member and rapporteur on The Prijedor Project, Commission of Experts.

2. Study of the battle and siege of Sarajewo (Annex VI) – United Nations Security Council, S/1994/674/Add.2 (Vol. II), 27 May 1994; Final report of the United Nations Commission of Experts established pursuant to Security Council Resolution 780 (1992); Under the direction of: M. Cherif Bassiouni, chairman and rapporteur on the Gathering and Analysis of the Facts, Commission of Experts. Principal legal analyst: William B. Schiller, director of research. Contributors: Ralph Peter Spies, research fellow Daniel J. Bronson, staff analyst and the staff of the International Human Rights Law Institute, DePaul University.
3. Puhar, Alenka. 1994. "Childhood Nightmares and Dreams of Revenge [Yugoslav Childhood]". *The Journal of Psychohistory 22(2)*. Fall 1994.
4. Case IT-97-24-T; Prosecutor vs Milomir Stakić; Witness: Ivo Atlija; 3 & 4 July 2002: The International Tribunal for the Prosecution of Persons Responsible for Serious Violations of International Humanitarian Law Committed in the Territory of the Former Yugoslavia since 1991 (ICTY), The Hague, Netherlands.
5. Jon Western: Soos gerapporteer deur Steven A. Holmes, "State Department Balkan Aides Explain Why They Quit", *New York Times*, 26 Augustus 1993, IHRLI Sarajewo Source File, Augustus 1993.

www.ingramcontent.com/pod-product-compliance
Lightning Source LLC
Chambersburg PA
CBHW022241020726
47496CB00004B/1009
* 9 7 8 0 7 9 8 1 8 3 5 1 2 *